赵丽 著

20世纪90年代以来

藏族 题材汉语小说研究

中山大学出版社
SUN YAT-SEN UNIVERSITY PRESS

·广州·

U0330232

版权所有　翻印必究

图书在版编目（CIP）数据

20世纪90年代以来藏族题材汉语小说研究/赵丽著.—广州：中山大学出版社，2024.11

ISBN 978-7-306-08070-7

Ⅰ.①2…　Ⅱ.①赵…　Ⅲ.①藏族—题材—小说研究—中国—当代　Ⅳ.①I207.42

中国国家版本馆 CIP 数据核字（2024）第 069023 号

出 版 人：王天琪
策划编辑：嵇春霞　林梅清
责任编辑：林梅清
封面设计：曾　斌
责任校对：麦颖晖
责任技编：靳晓虹
出版发行：中山大学出版社
电　　话：编辑部 020-84111901，84111996，84111997，84113349
　　　　　发行部 020-84111998，84111981，84111160
地　　址：广州市新港西路 135 号
邮　　编：510275　传　　真：020-84036565
网　　址：http://www.zsup.com.cn　E-mail：zdcbs@mail.sysu.edu.cn
印 刷 者：广州方迪数字印刷有限公司
规　　格：787mm×1092mm　1/16　15 印张　246 千字
版次印次：2024 年 11 月第 1 版　2024 年 11 月第 1 次印刷
定　　价：56.00 元

如发现本书因印装质量影响阅读，请与出版社发行部联系调换。

目　　录

绪　　论

　　本书的主要研究对象为中国当代文学自 20 世纪 90 年代以来的藏族题材汉语小说，包括藏族作家和非藏族作家创作的涉藏省区社会、历史、文化和人的汉文小说。藏族作家大多居住在藏地三区：卫藏地区、安多地区和康巴地区，从行政区划上看，包括西藏自治区，青海省的海北、海南、黄南、果洛、玉树藏族自治州，四川省的甘孜、阿坝藏族自治州，甘肃省的甘南藏族自治州和云南省的迪庆藏族自治州。关于藏族作家的界定，主要是由其民族属性划分的，有些藏族题材汉语小说家是汉藏混血后裔，如扎西达娃、色波、阿来等，他们主动认同藏族的族群归属，被认定为藏族作家。西藏是藏族人聚居最集中的地区，也是藏族文化最浓郁、最有代表性的地方，所以在文学中"西藏"已不仅仅是地理范畴，它有时还指文化的西藏。为了论述的方便，本书中的"西藏"有时也指涉文化的西藏。

　　费孝通提出"中华民族多元一体格局"的观点，认为作为中华民族大家庭的一支，藏族文学的发展和研究不应被忽视。中华人民共和国是由 56 个民族组成的一个大家庭，各民族不同的风俗民情、地域文化共同展示了祖国大好河山的美丽景观，各民族间的互相了解是彼此沟通交往的基础，文化与文学具有同构共通性，文学创作是各民族之间相互了解的桥梁。藏族文化对他者而言，有着强烈的神秘色彩，古往今来，很多人都在想象或向往着走进藏地。可喜的是，藏族作家有勤奋的写作精神、积极的写作态度和主动向世人展示自我的意识，特别是西藏和平解放以来，一大批藏汉作家在藏地题材的文学创作中作出了有益的探索和贡献，他们怀着对藏族地区满腔的热爱，书写着藏地的昨天、今天和明天。在中国当代文学的进程中，藏族文学已经形成一定的声势，研究藏地作家作品，对于中国少数民族文学和整个中国文学的创作和研究具有深远的意义。

　　从 1951 年西藏和平解放以来，藏族地区经历了几次社会变迁和转型。

20世纪五六十年代，藏族地区以政治改革和恢复建设为主要目标，一批革命军人和建设者为了藏族地区的稳定和发展，听从党和国家的号召，奉献出自己的青春和热情。五六十年代藏族题材汉语小说的创作者大多是部队作家，如徐怀中、刘克等，而藏族作家在当代汉语小说创作方面还未起步。从文学反映的内容上来看，主要描写和平解放后藏族人民的新生活、新面貌，歌颂为藏族地区的革命和建设争先恐后、忘我工作的精神，反映藏汉人民团结互助的真挚友谊，具有鲜明的政治化色彩。

"文化大革命"（也称"文革"）的十年中，藏族当代文学基本上也陷入了荒漠时期。20世纪80年代藏族题材汉语小说的创作从恢复走向繁荣。从作家队伍来看，藏族中老年作家如降边嘉措、益希单增都有长篇小说问世。此外，一批青年作家如扎西达娃、色波开始崛起，并成长为80年代藏族作家的中坚力量。80年代一批内地大学生进藏工作，其中如马丽华、马原等作家显示出不俗的创作实力，其他如李双焰、金志国等也在小说领域坚实地探索，老作家刘克在新时期爆发出旺盛的创作力，写出了几部长篇藏地系列小说。这个时期藏汉作家的小说创作手法多样，既有坚守现实主义的一脉，也有致力于探索现代叙事艺术的魔幻现实主义一脉；既有长篇巨制，也有很多经典的中短篇之作。从主题意蕴上看，有承接五六十年代政治化叙事的小说，但更多的是凸显民族意蕴和地域文化的小说，反映了现代性进程中民族性和现代性的问题。

20世纪90年代以来，社会经历了翻天覆地的变化，经济发展从计划经济进入市场经济时期，社会加速发展，全球化和现代化成为主要趋势，藏族地区人民的生产和生活也受到了社会快速转变、发展的冲击和影响。90年代以来藏族题材汉语小说有几个鲜明的特点：一是反映现代性进程中民族传统文化的嬗变；二是民族意识和民族话语权的增强；三是风格各异，叙事多样，难以归类划分，个性化更强；四是脱离了宏大叙事模式，避免了"华而不实"的炫技，作家转向关注芸芸众生的日常生活和人生变迁，注重细节的呈现。此时藏族作家队伍迅速壮大，女作家成了一个引人注目的群体，优秀作品层出不穷，营造了繁荣的文学景象。90年代，汉族作家藏族题材汉语小说创作出现了短暂的沉寂，但在世纪之交又出现了藏地题材小说热的现象，汉藏作家的藏族题材汉语小说创作达到了前所未有的开拓局面和繁荣发展阶段，因此，20世纪90年代以来藏族题材汉语小说的发展状况值得一书。

本书主要运用民族文化理论，从作家的身份视角切入，采用文学史研究和平行比较研究的方法，在具体的论述中，还会运用到文化地理学理论、精神分析学说、文化身份认同理论、叙述视角理论等方法，把外部研究和内部研究相结合，理论和个案互证，力求在作家文本个案的阐释上有新意和深度，全面呈现藏族作家的本地书写和汉族作家的藏地想象。本书将选取有代表性的话题，在藏汉作家对比下研究当地作家书写的独特性，进而论述藏族作家笔下的"他者"书写和汉族作家的跨文化写作，以及藏汉文学互为影响的关系；并对当代藏族题材汉语文学创作的一些问题进行反思，进而展望其发展前景。

本书的创新点在于：以世界语境和中国文学史为背景，以书写者的身份视角切入，充分展示当代藏汉作家汉语小说创作的面貌；用民族文化研究理论与精神分析学说相结合的方法对藏地题材的汉语文学进行研究；将藏族作家的本地书写与汉族作家的藏地想象进行比较观照，从而探究当代藏族题材汉语文学创作之路；对当代藏汉作家的汉语小说创作进行系统，宏观与微观并重，多角度、多层面的意义解读和审美评价，既立足于文本研究，又考察作家的社会地位、身份视角和现实处境，展示当代藏族题材汉语小说创作的面貌和成绩。

民族性与现代性的表达，文化身份、民族身份对作家创作的影响是研究 20 世纪 90 年代以来藏族题材汉语小说创作涉及的重要问题。安东尼·史密斯（Anthony D. Smith）认为，民族就是："具有名称，在感知到的祖地（homeland）上居住，拥有共同的神话、共享的历史和与众不同的公共文化，所有成员拥有共同的法律与习惯的人类共同体。"① 就藏族的民族性而言，主要体现在他们特有的风俗习惯与神话仪轨上，比如他们的宗教信仰与生活、生产方式，以及具有地域性和民族色彩的语言和思维特点等。无论是藏族作家还是非藏族作家，在 90 年代以来的藏族题材汉语小说中都或多或少对藏族特有的宗教信仰、风俗民情等文化形态有所表述，这是藏地小说必不可少的元素。"以文学的方式表现藏族等少数民族的民俗、现实生活及社会历史进程，这是中国当代文学的西藏书写的民族性的集中体现。"②

---

① ［英］安东尼·史密斯：《民族主义：理论、意识形态、历史》，叶江译，上海人民出版社 2011 年版，第 13 页。
② 王泉：《中国当代文学的西藏书写》，湖南师范大学出版社 2012 年版，"绪论"第 6 页。

波德莱尔（Charles Pierre Baudelaire）说："现代性就是过渡，短暂，偶然，就是艺术的一半，另一半是永恒和不变。"① 20世纪90年代以来，社会进入了现代文明快速发展的时期，偏远闭塞的藏族地区也受到现代性进程的冲击和影响，反映现代文明进程与藏族传统风俗文化的冲突与调适是藏地小说的一个重要主题，此外，这种现代性还体现在小说的审美和艺术探索上。

关于"文化身份"，王宁说："文化身份（cultural identity）又可译作文化认同，主要诉诸文学和文化研究中的民族本质特征和带有民族印记的文化本质特征。在比较两种不具有任何事实上影响的文学文本时，学者们完全可以侧重于比较这两种文化语境下的文学的根本差异，并透过这种本质的差异而寻找某种具有共性和本质特征的相同点，当然这种认同主要是审美上的认同。"② 藏汉作家由于民族身份、文化底蕴的差异，对藏族文化有不同的观察视角和写作立场，在表述上体现出不同的文学素养和民族认同感。安东尼·史密斯（Anthony D. Smith）认为，民族认同是"由民族共同体成员们对构成诸民族独特遗产的象征、价值、神话、记忆和传统等模式的持续复制和重新阐释，以及带有这些传统和文化因素的该共同体诸个体成员的可变的个人身份辨识"③。大多数人都有民族认同感的向心性，因而汉语写作的藏族作家和汉族作家在多重文化冲撞的场域中，在文化身份认同方面有不同的表现。郑晓云认为，文化差异会导致文化认同的差异，"在人类文化存在着较大差异的同时，人类对于文化的理解也是不同的，并且生活于不同文化中的人们思维方式与行为规范都是以自己的文化为基准的。在一种文化体系中正常的现象，在另一种文化中却难以理解、接受。……另一方面，处于不同文化中的人们对自己的文化有着心理上的爱恋，在不同的文化发生冲突时还可能转化为文化感情。如果这种文化是存在于一个民族中的话，它就会沉淀于这个民族的意识之中，成为稳定的因素"④。

霍米·巴巴（Homi K. Bhabha）提出"第三空间"理论，认为当一个

---

① ［法］波德莱尔：《现代生活的画家》，见《波德莱尔美学论文选》，郭宏安译，人民文学出版社1987年版，第484页。

② 王宁：《文学研究中的文化身份问题》，载《外国文学》1999年第4期，第49页。

③ 转引自［英］安东尼·史密斯《民族主义：理论、意识形态、历史》，叶江译，上海人民出版社2011年版，第20页。

④ 郑晓云：《文化认同论》，中国社会科学出版社1992年版，第2页。

民族带有本族文化印记去认同其他民族文化时，会产生一种既不同于自我又不同于他者的第三空间文化，第三空间文化理论特别适合用于对具有混合文化身份或多重文化场域的研究，对藏族题材汉语小说作家身份视角的研究有借鉴意义。

关于"自我"与"他者"的关系，根据黑格尔（G. W. F. Hegel）的说法，自我依赖于他者，自我的存在依赖于他者的存在基础之上，如果没有他者，自我便无法独立存在。"自我意识是自在自为的，这由于并且也就因为它是为另一个自在自为的自我意识而存在的；这就是说，它所以存在只是由于被对方承认。"① 萨义德（Edward W. Said）也说："每一文化的发展和维护都需要一种与其相异质并且与其相竞争的另一个自我（alter ego）的存在。自我身份的建构——因为在我看来，身份，不管是东方的还是西方的，法国的还是英国的，不仅显然是独特的集体经验之汇集，最终都是一种建构——牵涉到与自己相反的'他者'身份的建构，而且总是牵涉到对与'我们'不同的特质的不断阐释和再阐释。"② 因此，当代藏地文学的研究从藏族作家和汉族作家这两类具有不同文化背景、文化身份的作家群切入有其合理性。

---

① ［德］黑格尔：《精神现象学》上，贺麟、王玖兴译，上海人民出版社 2013 年版，第 181 页。
② ［美］爱德华·W. 萨义德：《东方学》，王宇根译，生活·读书·新知三联书店 1999 年版，第 426 页。

第一章　当代藏族题材汉语小说的缘起与变迁

　　区域文学的研究离不开对区域文化的考察，文学包含在文化的范围之内，文学之有地域性是一个基本的事实，当代藏族题材汉语小说的研究也应建立在对藏族文化有充分了解的基础上。当代藏地文学的发生应考察三种文化的在场：地方传统文化、汉族文化、世界文化。从这三种文化的发展进程来看，汉族文化与世界文化的现代文明程度更高，文化的现代性是其重要的特征。藏族地区传统文化博大精深、源远流长，是在几千年文明发展的基础上形成的，具有稳固的群众基础和文化根基，对藏地文学的发展产生了重要的影响，一部藏地文学发展史，必然记录着藏族文化的发展演变、展现藏地文化的意蕴和魅力，藏族地区传统文化在当代藏地文学创作中依然有着重要的影响，当代藏地文学延续着本民族传统文化的精华。在外来文化和全球文化影响下，藏族传统文化经历了现代化的转型和变迁，而在内地文化思潮、文学发展的影响下，当代藏族题材汉语小说也经历着现代性的发展、流变。从20世纪50年代初至今，藏族题材汉语小说的发展经历了三个历史时期：50年代初至80年代初的政治化书写，80年代初至90年代初的民族文化书写和90年代以来的多元化书写。90年代以来，在全球化和现代化加速发展的语境下，在多种文化的碰撞、交流中，藏族题材汉语小说家视野更加开阔，不再局限于单一的民族性表达，而是在民族性和现代性的表述上进行多元化的探索。日常性、世俗化、人性化、现代性是90年代以来藏族题材汉语小说的主要特征。

第一节　当代藏族题材汉语小说的文化场域

丹纳（H. A. Taine）说："不管在复杂的还是简单的情形之下，总是环境，就是风俗习惯与时代精神，决定艺术品的种类。"① 青藏高原的自然环境、民族风俗习惯与时代精神亦决定着藏地文学的面貌。关纪新说："每一种民族文化……无一遗漏地涵盖着本民族的民俗社情、宗教观念、宗法秩序、道德伦理、价值取向、思维方式和心理积淀，涵盖着本民族的各种文化艺术样式以及从中体现出来的审美追求。"② 藏族传统文化是藏族人千百年来形成的民族文化心理积淀，体现着藏族地区的风俗习惯、宗教观念、伦理道德和价值取向，对藏族文学的创作有着深刻的影响。

一、藏地传统文化述略

任何事物和现象都有其发生的条件和背景，当代藏地文学的发生既受其特殊的自然地理环境的影响，也受藏族传统文化和外来文化的影响。同时，藏族作家自主意识的增强，是藏族文学创作的内在动力。钱穆先生在《中国文化史导论·弁言》中指出："各地域各民族文化精神之差异，究其根源，最先还是由于自然环境之分别，这种自然环境的差异直接影响着人们的生活方式，并由其生活方式而影响着民族的文化精神。"③ 所以，研究地域文学，离不了对其地域文化的了解。丹珍草也说："人类的经济活动与社会文化活动，一定是受制于自然地理环境和人文地理环境的，所谓'一方水土养一方人'。地域对文学的影响，不仅止于地形、气候等自然条件，更包括历史形成的人文环境，如该地域特定的历史沿革、民族关系、宗教信仰、人口迁徙、教育状况、人文精神、风俗民情、语言乡音等。"④ 藏族人大多生活在青藏高原文化圈内，这里森林、湖泊星罗棋布，

① ［法］丹纳：《艺术哲学》，傅雷译，江苏文艺出版社 2012 年版，第 45 页。
② 关纪新、朝戈金：《多重选择的世界——当代少数民族作家文学的理论描述》，中央民族大学出版社 1995 年版，第 55 页。
③ 钱穆：《中国文化史导论》，九州出版社 2011 年版，"弁言"第 2 页。
④ 丹珍草：《藏族当代作家汉语创作论》，民族出版社 2008 年版，第 4 页。

气候环境奇异多变，具有雪山、草甸、荒漠等地形，自然地理环境和人文景观与其他地区有天壤之别。这里气候环境恶劣、严酷，在藏族地区，人与自然、地理、环境的关系尤为紧密。

青藏高原的自然生存环境影响、制约着藏族地区人民的风俗习惯，使之具有鲜明的地域文化色彩，从最基本的衣、食、住、行来看，"藏族喜穿皮质的藏袍和藏靴。而藏袍和藏靴则显然是藏区独特的地理环境和传统游牧生产方式的产物。……这里地势高、气候冷，而藏袍的保暖性能很强，适应高寒地区的气候特点"①。食用牛羊肉和糌粑、酥油等与藏族地区传统的畜牧生产方式和食物的性能有关，而选择帐篷是为了保暖、御寒和适应游牧生活方式的需要。

藏族传统的家庭、婚恋制度和丧葬习俗也是组成风俗习惯的重要内容。"现在藏族婚姻中最典型的原始婚姻是一妻多夫现象。……主要有两种类型：一是朋友共妻……一是兄弟共妻。"② 藏族地区有姑娘到十五岁要戴天头的习俗，"自此以后姑娘可以交男朋友，性生活较为自由。在这期间生养孩子，归母亲抚养，姓母姓，男子不负任何养育义务，社会舆论对戴天头后生养孩子的女性并不谴责，对其子女也不加歧视"③。但这样的习俗事实上加重了女性的生活负担，甚至影响女性一生的生活状况。藏族人的丧葬仪式大体分为土葬、天葬、水葬、火葬、塔葬等，传统上，土葬多为一些罪犯或患有传染病的人所用，塔葬和火葬用于活佛、喇嘛等人群，水葬和天葬是最普遍的丧葬仪式。

"从地理环境看，青藏高原的农牧业分布地域辽阔，但是可以有效利用的面积却很有限。广大草原牧草生长季节短，产草量、载畜量低，而且多风雪灾害，生产很不稳定。农田必须有水利灌溉，庄稼才能生长成熟。耕地在河谷分散为小块，而且一年只能一熟。因此，农牧民在高寒缺氧的荒野中必须用加倍的辛勤劳作乃至生命的付出来取得并不丰裕的食物和衣物，维持自己的非常简单的物质生活，可以说每一年的农牧业生产都是高原居民与大自然的一场严酷的斗争。"④ 面对无法战胜的自然威力时，人

① 星全成：《再论藏族传统文化的基本特征》，载《青海民族研究》2000年第3期，第15页。

② 丹珠昂奔：《藏族文化发展史》上，中央民族大学出版社2013年版，第130页。

③ 丹珠昂奔：《藏族文化发展史》上，中央民族大学出版社2013年版，第131页。

④ 陈庆英：《简论青藏高原文化》，载《青海社会科学》1998年第4期，第57页。

深感自身力量的有限和渺小，因此把希望寄托在超自然的神灵上，由此产生了藏地的原始信仰——万物有灵、神灵崇拜的思想，以及对大自然和不可知事物的敬畏心理。这些思想反映在藏族作家的创作中，因此自然、地理、山川、湖泊就有了与其他地区不同的寓意。

公元 7 世纪，佛教从印度和汉地传入西藏。在统治阶级的倡导和经济扶持下，加上自身的本土化改造，佛教吸取了藏地原始宗教的教义、教法，逐渐取代苯教的地位，成了藏族主要的宗教信仰：藏传佛教。藏传佛教在藏地源远流长，形成了巨大的凝聚力，这与"藏传佛教同藏民的哲学思想、文学、美术、音乐等相结合，形成独具特色的藏传佛教文化。……藏传佛教渗透于藏民的生活方式、节日、各种仪式、饮食起居等，成为习俗"① 的因素有关。藏族是个几乎全民信教的民族，宗教信仰已经渗透进人们的内心，在藏民族的日常生活中如影随形。原始的巫术和苯教，以及藏传佛教共同影响着藏族人的人生观念和生活方式。佛教教义追求来世的幸福，宣扬因果轮回。由于现实生存处境的艰难，在无力改变现存状况的情形下，人们把希望寄托在来世，希望通过今生的虔诚礼佛，求得在来生过上好的生活。佛教教义还影响着人们的生死观，藏族人对于死亡并不觉得很悲伤，而把这看成是灵魂转世再生的过程。而原始宗教更增加了西藏的神秘色彩。

宗教对藏族文化影响很大，以此形成了"以佛教哲学为核心的观念文化。史前时期的信仰（图腾崇拜、动物崇拜、山神崇拜、祖先崇拜等）自苯教兴起后，多纳入了苯教的理论轨道……至藏传佛教诸教派的形成，可以说佛教较全面地占领了藏族社会的思想意识形态领域"② 以及"以颂扬神佛、阐释佛理为主体的文学艺术"和"以礼佛、转经为主体的民俗文化"③。

佛教宣扬的轮回转世、因果报应、人生虚无、四大皆空、慈悲博爱的思想影响着藏族人的人生观和价值观。从消极的方面看，在佛教义理的熏染下，有些藏族人不思进取，沉浸在念经和煨桑中。从积极的方面看，佛教的伦理思想使藏族人普遍具有宽容平等、乐善好施、淳朴守信的美好品

---

① 慈仁杰博：《浅析西藏藏传佛教长期存在的根源》，载《西藏研究》1995 年第 1 期，第64 页。

② 丹珠昂奔：《藏族文化发展史》，中央民族大学出版社 2013 年版，"导论"第 15 页。

③ 丹珠昂奔：《藏族文化发展史》，中央民族大学出版社 2013 年版，"导论"第 17 页。

德以及注重内在精神修养的气质，这对于营造和谐社会关系和抵御物质膨胀、世风日下等不良社会风气具有积极意义。"繁衍生息在青藏高原的各个民族，正是在几千年乃至几万年的历史长河中不断与严酷的自然条件的艰苦拼搏中发展起来的。这种年复一年从不间断的艰苦拼搏养成了高原居民的勇敢勤劳、粗犷豪迈的性格和充分利用大自然的每一点赐予、适应严酷自然条件生存的智慧……同时培养了他们特别能吃苦、特别能忍耐、特别爱惜每一件有用物品、爱护动植物生命的精神。"① 这些特殊的品质构成了藏族人特有的人文精神和性格特质。

文化是极其复杂和丰富的人类社会生活现象的总体。"广义的文化包括人类社会历史实践过程中所创造的物质财富和精神财富两方面的内容；狭义的文化则专指意识形态和精神财富方面的内容，如语言文字、文学、艺术、教育、科学、哲学、宗教、道德、风俗习惯等都可以包括在其中。"② 藏族民间文学资源非常丰富，有神话传说、民间故事、历史演义等，其人物形象和故事原型对藏族当代文学的创作有很大影响。如根据藏族民间故事中的智慧人物"阿古顿巴"，阿来塑造了"傻子"这一形象。被誉为"东方的荷马史诗"、代表藏族古代文学最高成就的《格萨尔王传》，是在藏族古代口传文学、民间文学的基础上形成的，具有历史悠久、结构宏伟、卷帙浩繁、内容丰富、气势磅礴、流传广泛的特点，为我们提供了宝贵的原始社会的形态和丰富的资料。它塑造了英雄人物格萨尔的形象，它的故事原型和结构模式，都对之后的文学创作产生了深远的影响。其他如歌谣的鲁体、谐体和自由体的诗歌形式，既体现了藏族语言文字的魅力，又深具地域、民族文化色彩。

藏族传统文化包含广泛，体现了鲜明的地域文化色彩和丰富的民族文化内涵，"任何优秀的文学作品都深植于特定的地域空间和民族传统文化的土壤，文学创作的丰富性正是地域空间多样性和区域文化多元性的具体体现"③。分析藏族文学发生地的地域文化特点对于理解文学作品中民族文化和藏族文化对文学创作的影响是很有必要的。

---

① 陈庆英：《简论青藏高原文化》，载《青海社会科学》1998 年第 4 期，第 57 页。
② 佟锦华：《藏族传统文化概述》，中国藏学出版社 1990 年版，第 1 页。
③ 丹珍草：《藏族当代作家汉语创作论》，民族出版社 2008 年版，第 3 页。

二、传统文化的现代变迁

藏族传统文化是在吸收汉文化、国外文化和其他民族文化的过程中形成的。公元 7 至 9 世纪中叶，"蕃唐之间由战争而联姻，由战争而会盟，由战争而进行宗教、文化交流。……正由于这种状态，使吐蕃竭力向东向、西向扩展，更多地认识了世界，认识了唐王朝和汉文化"①。这个时期，藏地与印度和尼泊尔也进行了经济、文化的交流，印度的佛教、佛经传入藏地，有关佛教的文学作品和印度非佛教的文学作品风靡藏土。藏族与蒙古族的文化交流始于 13 世纪。明朝时，藏族与汉族的经济文化交流加强，开设茶马互市，推动了汉藏经济的发展，促进了汉藏民族的友好关系。同时，一些藏族人也开始学习汉文。清末民初，虽然藏地与中央政府的关系一度紧张，但经济、文化的交流和影响却没有中断。在"中华民族多元一体"格局和外来文化的强势进入下，藏族文化不可避免地受其他民族文化的影响。"任何文化都将服务于一定的社会形态。如果文化与社会相背离，则文化本身无法发展，还会影响社会进步。文化传统不是永恒不变的，而是不断更新的。"② 1951 年西藏和平解放和 1959 年藏族地区的民主改革，使藏族地区从封建农奴制社会进入了社会主义社会，人们的生活发生翻天覆地的变化。社会制度的更替、民主改革的完成、经济发展的需要，预示着藏族地区现代化转型的成功，而党和国家的少数民族方针、政策和当代中国文化思潮的演变对藏族传统文化的现代转型有着巨大的影响。

从封建农奴制社会进入社会主义社会，藏族地区取消了僧侣、贵族等特权阶层，广大的藏族群众获得了平等的生存权，个人的发现使"人"的价值得以凸显。翻身解放的藏族群众铭记正是新生的政权和国家使他们脱离了水深火热的境地，所以个人新生的喜悦与对国家政权的认同被联系在一起，"人"的解放洋溢着政治化的色彩。20 世纪 70 年代末至 80 年代末，在重新肯定"人"的价值的呼声中和文化寻根思潮的影响下，"人"的内涵被定位为民族文化追寻与民族精神重建意义上的文化的人、社会的人。20 世纪 90 年代以来，在商品经济和市场经济的浪潮下，随着人的世俗欲求逐渐凸显，人的日常性被发现和肯定，在现代化和全球化的语境

---

① 丹珠昂奔：《藏族文化发展史》上，中央民族大学出版社 2013 年版，第 470 页。
② 陶长松：《略论藏族传统文化的继承与演变》，载《西藏研究》1998 年第 1 期，第 76 页。

下，现代性的诉求体现了"人"的内涵的深化。

从西藏和平解放初期至今，国家对藏族地区一直实行经济扶持的政策，经济的发展使藏族群众的生活条件有了很大改善和提高。藏族群众切实感受到知识、科技致富的优越性，逐渐改变安于现状的状态，逐步靠近现代化的进程。但过程中也不可避免地遭遇了传统思想观念、思维方式、生活方式与现代文明的冲突与调适。

西藏和平解放以来，国家一直推行宗教信仰自由的政策。20世纪五六十年代，藏族地区群众在党和国家的领导下，社会地位逐渐提高，物质生活条件有了很大改变，人们把精力投入生产和生活当中，与之前宗教占据生活主要内容的情况相比有了很大改变。"文革"期间，藏族地区的宗教事业受到"四人帮"的破坏和打压，但"四人帮"倒台、党的十一届三中全会后，宗教信仰自由的政策继续施行。与之同时，商品经济和现代化建设的成果也鼓舞人心。然而，藏传佛教在慰藉人们精神的同时，它与现代化进程中的一些消极因素发生了冲突。20世纪90年代以来，在市场经济浪潮下和全球化进程中，人们陷入物欲之中，享乐主义盛行，但喧嚣之后的孤寂、纵欲之后的空虚使人迫切想要找到一个精神的支撑点。藏传佛教作为人生价值指引的正面意义开始凸显，但宗教信仰也悄然发生变化，出现功利化、世俗化的倾向。对于藏传佛教在世纪之交的新发展，汪晖说，"宗教的新发展与市场社会的扩张同步进行"①，世纪之交，在全球化和现代化进程中，藏族地区遭遇传统文化的保护和认同危机，但"越是遭遇强烈的文化危机感，雪域高原和藏传佛教作为认同的基础就会不断得到强化"②。

藏族传统文化的现代变迁还体现在语言文字、文化教育、风俗习惯等方面。从藏语文的发展来看，其创制于公元7世纪松赞干布时期，当时主要用于翻译印度佛教经论。公元9世纪热巴巾王时期，当政者对藏文做了改进、规范、优化工作，但当时的藏文主要还是在佛教界使用，普通人和日常中使用得较少。新中国成立后，藏族地区各级学校普遍开设了藏语文课程和藏语文专业，"使藏语文从寺庙的经院教育转化为社会的大众教育，

---

① 汪晖：《东西之间的"西藏问题"（外二篇）》，生活·读书·新知三联书店2014年版，第121页。

② 汪晖：《东西之间的"西藏问题"（外二篇）》，生活·读书·新知三联书店2014年版，第124页。

而且也使藏语文在现代教育的语境下获得了很大的发展，得到了广泛的普及"①，半个多世纪以来，"藏语文从以前为少数人所掌握和使用扩大到为大多数群众所掌握和使用，从以前基本承载佛教的内容、主要反映佛教思想的语言形态，转换、扩展、延伸为承载现实题材的内容、反映世俗大众的心声，并为广大世俗民众服务"②。而且西藏和平解放后，藏族地区基本上实行藏、汉语的双语教育制度，"西藏地区地市所在地的小学实行汉语为主，兼设藏语课的教育；地市以下单位、农牧区实行藏语为主，兼设汉语课的教育。在'文革'以后，政府对西藏的教育和文化的投入，其中也包括藏语教育的投入，都是巨大的"③。汉语的教育和掌握，为藏族地区群众了解现代文明和向现代化的转型打下了很好的基础。西藏和平解放以来，党和国家一直注重培养少数民族干部，为少数民族接受现代教育创造有利的机会和条件：一是吸收人才，降边嘉措、益希单增就是被吸收进革命队伍、送到内地接受高等教育进行深造的藏族作家；二是推广汉语教育，扎西达娃、色波、阿来等作家从小接受汉语教育，使得他们能以藏语文之外的视野透视传统文化，参与与民族现代性的建构。

藏族传统在衣、食、住、行和婚姻、家庭、医疗、卫生等风情民俗上有比较明显的现代化变迁。传统服装仍然是藏民族的主体服装，但在城镇，很多人也穿西装、休闲服、时装、牛仔裤等各式各样的服装，有些场合下，这些新兴的服装比藏袍更简洁方便。当然，藏族地区也经历了对穿牛仔裤把紧绷的臀部暴露出来反感的排斥期，反映了藏族地区人们接受外来文化的过程和审美观念的变化。藏族人的饮食也发生了由吃饱到吃好的变化。传统的牛羊肉、酥油茶、糌粑、青稞酒依然是藏族人喜爱的食物，但更注重营养的搭配，蔬菜、水果、中西餐也屡见不鲜，而且在食物的烹调和卫生方面比之前更有讲究。藏族人家的住房条件也有很大改善，原来的建筑大多有两三层，一楼饲养家畜，二楼住人，三楼礼佛，但一般人家住房狭窄、低矮、黑暗，也有住帐篷和平房的人家。现在很多藏族人的居

① 班班多杰：《试论藏族传统文化的现代转换》，载《西北民族大学学报（哲学社会科学版）》2009 年第 3 期，第 13 页。
② 班班多杰：《试论藏族传统文化的现代转换》，载《西北民族大学学报（哲学社会科学版）》2009 年第 3 期，第 13 页。
③ 汪晖：《东西之间的"西藏问题"（外二篇）》，生活·读书·新知三联书店 2014 年版，第 127 页。

室也仿照内地的样式，住房舒适、方便很多。但也有一些人认为"现在的建筑将厕所建在室内，完全违背了藏族的传统"①，对文化的转变满怀忧患。现代的交通建设和现代化的交通工具对藏族地区的影响较大。在大多数不通公路的地方，藏族人的出行或运输主要是骑马或步行，所以有驮队的存在。公路修通后，汽车代替了驮队和步行，甚至有些人去拉萨朝圣也坐汽车。这虽然缩短了行期，提高了办事效率，给人们的生活带来了很多的便利，但一些靠驮运为生的人和原来主要作为驮运用途的马、牦牛等在现代交通工具发达的藏族地区面临着艰难的抉择和未知的命运。

传统的婚恋、家庭习俗在现代婚姻法的规约下有了很大改变，一夫一妻制成了藏族地区主要的婚姻、家庭模式，它满足了一批受到现代文明思想熏陶的人对圣洁爱情的追求。但在一些偏僻、闭塞的山村，还延续着一妻多夫和一夫多妻的婚姻习俗，当然这与当地的生产力发展水平有关，这也反映了传统习俗的强大惯性。传统婚姻、家庭模式与现代爱情观念的矛盾和冲突在现实生活中也时有发生，体现了传统文化现代转变的艰难与阵痛。藏医藏药、文学艺术等也发生了现代转变，和所有传统文化的变迁一样，有提升、补优，也有不适宜之处。

谢热说，西藏和平解放以来，经历了两次传统文化的现代转型，第一次是20世纪五六十年代的初步转型，第二次是新时期以来的全面转型。关于第一次转型，"这次转型一改过去以宗教思想文化内核，改以科学、民主、理性为文化内核，把藏族文化从宗教神学的烟雾深处引向科学、健康的社会主义的新天地"②。第二个时期，"抛弃旧的宗教文学观念和宗教文学内容更加彻底，'代之以为人生为大众的新文学观念和以普通人的日常生活为主的新内容……'这在传统文学中是根本不存在的，因而亦是藏族文学向现代性转换的重要标志"③。而这种根本变化就在于"人"的观念和内涵的变化。

在民族文化的发展变化中，"旧有的文化观念，常常不是被新的文化观念完全排斥和取代，而是作为一种遗存的基因，积淀到一个民族的深层

---

① 汪晖：《东西之间的"西藏问题"（外二篇）》，生活·读书·新知三联书店2014年版，第130页。

② 谢热：《传统与变迁：藏族传统文化的历史演进及其现代化变迁模式》，甘肃民族出版社2005年版，第143-144页。

③ 谢热：《传统与变迁：藏族传统文化的历史演进及其现代化变迁模式》，甘肃民族出版社2005年版，第159页。

的文化心理结构中间，长久地难以湮灭。"① 因此，藏族传统文化和传统文化的现代变迁共同影响着藏族题材汉语文学的创作。

第二节 当代藏族题材汉语小说的发展

从 20 世纪 50 年代初期至 90 年代初期，藏族题材汉语小说经历了政治化的书写和民族文化的书写两个阶段，民族意识处于从蒙昧到觉醒的时期，小说创作由发展期走向繁荣期。

一、50 年代初至 80 年代初：民族国家认同书写

在谈到中国当代五六十年代的小说创作时，有论者指出，"新中国文艺格局中，文学写什么和怎样写的问题是在新的政治意识形态和文艺体制语境中被讨论的"，因此，"小说等叙事类文学创作与意识形态的关系尤其紧密"。② 在全国第一次文代会上，周扬就提出以毛泽东的《在延安文艺座谈会上的讲话》作为指导新中国文艺的方向。《在延安文艺座谈会上的讲话》体现了毛泽东的文艺思想："强调文艺为无产阶级政治服务，为工农兵服务，要求文艺创作歌颂新的政治文化，宣传新的意识形态，反映新中国的革命和建设。"③ 在当时的文艺政策规范下，中国五六十年代的小说呈现出鲜明的政治化色彩。1951 年随着西藏的和平解放，藏族地区步入了社会主义时期，藏族文学也进入了当代文学阶段。五六十年代藏地文学的状况，正如马丽华的评价："50 年代，一种全新的文学观念和形式也一涌而进。延续了上千年的那条若隐若现的纤细的传统文学史线消失。代之而来的这种新文学现象，很像是内地'五四'以来特别是延安时代以来的带有较强政治意念色彩的文学传统在西藏的延伸，与新中国文学同步。"④

---

① 关纪新、朝戈金：《多重选择的世界——当代少数民族作家文学的理论描述》，中央民族大学出版社 1995 年版，第 55 页。

② 朱栋霖、朱晓进、龙泉明：《中国现代文学史》下，北京大学出版社 2007 年版，第 23 页。

③ 朱栋霖、朱晓进、龙泉明：《中国现代文学史》下，北京大学出版社 2007 年版，第 23 页。

④ 马丽华：《雪域文化与西藏文学》，湖南教育出版社 1998 年版，第 71~72 页。

五六十年代藏族题材汉语小说的生成背景主要有：第十八军进入西藏，解放军部队的文艺演出和电影放映，连环画、歌舞、杂技团等文艺类型对作家文学观念的启发和影响，给西藏带来了震撼。西藏的文艺工作者学习、实践毛泽东的文艺思想，掀起歌颂新生活、新西藏，抒发藏汉民族友谊，翻身农奴把歌唱的颂歌大潮。在这一阶段，进藏部队作家成了当地文学创作的主力军，文学的主要成就是诗歌创作，但在小说、散文、报告文学、戏剧、电影、新民歌方面都取得了一定的成绩。几大文学类型基本形成，新的文学观念、文学思想基本确立，为以后阶段的文学发展奠定了基础。这一时期的文学具有革命启蒙色彩、人物形象典型化的特点，作家主要运用社会现实主义与革命浪漫主义相结合的方法来创作。

五六十年代，小说创作已经起步，但与其他文学样式相比，影响力不大。主要的作家作品有徐怀中的长篇小说《我们播种爱情》（1957年）、中篇小说《地上的长虹》（1954年）、刘克的小说集《央金》（1962年），胡奇的儿童文学作品《五彩路》（1957年）、《神火》（1957年）、《绿色的远方》（1964年），柯岗的长篇小说《金桥》（1959年），等等。70年代末至80年代初，非藏族作家的藏地长篇小说有杨友德的《俄洛天刚亮》，严克勤的《藏北凯歌》，张庆桑的《博巴金珠玛》，王德明、赵志立的《奔腾的雅鲁藏布江》，杨苏的《藏民飞骑》，秦文玉的《女活佛》，范向东的《高原深处的人们》，李生才的《含泪的云》，等等。

从小说反映的内容和主题来看，这个时期的小说创作与同时代内地文学相同，有鲜明的政治意识形态色彩，赞扬与歌颂是小说的主旨，作品洋溢着革命英雄主义、乐观主义精神，反映在党的领导下得到解放的藏族同胞新生的精神面貌，塑造争做先进、无私奉献、忘我工作、技术创新、为西藏解放和建设作出贡献的正面人物形象，揭露与批判破坏、阻碍西藏解放和建设的反动势力，批评了不利于革命和建设的个人主义和自由散漫的思想。

当代藏族汉语小说的创作开始于20世纪80年代初期，主要代表作家作品有益希卓玛的儿童长篇小说《清晨》，降边嘉措的长篇小说《格桑梅朵》和益希单增的长篇小说《幸存的人》《迷茫的大地》，意西泽仁的小说集《大雁落脚的地方》《松耳石项链》，孕藏才旦的小说集《半阴半阳回旋曲》等。

降边嘉措的长篇小说《格桑梅朵》于1960年开始创作，历时20年，

1980 年出版，是第一部当代藏族作家创作的汉语长篇小说。小说主要采用了现实主义的创作方法，讲述了在西藏和平解放时期，中国人民解放军在西藏开展的民族团结、安边兴藏等各项工作，同时，揭露西藏反动阶层负隅顽抗，阻碍破坏祖国统一大业的恶行，反映在党的领导下，藏族人民为了推翻封建农奴制、走向民主和社会主义道路的反抗和斗争。小说的标题富含寓意：藏语"格桑梅朵"的含义是幸福花，喻指藏族人民的反抗斗争是一条追求幸福生活的道路。

"至于这部作品的主旨，作者在书前的'献辞'中说得很清楚：'谨以此书献给为解放西藏、巩固国防而斗争的进藏部队全体指战员！为祖国统一、驱逐帝国主义势力出西藏而英勇牺牲的烈士们，永垂不朽！'"①

益希单增的长篇小说《幸存的人》，主要描写了西藏农奴所受的压迫和他们为反抗命运而进行的寻路与斗争，小说塑造了一批敢于向农奴主斗争的人物形象，如德吉桑姆、桑节普珠、索甲、森耿杰布、洛卡达日等，同时，淋漓尽致地揭示了残暴、狠毒、奢淫无度的反动统治阶级的丑恶嘴脸。

对于该小说的主题思想，作者益希单增最有发言权，他说："小说的主题思想是揭露封建农奴社会的黑暗，歌颂勤劳、智慧、勇敢的西藏人民。阐明在封建农奴制度下，农奴无论靠什么力量来进行斗争——例如靠佛爷、靠自己、靠朋友，都不能得到自由和胜利，即使取得胜利，也只能是暂时的。因此西藏的革命、西藏人民的翻身解放，农奴们几百年来的自己当家做主的愿望，只有在中国共产党的领导下才能实现。"② 这一政治意识形态化主题与主流文学话语是一致的。

总起来看，50 年代初期至 80 年代初期的藏族题材汉语小说，主要描述了和平解放初期，党和国家对西藏和平建设工作的重视以及在社会主义制度下，西藏人民生活方式和精神面貌的变化，歌颂了新的国家、新的社会制度、新的时代。这些创作特点都与中国当代"十七年文学"的书写是一致的，对于这一时期文学政治化的书写，我们可以从作家的成长经历来认识文学的生成。

徐怀忠和刘克都是军旅作家，青少年时期就参军接受共产主义思想的

---

① 丹珠昂奔：《藏族文化发展史》下，中央民族大学出版社 2013 年版，第 912 页。
② 转引自丹珠昂奔《藏族文化发展史》下，中央民族大学出版社 2013 年版，第 910 页。

教育，参加过抗日战争、解放战争，是解放与建设新中国的功臣，藏族地区的和平解放和藏族地区社会主义生活的新局面凝聚着他们热切的希望和主人翁的自豪感。对民族国家的认同就是对自我价值的肯定，作为藏族地区解放后的第一批部队作家，以文学的形式书写新生国家政权和社会主义制度的优越性，通过回忆革命史重建部队官兵的英雄形象，描写藏汉团结互助的民族关系，抒发对新生活的喜悦之情，正是当时部队工作者由衷的愿景。

益希单增的童年很不幸，生父被旧军队杀害，他被迫出逃，靠继父、母亲艰苦劳作抚养长大，在旧社会历尽苦难。解放军进藏时他参了军，后来又获得到内地高等学府学习的机会，是党和国家给了他新生，让他切实感受到新旧社会、新旧军队、新旧国家的不同。小说传达的思想和感情正是他的真实感受，认同新生的政权和国家也是他情之所至。

降边嘉措年仅 12 岁时就加入了进藏的部队，在人民解放军的行列中得到锻炼，之后被送到军区干部学校学习，又到西南民族学院接受高等教育。参军改变了他的命运，知识使他的视野更开阔，人生境界有了很大的提高，并走上了创作和研究的道路。作为藏族地区和平解放和社会主义建设的参与者和人生发生翻天覆地变化的切身经历者，降边嘉措和益希单增能够真诚地敞开胸怀，满腔激情地歌颂人民军队和新生的国家政权。

这一阶段藏族题材汉语小说的政治化书写，有深层的社会、历史背景。从藏族地区的社会现实来看，藏族地区群众从受压迫、受禁锢的封建农奴制进入社会主义社会，身心获得平等和自由，"人"的身份得到尊重，主体意识觉醒，站在得到解放的藏族群众的立场抨击农奴制的反动腐朽，讴歌人民军队、党和国家的英明伟大，表达感恩欣喜之情，具有现代性的启蒙叙事立场。旷新年认为，"民族国家意识是中国现代启蒙运动最重要的内容之一。中国现代启蒙运动，首先就是要进行现代民族国家思想的'启蒙'，从而打破中国民族国家意识的'蒙昧状态'"①。因此，这一阶段藏族题材汉语小说中，民族国家认同的政治化书写具有深刻的社会历史意义。张志忠对"十七年文学"的评价同样适合50年代初至80年代初藏族题材汉语小说的创作，他说："我们也没有任何理由，因为后来遭受过的严重挫折而怀疑和抹杀追求现代民族共同体的建立的伟大斗争历史，抹

---

① 旷新年：《民族国家想象与中国现代文学》，载《文学评论》2003 年第 1 期，第 35 页。

杀表现和歌颂这一历史进程中的热情和幻想、英雄气概和壮烈情怀，塑造想象的共同体的'十七年文学'的重要成就，更不应该简单否定其所具有的现代性内涵。"① 而至于这一阶段的文学艺术成就，在文学观念、语言形式、小说范式方面都有了不同于藏族古典文学的创新。"但对西藏藏文传统文学来说，无论从文种方面，从意识形态、思想感情、表达方式和表现内容等各方面，都是一种全面的本质性的脱胎换骨。"② 这未必不是50年代初至80年代初藏族题材汉语小说的成就。

二、80 年代初至 90 年代初：民族文化的书写

80 年代初至 90 年代初是藏族当代文学的繁荣期。1976 年 10 月，"文化大革命"结束，1978 年 12 月，党的十一届三中全会的召开和改革开放政策的实行，带来了思想观念的更新。党对文艺工作更加重视，各级文代会和西藏文联相继成立，创办了《西藏文艺》这一刊物，为文学创作提供了主要阵地。文艺工作者积极扶持、培养青年作家，激发了广大文艺爱好者的创作热情。作家队伍持续壮大，藏族作家经过三十多年的熏陶培养，崭露头角，形成了一支老中青结合、藏汉作家并肩的作家队伍。藏汉文化交流增多，内地这一时期兴起的伤痕文学、反思文学、寻根文学思潮对藏族地区的文学创作产生重要影响，而兴起于西藏的魔幻现实主义等现代思潮和创作手法对内地的先锋文学也有重要影响。这一时期作品数量众多，体裁多样，流派纷呈。早期的小说受内地文学思潮的影响，有伤痕、反思的色彩，如扎西达娃早期的小说。西藏魔幻现实主义小说与内地寻根文学思潮有紧密的联系，同时它对内地的先锋文学、现代派文学也产生了影响，出现了现实主义和现代主义创作手法并存的现象。这一时期的文学观念和小说主题较前一时期都有变化，小说创作也在叙事艺术上进行探索创新。这个阶段的藏族地区文学与内地的联系还是很紧密的，80 年代初中期的一些小说，如秦文玉的长篇小说《女活佛》，孕藏才旦的小说《半阴半阳回旋曲》《羊粪蛋儿组长》，多杰才旦的小说《又一个早晨》，刘克的四部西藏系列小说《康巴阿公》《古碉堡》《暮巴拉·雾山》《采桑子》都带有伤痕文学、反思文学的色彩。80 年代中期之后内地兴起的文学寻

① 张志忠：《现代民族共同体的想象与认同——论"十七年文学"的现代性品格》，载《文史哲》2006 年第 1 期，第 86 页。

② 马丽华：《雪域文化与西藏文学》，湖南教育出版社 1998 年版，第 72 页。

根思潮和先锋文学、现代派文学的小说技巧在藏族题材汉语小说家的创作中也有鲜明的体现。

韩少功在他的寻根宣言《文学的"根"》中说："文学有根，而且之根应深植于民族传统文化的土壤里。"① 对于扎西达娃、色波来讲，藏族传统文化是他们的寻根之所，无一例外，他们的小说都对藏族传统文化进行诠释，区别只在于涉笔的深浅、民族文化认同的程度不同。扎西达娃的文化寻根的表达借鉴了拉美魔幻现实主义的手法，《西藏，系在皮绳扣上的魂》和《西藏，隐秘岁月》是其寻根小说的代表作。

扎西达娃的小说主要描述的是民族传统文化遭受现代文明的冲击，他坚守民族传统文化之根，在藏族文化精神的魅力中显示民族文学的自信和自足，使80年代中后期的藏族题材汉语小说书写获得了独立发展的空间，同时也标志着藏族题材汉语小说从上一阶段的政治化书写转向民族文化书写。"寻根文学思潮的核心是强调文学关注文化。倡导者们还将'文化'限定为地域文化、传统文化、族群文化与民间文化。正是在对文化的限定中，少数民族文化进入了当代文学视野，成为主流文学界倡导的文学资源。"② 在这个意义上，80年代中后期藏族题材汉语寻根小说的写作对民族精神的张扬和强化族群身份认同具有重要的意义。

这是一种民族文化的认同，也是作者试图进行自我文化身份认同的实践。扎西达娃原名张念生，母亲是汉族人，父亲是藏族人，从血缘上来看属于汉藏混血儿。他童年时期是在重庆度过的，接受的是汉文化教育，少年时期跟随父母到拉萨读书，逐渐回归、认同他的藏族文化身份。他早期的小说如《朝佛》《没有星光的夜》等，都反映出对现代文明的认同，以及对民族传统文化的批判、反思。在80年代中后期的小说中，他的民族意识开始觉醒，从早期的汉文化认同转向藏文化认同。但即使在这个时期，他的藏文化认同也还是不太坚定的。正如《西藏，系在皮绳扣上的魂》中的塔贝，在寻找香巴拉的途中死去，"我"和婛则返回塔贝来时的路。作品中的"我"和隐含的作者"我"在文化寻根中处于迷惘和漂泊的状态，这也是扎西达娃心路历程的写照。即使是回到西藏，意识到自己的藏族文化身份并主动回归，他对藏族文化也不是很了解。色波曾说他对

---

① 韩少功：《文学的"根"》，载《作家》1985年第4期，第2页。

② 杨红：《20世纪80年代中国少数民族文学的文化寻根》，载《北方民族大学学报（哲学社会科学版）》2013年第6期，第92页。

藏族文化的了解不连贯："从我们平时的谈论和他完成的作品来看，我想也差不多吧。""我和扎西达娃小时候基本上是在内地度过，即便后来去了西藏，也都生活在机关。"① 早期接受的汉文化一直影响他全身心地融入藏族文化中去，他往往以所接受的现代文明观照、审视藏族传统文化。正如一个离乡的游子，受到外来文明的熏陶后试图回归，但故乡已是陌生的他乡。更何况扎西达娃一开始接受的就是汉文化的教育，早期形成的文化认识总会在无形中影响他对藏族文化的认同，所以他作品中出现了"寻找的未果"的情节，那是一种无根状态的漂泊，正如他对自己文化身份认同的困惑。

扎西达娃在文化寻根中的困惑主要是对两种文化血脉的取舍，而色波的心绪则更为复杂。马丽华这样介绍色波："色波的出身和经历与众不同。他小时浪迹天涯，就有无根感；父母各自再成家，又有无家感；后来他自己又离婚又再婚（这其间有多少人间烦恼）；尚未怎样成年，发配般地去了与世隔绝的喜马拉雅南麓全中国唯一不通公路的墨脱县。先是当医生，把人的五脏六腑看个清楚，后来当作家，又把人的心理分析得透彻，还有什么比这糟糕的，只差看破红尘，索性出家了。"② 有评论者谈论色波的小说是"超越西藏的沉思"，的确，色波的小说是通过西藏传达一种人类生存的体验和状态。他曾说："我还从国外小说中读到了许多人类的共同经验和情感，这跟我们的教育中动辄强调中国与世界之间的差异完全不同。这至少意味着，我一方面可以对我感受到的西藏产生信赖，另一方面，利用西藏的特殊材料写出来的小说也可以不只是'西藏的'。"③

色波的代表作有《圆形日子》《幻鸣》《竹笛，啜泣和梦》《在这里上船》等，"寻找"是他小说的一个重要主题，但作品所写的都是无望的寻找和无意义的等待，这正是他借小说传达对世界和人生的体验和感悟。他的小说晦涩难懂，没有吸引人的故事情节，思维跳跃，线索散漫，主要通过零星的场景和片段来描写藏族人的世俗人生，作品有深深的孤独意识和感伤氛围，"圆形"是他超越传统神佛轮回观念之上的对于人生的哲学思考。色波的小说有很强的个性色彩，他对时空的独特处理体现在对叙事的探索，他所追求的是一种有意味的小说形式，在小说形式和文学意蕴上体现出超越西藏的沉思。

---

① 色波：《遥远的记忆——答姚新勇博士问》，载《西藏文学》2006年第1期，第78页。

② 马丽华：《雪域文化与西藏文学》，湖南教育出版社1998年版，第126页。

③ 色波：《遥远的记忆——答姚新勇博士问》，载《西藏文学》2006年第1期，第79页。

所以说扎西达娃和色波的小说既是民族的也是世界的，既是传统的也是现代的，用地方的素材表达普世的关怀，用现代小说的手法表达对民族传统文化的认同、传统与现代之间的糅合和对立，这也是他们身份游离或趋同的体现。不约而同的是，扎西达娃和色波的创作生命力在90年代出现衰竭的现象，传统文化与现代文化的不可调适，不能抛却现代文化但又不能深入传统文化的困惑是主要原因。关于离开西藏的原因，色波的言论可能能代表他们那一些人的感受："我与西藏的抵牾越来越明显。……另外，举家内迁调到成都后，我一直都没有找到一个可靠的文化支点，总觉得自己仅仅只是身份证上的一张照片。"① 这是他的人生体验，也是文化身份寻根途中的感悟。

扎西达娃、色波的小说主题是回来，吉米平阶的小说却写了很多离开藏族地区在京求学、工作的藏族青年，他们已不甘心自给自足、偏居一隅的生存状态，他笔下的人物走出故乡，在现代文化的中心寻找自己的位置，这是藏族青年响应现代文明的召唤，勇敢面对、迎接外来文化挑战的姿态，体现了藏地参与现代文明进程的自觉性。

吉米平阶讲述了藏族同胞走出闭塞进入现代文明的进程，描写了来内地的当代藏族青年在藏汉两种不同文化的碰撞冲击下，不能自我调适、顺应时代发展的困惑。当然，他的作品中也有一些融入现代文明进程中的北京藏人。作者想探讨的是如何在追赶现代性进程的同时保持民族性的问题。吉米平阶本是土生土长的藏族地区人，17岁时进京求学，一下进入现代文明的中心，后又定居北京，但因出差长期往返于藏地与内地之间，其间的适应与不适都能在小说人物身上找到影子，对于他和他笔下的藏族青年来说，"故乡是焦头烂额时灵魂逃逸的寄托之所，而都市呢，却是引诱他们又捉弄他们的女人。永久地返回故乡已属不可能，多是不愿意；而身处都市呢，又不免心似无所居，身亦无所安"②。

扎西达娃、色波、吉米平阶的作品中都书写了面对现代文明时民族文化身份定位的困惑，但通嘎的态度却很明朗，他的小说表达了对民族传统文化坚定的认同感。

80年代藏族题材汉语小说家中，马原也是一个绕不过去的话题。提

① 色波：《遥远的记忆——答姚新勇博士问》，载《西藏文学》2006年第1期，第80页。
② 马丽华：《雪域文化与西藏文学》，湖南教育出版社1998年版，第111页。

到马原和他的西藏题材小说，有的评论者认为马原的小说没有真正地书写藏族文化，藏族文化元素在他的小说中是一些表象的符号，西藏成就了马原，他却没给西藏留下什么。但是马原和扎西达娃、色波等藏族作家一起推动了"西藏新小说"的兴起，使"西藏新小说"一度成为引人关注的文学现象，以醒目的姿态进入文坛，这是不可否认的事实。对马原西藏题材小说的诟病主要指向他的叙事手法，认为他对西藏新小说的意义就在于用先锋文学、现代派文学的手法创作了以西藏为背景的作品，实践了他的"小说是一种虚构"的文学观。

马原以西藏为题材的小说的代表作主要有《冈底斯的诱惑》《虚构》《拉萨河女神》等，从内容上看，小说都有一个叙事者"我"，一个在西藏的汉族人，以外来者的视角讲述他所了解的当地的人事和现象，介绍他们在西藏的活动或所见所感。小说由讲故事的形式构成，一篇小说不止一条故事线索，故事之间没有紧密的意义关联，有时候甚至互不搭边。他的小说打破了读者传统的阅读方式，往往在讲述故事的同时一再申明他故事的虚构性、不真实性，消解了严肃文学赋予小说的崇高意蕴，意在表明他的文学观：小说不过是语言、形式的游戏。为了达到这样的效果，小说《拉萨河女神》中甚至用阿拉伯数字1、2、3、4等命名小说的主人公，人物只是一个简单的符号，没有任何深刻的意义。这样的写作手法是他在叙事上的探索。

作为一个外来者，马原对藏族文化、民俗等充满好奇，但他又想像一个人类学家一样对各种异己文化持平等对待的态度，理性地保持与异己文化的距离。正如他写的："我不能像他们一样去理解生活。那些对我来说是一种形式，我尊重他们的生活习俗。他们在其中理解的和体会到的我只能猜测，只能用理性和该死的逻辑法则去推断，我们和他们——这里的人们——最大限度的接近也不过如此。可是我们自以为聪明文明，以为他们蠢笨原始需要我们拯救开导。"①

但仅仅从这样的角度认识马原小说的意义未免显得过于简单了，他的小说其实还表达了外来者对西藏的向往，以及对藏族人重视精神追求的钦佩。他的小说也体现出两种文化下的人：一种是藏族文化下的人，另一些就是内地来藏的都市人，他们的生活观念和精神向度有很大差异，马原把

———————————————

① 马原：《冈底斯的诱惑》，见《虚构》长江文艺出版社1993年版，第14页。

内地都市文化与藏族文化置于对比的视野下呈现，表达了他对与内地都市文化迥异的原始文明、传统文化的推崇和呼吁，他的小说其实是有一种价值立场和精神指向的，这正是马原西藏题材小说的价值和意义。

扎西达娃、色波、马原等一批青年作家掀起的一股西藏新小说的热潮，在80年代末期逐渐寂落，原因在于：从藏族作家来看，扎西达娃、色波自小在内地成长，接受的是汉文化的熏陶和教育，藏族文化底蕴不厚，对藏族地区的社会现实也不太熟稔，现代的文学观念和手法终不能很好地展示真实的、日常的西藏。

马原在先锋、现代派的叙事手法上锐意进取，而李双焰则在现实主义的道路上踏实践行。李双焰在多种文体上都有尝试，以藏地为背景的小说代表作有长篇小说《游牧部落》三部曲（《母系氏族》《北部汉子》《牧歌悠悠》），中短篇小说《西部草原的诺尔桑》等，为藏北牧民立传，是他始终如一的文学理想。小说中美丽、善良、勤劳、具有母性情怀的藏北妇女和粗犷、血性、讲义气的藏北汉子是他讴歌的对象。周韶西评价他的小说："新时期以来，把视野和笔触投向藏北草原的墨客骚人越来越多，而真正能够把那一片冷峻、孤寂、辽远、壮美的土地写得深刻而有力度的却不多。毋庸讳言，以其书卷气的大手笔揭示藏北的马丽华和以其深邃雄野的笔触再现藏北的李双焰算是这些为数不多的耕耘者中的佼佼者了。他们的艰辛与执着使其在很大意义上获得了那块博大苍穹土地的神韵的独特领悟。"① 如果说马原是一个西藏的过客，李双焰就是坚守者。马原到西藏去很明白自己终要离开，李双焰则是抱着一去不同的决心去的。他了解传统的藏族文化，也看到了受现代文明侵染的现代西藏，理解藏族宗教信仰的神圣性和日常性。他曾提到作家益希单增在创作《幸存的人》时的用力：三拟其稿，七次修改。"为了贴近藏区生活和故事所发生的时代，作家翻阅了大量资料和重温自己进藏前后的生活日记，归根到底是对生活负责。"②

综上所述，20世纪80年代中后期，藏汉作家共同营造了藏族题材汉语小说的繁荣，现实主义和现代主义手法并行发展，作家主要着眼于藏族文化的书写，民族性和现代性意识逐渐凸显，在思想意蕴和艺术造诣上都达到了前所未有的高度，但对文学纬度的开掘还比较单一。

---

① 周韶西：《他在藏北草原放牧太阳——论李双焰的小说创作》，载《西藏艺术研究》1993年第1期，第81页。

② 李双焰：《我们是何人？》，载《西藏艺术研究》1991年第4期，第79页。

第三节　当代藏族题材汉语小说的多元化探索

　　20世纪80年代末至90年代初，汉族作家出于各种原因离藏，如马原为不能完全融入藏地而离开，部队作家由于各种原因调离藏族地区，秦文玉等一些作家过世。与之同时，藏族青年作家开始崛起，当代藏族题材汉语小说出现了以藏族作家为主要成员的局面。新世纪以来，范稳、杨志军创作出了藏地系列的小说，部队作家党益民、裘山山的涉藏小说引人瞩目，援藏作家如宁肯、江觉迟等也因自己的经历有感而发并写成小说，一些到藏族地区行走的作家如安妮宝贝也发表过自己的感悟，一批居留在藏族地区的藏漂作家如张祖文、敖超也有作品问世。汉族作家队伍实力逐渐壮大，与一批有实力的藏族作家如阿来、梅卓、央珍、白玛娜珍、次仁罗布等齐头并进，当代藏族题材汉语小说出现了又一轮的繁荣景象。

　　阿来从80年代中后期就开始了小说创作，代表作有长篇小说《尘埃落定》、《空山》三部曲、《格萨尔王》等，其中《尘埃落定》于2000年获得第五届茅盾文学奖。《尘埃落定》描写了末代土司间的争权夺利、家族纷争等，揭示了土司制度必然灭亡的历史命运。十年之后，阿来的《空山》三部曲小说问世，与《尘埃落定》从历史的角度叙写藏族地区不同，《空山》的时代背景是当代，从时间上看是《尘埃落定》的续写，讲述现代化进程中藏族传统文化与现代文明的碰撞，体现人们心灵的震颤，反思现代化进程的得与失。《格萨尔王》是一部史诗重写之作，阿来在对史诗的重述中，以现代性的立场审视、辨析，赋予史诗新的视角和阐释空间。阿来是个有责任心和担当精神的作家，他的小说是直面问题和困惑的写作，他从不避讳社会改革进程中出现的问题，呈现并思索着，因此他的作品沉重而丰盈。阿来一直自觉地进行小说叙事的探索，现实主义是其小说的主要写作方法，但时有魔幻手法和神秘色彩弥漫其间。从题材和小说形式来看，《尘埃落定》是历史的演绎；《空山》三部曲由六个像花瓣的中篇小说组成，每篇各自成立又互有涉及；《格萨尔王》是史诗重述，重要的是在重述史诗这一线索外加入了说书人这一线索，使两条线索交叉并进，互相阐释。

阿来无疑是当代藏族作家中的领军人物，在他的影响和扶持下，一批四川康巴地区的青年作家如达真、格绒追美、赵敏、洼西彭错等成长起来。

从藏族地区的分布情况来看，四川藏族处在多种文化的交汇地带，多元文化的冲突与交流是其特点，就康巴文化而言，"康巴文化就是以藏文化为主体，兼容其他民族文化，具有多元性、复合性特色的地域文化"[①]。达真的创作深受这种多元文化场的影响，《康巴》主要描写在多民族交汇地区，各民族互相尊重、互通有无的友情和向往和平的心愿；《命定》讲述了藏族群众加入抗日远征军，参加抵御外侮的爱国战争。达真小说的意义在于弥补了文学界对藏族爱国战争题材的疏漏和遮蔽，以藏族儿女的视角表达祈愿大爱、向往和平的民族立场。

90年代以来，藏族女作家迅速成长起来，而且主要以长篇小说的形式显示创作的实力。央珍的长篇小说《无性别的神》，通过德康庄园家的二小姐央吉卓玛的成长经历，展现了20世纪20年代初中期噶厦政府、贵族庄园、寺院等的社会状况，描写了官员、农奴主、僧尼、农奴等的生活状况，并对当时的社会制度、人情风俗、建筑饮食作了精细的刻画，堪称是一部西藏的《红楼梦》。小说以女性的成长历程为叙事线索，从女性的视角看整个世界，虽没有体现强烈的性别意识，但叙事视角和构思的独特性值得肯定。央珍特定的出身和成长环境为她写作这部小说提供了素材，"央珍出生和成长在西藏拉萨一个干部家庭，拉萨是过去西藏贵族、官员最集中的城市，贵族的家庭生活、礼仪规矩、饮食习惯、官场的升迁认命、典章制度、等级权力，等等，都是藏族文化的重要内容，以及贵族、官员身边发生的故事，都是封建农奴社会特有的现象，这一切是客观存在，但在书本见不到完整的具体的记载，但又是了解认识西藏应该知道的东西"[②]。再加上她的勤奋和天分，所以能写出这部被誉为"西藏的《红楼梦》"的小说。

继央珍之后，一批藏族青年女作家也成长起来，如格央、尼玛潘多、白玛娜珍、梅卓等，她们以很强的写作实力和鲜明的女性意识，逐渐形成一个群体。格央的小说有中短篇《一个老尼的自述》《灵魂穿洞》《天意

---

① 丹珍草：《藏族当代作家汉语创作论》，民族出版社2008年版，第95页。
② 耿予方：《西藏50年·文学卷》，民族出版社2001年版，第286页。

指引》等，长篇小说有《让爱慢慢永恒》，她善于用平淡的语气讲述一个个凡夫俗子的人生故事，爱、恨、情、仇是她小说的主题，而她把人的命运阐释为"天意"，带有很强的宿命色彩，而对于这样的宿命她又是释然的。尼玛扎西对格央有精到的评论，从她的作品中"能够看到一种以普通藏族女性的人格视角潜入西藏生活的清新尝试。……由于刻意避开了对宗教及传统存在的直接静态渲染和描摹，让凡人凡性执着于潜藏民间底层的更为宏阔的世俗生存……动态地袒露其真实而自然的面貌，反而获得了某种较之其他创作者更本源、更趋于感性真实的深透性和不事张扬的淳朴之美。"① 格央用一个个平淡的故事诠释着藏族人的性格特质、精神状态和信仰生活，而且把这些元素不动声色地融注到人物身上，让我们在平静的文字中感受藏族文化的意蕴，认识到原来藏族人的日常生活是如此的世俗而纯净、质朴又高远。

尼玛潘多之所以引起文坛注目是因为她的长篇小说《紫青稞》，小说围绕阿妈曲宗一家人的人生轨迹，讲述了改革开放后几个藏族山村的发展、变迁，关注普通藏族农牧民的日常生活、情感世界和思想变化。小说中的普村、森格村是千万个藏族山村的缩影；普村人的生活也是新时期藏族农民生存现状的缩影；阿妈曲宗的三个女儿桑吉、达吉、多吉不同的性格特点、人生态度，反映了新时期藏族山村年轻人的普遍向往和追求。普村人就像"紫青稞"一样，有顽强的生命力，足以看出标题的寓意。尼玛潘多说，她的小说中有太多童年生活的影子，有她父亲和父亲朋友的影子。"尼玛潘多童年时期跟随父母生活在日喀则郊区的农场，从小对农村的生活有着深入的了解。"② 关注改革开放中普通藏族农村人的生存状态是她小说的用笔之处，而质朴、平实的文笔恰如她沉静内敛的性格。

白玛娜珍的文字华美、诗意、空灵，她有很好的文学天赋和感悟能力。出身书香门第的她，从小就受到文学氛围的熏陶，又阅读过很多中外名作，有极高的文字素养，诗意、充满张力的文字是她小说的一大特色。由于少年时离开西藏到内地，游历过内地的大都市，切实感受到内地文明与藏族文化的差异，所以她小说中的女性也有在藏地和内地穿梭往返的经

---

① 尼玛扎西：《浮面歌吟：关于当代西藏文学生存与发展的一些断想》，载《西藏文学》1999年第2期，第120页。

② 徐琴：《高原上的紫青稞——评尼玛潘多的小说创作》，载《文艺报》2016年12月7日第5版。

历，由此可见个人经历对小说创作的影响。小说《拉萨红尘》《复活的度母》以诗意的语言、灵动的情思靠近女性的心灵本真，注重女性的心灵体验和爱欲需求，是一部女性的心灵秘史，有鲜明的女性意识。但白玛娜珍没有给小说的主人公找到救赎之路，也没有让人物简单地逃遁或皈依宗教，红尘中的男女仍然在迷惘痛苦中挣扎。

她小说中的人物一直处在寻找的状态，扎西达娃说："作家在小说中隐藏着一个强烈的动机，可以用一句疑问来概括：何处是我家？不论是小说里藏族中的雅玛、郎萨、泽旦、莞尔玛，还是汉族中的迪和徐楠，每个人都以不同的方式和不同的命运诠释着同一个主题，那就是对'家'的沦丧、寻找和渴望重构。"① 面对现代文明的冲击，郎萨和莞尔玛选择了遁世，而雅玛在藏地和内地、藏族传统文化和外来现代文化之中不停地寻找——失落——阵痛，雅玛的人生经历反映了藏族现代女性定位文化身份的心路历程。

同是青海藏族聚居区的梅卓、江洋才让和万玛才旦，由于其透视民族文化的视角和汉化程度不同，小说创作体现出不一样的风格和气度。梅卓小说的代表作有中短篇小说集《麝香之爱》，长篇小说《太阳石》和《月亮营地》。《太阳石》和《月亮营地》追溯历史的脚步，描写草原部落间的争夺和爱恨情仇。她小说中的女性大多心胸宽广，敢爱敢恨，有时充当男性的救赎者、启蒙者。《麝香之爱》中的多篇小说都是通过故事获得人生的感悟和启迪，使主题上升到人生哲思的层面，而且有很强的宗教色彩。梅卓的小说有强烈的民族立场和民族认同感，"梅卓小说表现出强烈的民族集体性体验和对民族主体、文化身份的确认，可以被当作藏族民族寓言来阅读。她对藏文化形式浓墨重彩的渲染，以及团结御侮的主题提炼，都足以说明这一点"②。她善于在过往历史中建构民族自强的动力，把生死爱欲融进民族集体话语叙事中。她从小学习的是汉语言，所以对藏文化还是比较疏离的，对藏文化的了解主要通过走访和调研，她的藏地书写能从世界大视野中重新定位、审视民族文化。

江洋才让的长篇小说有《然后在狼印奔走》《康巴方式》《马背上的经幡》《灰飞》，整体上看，他的小说是康巴人精神的展示，描写普通藏

---

① 扎西达娃：《何处是家园》，载《西藏文学》2003 年第 3 期，第 77 页。
② 张懿红：《梅卓：民族立场与民族想象》，载《青海社会科学》2007 年第 2 期，第 137 页。

人琐碎的日常生活和情绪。《然后在狼印奔走》中的"我"是一个野人的儿子，他身上有野人追求自由、蔑视强权、从容骄傲的特质，他对爱情的认知也是听从最本真的身心渴求。《马背上的经幡》也体现了作者对康巴精神的认同。小说以一场草原上的赛马写起，主人公洛扎夺冠赢得了英雄的荣誉，而卡开败北，连他的家人都感到没有面子，这便是康巴人英雄崇拜心理的写照。洛扎的养父是草原上的好骑手，他好心照顾洛扎母子，并培养他成为一名出色的骑手，是方圆几百里人人知晓、夸赞的人。但洛扎一直想寻找生父——据说是一个穿蓝工装的外来人，而真相让他备受打击，他临死前脑海里闪现的是养父的音容笑貌，康巴才是他的根。普通藏族人日常生活的描写和情绪体验是江洋才让小说叙述的重点，他的小说传达出对民间生存的肯定和鲜明的民间立场。现代化的进程不是他小说的重点，但部分小说也间或讲述了现代文明渗透进康巴藏地，如《康巴方式》中提到在没有通公路之前，尼玛和父亲是驮脚汉，公路修通了，不需要驮脚汉了，这些驮脚汉该做什么呢？小说作了安排，尼玛随卓玛进城了，选择了新的道路。《马背上的经幡》中，色达湖畔的牧民也要生态移民了，有的牧民卖了牲畜，到城里靠勤劳的双手生活，有的牧民开始有了经商意识，拿当地的物产到集市上买卖，小说没有给洛扎安排后来的出路，他是一个好骑手，以牧为生，面对社会新的发展变迁很迷惘，在临死前后都表现出了对游牧生活的眷恋与回归。江洋才让的小说通常运用诗意化的语言，采用淡化故事情节、突出感觉、扩容细节的写作手法，使小说飘荡着灵动的民族气韵。

江洋才让的小说注重一种气氛情绪，专注于藏族地区普通人日常生活状态的书写。万玛才旦是藏族作家队伍中汉化程度较高的作家，他很早就走出藏地，并与国际接轨，他小说的主题探讨的是藏族的，同时也是人类共有的、具有共同价值的。他的小说以中短篇为主，出版有小说集《嘛呢石，静静地敲》，藏文小说集《诱惑》《城市生活》，其中多篇藏文小说被译成汉文发表。如评论家宁小龄所言，万玛才旦以"关注当下的视野、个人气质的短篇气象、小说叙事的单纯"构筑他的小说世界。他的小说有很强的思辨性，并与古老的民族文化心理同构，作品中的人物身上有着鲜明的藏族人的思维方式和生存状态，这是他小说民族性的主要体现。

甘南作家尕藏才旦的小说被称为文化小说的代表，80年代他就开始小说创作，代表作有小说集《半阴半阳回旋曲》、长篇小说《首席金座活佛》《红色土司》《入驻拉卜楞》等。《红色土司》讲述了红军为了躲避国民政府的围剿北上抗日，途中经过南杰土司领地，一方面，国民政府下令要围杀红军；另一方面，以南杰土司为首的藏族群众尊崇佛教众生平等、造福百姓的信念，有感于红军是一支有纪律、有理想、有信念、有大义的军队，因而放粮赈济，帮助红军顺利北上。小说赞扬了南杰土司的深明大义和爱国情怀，说明以民族大义为出发点的军队才能赢得人民的支持和拥护，谱写了一曲藏汉人民反抗国民政府的不抵抗政策、抵御外辱的爱国赞歌，表达了作家对民族国家共同体的政治想象。《入驻拉卜楞》主要讲述了阿金被认定为吉祥右旋寺大寺主坚贝央四世的转世灵童前后，他的父兄贡保嘉措和泽旺为了维护家族的权益所做的努力。小说对贡保嘉措和泽旺的人物形象塑造得比较成功，从灵童认定的过程揭示了人意与政治对神迹的影响。尕藏才旦的小说对历史背景、民俗风情、宗教文化等有详细的介绍和展示，读他的小说就好像进入了拉卜楞文化的宝库。他的小说可以说是藏族文化的文学展示，藏传佛教文化是他文化小说的主要题材，小说《首席金座活佛》可以说是一部藏传佛教的秘史。"尕藏才旦不再从'他者'的立场看取神秘原始的藏文化，也放弃启蒙主义的批判意识，而是立足本土文化的主体身份，揭示民族文化凡俗而真实的社会生活画面。"①这正是他文化小说的意义所在。但小说用大量篇幅介绍说明这些背景材料、历史文化、宗教仪轨等，使得小说的情节结构不够流畅，不太符合小说的结构，详略不当。

次仁罗布是近年成长起来的杰出藏族青年作家，其作品以中短篇小说为主，主要的作品有《放生羊》（获第五届鲁迅文学奖）、《界》、《阿米日嘎》、《尘网》、《杀手》、《叹息灵魂》、《奔丧》、《绿度母》、《兽医罗布》等，次仁罗布的小说弥漫着浓郁的宗教色彩，他用平淡的语气讲述藏族普通百姓的喜怒哀乐，苦难与救赎是他小说的主题，他在写实和先锋两种手法上进行叙事探索，致力于民族灵魂的书写和精神探索，显示了本土作家的实力。宗教信仰和信仰生活的日常化，以及宗教信仰影响下人的精神性格的塑造，是他书写的重点。"他常常以强劲的想象、神性的语言、警醒的寓言，在藏民族历史、宗教文化、世俗现实之间自由穿梭，步步临近藏

---

① 张懿红：《〈首席金座活佛〉：作为文化小说的一个案例》，载《民族文学研究》2008年第2期，第159~160页。

族文化的精神空间，揭示民间最为真实的生存本质，他常常以悲悯的情怀，充满同情地鸟瞰着纷纷攘攘的世界，极力寻找人类的精神家园。"①皈依宗教是他在小说中常常为主人公设置的精神家园，他通过对信仰的皈依和对宗教影响下人格精神的肯定，表达了他对藏族传统文化的认同立场。

总的来看，20世纪90年代以来藏族作家的汉语小说写作关注普通人的日常事物，贴近生活和大众，从各个方面展示了藏族人的现实生活，同时又深入挖掘人性的复杂性，关注人的心灵世界，并赋予小说民族的、地域的底蕴。

新世纪以来，汉族作家藏族题材汉语小说取得了长足发展，主要表现有数量多、作家队伍壮大、长篇系列小说多、叙事类型多样化、主题多元化、意蕴深厚。由于这些作家具有不同的身份，其写作的背景和动机不尽相同，他们关注"西藏"的视角不同，"西藏"在这些作家笔下有不同的表述。

范稳藏地小说的代表作是"藏地三部曲"：《水乳大地》《悲悯大地》《大地雅歌》。《水乳大地》主要讲述在滇藏交汇地各种不同文化之间（基督教、藏传佛教、东巴教）的碰撞、冲突、交流，最终走向融合。大爱、向善是不同宗教的共通性，也是各种不同文化背景的民族、不同信仰的宗教最终融合的根本，借此，范稳表达了自己的民族立场。小说《悲悯大地》，主要讲述一个藏族普通青年阿拉西是怎样修成一个信众心中的佛——洛桑丹增的，以及马帮商人都吉和贵族世家朗萨两个家族在20世纪前半叶近半个世纪的恩怨情仇。如果前一部小说重在多民族文化的书写，那么这部小说的侧重点就在于对佛教的深入了解。《大地雅歌》写信仰的坚定和爱情的坚守，以及最终信仰成就爱情的故事。从范稳这三部小说可以看出，他致力于书写藏族的历史文化和宗教信仰，与马原等汉族作家的写作相比，范稳的笔触探到了藏文化的深处。

范稳坦言，他写的是历史的现实，对于当下的藏族现实还把握不好。此外，他的小说缺乏一种先锋精神和现实批判力度，是一种浪漫主义、理想主义叙事。在写作姿态上，他采取一种客观的外在视角，少了个人情感

① 冯清贵：《论次仁罗布小说的现代民族叙事策略》，载《民族文学研究》2014年第3期，第134页。

的律动，缺少打动人的真情实感。

出生于青海西宁的杨志军，从2005年至2008年，出版了《藏獒》系列三部曲（《藏獒》《藏獒2》《藏獒3》）。这是他藏地系列小说中影响较大的作品。《藏獒》是一部具有文化寓言性质的文本，小说赞扬了獒文化，批判了狼性。因有感于现代人特别是都市人在激烈竞争、物欲横流的社会环境下，以自我利益为中心、道德滑坡、人格降低、精神委顿等现象，借藏獒张扬一种青藏高原文化精神，同时对草原已远逝的古老文明唱一曲赞歌和挽歌，在青藏高原文化中寻找精神家园。而从书中汉扎西这个人物身上，能看出作者在如何与藏族人友好相处问题上所持的态度和立场。就如书中的"父亲"一样，爱护藏族群众喜爱的藏獒，与藏獒交朋友，发自肺腑地从藏獒和藏族群众的利益出发处理问题，甚至以德报怨，无私奉献，为此不惜犯错误甚至以生命为代价。

杨志军是一个佛教徒，所以他能更容易认同藏族人的宗教和文化以及他们的思维方式，这些因素决定了他能写好藏族题材的小说。与范稳以客观的立场阐述藏地文化历史、宗教信仰不同，杨志军作品的主人公汉扎西，把个人的情感、价值立场体现得淋漓尽致，他一切从维护草原牧民和生灵的立场出发，在复杂的部落矛盾和草原陈规陋习面前绝不畏难，是一个有思想、有智慧，并付诸行动的人，他是作者民族立场的代言人。

援藏工作者江觉迟，把自己在藏族地区深山草原做孤儿工作的经历写成感动人心的小说《酥油》。都市女孩梅朵，受父亲和姐姐做孤儿工作的影响，被深山藏族地区人们艰苦的生存现状所震撼，到麦麦农场做义工支教。她千辛万苦地来到深山草原，克服了种种困难和障碍，奉献出全部的热情和爱，帮助这里的流浪儿、失学者、孤儿学习文化知识，从一个朝气蓬勃的都市白领变成一个百病缠身的女子。在这里，她也收获了纯洁可贵的爱情，赢得了草原人的感激与尊重，特别是孩子们的喜爱与依赖，但其中也夹杂着不同文化思想观念的碰撞。

在文本上，小说《酥油》采用书信的形式，以第一人称"我"来叙事，便于作者抒发感想和生发议论，行文中处处可以感受到作者充沛的情感，读来真实感人。但文章有时候也要讲究节制，小说有太多大段细致介绍藏族地区的自然环境、人文风俗、天葬情景的文字，有过多渲染藏族地区奇异景观之嫌。此外，还有大段随意插入的议论独白。作者过多的议论会减少作品的阐释空间，使作品缺少节制含蓄之美。作品讲述事实的成分较多，作者的文学技巧和手法方法还待提高。

而同样是援藏支教的作家，宁肯在小说《天·藏》中没有直接从正面写西藏的历史、现实、文化和人物，而是把西藏文化的核心——藏传佛教的精神，内化在作品中一个具有哲学思维的人物身上，这个人物以身体修行的方式参悟、体现佛的思想和精神，它是一部具有哲学探索和身体试验色彩的形而上意味的书。从作品的写法到思想深度意蕴的传达，都达到了很高的难度，超出了很多人的理解限度。

宁肯小说的思辨性、形而上式的叙事方式让我们联想到 20 世纪 80 年代马原西藏题材小说对先锋派、现代派手法的运用，他们都在表述西藏时采用了独特的形式。其实，《天·藏》在写作手法上运用了许多西方现代小说的技巧，与 80 年代中后期的先锋小说很靠近，但又有很大不同。"在整合了历史与现实、本土与西方、宗教与世俗的基础上，在强调主体性、心灵世界，在对历史、现实的反思，乃至对于宗教、中西方文化的思考方面，这部作品显然有着更为复杂、博大、深邃的精神空间。"① 但笔者认为，宁肯采用这样抽象、晦涩的方式表述西藏，恰是他面对西藏文化"失语"的表现，藏族文化经他的表述后更让人难以接近。

旅藏作家中创作藏族题材汉语小说的以女作家为多，其中，安妮宝贝的小说《莲花》、飘沙的《轮回》比较有代表性。《莲花》讲述了患病后离开都市居住在拉萨的女子庆昭，与要去墨脱看望苏内河的男子善生在拉萨相遇，结伴前往墨脱的故事。在这条充满艰难严酷、生死考验的路途中，作者通过回忆的方式，讲述三人不同的经历。这是一部有寓意、有关心灵的小说。"莲花代表一种诞生，清除尘垢，在黑暗中趋向光。一个超脱幻象的新世界的诞生"。庆昭、内河、善生都经历了心灵的跋涉，在西藏墨脱这个与嘈杂世界相对隔绝、与死亡对话、与神灵接近的地方，他们不断地同自身对话，思考人生的意义，接近心灵的真实，以不同的方式重获新生。作者没有过多地描写和渲染到拉萨和徒走墨脱的情景，途中的惊险、艰辛、困难也是如实叙述。差异性的地域文化的书写不是该书的重点，拉萨和墨脱在更多意义上只是故事发生的背景，吻合了人物心灵探索的一个地方而已。诗意哲理的语言、含蓄节制的叙述是小说的特点。飘沙

---

① 王德领：《身体叙事与精神高地——以宁肯的〈天·藏〉为话题》，载《小说评论》2011 年第 1 期，第 86 页。

的小说《轮回》，根据主人公行走西藏的经历，以边走边思的方式，化解内心的仇恨，使自己冰冷的心渐渐释然融化，学会了感动、感恩、爱和接受，西藏给了她很多，西藏之行，是她人生的一个轮回。

在安妮宝贝和飘沙的笔下，西藏是一个向死而生的地方，是精神的家园和身心得到救赎之地，与其说她们书写了藏地，不如说藏地给了她们新生。

20世纪90年代以来，还有一批居留在西藏的"藏漂"作家，如敖超、张祖文、羽芊等人，与80年代马丽华、马原他们为了理想或工作需要进藏不同，他们或是由于父辈们居留西藏而自幼生长在西藏的"藏二代"，或者是被西藏吸引，工作、定居在拉萨的外来人。敖超就是一个"藏二代"，他从诗歌的写作起步，后写了一系列的中短篇小说结集出版，即《假装没感觉》，另有中篇小说《獐子》。敖超的小说善于通过书写当代青年男女爱情的追寻与失落，从而揭示他们在世俗生活表象下的精神追求。在小说《拉萨·虚构爱情》和《去拉萨离婚》中，作者都塑造了一个把西藏当作血脉相连、无法割舍的地方，甚至为此而牺牲家庭的男性形象：刘哥和李小西的父亲。对他们来说，他乡已然成了故乡，这也是敖超作为"藏二代"精神的写照。《拉萨·虚构爱情》讲述了"我"（一个在拉萨滞留的外来者）为逃离都市人浮于事的人际关系而来到拉萨，妄想通过一场彻骨的爱情决定自己的去留。但在与几个女性交往的过程中一直心猿意马，最终选择随女友崔淑英回去过以往的生活，毕竟要开始一种新的生活方式和一段新的感情都是需要付出心血和精力的，"我"的离开是因为惧怕不能融入当地生活的知难而退。在敖超的小说中，家庭、婚恋都是有缺憾的，《拉萨·虚构爱情》中的刘哥忍痛与妻子离婚，《去拉萨离婚》中的李小西经历了婚姻的背叛和父母的离异，《生命中所不能承受的》中母亲许梅与父亲韩卫国的婚变，《我把我的女友嫁出去了》中母亲抛夫弃子与情人去了尼泊尔，《假装没感觉》中爱情选择的错位，等等。这些导致婚恋、家庭不圆满的因素有物欲追求的不能满足或社会地位、文化身份变化而带来的不和谐，反映了现代化进程对人的人生追求的影响。敖超以现实的生活与细微的描写展示给读者一个当下真实的西藏，他的小说是拉萨汉人的生活写照。

张祖文长篇小说的代表作有《拉萨河畔》《拉萨别来无恙》《我在拉萨等你》等，他把这些小说定义为"藏边体"，即是关于边疆西藏的小说，小说大多从在藏汉人的角度描写西藏，反映当今西藏的发展和在藏汉人的处境。援藏干部或在藏工作的汉人构成了西藏现代发展的一支力量，当代藏地藏族题材汉语小说不应该忽略这一部分人的生存状态和心路历程，正是出于这样的考虑，张祖文创作出了一系列"藏边体"小说。他的小说大多涉及藏汉青年男女美好的爱情故事，有的小说干脆就用穿越的手法演绎前世今生的爱情传奇，在书写现实生活的同时赋予小说浪漫、传奇的色彩。

羽芊，藏名多吉卓嘎，已出版的藏族题材汉语小说有《玛尼石上》、《金城公主》、《藏婚》（1、2）、《西藏生死恋》等。《藏婚》采用双线索对照的写法，即来自牧区的卓嘎和漂泊在拉萨的都市女性好好，通过她们各自独立又有交集的故事，描写藏族女性和都市女子不同的生活方式和精神状态，塑造了两个个性鲜明的女性形象。卓嘎的美是一种雪山牧场养育的自然之美，她美丽、善良、纯洁、勤劳；好好的漂亮是属于都市女子精致、娇媚的美，她追求灵肉一体的爱情但又惧怕付出。来自不同文化背景和族属的两个女性，她们对至真、至纯爱情的追求是相同的。卓嘎是嘉措四兄弟的妻子，她最倾慕的是嘉措，但嘉措对她造成了伤害，随着其他兄弟的另立家庭，卓嘎终与忠诚爱她的扎西幸福地生活在一起。好好对嘉措的感情更多的是一种异文化的吸引和征服，她从未真正地占有嘉措，也从未完全地属于嘉措，她与嘉措的爱情不过是她成长中的必修课，当激情褪去，瓜熟蒂落，她选择了最适合自己的生活方式。小说写到藏族传统的婚姻习俗：兄弟共妻和一夫多妻，作者不以窥探猎奇的眼光去渲染这种现象，而是给予人性的关照。羽芊的小说大多是藏汉青年男女间爱情的演绎，作品中的主人公都是俊男靓女，故事曲折感人，但局限于情感故事而对社会现实反映不足。

"对于'藏漂'而言，西藏已经不仅仅是一个符号，而是由符号构建的人生坐标。"[①] 他们与当地人一起感受社会的变迁和度过每日的日常生活，所以他们没有刻意描绘藏地的神秘、奇异，因为他们就生活在藏族人当中。张祖文也深感自己和之前进藏的不是一类人，"西藏在张祖文们的生活中，已然从风景如画般的天堂蜕变为实实在在的烦琐生活"[②]。《藏漂

---

① 朱霞：《"藏漂"："逃避"抑或"归家"——解读张萍〈藏漂日记〉》，载《西藏文学》2010 年第 2 期，第 46 页。

② 周明全：《边地守望与"藏边体"书写》，载《文艺报》2013 年 3 月 6 日第 7 版。

日记》编者语这样评价藏漂作家的写作："让我们走进了为生存、为寻找精神家园、为躲避现代生活的他（她）们的内心世界。这是在西藏生活的另一群人，是一群远离家园，失去根基的人。他们一直在寻找，寻找扎根的沃土。"① 这是藏漂作家书写西藏的意义，也是建构自我的意义。

军旅作家的创作是当代藏族题材汉语小说中独特的一支，其中以党益民、裘山山、毕淑敏为代表。党益民的小说《一路格桑花》讲述了几个女人走西藏的故事，西藏之行使她们的灵魂受到洗礼，精神得到升华。小说描写了西藏筑路部队官兵工作的危险、艰苦和重要性，突出了他们坚定的政治立场和无私忘我的工作精神，同时，小说还从人性的角度书写西藏军人的情感世界和生存困境。"格桑花"是幸福花的意思，"一路格桑花"喻指西藏之路是她们追寻幸福的旅程，同时，"格桑花"喜爱高原阳光、耐严寒酷暑、具有顽强生命力的特性，也是西藏军人精神的象征。《父亲的雪山，母亲的河》赞扬了父子两代人扎根高原，为高原的建设和发展贡献生命和热血的崇高理想和奉献精神，小说采用复调叙事的手法，多个人物从不同的立场和角度发表自己的观点，抒发自己的心声，评价其他人物，体现了作家在叙事上的探索。

裘山山长篇小说的代表作有《我在天堂等你》《我的爱情绽放如雪》等，从题目的第一人称叙事可以看出，小说有很强的叙述性和抒情性，有时采用大段的内心独白抒情议论。《我在天堂等你》采用时光交错的写作手法，从现在和历史两条线索讲述了欧战军、白雪梅等十八军战士进藏的经历和他们子女们的生活现状和人生追求，反映了父子两代人因疏于沟通而产生的思想观念上的鸿沟。这样就把简单的代沟问题和观念不同上升到普遍的人生的问题，体现了作者对人存在问题的叩问和思索。党益民和裘山山的藏族题材汉语小说体现了其对崇高理想的认同立场。

藏地对于汉族作家来说，是她们憧憬赞叹的地方，是精神的家园、灵魂的故乡。汉族作家大多采用外部视角叙事，西藏是被看的对象。此外，汉族作家小说的创作批判力度不够。

梳理当代藏族题材汉语小说的创作，意在从整体上把握其发展流变和书写概况，从与内地文学的关系上来看，当代藏族文学与内地当代文学的进程存在着既疏离又密切的关系，从20世纪50年代初至80年代初期的

---

① 引自《藏漂日记·编者语》，载《西藏文学》2010年第2期，第4页。

被同化，到 80 年代民族意识的觉醒，直至 90 年代初至今的多元化探索，经历了模仿—自主—探索三个发展阶段。在这个过程中，我们能寻到一条民族话语不断增强、民族意识不断觉醒、主体建构日趋完善的线索，这其中既有客观环境因素的影响，也有作家主体文学素养和成长经历的主观因素。

第四节　20 世纪 90 年代以来藏族题材汉语小说的文学性

20 世纪 90 年代以来藏族题材汉语小说创作作家众多，作家身份构成多元化，在文学意蕴和艺术探索上更加成熟，形成了不同于前两个阶段的文学特征。藏族作家的汉语小说写作趋向多元化、日常化、世俗化，西藏在汉族作家的笔下是精神的家园、身心的救赎地，藏汉作家的藏族题材汉语小说构筑了两幅不同的西藏图景。

一、藏族作家汉语小说的多元化书写

20 世纪 90 年代整个中国文化的状况为："思想进入多元开放范式，经济进入全民经商模式，文化出现世俗骚动和个体化倾向，整个中国成为一个充满欲望活力、充满机会和刺激的'场域'。每个人、每种思想、每种活法都在这历史瞬间转化的舞台上，匆匆往来尔后又迅速替换消逝。"[1]新世纪以来，"伴随着中国社会的市场化、现代化和全球化进程的深入……一个日常化的审美时期来临了"[2]，"90 年代，因为现实主义的回归，广大底层形象更是大规模地进入文学领域……直到新世纪以来，'底层写作'重新作为一个重要的文学命题被凸显出来"[3]。因此，90 年代以来，多元化、世俗化、个体化、日常化、底层书写等构成了文学的主要特征，这些文学特质在 90 年代以来藏族题材汉语小说的创作中亦有深刻的反映。同时，世纪之交，藏族地区也进入加快建设社会主义现代化的新时

---

① 王岳川：《中国镜像：90 年代文化研究》，中央编译出版社 2001 年版，第 4-5 页。
② 雷达：《近三十年中国文学思潮》，兰州大学出版社 2009 年版，第 8 页。
③ 雷达：《近三十年中国文学思潮》，兰州大学出版社 2009 年版，第 287 页。

期，局势稳定，各族人民团结，社会进步。受大好形势的鼓舞，在经历80年代文学的热潮之后，文学进入平稳发展的阶段。作家们深入生活，贴近群众，审视现代性进程中人们的心路历程。从艺术探索上来看，现实主义回归是这一时期文学的主要特色，但由于每个作家所受的文化熏陶不同，这时期的小说在审美和叙事上呈现出不同的风格。

20世纪50年代初至80年代初期，藏族题材汉语小说体现出高度的民族国家政治认同倾向，80年代初至90年代初民族文化寓言式的书写是主流，90年代以来，文学的多元化特征明显，很难用一种思潮或流派概括这阶段的文学性。首先，小说取材广泛，主题丰富。雷达说，"伴随着中国社会的市场化、现代化和全球化进程的深入，文学叙事的重心转向都市"①。的确，都市是最能反映物质崇拜、欲望膨胀等世俗生活的地方，也是受现代文明冲击比较明显的地方，当时城镇居民的日常生活在90年代以来藏族题材汉语小说中有较多的反映。次仁罗布的小说《放生羊》描绘了像年扎老人一样的拉萨老年人的生活状态：每日转经、礼佛，积德行善，在平静、安宁的佛教生活中度过。从内心到行为皈依佛教是藏传佛教信众最大的心愿，年轻时为了生活可能没有那么充裕的精力静心朝佛，也难免有触犯教义的行为，为了今生的圆满、下一世的幸福，藏族人到老年一般都虔心礼佛。而且经过了前半生的人生磨难，到了老年能更好地透视人生，顿悟佛理。《奔丧》《前方有人等她》《焚》等几篇小说，描述了在俗世的欲求中挣扎的都市普通人，《奔丧》中"我"所经历的家庭、婚姻、爱情的变故，"我"身上也体现出都市小人物既有所追求又有些颓废的生活状态。《前方有人等她》中通过夏辜老太太和子女不同的人生追求和价值观念，反映了商品经济、市场经济环境下，社会物欲横流、世风日下的现象；《焚》中的都市女子维色就是在现代情爱观的引导下陷入灵肉追求的困惑中。普通小市民的日常生活、人生欲求和喜怒哀乐是次仁罗布书写的主要内容。梅卓的中短篇小说集《麝香之爱》描写了许多个在宿命的红尘中挣扎的都市知识青年。吉米平阶状写离开藏地在大都市北京寻找人生坐标的藏族青年人的酸甜苦辣。白玛娜珍书写现代都市女性的心灵秘史。这些作家大多在都市学习、工作、生活，对于都市生活体验更为熟稔。此外，在经济发展和现代文明的冲击下，藏地一些城镇迅速发展起

---

① 雷达：《近三十年中国文学思潮》，兰州大学出版社2009年版，第8页。

来，城镇化趋势促生了小说都市题材的书写。

藏族地区是农牧人口所占比例最多的地区，乡土藏地是民族风俗文化体现得最集中的地方，反映占人口和地区绝大多数农牧区人们的生活和社会变迁无疑应是当代藏族题材汉语小说的应有之意。尼玛潘多的长篇小说《紫青稞》以普村几户人家为中心，描述了20世纪80年代至90年代藏族山村的发展变迁，被评为当代乡土西藏的代表作。阿来的《空山》三部曲多角度、多层面揭示机村20世纪50年代以来近半个世纪的社会变迁。格绒追美的长篇小说《隐蔽的脸：藏地神子秘踪》，展现了一个雪域村庄前世今生的传奇故事。江洋才让的小说《康巴方式》《马背上的经幡》以原生态的书写方式呈现了康巴藏族地区农牧民的精神气质和日常生活。如果说藏地城镇与内地文明还有很多的相似性，那么藏族地区农牧村的社会现实对区外人来说甚为隔膜。阿来是一个成长于和机村一样的乡村、有着藏族乡村背景的青年，尼玛潘多对藏地乡村的了解源于她经常与农牧民打交道的记者工作和她的家庭。"格绒追美的笔下清晰可辨地看到了他的家乡，看到了他身后的山，看到了他脚下的根——他的创作和生命深植的根。格绒追美出生在四川甘孜的牧民之家，小说中的那些河谷村庄曾经是他长大成人的真实居所，而之后的求学求职，他虽走进了城市，但这只使他具备了在一定的距离外审视故土的眼界和立场，而并未削减他对过去的人和事一丝半毫的热情和眷恋，他的情感视野从未离开过故土人情。"① 这些作家藏地乡土小说的写作打开了一扇通向藏地文化腹地的大门。

20世纪90年代以来，藏族女作家成长起来，形成一种群体态势。与内地女性文学的发展相比，她们的发展相对滞后但成长快，很快就赶上内地女性文学的步伐，央珍、格央、梅卓、白玛娜珍、尼玛潘多、亮炯·朗萨等在藏族题材汉语小说的创作中比较出色。央珍的长篇小说《无性别的神》把女性成长叙事和社会叙事相交织，以贵族德康庄园二小姐央吉卓玛的视角，讲述了20世纪初叶、中叶藏族上层社会的生活和整个时代的情形，对女性的社会地位和人生命运尤为关注。格央通过一个个普通藏族女儿的故事叙说她们平凡人生中的小悲小欢。梅卓从过往的历史和当下生活中塑造藏族女性温情、坚韧、宽容、担当的情怀。尼玛潘多关注现代性进

---

① 严秀英：《"世界上所有的梦早已被梦过" ——评格绒追美小说〈隐蔽的脸〉》，见藏人文化网（https://www.tibetcul.com/wx/zhuanti/pl/26779.html）。

程中农村女性的人生追求和命运遭际。白玛娜珍小说中的女性意识尤为鲜明，人物的精神气质与世纪末女性文学的女性书写最为接近。与同时代内地女作家的创作相比，90年代以来藏族女作家的女性书写并没有走向"私语化""私人化"的极限，她们的女性书写总是与社会叙事、家族叙事、民族叙事等宏大话语交织在一起，显示了一种雍容、大气的风貌。

"如果没有对自然的敬畏与热爱之心，人的负面形象就会彰显，人就会变成破坏与作恶的机器。……曾经的人们把过多的精力放在战天斗地上，现在的人们把过多的精力放在抓经济效益上……都没有权衡自然的道理、天理、公理和人类的良心。……被横霸天下毁坏得遍体鳞伤的我们共同的生存环境、我们共同的生存基础在灾祸不断、频临绝灭。"[①] 20世纪末的一些作家已经给我们提供了宝贵的生态启示，藏族地区人与自然的关系尤为紧密，伴随现代文明进程而来的生态环境的破坏为作家们所忧虑。阿来的小说《遥远的温泉》《奥达的马队》《已经消失的森林》《空山》等，表达了自然环境遭到人为破坏的焦虑，重新考量现代性进程的得失。白玛娜珍的小说《拉萨红尘》中古城拉萨在现代文明的冲击下失去了昔日的宁静、祥和，在郎萨和莞尔玛的避居乡野和对拉萨城古今境况的感慨中，作者对一方纯净空间的吁求跃然纸上。对自然和超自然的敬畏是藏族人谦逊内敛、慈悲向善精神气质的体现，藏族作家生态保护主题的书写弘扬了民族传统文化精神，也应和了人类共同的价值关怀。

从叙事伦理上看，有阿来对现实社会问题的担当精神和忧患意识，有次仁罗布对人性的书写和灵魂的探索，也有达真对民族国家和谐、统一、高、大、上式命题的探讨。从时间上来看，历史与当下都是作家的发力之处，形成了主题意蕴、题材视角的多向化、多元化。从文学的审美风格上来看，阿来的小说情感外露，次仁罗布的诗意内敛，江洋才让的汪洋恣肆，白玛娜珍的女性灵动，梅卓的雍容大气，尼玛潘多的沉静朴实，格央的平静舒缓，万玛才旦的简洁幽默，等等，自成一体，风格各异。

关于藏族地区叙事的手法，刘涛指出，"从80年代至今，关于西藏的叙事大致有两种模式：一、先锋文学的西藏，二、现实主义的西藏"[②]。80年代先锋文学是主潮，90年代以来随着藏族作家文学素养的成熟和提

---

① 雷达：《近三十年中国文学思潮》，兰州大学出版社2009年版，第34-35页。

② 刘涛：《从想象到写实——关于西藏的两种叙事模式》，载《南方文坛》2013年第5期，第97页。

高，在小说的艺术探索上进入沉淀期，现实主义的回归是主潮，同时不排斥对现代小说技巧的借鉴和运用，出现了想象与写实、传统与现代的混合小说文体，充分体现了藏族青年作家在艺术探索方面的努力。扎西达娃90年代的小说《骚动的香巴拉》《桅杆顶上的堕落》等成功运用了人物心理意识流动的写作手法，新生代作家次仁罗布的小说《界》《杀手》和班丹的小说《废都，河流不再宁静》都成功运用了意识流的写作手法。"对于关注精神世界高于物质世界的藏民族来说，这种揭示人物精神存在的意识流小说无疑能真实地反映出少言寡语而沉思默想的藏民族的真实存在状态。不善表达、沉浸在冥想世界的藏民族的精神世界更适合用意识流小说来表现。"① 阿来的小说《尘埃落定》则成功运用了魔幻现实主义和意识流的写作手法，多种写作手法的混合运用在当代藏族汉语小说中屡见不鲜。"《放生羊》也将先锋文学的手法和西藏传统结合的非常好。"② 此外，叙事人称、视角的转换和融汇了民族意味的汉语言的运用也体现了藏族作家在叙事艺术上的探索。

　　高尔基曾提出把文学当作人学的见解，中国现代很多文学家、思想家也有诸如此类的论述，如茅盾对"人"的发现的论述，周作人对"人的文学"的论述，因此"人"的发现和"人性"的挖掘是文学的主要任务。刘再复说，中国现代史上，有三次对"人"的发现，第一次是五四新文化运动时期对"人"不公平状况的揭示，第二次是20世纪20至40年代，揭示"人"的解放必须基于阶级的解放和社会的解放，第三次对"人"的"发现是'文革'后对'文革'的反思和对人实在性的重新发现，这时候主要发现了人的丰富性和多重性。这三次'人'的发现是从非人到人，从人到非人，又从非人到人的过程"。③ "第四次'人'的发现表现在人文的'人'的发现、日常的'人'的发现、爱与宽容的'人'的发现、生态的'人'的发现、神性的'人'的发现五个方面。"④ 20世纪90年代以来藏族题材汉语小说对"人"的书写也实践着这几个方面的内涵。"扎根大地，书写人生"是次仁罗布小说创作的宗旨，关注藏族地区普通

---

　　① 卓玛：《心理时间的绵延——试论中外比较视域下的当代西藏意识流小说》，载《中国比较文学》2011年第3期，第91页。

　　② 刘涛：《从想象到写实——关于西藏的两种叙事模式》，载《南方文坛》2013年第5期，第101页。

　　③ 参见刘再复《性格组合论》，上海文艺出版社1986年版，第18—29页。

　　④ 雷达：《近三十年中国文学思潮》，兰州大学出版社2009年版，第27页。

人的日常生活、生存状态和心灵世界是他不懈的追求。尼玛潘多把关注点放在藏族乡村普通男女的日常生活和世俗追求上，白玛娜珍展现了当代藏族女性的情爱渴求和心灵秘史，阿来从本族普通小人物的立场体察现代性进程中他们的灵魂震颤和真实心理。普通人群日常化、世俗化的生活描述展示了藏族地区生活的真实图景，这是对藏族地区神秘化、浪漫化书写的反拨，还原了藏族地区的真实面目，是一种祛魅化的书写策略。藏族传统的伦理道德的教化和佛教义理的熏染，使宽容善良、慈悲仁爱、敬畏自然、爱护生灵等成为藏族人的传统美德，这在当代藏族题材汉语小说的创作中都有所体现。

世俗化是当代藏传佛教发展的趋势，学者指出，原因在于：一、宗教政策的引导。二、市场经济的冲击。市场经济的发育，冲淡了藏传佛教的神学功能。三、外来文化的影响与多元文化格局的形成，使藏区社会日益现代化与世俗化，藏区的寺庙多建在闹市区，处于世俗社会和世俗文化的包围之中。四，宗教造富人类的积极入世观念，使它与世俗社会靠近。[①] 也有学者说，宗教世俗化是社会现代化的必然趋势。万玛才旦的小说《乌金的牙齿》和丹增的小说《小沙弥》通过描述修炼成活佛前后小灵童的平常生活和凡人心性，祛除了佛教的神化功能，使宗教走下神坛，接近大众。白玛娜珍小说中的活佛甘珠染着黄发、穿着时装、开着跑车、乘飞机出行、享受着现代的物质文明，懂得市场经济和身份效应的规则，适应着现代的爱情模式，是当代藏传佛教世俗化、现代化的典型形象。佛教形象书写的变化，反映了大众宗教信仰的理性化和正常化。

二、汉族作家的文学想象

泰勒说："西藏超出我们的经验成为梦想与遥望与寻觅之地，寻觅不是为了验证我们的'有'，而为了印证我们的'无'。在历史和时间之外、在难以逾越的高山中幸存的这片地方，成为我们精神的'异域'。"[②] 自古以来，有很多人都向往藏地。对于西方人的西藏想象，汪晖说："西方社会至今并没有摆脱这样的东方主义知识，那些对自己的社会和现代世界感

---

① 杜永彬：《论当代藏传佛教的发展路向》，载《西藏大学学报》2007年第1期，第91页。
② 马丽华：《西行阿里》，中国藏学出版社2007年版，第6页。

到绝望的人们，很快就在西藏的想象中找到了灵魂的安慰。"① 由于对他们社会和信仰的失望，西方人转而在西藏寻到精神的安妥地，而这种一厢情愿的想象很可能扭曲了西藏的真实面貌。而"东方主义的幻影并不仅仅属于西方，如今它正在成为我们自己的创造物"②。当代以来，一批又一批的外来者进入西藏，一拨又一拨的作家书写西藏，其中对于汉族作家来说，他们对藏族地区的想象和书写是为了精神家园的建构和身心的救赎，因此西藏现实生活的常态和问题不在他们的观察范围之内或视之不见，他们的书写更多的是精神化、浪漫化的西藏想象。

　　考察 20 世纪 90 年代以来汉族小说家藏族题材小说的书写，精神的西藏有几种类型。首先是道德拯救的意义。在市场经济的冲击下和各种文化思潮、价值观念的潮涌中，不少人处于物质追求的膨胀期和精神空虚的存在期。一方面，在金钱、权力、自我欲望的驱使下，这些人为了获取现实的利益不顾一切；另一方面，处于紊乱中的人来不及理性地选择就陷入物欲横流、唯利是图的圈套。20 世纪 90 年代以来，在市场经济的冲击下，道德滑坡、精神萎缩成了社会负面价值的体现，因此在 20 世纪末，张承志呼吁"清洁的精神"，张炜提倡"融入野地"，杨志军希望在青藏高原精神中寻找道德拯救的良方，重构人类的精神家园。《藏獒》三部曲在礼赞獒性精神的同时，对人性的复杂性有深刻的揭示，《藏獒不是狗》就是一部关于人性恶的展览，一部人类的忏悔书，人性的恶促使作家在獒性中寻找人类远逝的道德资源，从而树立道德拯救的高标。《伏藏》和《西藏的战争》书写了信仰的力量，旨在说明无论是人格的重建还是信仰的追求，都是为了抵御当下重物质轻精神、重利益轻道德的社会风气。杨志军说："在知识分子的标准里，一定应该有坚挺的建树意识和知行合一的精神。建树就是建树理想、建树信仰，没有精神建树和道德建树能力的人，就不是知识分子。"③ 杨志军身怀忧患意识，借藏族题材小说进行道德拯救和精神建构是他藏地小说书写的主要意旨。

────────────

① 汪晖：《东西之间的"西藏问题"（外二篇）》，生活·读书·新知三联书店 2014 年版，第 36—37 页。

② 汪晖：《东西之间的"西藏问题"（外二篇）》，生活·读书·新知三联书店 2014 年版，第 37 页。

③ 杨志军、臧杰：《人格·信仰·天赋——杨志军访谈录》，载《百家评论》2014 年第 2 期，第 27 页。

其次，体悟异质文化的魅力与底蕴。藏族地区文化对外来者而言，具有很大的差异性，而丰厚精深的藏文化吸引来了外来者的尊崇和探究的兴趣。范稳"藏地三部曲"小说的写成就是受到藏文化的吸引。1999 年的西藏之行，使范稳深深爱上那片神奇的土地和那里的人们，在藏族地区的行走和调研，使他觉得人应该充实自己的精神世界，他遇到的每一个藏族人都有许多让他感动的地方，藏传佛教的博大精深让他投入其中：在大地上行走，在书房里写作。"他的三部描写西藏的作品，《水乳大地》展现了多种宗教、多个民族、多元文化在一片神奇土地上的交融与砥砺，描写了信仰的坚韧与可贵，不同文化的交流与碰撞；《悲悯大地》描写了一个藏人的成佛历史，解析了西藏社会全民信仰藏传佛教的社会环境和原因；而《大地雅歌》则书写了一段被信仰拯救的爱情和被爱情改变的命运，以及宗教间的对话可能。"① 讴歌藏族的宗教信仰、赞美一种生活形态、表达对藏族文化和人的尊崇和热爱是范稳写作的初衷和意旨。

此外，藏地是个人西藏情结的载体。如 1976 年进藏的大学生马丽华，在西藏工作生活了 27 年，足迹踏遍大半个西藏，一向以西藏人自称，对西藏有很深的感情，虽然后来迁居北京，但她说："我不认为我已经离开了西藏，我现在做的还是与西藏有关的工作，我仍然生活在西藏人和西藏文化的圈子里。我本人的文学生涯其实是与走向西藏同步开始的，这部长篇小说既是我向西藏的献礼，也是对自己人到中年，还可能以文笔为西藏做些什么的一次检视、一个纪念。"② 《如意高地》这部长篇小说包含了马丽华对过往岁月的许多感悟，表达了藏汉和谐、美好关系的愿景，承载着她无法释怀的藏地情感。"藏漂"作家和"藏二代"作家，多是因在情感和生活上与藏地无法割舍、无法离开而坚守在这里，对于"藏漂"作家来讲，他们离开故乡与原先所接受的文化，从情感与姿态上认同西藏，他们的藏族题材小说记载着融入藏地的心路历程。对于"藏二代"来讲，藏地是父辈们用情感、心血甚至生命浇灌的地方，是他们的出生成长之地，这里已是他们的第二故乡，他们的小说诉说着父子两代人的深情。

再者，西藏是实现人生理想、价值之地。对于军旅作家来说，西藏与他们保家卫国的神圣使命联系在一起，西藏是他们追求崇高理想与实现民

① 舒晋瑜：《范稳：慢是一种敬畏，我以慢自豪》，载《中华读书报》2010 年 12 月 29 日第 17 版。

② 苏静：《马丽华：我从没离开过西藏》，载《中国青年报·阅读周刊》2006 年 6 月 12 日。

族国家认同之地。从 20 世纪 50 年代初起，一批军旅作家首先在当代藏族题材汉语小说的创作上迈出了开拓性的一步，自此一代又一代的军旅作家恪守着弘扬民族主旋律的主题，谱写着"铁血铸军魂，绵绵藏汉情"的不朽之歌。90 年代以来军旅作家毕淑敏、裘山山、乔萨、党益民等致力于藏族题材小说的书写和创新。军旅作家小说中的藏族文化元素关涉甚少，更多的是以西藏为背景，赞扬军人吃苦、奉献的精神，同时表明自己的文化立场，有比较明显的意识形态的影响。他们的小说对当地宗教信仰、风俗文化的评价较少，这与他们所接受的政治思想的教育、熏陶有关，在尊重民族信仰和风俗习惯的前提下，藏族地区的发展和建设依然是他们的目标。怀着主人翁的责任感和使命感担当着藏族地区经济发展、社会建设、文明进步的重任，对他们来说，西藏是实现人生理想、价值的地方。

同时，西藏还是身心救赎之地。世纪之交，行走西藏的作家增多，特别是青藏铁路开通以来，去西藏旅行观光的游客暴增，出现了新一轮的"西藏热"，"西藏热"也催生了一批行走作家。西藏带给他们的感动和震撼太多，诸多的感悟、情绪诉诸笔端，因此有关西藏的散文、小说等文学样式增多，安妮宝贝的小说《莲花》、飘沙的小说《轮回》、方琦的《格桑花开》和陈泠的《心印：那些与西藏的前世今生》等就属于此类作品。对作品的主人公来讲，西藏是她们心灵净化、向死而生的地方。《莲花》中的庆昭身患重疾、对生命失去热情，但在西藏之行后获得心灵的宁静和生活的信心。《轮回》的主人公多多经历了婚姻、爱情、亲情的变故，对这个世界很失望，找不到活下去的支撑点，为自己买好墓地后就去了西藏，而西藏之行让她重新感受到爱和感动。西藏对于她们来说是身心的救赎之地。

西藏在汉族小说家的笔下承载着太多的梦想和寄托，是她们精神的家园、灵魂的安妥地，但唯独遮蔽了西藏的日常性、世俗性，作家笔下的西藏是他们想象的西藏而不是真实的西藏。

与前两个阶段相比，20 世纪 90 年代以来汉族作家藏族题材汉语小说的写作有其不同之处。首先，从作家队伍的构成上看，50 年代初至 80 年代初藏族题材汉语小说的主力是军旅作家；80 年代藏族题材汉语小说家队伍主要由进藏大学生和在藏工作人员组成；90 年代以来作家队伍成分复杂，军旅作家、新生代女作家、援藏作家、"藏漂"、"藏二代"、在藏地成长后又离藏的杨志军、藏文化的研究者和推崇者范稳、进藏又离藏的马丽华等。与前两个时期最大的不同在于此时期有不少不在西藏的作家写西藏，这其中想象的成分更多。

其次，从写作手法上来看，50年代初至80年代初，主要是现实主义的写作方法；80年代，现实主义和现代派手法并行，但以先锋叙事为主潮；90年代以来，现实主义、魔幻手法、先锋现代派手法在小说中都有实践，而且体现为多种写作手法的混合使用。

再次，从文化立场上来看，50年代初至80年代初军旅作家在尊重藏族群众宗教信仰、风俗习惯的同时，希望能改变其落后、不科学的一面，以启蒙者的立场帮助藏族地区走向文明、进步，不排除有先入为主的汉文化优越感的嫌疑。80年代马原、金志国、李双焰等作家主要从客观的立场描述藏族地区，但过于客观、表象、抽象的表述也显示出作家对藏文化的隔膜、疏离。90年代以来，范稳、杨志军等作家都体现出主动认同藏族文化的姿态和立场，西藏的内涵也从政治的西藏到文化的西藏再到精神的西藏的转变，反映出汉族作家对藏族文化认识的深化和较深层次的认同。

20世纪90年代以来，藏汉作家藏族题材汉语小说的创作较前两个时期有很多的转变和探索，形成了具有时代背景的文学性。当然，藏汉作家由于文化背景、观察视角、文化立场的不同，西藏在他们笔下形成了不同的图像。总起来看，"本土作家因长期生活在西藏，对西藏的风土人情各个方面都比较熟悉，所以他们在作品中常以反思的心态来对待周围的一切，与时代趋同和保留自己民族的文化二者造成了他们精神上的悖论。而对于外来作家而言，西藏充满了魅惑，他们常常被藏民族的文化震慑，他们以崇敬、钦羡的眼光来看待西藏的一切，西藏始终高高矗立在他们的精神世界中，成为他们膜拜的对象"①。当代藏族题材汉语小说的西藏表述可谓是多层面、多角度的，藏汉作家以自己的努力提供给当代文坛许多值得探讨的话题和可资借鉴的东西。

藏族传统文化对当代藏族题材汉语小说的写作具有深刻的影响，藏族题材汉语小说是藏族地区宗教观念、文化习俗、道德伦理、价值取向在文学中的反映，它是民族文化意蕴和民族精神气质的体现，记录着民族文化

---

① 杨青云：《当代涉藏作家的西藏书写》，载《重庆科技学院学报（社会科学版）》2012年第10期，第137页。

的发展、变化。从 20 世纪 50 年代初至今，当代藏族题材汉语小说走过了发生期、发展期、繁荣期、探索期，每一阶段的文学特征都与内地文坛和国内外文化思潮联系紧密。90 年代以来藏族题材汉语小说的日常化、世俗化、多元化书写是在当代藏族文化思潮和国内外文学思潮的影响下形成的，汉族作家藏族题材汉语小说反映了外来者的西藏文学想象，藏族题材汉语小说的这些文学特征在具体的作家、作品中有细致的体现。

第二章 民族精神的自我阐释
——藏族作家藏族题材汉语小说的写作

20世纪90年代以来，藏族作家藏族题材汉语小说创作进入了长足发展的阶段，创作风格各异、手法多样，每个作家由于其所处的文化场和成长背景以及文学观念的不同，在民族意蕴的表达上有很大差异。在汉藏交汇地成长起来的阿来，从本民族的立场上切实感受到现代文明冲击下藏族地区人的心灵震颤，直面社会现实问题的担当精神使他从世界大视野中自省和外审，在小说多维度精神的建构上竭力而行。"扎根大地，书写人生"是次仁罗布的文学追求，因此普通藏人的日常生活、生存状态和心灵世界是他关注的重点，处在宗教氛围浓厚的西藏，他的小说有浓郁的宗教感。90年代中期以来，藏族女性作家形成了一个群体，开启了藏族文学的"女神时代"，"她们的汉语书写，在完成了其女性身份认同的同时，侧重于对民族文化的体认和追寻，对人类共同生存意义的关注和表达"①。多元文化交汇处的康巴青年作家，书写着民族交融、和谐的愿景，彰显了和而不同、美美与共的文学理念。

第一节 阿来：多维度文学精神的探求

阿来无疑是当代藏族作家的代表和领头军，自20世纪80年代初期开始文学创作以来，其创作手法和主题思想日益成熟。1998年阿来的第一部长篇小说《尘埃落定》问世，并于2000年获得第五届茅盾文学奖。

---

① 朱霞：《当代藏族女性汉语文学浅论》，载《民族文学》2010年第7期，第124页。

2009 年出版长篇小说三部曲《空山》《格萨尔王》，2015—2016 年，完成了"山珍三部曲"（《蘑菇圈》《三只虫草》《河上柏影》），2019 年长篇小说《云中记》出版，此外有中篇小说《遥远的温泉》，短篇小说集《旧年的血迹》《月光里的银匠》等。他在文学上的地位和成就，不仅得益于其娴熟运用汉语创作的功力，还在于他具备敏锐的眼光、深邃的思想，以一个知识分子的良知和担当，怀着对本族文化和人的深情，勇于面对和探究藏族文化和人的存在状况和现实境遇。

"刘再复先生在答颜纯钩、舒非问时，曾精辟地谈到文学的四个维度，他说，中国的现代文学只有'国家·社会·历史'的维度，变成单维文学，从审美内涵讲只有这种维度，但缺少另外三种维度，一个是叩问存在意义的维度……第二个是缺乏超验的维度，就是和神对话的维度……要有神秘感和死亡体验，底下一定要有一种东西，就是'从哪里来到哪里去'的问题意识。……第三个是自然的维度，一种是外向自然，也就是大自然，一种是内向自然，就是生命自然。"[1] 谢有顺认为，"只有这四种维度都健全的作家，才是具有文学整体观的作家"[2]。

综观阿来全部的小说，其主题意蕴丰厚，在现实、存在、超验、自然生态等方面均有探究，阿来具有开阔的精神视野，他是一个具有文学整体观的作家，一直以来，他在多纬度文学精神的开掘和建构上竭力而行。

一

阿来在接受访谈时，曾就他与 80 年代成名的作家扎西达娃、色波创作的不同发表看法，他说，我们共同关注藏族文化，但路数不同。不同的"路数"是指他们创作方法和切入视角的差异。

以扎西达娃的小说《西藏，隐秘岁月》《西藏，系在皮绳扣上的魂》来看，小说主要借鉴了拉美魔幻现实主义的手法，小说里的现实被处理得迷离、模糊，主要表现藏族文化和人精神上的迷惘和追寻，他的小说应和了西藏的神秘感，营造了亦真亦幻的文学氛围。与扎西达娃、色波等人相比，阿来直面本族文化和人的现实问题，深入藏族人的日常生活，用一个

---

① 转引自谢有顺《尊灵魂，叹生命——贾平凹、〈秦腔〉及其写作伦理》，载《当代作家评论》2005 年第 5 期，第 7 页。

② 谢有顺：《尊灵魂，叹生命——贾平凹、〈秦腔〉及其写作伦理》，载《当代作家评论》2005 年第 5 期，第 7 页。

个具体的故事揭示宏大的主题。

就阿来几部主要的中长篇小说来看，他的作品都关乎国家、社会、历史、文化这些重大的主题。宏观上来看，阿来的第一部长篇小说《尘埃落定》以麦其土司为故事中心，讲述西藏解放前土司制度由盛至衰的过程。阿来用细致的笔触，形象地呈现了土司阶层的奢靡、土司之间的明争暗斗和领地资源之争、土司家族内部的权益之争、土司与国民党军阀间的互利互用，揭示了土司制度必然衰亡的历史命运。

《空山》三部曲由六个中篇构成，选取最有代表性的故事与事件，展现了从20世纪50年代至20世纪末藏族乡村的变迁史，从不同的角度揭示了藏族乡村逐渐破败的图景。《空山》中，藏族乡村社会的变迁与国家政治政策的实施相伴而行、休戚相关，呈现出现代国家进程中本族文化和人的命运，重新考量国家政治政策的得与失。阿来认为："不管是结束旧的，还是成长新的，你把它交给自然本身，或者交给它这个当事的群体，跟这个文化共命运的那些人。"①

《格萨尔王》用现代小说的形式，在讲述格萨尔王故事的同时，加进了说唱艺人晋美的角色，整篇小说贯穿着阿来对传统文化在现代性进程中境遇的思考。

阿来说，他的写作不是不及物的路数。宏大的主题不是空泛的概念，它是通过具体的人物和事件呈现出来的。阿来重视讲故事，有很好的写实能力，他笔下的人物形象和场景真实生动，这源于他对家乡嘉绒地区生活的熟稔。

优秀的作家都有很强的写实能力，真实的细节和材料是文学的基石，王安忆曾就现实世界的真实的重要性有过精彩的论述，她说："这个写实的世界，即我们现在生活在其中的世界实际上是为我们这个心灵世界提供材料的……它用它的写实材料来做一个心灵的世界，困难和陷阱就在这里。"② 阿来很注重写实地呈现真实的世界。长久以来，西藏在一些作家笔下越来越被神秘化、形容词化了，阿来说，藏族人过的并不是异人的生活，他们也有人类共同的情感，他的创作就是要揭开西藏神秘的面纱，真实反映普通藏族人的日常生活。

---

① 谭光辉、段从学、白浩：《文学执信与生态保存——阿来访谈录（下）》，载《中国图书评论》2013年第3期，第87页。

② 王安忆：《心灵世界——王安忆小说讲稿》，复旦大学出版社1997年版，第16页。

阿来小说的出发点是民族性，但又不仅仅是民族的，它反映的是人类普遍存在的问题，具有普适性的价值。从题材和内容上看，《尘埃落定》反映了藏族土司制度的消亡，但在深层次上揭示了一种历史发展的必然趋势，一种不可抗拒的历史宿命。阿来说，小说《空山》以藏族一个村庄机村为立足点，但反映的问题却不仅仅是藏族村庄，机村在社会变迁过程中遇到的问题，是那个时代中国所有乡村包括城市都会遭遇的问题，它对人类具有普适性。吴道毅给了他很高的评价，他说阿来的作品"一方面注意追寻藏民族的族群记忆，展示本民族的特殊运行轨迹，一方面则运用世界眼光来审视民族的历史文化与未来走向，思考人类的共同命运，追问生存的价值，从而使文学的民族性和人类性得到了很好的统一，为中国民族文学与世界文学进行新一轮对话提供了可能"①。

二

《格萨尔王》是阿来根据藏族英雄神话"格萨尔王"的故事，用现代手法重新创作的小说。格萨尔王感念凡间生活的苦难，怀着斩妖除魔重新建国的理想，从天界降生人间，他在人间建功立业的过程中，一度质疑自身行为的意义。

初到人间，格萨尔遭到不明就里百姓的轻视、讥笑和叔叔的暗算、陷害，被驱逐出领地。他曾心生委屈和幽怨，厌倦百姓的盲从和争吵，甚至对来到人间的决定有了悔意，渴望早一天回到天庭。称王之后，美女、权力、财富都拥有了，格萨尔觉得无所事事，百无聊赖，倦怠、疲惫、孤独席卷而来，他不禁对这样的存在进行叩问："做一个王就是这样的吗？"他知道自己的使命是除尽妖魔，建立一个富足、强大、安稳的岭国，因此不断地发动战争，致使不断有人死亡。建立新的国是为了人们富足，但仍然有人贫穷、乞讨、流离失所，这使他质疑和思索建功立业的意义。称王后的格萨尔一度很留恋权力，有很强的功名欲，对于想觊觎他王位的人心怀猜疑；他也不能接受自己辛苦建立的岭国在若干年后消失不见，他想留名青史，所以利用自己的神力，挑选传唱他英雄故事的说唱艺人，以此证实自己存在的意义。整部小说《格萨尔王》，贯穿着格萨尔对自己从神到人身份处境转换意义的质疑，对自己杀戮行径的了悟，对怎样做一个好的王

---

① 吴道毅：《阿来：关于藏族的叙事与生存》，载《中国民族》2012年第1期，第66页。

的困惑和思索，其间经历了坎坷磨难和灵魂的拷问。阿来从存在意义的角度对格萨尔形象进行重新塑造和提升，使人物具有丰富性，开拓了史诗的意义空间。

阿来对史诗《格萨尔王传》最成功的重述，是加入了说唱艺人晋美这一角色，小说采用了双线条叙事的结构，使格萨尔王的故事和晋美说唱格萨尔王的经历交互进行。小说对现代文明进程中"说唱"这一传统的藏族艺术形式和说唱人的命运进行了思考，其中，晋美对说唱方式的选择、对故事的求证和质疑，也是他对自身存在意义的选择。

作为神授的说唱艺人，他的使命就是把脑海里的英雄故事原原本本地讲述给各地的听众，神授艺人相信自己的故事是神亲自授予的、相信故事的真实性，认为自身其实就是一种传播的工具，要把神的故事讲出来。说唱艺人和说唱这种形式，深受广大听众的欢迎和尊重。晋美被认为是草原上能说唱最多内容的说唱艺人，是有名的"仲肯"，他忠实于神的传授，原原本本地到各地说唱。晋美之所以被选中为神授艺人，就是因为他对世事懵懂不明，神需要的就是相信、服从的奴仆。但随着对故事的了解，晋美对神授故事的真实性也感到疑惑，问了不该追问的问题，因此受到神的责难。当昆塔喇嘛写出格萨尔王新的篇章时，晋美虽不相信但还是发出了疑问：神啊，你真的还有故事没有告诉我吗？对于格萨尔王的故事，不同的人有不同的认识和理解，因此就有些许版本的不同。昆塔喇嘛写出新的格萨尔王段落，晋美却说：格萨尔王已经厌倦了战争，不会有新的格萨尔王故事段落。晋美由最初对神的敬畏，到怜悯、同情格萨尔王，进而和格萨尔王交流，由最初一个受神掌控、懵懂的说唱人，到追问故事的真相，并且对不同的版本和新故事有自己的见解，对流传下来的故事进行求证，逐渐成长为一个有独立思想的说唱人，改变了自古以来神授说唱艺人仅仅作为工具的意义。

《格萨尔王》的意义在于"阿来在他的重述神话中，让我们回溯历史的轨迹，走在编年体之外的空间去触摸藏民族民间文化的印记，并用现代观照来反思人性。更为重要的是，他用神话的转化功能，帮助我们穿越生命的痛苦之旅，来到一个充满诗意的空间，让我们用不同的眼光去反观这个现实世界，洞察自己的内心，以更为平衡的精神状态和心理状态，在诗意的维度中去追求一种精神的永恒"①。

对于被选中为神授艺人，晋美最初对自己的身份和命运存有质疑和害怕。一开始，在梦里梦见故事时，晋美只是旁观者，慢慢地，他也进入其中，而且很想开口歌唱。成为一个名声远扬的"仲肯"后，晋美受到很多人的尊敬和欢迎，但是，在康巴赛马会上，他被墨镜人质疑为骗子，为此感到悲哀和无奈。但随着现代科技的发达，录音播放机被广泛使用，它能把说唱这种艺术传播形式记录下来，随时随地重复播放、固化，晋美也被请到广播电台录制格萨尔王的故事。但最终他逃跑了，因为像他那样一直活在故事里的人是不适应现代的生活方式和情感的。多年以后，当晋美快要走不动，不能再四处传唱时，他有机会选择不唱格萨尔王终结篇，到广播电台，享受城里的生活：舒适的房子、国家俸禄的供养，但晋美为了圆满地讲述故事而留在了草原，这是他对自己作为神授艺人存在价值的肯定和选择。

三

苯教是藏族土生土长的宗教，对群众的影响很深，在人们日常生活和重大事件中起到很重要的作用。阿来从小生长在嘉绒地区，对于神巫文化耳濡目染，阿来也曾说，自己虽然不是虔诚的教徒，但是对于宗教文化还是很敬畏的，相信冥冥之中总有一种力量。这种神秘感通过小说《尘埃落定》中的门巴喇嘛有精彩的描述。

门巴喇嘛其实就是苯教的巫师，麦其土司家大大小小的事情，都要请他占卜作法。在汪波土司和麦其土司关于"罂粟花的战争"中，为双方效力的神巫均有热闹的斗法。先是汪波土司聚集了大批的神巫，对麦其土司家施行诅咒，招来乌云、闪电、冰雹，要毁坏麦其土司辖地的罂粟，但门巴喇嘛作法化解了灾难。

> 乌云刚出现在南方天边，门巴喇嘛就戴上了巨大的武士头盔，像戏剧里一个角色一样登场亮相，背上插满了三角形的、圆形的令旗。他从背上抽出一支来，晃动一下，山冈上所有的响器：蟒筒、鼓、唢呐、响铃都响了。火枪一排排射向天空。乌云飘到我们头上就停下来

---

① 梁海：《阿来的意义》，载《文艺评论》2012年第1期，第74页。

了，汹涌翻滚，里面和外面一样漆黑，都是被诅咒过了的颜色。隆隆的雷声就在头顶上滚来滚去。但是，我们的神巫们口里涌出了那么多咒语，我们的祭坛上有那么多供品，还有那么多看起来像玩具，却对神灵和魔鬼都非常有效的武器。终于，乌云被驱走了。麦其家的罂粟地、官寨、聚集在一起的人群，又重新沐浴在明亮的阳光里了。门巴喇嘛手持宝剑，大汗淋漓。①

门巴喇嘛不仅能作法驱走冰雹，还能占卜出汪波土司家的神巫会对麦其家施行报复，家中的女人会出事。果然，三太太央宗肚子里的孩子做了牺牲品。"孩子生下来时，已经死了。看见的人都说，孩子一身乌黑，像中了乌头碱毒。"②

《尘埃落定》还描述了受刑而死的人留下的紫色衣服的鬼魅色彩。那件衣服好像有一股神奇的力量，它让傻子二少爷看到妻子的不忠，它给杀手勇气刺杀了大少爷，好像一个对麦其家有仇恨的死人的灵魂附着在上面，使周围的人感到恐惧。

小说中这些超越现实体验的描述，渗透着阿来对这个世界的思索。巫师的作法、占卜、祛病之术，是藏族人万物有灵观的体现，反映了对藏族传统文化的敬畏、膜拜之情；夭折的婴儿，是对末代土司为了私有利益而牺牲无辜生灵的深刻披露和揭示；而附着受刑而死的人的灵魂的紫色衣服，是土司残酷刑罚的见证，也代表着摧毁土司制度的一股复仇的暗流。

《荒芜》提到了神奇的"先人指路"现象，索波一行四人寻找适宜生存的地方，在深山峡谷的黑夜，协拉琼巴得到先人指路，众人才能摸黑从悬崖峭壁上走下来。《天火》写巫师多吉日夜作法压住大火。其实阿来并非推崇巫术，而是为了突出多吉这个人物形象。多吉为了乡亲们有一个丰美的草原，以身试法，甚至为了能阻止大火，作法累死。多吉有一番感人的话：

横竖都是个死。活着出去，死在牢里，作法累死挣死，要是保住了机村，那对金鸭子不是飞走了吗？那我以后，就是机村森林的保护

---

① 阿来：《尘埃落定》，人民文学出版社2001年版，第134页。
② 阿来：《尘埃落定》，人民文学出版社2001年版，第140页。

神。……多吉还说，他孤身一人，死了，没有人哭。要是大火烧过来，那就是灭顶之灾。一个没人哭的人死，换家家不哭，值。①

小说以多吉的积极作为对照，批判当时那些注重大会小会、忙着运动整人而贻误了救火最佳时间的荒唐行为，引发对历史问题的重新思考。关于"先人指路"，我更相信它是作者坚定美好意念、信念的表达。

《格萨尔王》时代是一个神魔鬼怪乱舞的世界。格萨尔是个半人半神的王，困惑时能得到菩萨及天上母亲的解惑，在需要帮助时可得到天神的帮助；更是降妖除魔的英雄，能选择说唱自己故事的人，可以自由出入凡人的梦中。

阿来小说中这些充满神秘性的超验世界的表述，丰富了作品的想象空间，对于其作品中超验描写的动机和作用，阿来有自己独到的说明和见解。阿来说，他深受藏族口传文学的影响："在这些口头文学文本中，现实与梦想，事实与虚构，时间与空间，人界与神界之间的界限被轻易突破了……口头文学中那种对想象的恣意的放纵是不应该被忘记的……民间文学中那种在现实与超现实之间，在当下情景与想象世界之间随意跨越的自由精神应当是一个非常重要的文化资源……一个人所以要成为一个作家，绝非仅仅要对现实作一种简单的模仿，而是要依据恢弘的想象，在心灵空间中用文字建构起另外一个世界。而建构这个具有超现实意味的世界的最重要的目的之一，便是能通过这种建构来探索生活与命运的另外的可能性。因为任何一个人在内心深处，绝不会甘于生活安排给我们当下的这个唯一的现实。也许，生活越庸常，人通过诗意表达，通过自由想象来超越生活的愿望会越强烈。"②

四

中篇小说《遥远的温泉》和"山珍三部曲"等著作，有一个鲜明的关于自然生态保护的主题。

《遥远的温泉》中，"我"从小就听牧马人贡波斯甲老人说在遥远的地方有一汪温泉。

---

① 阿来：《空山（三部曲）》，人民文学出版社 2009 年版，第 228 页。

② 阿来：《民间传统帮助我们复活想象——在深圳市民大讲堂等的演讲》，见《看见》，湖南文艺出版 2011 年版，第 203—205 页。

从晚春到盛夏，温泉边上每一天都像集市一样喧闹，许多赤裸的身体泡在温泉里，灵魂飘飞在半天里，像被阳光镀亮的云团一样松弛。美丽的姑娘们纷披长发，眼光迷离，乳房光洁，歌声悠长。①

"我"所见到的藏族地区温泉景象："草原宁静，遥远，温泉水轻轻漾动宝石般的光芒，鸟鸣清脆悠长，那光芒随着四时晨昏有无穷的变化。"②"我"童年参了军的伙伴贤巴回来后当了官，开发温泉旅游资源，彻底毁掉了给我们许多憧憬与想象的措娜温泉。

溪流串连起来的一个个闪光的小湖泊消失了。草地失去了生气，草地中那些长满灰白色与铁红色苔藓的砾石原来都向那些小湖汇聚，现在也失去了依凭。温泉上，是一些零落的水泥房子。……墙上的灰皮大块脱落，门前的台阶中长出了荒草，开裂的木门歪歪斜斜，破败得好像荒废了数十年的老房子。……一切都在这里腐烂，连空气都带着正在腐烂的味道。③

《已经消失的森林》中，雨后的村子是洁净清新美好的。

雨水带着从天上下来的光亮，照亮孩子们和男人们的脸，雨水驱走了比较不洁净的、令人呼吸短促的气味，带来清新空气，不久被森林环抱的村子就充满了幽幽的花草与苔藓的气息。④

但是，受到开山炮这样强大气浪的震动，原来徐徐的降雨变成了暴雨，"云中的雨点在村子上空被全部震落。雨水仿佛被激怒了的神灵的鞭子，肆意抽打着村子、河床、庄稼、森林、岩石"⑤。由于砍伐森林、修路，自然生态平衡遭到破坏，这里的气候变得不规律了。暴雨过后是连日

① 阿来：《遥远的温泉》，四川民族出版社2005年版，第60页。
② 阿来：《遥远的温泉》，四川民族出版社2005年版，第59页。
③ 阿来：《遥远的温泉》，四川民族出版社2005年版，第86页。
④ 阿来：《遥远的温泉》，四川民族出版社2005年版，第96页。
⑤ 阿来：《遥远的温泉》，四川民族出版社2005年版，第117页

的干旱，最后酿成了一场大火。大火过后，积雪融化，融雪水把大火过后的灰烬与焦炭冲刷下来，春雨下来时，雨水裹着焦炭与灰烬冲下山坡，冲进刚刚长出作物的田土。满含碱分的水流烧死了禾苗，使肥沃的土地板结，村子变穷了。

《空山》也有一个生态保护的主题：《达瑟与达戈》有作者对过度猎杀动物的批判。达戈为了换得色嫫想要的电唱机，猎杀了与村里人友好相处两千多年的群猴。《天火》中，过度砍伐林木致使气候干旱，引燃了森林大火。到了《轻雷》时代，为了满足对物质金钱的追求，村里人伐树倒卖木材。这些事件的选取和叙述，表现了阿来对自然生态问题的关注。

阿来的小说对人性也挖掘得很深刻，在小说《尘埃落定》中，傻子二少爷身上体现了一种单纯、智慧、宽广宁静的美好人性。二少爷没有其他人那么复杂的头脑，他的思维本真、原初、单纯。但他并不是真的"傻"，而是"真"，他看待问题少了伪饰和算计，所以在一些问题上，反而是他能指出问题的根本，看到事物的真相，大智若愚。他不太会计较算计权力、地位、金钱，所以能和其他人宽容平和地相处，少了利欲熏心，获得了心灵的宽广宁静。所以，傻子这一形象是阿来对民族原初时代美好人性的礼赞。

《空山》卷一《随风飘散》中，在少年格拉的死这件事上，机村人充当了"无主名无意识的杀人团"，小说呈现了机村人的隐秘心理，暴露了人性的扭曲、残酷。因为日子的贫穷、无所事事，机村人内心都希望别人身上发生不好的事情，一是可以为无聊的日子寻找谈资，再就是看别人家倒霉能使自己苦难的日子得到些安慰，痴傻女人桑丹和格拉母子就成了满足村里人这种变态心理的牺牲品。恩波的儿子兔子单纯、善良、孱弱，他是格拉惟一的朋友。兔子不幸被鞭炮炸伤，肇事者把罪责推到格拉身上。虽然不是格拉所为，但是禁不住众口一词，所有的孩子都说是格拉炸伤的兔子，被冤枉了的格拉的辩解敌不过村里人对他的歧视和偏见，他一个贱民也无力为自己辩护。无力为自己辩解的格拉就要病死了，纵使桑丹苦苦哀求村里人说句公道话，还格拉清白，让格拉好起来。但机村人很冷酷，不但不伸手相救，反而说格拉这样的孩子就不应该来到世上受罪，还是赶快了结生命早点解脱好。额席江奶奶的一句"可怜的人总是互相折磨"，道出了人类的悲哀。那个年代，机村人生存得都很不容易，桑丹和格拉母子不过是比机村其他人家更可怜、孤苦的人，机村人本来有善良、好客、宽容的一面，如在当地解放前接纳了一些如桑丹母子、杨麻子、张洛桑等流浪者，但当地解放后，在新政策新制度的冲击下，机村人变得茫然，旧的道德体系被破坏，新的道德观念没有建立起来，人们无所事事，人与人之间充斥着猜忌、仇恨，兔子、额席江奶奶、格拉随着机村美好人性的消失而消逝。这表达了阿来为藏族村庄已消逝的美好人性感到痛惜。王玉春评论说："《空山》更为深远的意义就在于其所展现的是人类在历史境遇下无法克服的弱点以及由此招致的悲剧。也正是在这一意义上，《空山》显示出灵魂拷问的深度与力度。"①

此外，阿来对现代化进程中人性所受的压制和人性的变异也有深刻的揭示。小说《孽缘》展示了在特殊的历史情境和极端境遇下，人的生命本能与生命追求的崇高品格相互冲突的悲哀。"我必须在这里揭示出在一种带着强烈的喜剧性色彩的生存状况下的泛人类的悲哀，人性的悲哀，生命本能与生命追求的崇高品格之间相互冲突的悲哀。"②

曾出家为僧的外公是这样认为的：

> 他预想的死亡方式和众多僧侣冀求的死亡方式一样。那就是吃饱喝足由亲属或教众供奉的食物，满足了对粮食以及洁净饮水的渴求，坐在满是岁月积尘的厚厚的垫褥上，静待灵魂悄悄脱离肉体，变得轻盈透明。③

但在扫除一切宗教和贫穷的年代，这一切都是幻想，外公曾恐惧自己会冻饿而死，不能获得内心的安宁和灵魂的救赎。

一向虔信佛教的舅舅，为了让家人饱食一顿，违背不杀生、不偷盗的信条，偷杀了生产队的一只羊，内心有深深的忏悔，致使无法吞食自己偷杀的羊。为了换得父亲的无罪，舅舅偷走了父亲的旧军服送给了王成，为这件事，舅舅一直对父亲心存愧疚，也使父亲坚持了对舅舅的看法，"这种家族为了吃饭活命，会做除了杀人之外的所有事情"。而一向倔强高傲的父亲，和舅舅一样，在饥饿面前也说出"想到监狱里去"，因为那里至

---

① 王玉春：《艰难的"超越"——论阿来〈空山〉史诗叙事的诠释与建构》，载《文艺评论》2012年第1期，第86页。

② 阿来：《孽缘》，四川民族出版社2005年版，第32页。

③ 阿来：《孽缘》，四川民族出版社2005年版，第58页。

少可以吃得饱。这些都展现了特殊年代人性遭受的摧残和挤压。

在生存本能的驱使下，人与人之间的亲情也会变得麻木、冷漠。饥饿、活下去的欲望淹没了所有的矫饰和惺惺相惜，人心的贫瘠赤裸裸地暴露出来。对于舅舅在临赴灾难前最后一次的眷顾，"我们"都在饱食一顿之后才关注事件本身：

> 姨父姨妈和我表弟都在竭力显出悲哀的样子，但仍掩饰不住一顿饱食后的心满意足。那种神色是无法掩饰的，它从每个毛孔，从嘴唇的油光，从畅通的血脉和皮肤上的红光上显现出来。①

阿来一直关注人的命运，他说："依一个小说家的观点看，去掉了人，人的命运与福祉，那些宏大概念是没有任何意义的。所以，对一个小说家来说，人是出发点，人也是目的地。"② 出于这样的文学愿望，阿来一直在人的命运和人性的探索上挺进。

五

在访谈中，阿来曾说过情感的充沛对文学深度的意义，他说每次写作"像刚刚谈过一次恋爱"③。

现在的很多小说，读者在其中看到的多是故事或技巧，而看不到文字里的情感，而情感是一部作品之所以打动人的重要元素，它是文字的生命。阿来的小说听从内心的召唤，首先表达了自己。

谢有顺认为，"写作和自我的关系，这是一切写作的出发点，也是归结点。……中国人的写作，自古以来就讲究把自己的生命、自己的人生摆进作品里，如果通过一部作品看不到背后的那个人，这样的文字总不是好的"④。阿来是用生命写作的作家，每一个主题、每一篇作品都体现着他的忧患意识和深沉的爱，他对文学怀有一种信仰般的执信，相信文学具有影响人心的力量。

---

① 阿来：《孽缘》，四川民族出版社2005年版，第32页。

② 阿来：《人是出发点，也是目的地——第七届华语文学传媒大奖获奖词》，见《看见》，湖南文艺出版社2011年版，第163页。

③ 梁海：《"小说是这样一种庄重典雅的精神建筑"——作家阿来访谈录》，载《当代文坛》2010年第2期，第26页。

④ 谢有顺：《小说写作的几个关键词》，载《小说评论》2012年第1期，第55页。

阿来的小说有强烈的表达自己观点的诉求,从小说叙事的人称来看,阿来的几篇小说用第一人称"我"或"阿来"叙述,直接表达自己的见解。

中篇小说《遥远的温泉》用第一人称"我"叙事,随时抒发感情,表达对事情的看法。如"我冲出了帐房,毫无目标地奔跑在夜半时分的高山牧场上。草抽打着,纠缠着我的双脚,冰凉甜蜜的露水飞溅到脸上,手上"。这是叙事,接着转为议论:

> 马要是再继续奔跑下去,我在马背上越发轻盈的身子便要腾空飞升起来了,升到比那些雪峰更高的天空中去了。骑手的后代第一次体会到了奔驰的快感。只要这奔驰永不停息,我便从这禁锢得令人窒息的生活中解脱出来了。①

在叙事的过程中,"我"总是禁不住生发议论,表达对自由生活的向往。对于贤巴破坏了温泉,"我"更是抑制不住满腔的气愤:

> 我不想听这种振振有词的混账话,我来这里,是为了构成我少年时代的自由与浪漫图景的遥远的温泉。……结果,这个温泉被同样无数次憧憬与想象过措娜温泉美景的家伙的野心给毁掉了。……如果花脸贡波斯甲活到今天,看到温泉今天的样子,看到当年的放羊娃贤巴今天的样子,他会万分惊奇。他会想不明白,一个人怎么如此轻易地就失去了对美好事物的想象。②

表达了温泉美景被破坏的惋惜、愤慨之情。阿来从不避讳在作品中流露情绪、表达观点,读他的作品,我们能明确地感受到他情感的起伏。

《达瑟与达戈》开篇就表明了作者写这篇小说的动机是为了表述达瑟生态保护的观念。小说设置了一个儿童角色"我",对达戈过多猎杀动物发表看法。《孽缘》中,叙述人就叫"阿来",读者就有了这个全知全能的视角,他对舅舅的性格有评述:"舅舅一生随波逐流,从来没有想到过

---

① 阿来:《遥远的温泉》,四川民族出版社2005年版,第28页。
② 阿来:《遥远的温泉》,四川民族出版社2005年版,第89页。

反抗自己的命运，因为他虔信佛教，相信一切均是前生及今生的因果报应。"在叙事的过程中，作者还跳出来直接表达写作的意图：

> 我必须在这里揭示出在一种带着强烈的喜剧性色彩的生存状况下的泛人类的悲哀，人性的悲哀，生命本能与生命追求的崇高品格之间相互冲突的悲哀。①

在小说《格萨尔王》中，作者借说唱艺人晋美这一线索和角色，发表了对格萨尔王故事的看法和思索，整篇小说贯注着阿来的现代性反思。

阿来小说背后总站着一个人，这个人用担当、智慧、坚韧、悲悯的情怀，直面现实，感悟生命，叩问存在，悲悯芸芸众生，探求问题的各种可能。

阿来小说对恶的揭示还是很深刻的，他惯于用细致的笔触，徐徐道来，呈现人世、人心、人生存在的问题。阿来笔下没有绝对的坏人，作者对他们人性的弱点和劣根性总是抱有理解而同情，而把原因归结为时代或社会，而且这些人身上大都具有可贵的忏悔意识、自省精神。写尽悲剧、恶的存在时，阿来总是不放弃希望，没有沦陷在绝望、灰暗的深渊。他的小说回应了鲁迅文学创作的主旨："揭示病苦，以引起疗救的注意"，具有现世的忧愤意识。

如《孽缘》中的舅舅，《随风飘散》中的机村人，《达瑟与达戈》中的达戈，《空山》中的索波等，作者把他们的失误归结为时代的原因，而且这些人身上都具有可贵的忏悔意识、自省精神。

舅舅一生随波逐流，承担所有人生的苦难，从没有反抗过自己的命运，从他身上，我们看到了生命的坚韧、可贵。他有一种可贵的知罪意识，就他与父亲的恩怨来说，他总认为是自己的错，内心总在忏悔，所以他更精心地牧羊，修桥补路，扫地，出于怜悯救助从麻风病院痊愈的女人，让她生下一个健康的孩子，殷勤侍奉外公……以他的方式赎罪，他的存在本身就是一个悲剧。在他身上，倾注了作者的同情、怜悯之情。

机村人原本也是好客、宽容、乐善好施的，但在新观念的冲击下，机村人的道德体系处于混乱状态，生活困苦、无所事事的机村人滋生了看客

---

① 阿来：《孽缘》，四川民族出版社2005年版，第32页。

的心理。但格拉母子离开村子后，机村人又开始不安、自责、内疚，当格拉母子再次归来时，机村人心里才有了些许释然、安慰，并主动接济这对母子。阿来的小说写出了藏地乡村传统文明与现代思想交融后的矛盾心灵。

谢有顺说："真正深刻的内心叙事，就是要为生命打开一个自我辩论的空间，既揭发人心的罪恶，也并阐明罪恶中可能埋藏的光辉，不是只看到善对恶的审判，更是要写出恶的自我审判。"①

作者在批判现代性进程使生态遭到破坏的同时，也表达了对新生的希冀："我用常识告诉自己，这水不会腐朽，或者说，当这一切腐朽的东西都因腐朽而从这个世界消失了踪迹时，水又会咕咕地带着来自地下的热力翻涌而出。"② 在对贤巴感到失望之余，叙述者并没有对人性完全绝望，"我与贤巴重建童年友谊的努力到此结束。这是令两人都感到十分沮丧的事情。只是，自认是一个施与者的贤巴，沮丧中有更多的恼怒，而我只是对人性感到沮丧而已。更何况，我并不认为，我没有在别的地方受到人性的特别鼓舞"③。这是一种有暖意、有希望的写作，是相信人生还有价值，生命还有意义的写作。在精神的追求上，阿来开掘了新的文学维度，实践了一种重情感的叙事伦理。

阿来对本民族历史、现实、文化和人等多重主题的探究，表明他是一个有责任感和担当精神的作家。他在写作时投入了丰沛的情感，读他的小说，可以感受到作者强烈的情感和精神上的负重。他的小说有明确的价值立场和鲜明的批判色彩，这源于他对本族文化和人深切的爱，以及迫切改变、解决现实问题的赤诚之心。

从这几点来看，阿来称得上是藏族当代文学的领军人，事实上也是如此，阿来以他的写作实践影响着当代藏族作家的创作，也以各种形式和途径扶持青年作家，阿来对于当代藏族文学的发展具有重要的意义和影响。

---

① 谢有顺：《小说写作的几个关键词》，载《小说评论》2012 年第 1 期，第 57 页。
② 阿来：《遥远的温泉》，四川民族出版社 2005 年版，第 90 页。
③ 阿来：《遥远的温泉》，四川民族出版社 2005 年版，第 75 页。

第二节　次仁罗布的灵魂叙事

阿来的小说立足于传统乡土，直面藏族地区的现实困境，反思民族的生存状态和民族痼疾，表达了族群关怀的焦虑感，体现了积极入世的现实关怀意识和勇于担当的精神。次仁罗布同样关注藏族群众的生存本相，他更善于把民族的宗教信仰、风俗民情、伦理道德等通过日常写实来呈现，由不同的叙述者讲述同一个或不同的故事推动小说发展，他的小说在内容和形式上均形成了自己的风格。在藏族当代文坛，次仁罗布是一位成长得很快的作家，从世纪之交开始文学写作至今，发表了三十多篇中短篇小说，结集出版两部小说集《放生羊》《强盗酒馆》和一部长篇小说《祭语风中》，在藏族文坛甚至中国当代文坛均具有重要的影响力。

一

次仁罗布关注藏族群众情感、肉身、物质的欲求，善于展示普通人世俗的愿望得不到实现情况下肉体的沉浮和灵魂的挣扎，或欲望越过道德和人性的底线造成的悲剧，并把人生的欲求与挣扎和转型期的社会变迁结合起来。这多表现在他早期的一些作品中。

情、欲书写是文学肯定身体叙事的体现，梅洛·庞蒂曾经说过，"世界的问题，可以从身体的问题开始"，同样，文学的问题也可以从身体叙事开始，次仁罗布的小说也书写了人的情欲。

《情归何处》呈现了人由于生理功能的丧失而不能获得完美人生的挣扎与痛苦。杂志社的记者扎西由于在采访时遭遇车祸而致性功能丧失，遂对婚姻和生活失去了自信，选择与妻子卓嘎离婚逃避困惑，继而把精力用在工作上，在事业中肯定自己人生的价值，但他内心依然为那压抑着的对异性的憧憬和渴望而痛苦。在成都邂逅了摆夜摊的周洁后，两人迅速相恋。扎西内心是矛盾的，一方面他为自己性功能不健全而内疚，同时他渴望有一个可心的爱人、一个温暖的家，因为怕失去周洁而没有勇气说出实情，而周洁盼望的是尽快随他去拉萨双栖双飞。扎西陷入了不能自拔的痛苦之中，为自己不能获得完美的人生而痛惜。

不仅扎西，小说中的其他人如通嘎、刘一德等也处在个人欲求不能实现的痛苦困惑中。热恋了三年的女友，因通嘎经济拮据遭到女友及家人的反对，使他不再相信爱情的忠诚，在情色的纵欲中沉沦。刘一德，曾经也是单纯、充满幻想的人，但最终也陷入了追逐金钱的行列。扎西、通嘎、刘一德等人的人生缺憾和内心的挣扎和痛苦，反映了在社会转型期，藏族普通人在爱情、物质、人生等价值观念上的冲击和焦虑。

如果说扎西的情感因肉身的缺陷而无法安妥，《焚》中的维色则是在纵欲中渴求心灵的慰藉。维色为了爱情嫁入有钱有社会地位的家庭，但备受轻视，得不到尊重，沦为干活的工具，曾经发狂般爱她的丈夫也日渐对她反感与疏远。在对婚姻失望时，处长加措的体贴和激情使维色以为重获了爱情，忍受着经常见不到儿子晋扎的痛苦，毅然离婚。但加措只是逢场作戏，这让维色对男人和爱情彻底失望，断然与加措划清界限。空虚、寂寞、愁闷时刻侵袭维色的心头，她在央金的介绍下认识了安东，但安东是个占有欲、妒忌心很强的人，而且脾气乖戾，让维色很受伤，经过了几次折腾之后，维色终于离开了安东。过了一段清静的日子后，她又感到寂寞，开始在各种场合结交许多男人，为了填补空虚、寂寞和满足情欲的需要，就这样堕入了酒与情色中而不能解脱，但这并不能驱除她内心的孤独，反而时刻陷入痛苦之中。维色的痛苦源于她作为女人的性别觉醒和对情感的追求，她保持了人格的尊严和独立，获得了主动选择的权力，但陷入了肉体和心灵无处安置的境地。维色虽然是生活在新时代的女性，但在女性追求自由独立的道路上，陷入了与鲁迅笔下的子君和丁玲笔下的莎菲一样的处境。对"女性离家后怎么样"问题的追问和思索，显示了作家对藏族新时代女性精神追求幻灭的关注和思考。

《笛手次塔》中，次塔的女人因为贫困跟一个司机跑了，次塔一度颓废消沉，之后离开了贫困闭塞的镇子，来到松瓦林场务工。次塔心里只有一个目标，就是攒钱，为此他拼命干活，省吃俭用，存了一笔钱回到镇子。这几年次塔的观念也更新了，他用这钱做第一桶金，开商店，后来镇子上的商店开得多了，他又改经营酒馆，日子越过越好，但心里依然挂念着老婆。寡妇尼玛帮次塔张罗酒馆的生意，日久生情，不久两人就生活在一起。按说日子这么过下去也和美安稳，但次塔却在这时离开了镇子，到拉萨卖唱为生。虽然作者没有说明次塔离家去拉萨的原因，但从小说中我们还是能想到：次塔现在生活过得好了、安稳了，但仍放心不下以前的女人，想要寻到以前的老婆，看到她生活的也好才会安心。小说通过几个事件和片段，将一个吃苦、务实、重情的男人形象树立起来了，而次塔失去女人的心灵的痛苦和对女人的怜惜及改变生活的努力和内心的孤独都让人动容。无论是扎西、维色还是次塔，他们都在俗世的欲望中痛苦挣扎，处在情感和肉身的漂浮状态，找不到人生圆满的途径。

二

次仁罗布近几年发表的作品更是直面藏族群众的生存苦难，以超越的精神展示人性中宽容、善良、坚韧、节制的品性，触及藏族文化深层次的问题，比如宗教信仰、生死观念、家族复仇等方面，在这一阶段，作家试图为各种困境找到化解的途径，进而揭示人性的复杂和心灵的冲突。

陀思妥耶夫斯基说过这样的话：我只担心一件事，就是怕我配不上我所受的苦难。佛教把苦修当成人生必修的一课，英雄伟人也把苦难看成是对自己的锤炼。次仁罗布小说中的小人物对于苦难的承担和超越彰显了生命的价值和意义。

《雨季》通过旺拉向濒临死亡的父亲叙说的方式，呈现了他们家由于天灾人祸遭受的种种苦难。寄托着全家人希望的十二岁的格来在上学的路上被汽车轧死，吃苦、耐劳、老实的岗祖为了跟别人争抢一棵虫草而被人捅死，辛苦持家的潘多为了抢救一头牛被洪水淹没，辛苦了一辈子的旺拉父亲得不到及时医治病死路上。但可贵的是，在这些摧垮人的灾难面前，他们永不屈服，有着战胜苦难的勇气和顽强的生存意志。《雨季》描绘了藏族农牧民深重的苦难以及生存环境的残酷恶劣，我们为他们遭遇的苦难而唏嘘，更为他们顽强的生存意志所折服。当我们遇到不能避免的灾难时，唯有忍耐、承担、超越苦难，不失却生存的信心和勇气，才能战胜悲壮惨烈的人生。

以家族复仇故事为素材的小说《杀手》，讲述了康巴人为了报杀父之仇，历经十三年，几乎走遍了整个西藏，寻找十六年前杀死父亲的仇人玛扎。当风餐露宿、历尽艰辛寻到玛扎时，他却不忍对十六年来时时为罪孽忏悔的玛扎下手，因为他心中的仇人已成了一个身子弯曲、头发花白、额头布满皱纹的可怜的老人，而且他还有年幼的孩子和羸弱的女人，最终康巴人放弃了复仇，哭着离开了。康巴人以人性的宽容、怜悯战胜了心中的仇恨和苦难，使自己从复仇的痛苦中解脱出来，拯救了玛扎也救赎了自己。

小说《界》中，查斯与龙扎豁卡的格日旺久少爷偷情怀孕后被龙扎豁卡的老太太强行许配给赶骡子的驼背罗丹，而她生下的少爷的儿子多佩也被老太太强行送到寺院，这使查斯一直对老太太心怀仇恨。年老时，查斯希望儿子能陪在自己身边，但看破红尘的多佩一心向佛，反劝母亲随他到寺里。为了能和儿子在一起，查斯选择了决绝的方式——毒死儿子。而多佩明知是毒药也甘心赴死，用生命的代价消解了母亲尘世的恩怨。查斯最终皈依佛祖，化解了心中的仇恨。这又是一个关于大爱、宽容、救赎的故事。不同的是，《界》引入了宗教信仰对人心灵净化、灵魂救赎的影响。"界"既是指身份门第的界限，也喻指尘世与宗教的界限，从尘世皈依宗教，用宽恕与爱化解苦难仇恨的心理界限。

《奔丧》与《叹息灵魂》表达了相似的情感。《奔丧》中"我"认为是父亲抛下"我们"母子三人在内地重组家庭，以致姐姐自杀、母亲抑郁终生，所以"我"一直不能原谅父亲的不负责任。但在与父亲几次短暂的见面中，"我"渐渐了解了父亲那一辈人经受的苦难，父亲在这几十年中也一直生活在思念与痛苦中。"我"对父亲的恨意逐渐释然，最终在为父亲奔丧时谅解了父亲，认同了血亲。《叹息灵魂》中的"我"，父亲去世，母亲离家修行，兄弟不和，倍感亲情的凉薄，萌发了离家出走去拉萨朝圣的念头。在去拉萨的途中，"我"被警察误抓并被扣押了身上的钱财，在"我"要放弃去拉萨时，得到了去拉萨朝圣一群人的鼓励和帮助，最终到达了拉萨，实现了夙愿。到拉萨后，为了生存，"我"曾昧着良心赚钱，也被人包养过，经过自省，"我"走上了正轨，也结婚成家，但因无钱住院，妻子难产而死，"我"又一无所有。这些遭遇使"我"对人有很深的仇恨，为了报复人，"我"决定当天葬师，为的是把仇恨发泄到死去的人身上。但经过了天葬仪式，"我"认识到人的一生是多么的渺小，人是多么可怜的动物，活着的时候纠缠在各种欲望利益之间，死前还念念不忘尘世的一切，而天葬师的功德就在于帮助亡灵超度，使其灵魂得到解脱。在神圣庄严的天葬仪式中，在僧人的开导下，"我"回顾自己的人生经历，以宽容之心宽恕了别人带给我的所有委屈、不公和磨难，获得了心灵的宁静。

《放生羊》中，十二年来，年扎老人为了去世的老伴能早日转生，不辞辛劳地每日转经祈祷，在身患疾病的情况下，依然带着放生羊转经、祈祷、礼佛，面对生死疾病，勇敢承担，获得精神上的超越。其信仰的虔诚、对过世妻子的深情以及对放生羊的怜惜之情都让人感动。

一个人在面对无法避免的苦难时，最重要的便是他对苦难采取了什么态度，他用怎样的态度来承担他的痛苦。次仁罗布以善良和爱谱写了人性的高贵和尊严，在他的作品中，我们发现了人性中的温暖和希望，他为当代文学的建构树立了一种正能量精神价值的指引，这种对生命的尊重和对善与爱肯定的话语伦理尤为可贵。

三

次仁罗布认同和缅怀源远流长的民族传统文化，同时从现代性的角度对其进行理性的审视，批判民族痼疾，展现现代化进程中民族传统文化与现代价值观念的冲突与和解，写出了民族的前景和希望。

小说《前方有人等她》展现了夏辜老太太和子女两代人不同的人生价值观。夏辜老太太和丈夫顿丹都是善良、宽容、老实的好人，丈夫顿丹虽已去世很多年，但人们提起他来还是赞不绝口，夏辜老太太秉承丈夫为人处世的准则，尽心抚养教育一双儿女，赢得了邻里的一致称赞。但长大后的儿女却让老太太十分失望。先是儿子顿珠辞职承包了舞厅，整天与女人鬼混，致使妻离子散，后来再婚又离，负债累累，让老太太伤透了心。最让她失望的是儿子对债务满不在乎的态度：十万多算什么，有人欠几百万几千万呢，又奈何得了什么，日子照样过得舒舒坦坦。就连女儿次吉都说：现在是什么时代，欠一点钱又不是什么大不了的事情，赚了钱就会还的嘛。而顿丹夫妻那一代人可是讲究道义、良心、信誉的，作者借夏辜老太太的口感慨：这世道到底怎么了？人们道德沦丧，个个变得贪得无厌。最后，夏辜老太太带着对儿女的失望追随老伴顿丹去了。她的抑郁而死也是对这个世道的警醒和控诉。小说反映了社会转型期在新的价值观的冲击下，人们迷失在金钱、物质、欲望的漩涡，以及欲望越过人性道德的底线造成的悲剧，重新肯定了传统文明人性中一些美好的品质。

在小说《雨季》中，我们也看到了人性善良、宽容背后的麻木与愚昧。格来被汽车轧死了，在讨论如何处理司机时，乡领导和学校老师征求他家人的意见，旺久爹说：处理个屁，这样能换回人命吗？旺久怜悯司机家里也有妻子和儿子，就说：人死了，是命中注定的。我们也不告你，你就走吧。他们对待生命的观念和处理司机的态度，显示了人本性中的善良、宽容、慈悲。但作者也揭示了镇子里的人长期生活在贫穷苦难的环境下，变得麻木愚昧，生命价值的贬值以及容易满足。如撞死格来的司机到格来家谢恩，送来了一头耕牛和三袋大米，这让格来一家人很是感激，好像司机成了他家的恩人，好生招待司机夫妻，而且连说他们是好人，那头用格来的命换来的牛也成了旺久爹向村里人炫耀的资本，物质的补偿很快冲淡了失去亲人的悲痛，旺久爹还兴奋地说：格来用一条命换一头牛，值！而且全家都是一样的想法。生存的艰难使人对物质的需求超出了生命的价值和尊严，小说道出了人只有获得经济上的独立和精神上的觉醒才能活出人的尊严。与格来家人的宽容善良相比，司机一家人却是忘恩负义、不讲信用的人，当初司机许诺要接旺久爹到拉萨住一段时间并朝拜，最后却一去杳无音信。小说以镇子人的淳朴善良映照出城里人的无信、负义，揭示了藏族古老文明的美好与愚昧，批判了现代物质利己思想对人价值观的负面影响。《传说》对宣扬佛法神秘力量的传言进行了讽刺和批判。《传说在延续》一方面追溯了兄弟共妻婚姻模式的悠久历史，同时也看到这一婚姻制度与现代文明的不相适应，以及村里人努力改变传统婚姻方式和贫困生活的愿望。《奔丧》塑造了强奸罗宏而不自知有罪的藏族农民和他不觉悟的妻子的形象，沉痛地揭示了藏族底层群众因缺少现代文明的教化而愚昧无知。《杀手》中的"我"一方面为康巴人要杀死玛扎而担心，但得知康巴人放弃复仇并宽恕了玛扎后，对古老文化传统的复仇观念不尽释然，所以会梦见"我"替康巴人报仇杀死了玛扎，以梦的形式完成了古老的文化仪式，揭示了人们在传统观念向现代思想转变中的心灵冲突，说明传统习俗文化对人心的影响是根深蒂固的，改变一种观念和生活方式需要漫长的时间。

四

次仁罗布说，藏族元素是他小说的骨架和血肉。藏族人的宗教信仰、风俗文化等最能体现藏族特色，当代写藏族题材的作品，都绕不过去这些话题。但有的作家把这些写得神秘莫测，或者是用猎奇的眼光大篇幅地介绍。次仁罗布的小说把藏族的宗教信仰、文化习俗融入普通人的日常生活中，通过人物的日常生活细节和场景、对话、心理等不动声色地呈现出来，对藏族文化习俗作了生动鲜活的呈现，这源于他对本民族宗教信仰、文化习俗的深入体验和了解。

如《放生羊》中的年扎老人，早上起床先洗手，接自来水管的第一道水在佛阁前添供水，点香，祈祷；然后出门转经，去寺庙敬拜；临近中午去甜茶馆吃面喝茶，然后回家；傍晚再去市场买些吃的。一个拉萨城老人一天的生活画面便呈现在读者面前，一个虔信佛教的藏族人一天的宗教活动通过年扎老人一天的生活流程还原呈现在文字里。如为了使去世的亲人早日投胎转生，活着的人每日生活的重心就是潜心地转经、拜佛、布施、放生，转林廓时带着的布兜包里装着上供灯、哈达、白酒，信徒们拨动念珠，口诵经文，祈祷、煨桑，给买来放生的羊穿耳、涂上颜料或系上红色的布条，这样谁都不会伤害它，因为放生是功德无量的。这些宗教仪式和活动不是抽象的解释，而是通过年扎老人一天里具体的日常活动事件和细节来呈现，反映出宗教已渗入藏族人的日常生活中。

在小说《叹息灵魂》中，作者在交代故事的同时，用简短的文字，把藏族村民闲散的生活状态和藏族住宅建筑的特点交代得很清楚：

> 进入村子，有几个村民，靠在墙角边晒着夕阳，手里拨动念珠，懒洋洋的。……我下马，把马牵到院子里，把缰绳拴在了木桩上。我推开房门进到底层的牛圈，再拾阶上到二楼。①

藏族乡村是复式的住宅，底层饲养牲畜，二楼住人。此外用寥寥数笔描绘了藏族村民简陋的陈设：

> 椽子上垂落下来的几根牛皮绳，它们黑黢黢、直挺挺地掉落；墙角边排放一溜儿的陶罐和铜锅；倚靠房柱立着三个装满粮食的牛皮袋子。②

次仁罗布的小说用日常生活的真实细节呈现本族的宗教文化和风俗民情，体现了极强的写实能力，而材料的真实感是一篇好小说的基础，只有以真实为底子的作品，才能使主旨的表达落在实处。谢有顺说："好的小说，无不以实在、具体、准确的材料做基础。没有这些细节和材料，小说

---

① 次仁罗布：《叹息灵魂》，载《青海湖文学月刊》2011 年第 7 期，第 5 页。
② 次仁罗布：《叹息灵魂》，载《青海湖文学月刊》2011 年第 7 期，第 6 页。

就不容易有实感。"① 因为次仁罗布所写的都是实感层面的生活，所以读起来比一些道听途说或单凭书本资料写得鲜活，让人觉得符合逻辑情理，容易令人信服。

从整体上来看，他小说的叙述节奏缓慢。如《放生羊》以时空发展的顺序，用好几段的篇幅细致地描述年扎老人从凌晨到太阳升起这一段时间的活动：早晨五点钟，起床、洗手、上供水、点香、祈祷；在路灯的照耀下转林廓，并详述转林廓的所见所感；天空开始泛白，来到布达拉宫脚下的所见所想；太阳升起，去寺院拜佛、烧斯乙。这样的叙述风格契合了藏族人散淡、慵懒的生活节奏，也正是在慢中，才更好地把握和呈现了日常细节和场景人物。

次仁罗布还善于通过人物的对话展现人物的性格和心理。《叹息灵魂》中，父亲去世后妈妈离家出走不见了时，兄弟三人的对话如下。

> "妈妈不见了，快起来。"大哥从门外叫喊。……"都说没看到。她能到哪里去？"二哥自言自语地说。"要不我们分头去找！"大哥说。我们围着火炉谁都没吭气。……"我们总得干点什么吧！"大哥沉默一阵后，再次说道。……"我想出去找妈妈。"我说。"上哪里去找？都没有个目标。"二哥说。大哥把手里的牛粪掰碎了，碎屑纷纷掉落下去。他把发黑的牛粪愤愤地摔到地上。②

几句对话把大哥的责任感、二哥的漫不经心、"我"的情感冲动表现得很到位。另外，当发现妈妈在简陋的窝棚里修行而劝她不回时，大哥二哥的对话如下。

> 大哥才说："爸爸的死对妈妈打击很大，我们几个兄弟要多去看看她，让她尽早从痛苦里解脱出来。"……"妈妈不至于这么悲伤吧。俗语不是说，即使神医的父亲，也有死去的一刻。死亡是不可抗拒的。"二哥说。"话是这么说的，但爸爸的死让妈妈伤透了心。毕竟，她是个女人呀！"大哥打断了二哥的话。……"妈妈这么一走，家里

---

① 谢有顺：《小说的物质外壳：逻辑、情理和说服力——由王安忆的小说观引发的随想》，载《当代作家评论》2007年第3期，第39页。

② 次仁罗布：《叹息灵魂》，载《青海湖文学月刊》2011年第7期，第8页。

的事谁来做?"我的身后传来了二哥的声音。①

　　寥寥数语,大哥善解人意、通晓人情和二哥情感冷漠、斤斤计较的形象呼之欲出。

　　小说从细处着笔,善于通过描述人的衣着、神情和面容来刻画人物形象,呈现人的生存处境和状态。如《奔丧》中描写农民的形象:农民的脸是土灰色的,头发干黄,目光呆滞。寥寥数语刻画出了一个生活困苦、麻木迟钝的藏族农民形象。写农民的妻子:"她穿的氆氇藏装很破旧,草绿色的球鞋已经破烂,洞口处露出脏不唧唧的脚指头。"② 描述了一个家庭贫穷、整日劳作而无暇他顾的藏族劳动妇女形象。

五

　　次仁罗布的小说在叙事上有自己的特点:以不同的叙述者讲述不同故事;不注重故事情节的完整性;以人物情绪的流动推动小说的发展,在人物的独白或絮语中深入藏族人的心灵世界;习惯用第一人称"我"诉说的方式讲故事。

　　《放生羊》整篇的叙述是年扎老人以"我"自述的方式展开的,在向去世的老伴和放生羊的絮叨中,讲述"我"的生活和心灵世界。《奔丧》用第一人称"我"(罗志文)讲述"我"与姐姐的经历,以及对父亲的憎恨与谅解。由父亲讲述他作为十八军战士进藏的经历及当初父亲是怎样留下我们母子三人回内地成家定居的。由"我"讲述外婆和母亲的人生经历,以及母亲与父亲的结合。中间又插叙父亲的战友李叔叔们的故事和"我"的婚姻经历及小魏的遭遇,由一个简单的开头——"我"对父亲的恨,引出一系列错综复杂、跌宕起伏的历史与往事,扩展了小说的容量。《杀手》以"我"(司机)路遇康巴杀手引出复仇的故事,而对康巴人去寻找仇人玛扎的具体情景又是通过不同的人,如茶馆里的姑娘、羊倌、玛扎的妻子和玛扎讲述。作者限制了叙事视角,因而每一个讲述者都不完全了解康巴人复仇的进展和情况,这样就增添了故事的神秘色彩和紧张感,引起读者的好奇和探知结局的欲望。《界》开篇用管家桑杰"我"的视角

---

① 次仁罗布:《叹息灵魂》,载《青海湖文学月刊》2011 年第 7 期,第 9 页。
② 次仁罗布:《奔丧》,载《西藏文学》2009 年第 3 期,第 10 页。

叙事，采用了倒叙的手法，以向驽马唠叨的方式交代了龙扎黎卡庄园和德忠府的情况、查斯的身份和遭遇。用局外人的视角叙述"我"见到多佩以及多佩和母亲在去往寺院的途中相见的情景，并交代了查斯毒死儿子并皈依佛教的结局。然后叙述人转换为"查斯"，从自己的角度回忆往事，再由多佩回忆童年的经历和到寺院的经历。整篇小说的叙述人称和视角不断转换，由几个不同的人从不同的立场和角度讲述过去的那段往事，使故事变得立体丰满。

以诉说、独白的情感模式结构小说，便于主人公感情的抒发，营造了小说强烈的情感色彩，可以更好地感受故事人物细微的情绪变化和心灵的冲突。他的小说不注重故事情节的完整，整篇小说随着叙述人的思绪蔓延开来，在好似漫不经心的絮语中完成故事的讲述和情感的表达，展示了人物丰富的心灵世界。

《放生羊》中，时时可见年扎老人的所想、所感和情感的表达，从中可窥见他丰富的内心世界。"我离死亡是这么的近，每晚躺下，我都不知道翌日还能不能活着醒来。孑然一身，我没有任何的牵挂和顾虑，只等待着哪天突然死去。"① 刻写了年扎老人孤苦伶仃，没有生机和希望的人生。

> 坐在这里，我想到了你，想到活着该是何等的幸事，使我有机会为自己为你救赎罪孽。即使死亡突然降临，我也不会惧怕，在有限的生命里，我已经锻炼好了面对死亡时的心智。死亡并不能令我悲伤、恐惧，那只是一个生命流程的结束，它不是终点，魂灵还要不断地轮回投生，直至二障清静、智慧圆满。②

佛教生死轮回的观念使年扎老人能坦然面对死亡，他虔诚地转经、祈祷、拜佛、布施等行为，是受佛教积德行善、一心向佛能换得来世好运的宗教观念的影响。从年扎身上，我们看到佛教已深入藏族人的心灵和灵魂，成了人精神的寄托和心灵的慰藉，是人战胜自我和世界的武器。所以，年扎老人看到转林廓的景象时心情能够平静下来，好像看到了希望的亮光。《奔丧》中，宗教也展现了抚慰人心的作用。已故母亲的形象经常

---

① 次仁罗布：《放生羊》，载《西藏文学》2011年第1期，第5页。
② 次仁罗布：《放生羊》，载《西藏文学》2011年第1期，第5页。

出现在梦里，她瘦骨伶仃、憔悴不堪，使"我"感到愧疚、自责。但听到贡布喇嘛清脆的笑声，"我"心里揪心的念头就散开了。《叹息灵魂》中，宗教具有教化人心指引灵魂的作用。"我"对人有太多的恨，在老僧人的开导下，开始反思人生，虔诚地忏悔自己的所作所为，向诸佛发誓尽量做一名本分的人。

次仁罗布的小说诗意温情，一方面得益于他淡化情节结构、注重个人情绪流动的叙事模式，此外，诗意的语言、感官活跃的文字表达也营造了小说诗意的氛围。如《放生羊》的开头用"你形销骨立，眼眶深陷，衣裳褴褛"三个四字短句，形容死去老伴苍老的形象，读起来有诗的节奏和韵律。"湖蓝色的发穗在你额际盘绕，枯枝似的右手伸过来，粗糙的指肚滑过我褶皱的脸颊，一阵刺热从我脸际滚过。"① 这几句每个句子都用了形容词和动词，"湖蓝色的发穗""枯枝似的右手"，"粗糙的指肚滑过我褶皱的脸颊"感觉到"一阵刺热"，调动了视觉、触觉等五官的功能，所用语言具有修饰性，情感色彩浓郁。《奔丧》中也有这样的文字："昨天，天蓝得让人呼吸畅快，还有撩人肌肤的晨风从开启的窗户里扑棱棱地飞来，在我裸露的胳膊上轻盈地舞蹈，它的足尖挠得我痒痒，挠得我睡意消散。"② 作者想象力很丰富，文字轻盈、空灵、诗意，用了通感、拟人、拟物等修辞手法，蓝天、痒痒是看到和感觉到的，是视觉和触觉的感受。

六

谢有顺认为，"文学的叙事，不仅关乎文学的形式、结构和视角，也关乎作家的内心世界，以及他对这个世界的基本认识。而叙事伦理的根本，说到底就是一个作家的世界观。有怎样的世界观，就会产生怎样的文学"③。研究叙事文学作品，除了研究叙事艺术之外，还可以从叙事伦理的角度切入。

次仁罗布小说中的人物有知罪、忏悔意识，在中国文学史中，这是一种可贵的精神，这种忏悔意识在古代名著《红楼梦》中就有，现当代作家中，鲁迅、巴金的作品也有自省、忏悔意识。鲁迅说："我的确时时解剖别人，然而更多的是更无情面地解剖我自己。"在鲁迅看来，陀思妥耶夫

---

① 次仁罗布：《放生羊》，载《西藏文学》2011 年第 1 期，第 4 页。
② 次仁罗布：《奔丧》，载《西藏文学》2009 年第 3 期，第 4 页。
③ 谢有顺：《重构中国小说的叙事伦理》，载《文艺争鸣》2013 年第 2 期，第 99 页。

斯基也是能写出"灵魂的深"的作家。巴金身上也有这种可贵的自省、忏悔意识，他晚年的作品《随想录》就是一部深刻的批判和自我批判的作品。次仁罗布也注重灵魂的审判，作品中的人物在不断地陈述自己的同时，也在不断地自我审判，有很强的赎罪、忏悔意识，而且他小说中人物的这种赎罪、忏悔精神与宗教信仰相关，展现了藏族群众的文化心理，具有民族性的特质。

《放生羊》里的年扎老人相信佛教的观念：今生的苦是前生的罪结的果，为了使去世十二年的老伴早日投胎，他日日转经，每逢吉日便拜佛，向僧人和乞丐布施，但即使这样虔诚地赎罪，依然梦见去世的老伴一直受苦，没有投胎。年扎老人扪心自问，却没有抱怨和委屈，而是更积极地转经、祈祷、拜佛、募捐、放生，希望能帮他的老伴桑姆减轻一些恶业。在年扎老人的思想意识里，人生来就是有罪的，而这种知罪、赎罪的心理是当代中国普遍缺乏的。年扎老人的行为从一个侧面体现了宗教信仰具有教化人心的功能。

与年扎老人预设的人生来就是有罪的不同，《叹息灵魂》中的"我"从自我的立场感受出发，不能原谅、宽恕别人的一点过错，对于自己的一切经历和遭遇，首要的不是自我反省，而是归咎于别人，对人产生深刻的恨，而且想要把对人的恨发泄到死去的人身上。但了解了天葬仪式后，"我"开始反思人生，审判自己曾经的过错，对人不再有一点的恨意，并且安心地做一个功德无量、超脱亡灵的天葬师。"我"的自审、赎罪获得了心灵的净化和灵魂的洗礼。

《奔丧》中，"我"的思想和心理一直在痛苦中争辩、纠葛。对于亡母、对于在世时没能尽孝让她过上几天舒坦日子，"我"感到愧疚、自责，为了摆脱这种负罪感，"我"在佛前烧斯乙、点金灯，这才让心稍微有所安慰。对于父亲，"我"的感情是复杂的。因为父亲抛下了"我们"母子三人，让"我"体会到没有父亲的痛苦，心里憎恨父亲。在和父亲几次短暂的相见中，"我"逐渐了解父亲的苦衷，对父亲的恨意一点点释然。但这并不说明"我"对父亲有深切的父子之情，所以，接到父亲去世的消息时，"我"没有悲伤也没有惋惜。贡布喇嘛的安慰和教导，让"我"开始对自己以前的行为自责，为自己曾经的心胸狭窄而悔恨。所以"我"在布达拉宫前面潜心为父亲祈祷，使他的灵魂早日得到超度。到这里，"我"已自省自己行为对父亲造成的伤害，有深深的忏悔、赎罪意识。

《笛手次塔》中，次塔的老婆跟一个司机私奔了，但次塔没有恨她，认为是自己的贫穷让老婆受了苦。别人的不幸是因为"我"造成的，把一切责任归到自己身上，这也是一种深刻的知罪意识。为了赎罪，他拼命攒钱，在生活好转以后，他也念念不忘曾经在他贫穷时陪他生活过的老婆。次塔的赎罪、忏悔见诸行动。小说《界》中，查斯为了能在生前和儿子多佩享受俗世的天伦之乐，毒死儿子，而多佩以身殉教，用生命换来母亲对佛陀的皈依，使查斯最终醒悟，虔诚向佛，在石板上用心雕刻六字真言，以求赎回罪孽，查斯的忏悔是宗教力量感化的结果。

次仁罗布说："记述民族心灵，提高民族素质，培养民族精神，是文学的天职。"[①] 他的小说实践着他的文学诉求。他小说中的主人公都是小人物，他在普通藏族群众身上挖掘其灵魂的深度，书写了人性的高贵和尊严。他小说中人物的知罪、赎罪、忏悔的意识和善良、宽容、坚韧的美好品质，映射出作家谦卑、内敛、温暖的内心，他是一个相信善和爱，内心有希望的作家。

第三节　藏族女作家长篇小说的自我书写

自西藏和平解放以来，藏族地区发生了翻天覆地的变化，其中一点体现在作家性别上。原来的藏族题材汉语小说中几乎没有女性作家，直到20世纪80年代，才有了益希卓玛；90年代以来，藏族女作家在长篇小说领域取得了一定的成绩，涌现出了如央珍、梅卓、格央、白玛娜珍、尼玛潘多等一批作家，因其群体性的出现和她们的民族和性别，形成一股不可忽视的力量，被越来越多的读者关注。男性作家所关注的民族、社会、历史、文化等宏大主题的叙事在藏族女性作家笔下也有呈现，但她们没有走出对女性意识、女性境遇的特别关注和自觉表述，从她们的写作中可窥见当代藏族女性作家女性意识的成长轨迹。

根据王先霈主编的《文学批评原理》的说法，女性意识它主要体现为"女性通过思维、感觉等各种心理过程对自身和外在世界的全部认识的总

---

① 次仁罗布：《来自茅盾文学奖的启示》，载《民族文学》2009 年第 4 期，第 1 页。

和。同时应看到，女性意识将随着社会的更迭、历史的嬗变而不断发生变化。"① "在现代社会，女性意识最突出的表现为一种自我意识。"② 藏族女性作家的小说书写了女性主人公自我意识的逐渐觉醒和女性建构主体身份的努力。

一、《无性别的神》：社会历史叙事与女性成长主题

央珍的《无性别的神》中，德康家的二小姐央吉卓玛小时候喜欢大哭，而在她出生之后，少爷、父亲相继离世，家境大不如前，加上一位僧人曾说她命相不好，被家人认为是不吉利、没有福分、没有造化的人，在家中不受宠爱。继父过门后，母亲随同去昌都，央吉卓玛和姐姐德吉卓玛被分别送到叔叔的帕鲁庄园和外祖母家。在帕鲁庄园，央吉卓玛得到了叔叔的疼爱，自由快乐地成长。但好景不长，叔叔病逝，央吉卓玛又陷入凄楚的境地。叔叔的继女和女婿掌管庄园，央吉备受管束欺负，终于和奶妈逃到姑太太的贝西庄园，重新感受到了亲情的温暖。但同时，她也看到了贵族阶层对农奴的残忍和剥削，这使她对一些问题有了质疑和思考。不久，央吉卓玛回到了拉萨父母的家中，但她不习惯被约束、管制的生活，渴望快乐和自由。其间，又目睹了噶厦政府与寺院的战争冲突、噶厦政府内部的腐朽，这使她渴望一种平静脱俗的生活。母亲为了省去央吉出嫁要置备的嫁妆，鼓励她出家为尼。虽然寺院还算是一方清静的处所，但铁匠家庭出身的梅朵仍然被师傅轻视、谩骂、虐待。原来佛门也是偏爱有钱人的，这使央吉有些失望。当解放军来到西藏，央吉卓玛看到了红汉人不仅帮助穷人，还送穷人的孩子当兵、读书，认识到他们真正做到了人与人之间的平等、友爱、互助，是与噶厦政府、贵族阶层、寺院不同的人。怀着对新生活的美好向往，央吉卓玛和她的同伴们去内地参观，去看看不一样的世界。

主人公央吉卓玛从小就大胆叛逆，对一切事物都好奇多思。虽然是贵族小姐，但是不受贵族礼仪规矩的约束，对下人和处于劣势的人有天然的同情心、慈悲心（如她对拉姆的保护和真情），对藏族人都敬畏的鬼、怪、佛、神不盲从，遇事总要搞个清楚，具有初级怀疑主义的精神，对于大家

① 王先霈：《文学批评原理》，华中师范大学出版社1999年版，第211页。
② 王先霈：《文学批评原理》，华中师范大学出版社1999年版，第212页。

经常说到的宿命，她也有疑问，并以行动证明自己能改变自己的命运。央吉卓玛是一个具有初步觉醒意识的藏族人，她的身上有追求光明、平等的思想意识，但还没有明确的反抗意识。

小说借一个少女的视角，展现了 20 世纪初叶、中叶西藏噶厦政府、贵族家庭、寺院生活的种种状况，揭示西藏旧社会的必然衰亡的事实。小说以官员、贵族、僧侣为主要人物，讲述社会历史的风云变迁，将新旧西藏的两个历史时期进行对比。新西藏给主人公带来新的生活和希望，这是社会政治主旋律的主题。从这些方面来看，央珍的小说虽然是以女性的成长之路为主线，通过女性的视角呈现社会面貌，但并没有表现出明确的女性意识，她怀疑和反抗的更多的是社会政治意义上的：封建农奴制下贵族和农奴地位的不平等，宗教对女性的蔑视和扭曲等。如咒师不允许央吉卓玛看白布法袋，说"拉萨三大寺的一些殿堂里不是也有不许女人进去的地方吗？女人就是罪恶，所以女人的东西就是丑恶的"①。对女人在社会、宗教领域不合理不公平的待遇问题，央吉产生了疑问，但性别意识还是模糊的。

央珍说："我的作品如果能够引导读者走近西藏的一段心灵的历史，也就能够引导读者在一定程度上走近西藏。西藏不再遥远，这是我的奢求。"② 力求真实地向世人阐明西藏的形象，反映出民族作家参与全球化的主动性和自觉的民族认同感，体现了她宽广的文学理念。

二、梅卓：民族历史叙事和女性意识的凸显

梅卓著有长篇小说《太阳石》《月亮营地》《神授·魔岭记》，其中《太阳石》和《月亮营地》截取西藏解放前的历史时期，以青海高原牧区为背景，讲述发生在部落间的矛盾纷争、恩怨情仇，揭示人性的复杂，赞扬民族的英雄气概，对民族痼疾进行批判。

《太阳石》中，伊扎部落和沃赛部落长年纷争不断，为了平息与沃赛部落的纠纷，伊扎千户用联姻的方式把妹妹嫁给沃赛部落头人。但没过几年，沃赛部落头人夫妻去世，其弟夺取了大权，并把哥嫂的两个儿子索白和丹麻送回伊扎千户，两个部落的关系再度紧张起来，也埋下了索白对叔

---

① 央珍：《无性别的神》，中国青年出版社 1994 年版，第 92 页。
② 央珍：《走进西藏》，载《文艺报》1996 年 2 月 9 日。

叔仇恨的种子。本来伊扎千户要把索白送到寺庙，但索白装病躲过，丹麻代替哥哥出家。伊扎的儿子嘉措对千户家的权力和财产不感兴趣，索白就成了伊扎千户的得力助手。伊扎千户与妻子感情笃深，妻子去世后，千户也伤心而死，等嘉措归家后，那枚象征着千户权力和荣耀的太阳石已经戴在了索白的手上。嘉措毅然离开千户家，成了劫富济贫的草莽英雄。有了权力的索白为了复仇，不断向沃赛部落发起袭击和战争，他利用严总管的武力，逼死了沃赛头人夫妻，头人的儿子嘎嘎死里逃生。严总管为了占有沃赛和伊扎部落的领地和羊群，趁伊扎千户侵袭沃赛部落时袭击了伊扎部落，使两个部落两败俱伤，而自己坐收渔翁之利。伊扎部落的阿琼和沃赛部落的嘎嘎因爱情走在一起，索白临终前把象征着伊扎千户权力的太阳石戒指交给了阿琼，由此，民族新的希望和力量冉冉升起。《月亮营地》的线索相对来说比较简单，阿·格旺抛弃了相爱的情人尼罗，入赘到高贵有权势的阿家，营建了月亮营地。尼罗和阿·格旺的儿子甲桑是个勇敢有智谋的好男儿，因为两家关系的纠葛，阿·格旺的继女阿·吉和甲桑的感情受到阻碍，阿·吉被迫嫁给章代部落头人的儿子，不明真相的甲桑对阿家一直深怀不满。不久，马家兵团的人占领了章代部落，头人和大儿子桑科都战死，阿·吉回月亮营地请求父亲的援救，并希望甲桑带领营地的勇士联合起来共同御敌。阿·格旺曾一度只求自保，看不到唇亡齿寒的道理；甲桑一味地沉浸在对阿·吉的责备和误杀妹妹的悔恨中不能自拔。为了共同的亲人乔，月亮营地、章代部落和宁洛头人等藏族群众终于结成联盟，团结起来保卫家园。梅卓的小说有鲜明的民族叙事特色，她有强烈的民族集体意识和荣誉感。

梅卓的小说有鲜明的民族意识，并对民族痼疾进行尖锐的揭示和批判。小说塑造了一系列女性人物形象，讲述她们的人生轨迹和命运抉择，展现女性在社会关系方面的作用，揭示女性的命运。首先，她笔下的女性是伟大的、富于牺牲精神的，她们是和平、和谐的缔造者和维护者。为了部落间的和睦，老千户的妹妹充当了部落联姻的牺牲品。为了化解沃赛部落和伊扎部落的仇恨，沃赛头人的夫人把自己的妹妹耶喜许配给伊扎千户索白，而耶喜虽嫁给索白但一辈子没有爱上他，却对与自己离世的情人相像的管家完德扎西倾情。沃赛头人的夫人和阿·吉都是有智慧的女人，与男人相比，她们心胸更为开阔，顾全大局，有勇气有担当。章代部落被马家兵团占领，阿·吉的丈夫桑科也战死，阿·吉带着儿子乔到父亲的月亮营地寻求援助，在阿·格旺看不到唇亡齿寒的利害关系而只求自保拒绝援救时，阿·吉以过人的眼光与智慧说服父亲："阿爸，章代部落是深入草原的门户，这座门户一旦打破，月亮营地就会成为第二个章代，紧接着倒霉的就是宁洛部落和别的藏族部落。不要以为这种事情会在章代部落发生，也会在章代部落结束，这个道理在章代已经妇孺皆知了。"① 昔日情人甲桑沉浸在往日的仇恨和杀死妹妹的忏悔中不能自拔时，阿·吉晓以大义，"这是我们的土地""请不要把我们两人的恩怨牵扯进来。我俩的感情虽然重要，但只是微不足道的个人的感情呀"②，并为拯救部落四处奔走。最终，阿·格旺和甲桑为了救出乔，投入到与章代部落联合抗击外族入侵的队伍。

梅卓对藏族女性的人生和命运尤为关注。《太阳石》中的桑丹卓玛是美丽善良的女子，由于人们的愚昧，母亲躲在山洞过早离世，失去母爱的她时常到山洞怀念母亲。后由父亲做主与无处可去的嘉措结婚，父亲去世后嘉措离开，桑丹卓玛带着女儿香萨生活。虽然命运坎坷，桑丹卓玛并没有屈服于权贵，她坚强独立，对生活和情感有自己的追求。对于千户老爷索白的倾心爱恋，桑丹卓玛因心属洛桑达吉而一直置之不理。但洛桑达吉是个胆小没有决断的男人，他没有勇气与桑丹卓玛私奔。两人终没有走到一起，桑丹卓玛还是孤零零的一个人。对于自己的命运，桑丹想的最多的是母亲的一句话："就这样了，女人么，能怎么样?" 尕金的母亲阿多是被父亲在有钱后抛弃的，从母亲的遭遇上，尕金认识到金钱的重要性，对财富看得很重。尕金错误地认为只要找个没有钱的男人，自己就能抓住男人，于是，她先后选择长工多丹本和洛桑达吉作为自己的男人。多丹本由于嗜酒成性，又不能从对钱财管制比较严的尕金母女那里得到想要的，留下两个孩子离开了。洛桑达吉被尕金引诱后被迫了她家的男人，但在这个家中却得不到尊重，尕金对钱财的关心更甚于他，这使他倍感孤独和失落，终其一生也没有爱上她。当丹增才巴百户有权有财时，尕金曾梦想能成为百户夫人，但百户只是把她当成玩乐的工具。洛桑达吉死后，尕金成了一个孤寂的女人，她这一生，对男人有太多的恨，像母亲阿多当年一样，尕金也每天鞭打与男人共用过的东西，并用恶毒的语言咒骂的方式发

---

① 梅卓:《月亮营地》，敦煌文艺出版社 2009 年版，第 57 页。
② 梅卓:《月亮营地》，敦煌文艺出版社 2009 年版，第 103 页。

泄对男人的痛恨。由于香萨的误解，爱她的阿莽跳崖而死，香萨因此到外祖母去世的山洞修行，以遁世的方式逃避现实的痛苦。母亲万玛措离家出走之后，可怜的雪玛成了父亲扎西洛哲的出气筒，柔顺的雪玛与软弱的夏仲益西情投意合，但尕金嫌弃雪玛家穷，拒绝接受雪玛，可怜的雪玛又遭千户儿子才扎强暴，别人的嘲笑、父亲的虐骂导致雪玛很快就疯了。这些女性，她们有追求自己爱情、幸福生活的愿望，但总会遇到一些不能把握的、命定的东西，她们更多的是选择认命或逃避，从而导致了悲剧性的人生。梅卓在这两部小说中也塑造了两个勇敢觉醒的女性。《太阳石》中，阿玛冲破部落间仇恨的阻力，勇敢寻找自己的幸福。《月亮营地》中，茜达在爱情的取舍上有自己明确坚定的意念，靠自己的努力开拓幸福的生活。这两个女性在面对重重阻碍时有更为清醒勇敢的抗争精神。作家对青藏高原女子的牺牲精神、宽容情怀、大义担当的人格无比崇尚和敬佩，对她们不幸的命运给予深切的悲悯和同情。她们身上对战胜困难阻碍、勇敢追求幸福生活的向往，寄予了作者美好的期望。

梅卓笔下的女性有了一定的性别意识，但自我意识还是模糊的，她们把自己作为和男性并肩战斗的英雄，在社会历史上担当一定的作用和拥有一定的地位。如沃赛头人的康巴妻子和阿·吉，对于推动社会历史的进步都起到一定的作用，她们可称得上是民族巾帼英雄。同时，这些女性又以男性救赎者的角色存在。如桑丹卓玛，她的坚强、善良、美丽吸引了洛桑达吉，她对他的热情和尊敬满足了他在尕金身上的情感缺失和被漠视，桑丹卓玛对他不带有一点附加条件的爱情使他体会到做一个男人的骄傲和尊严，桑丹卓玛甚至给她生养了一个女儿，使一直遗憾没有骨血的洛桑达吉十分感动和满足，但他仍然没有勇气离开尕金给桑丹卓玛一份完整的感情，桑丹卓玛是他在感情和生活迷惘、绝望时的希望和动力，他却不能为她实际付出什么，小说中，桑丹卓玛其实是作为洛桑达吉救赎者的角色而存在的。

梅卓从性别身份楔入，以女性的视角审视历史、观察生活、演绎生死爱欲。"在书写藏民族隐秘的历史时，将目光从对外部世界的探寻收回到对藏地女性生命本体的关注与叩问，深层次地审视复杂的民族、人性精神内核，依托自身的女性经验，在民族体认的基础上，梳理女性与民族之间的天然联结，并从中发现深层次的历史与现实的秘密，成为她民族叙事的意义所在。"①

三、《紫青稞》：藏族农村女性的追求与困惑

如果说央珍和梅卓小说的女性书写被社会历史叙事和民族叙事所遮蔽，尼玛潘多的《紫青稞》以 20 世纪八九十年代的西藏为社会背景，把女性作为主角，呈现农村女性在现代化进程中的追求与困惑。李佳俊说："将《紫青稞》界定为当代藏族'女性文学'小说比'原生态'小说更精当。不仅仅因为它出自女作家之手，关键在于小说所塑造的人物以女性最多，也最鲜活，凝聚着作家对一代又一代藏族妇女命运和生活道路的深切关怀。"②

普村是一个地处喜马拉雅山脉的偏僻村庄，由于自然条件恶劣，只能种植生命力旺盛的紫青稞。村庄也因偏远、闭塞、贫穷受到外村人的轻视。20 世纪八九十年代，在改革开放和现代思潮的影响下，一些不甘于固守普村的青年人走出大山，来到城里。阿妈曲宗的三个女儿性格各异：桑吉安分、朴实、善良，达吉独立、自强、有主见，边吉实在、无心机，她们都是勤劳的农村女子。

早些年达吉就曾和同村人旺久到城里打过工，对城里的生活非常向往，因为森格村离县城较近，生活相对富裕，达吉就主动过继到在森格村的阿叔家。达吉自尊、自强、自爱，勤快能干，赢得了阿叔和村里人的赞赏。她头脑灵活，有经商致富意识，把家里吃用不完的牛奶、菜油卖出去换得现钱，她和阿叔的生活越来越好。阿妈曲宗去世后，达吉把边吉带到身边打理酒馆，想锻炼妹妹的社交和经营能力，为她以后能自立打基础。但事与愿违，在达吉的管束下，边吉并不自由和开心，最后离开达吉一个人去闯荡。在生活上，达吉是积极向上的，因为家庭的贫穷，她过早地体会到勤劳致富的重要性，在其中投入很大的热情和精力，在感情上却不够主动，有点随遇而安。她对同村的旺久有好感，但又有很多顾虑和比较，加上两人有一段时间没有联系，而这时热情的运输司机普拉对她展开了追求，由于普拉深得阿叔的喜欢，也有一定挣钱的能力，达吉对他也不反

---

① 郑洪娜：《藏地"女神"的灵魂呼喊——梅卓小说研究论》，载《名作欣赏》2014 年第 8 期，第 49 页。
② 李佳俊：《普村女人的昨天和今天——喜读尼玛潘多的长篇小说〈紫青稞〉》，载《西藏文学》2010 年第 6 期，第 7 页。

感，两人就走在了一起。达吉对普拉也是有感情的，毕竟结婚了，就想着好好过日子。但由于她的沉默冷静，普拉一直认为达吉并不是很爱他，加上旺久出现后达吉对旺久的赏识和旺久对达吉的关心，让他妒火中烧，最终离开了家庭。对于普拉的离去，达吉有过反省和内疚，认识到自己伤害了一个深爱自己的人，但自己又没有确切的犯错，不久她也释然，在旺久的帮助下开了商店，继续忙碌红火的生活。

强久多吉爱上了美丽的桑吉，柔顺的桑吉被爱情冲昏了头脑，把身子一次次献给多吉，不久，多吉要离开普村到县城谋生。胆小的桑吉不敢想象到县城如何生存，又不忍丢下母亲和妹妹在家，没有应多吉的要求一同去县城。多吉走后不久，桑吉怀有身孕，天然的母性和对生命的珍重使阿妈曲宗和桑吉决定生下这个孩子，但多吉却杳无音信。为了孩子和个人的幸福，桑吉告别阿妈和普村去县城寻找多吉。初到城市走投无路的桑吉被城里的老阿妈收留，相处日久，同病相怜，两人情同母女，桑吉带着儿子在阿妈和邻居强巴的关怀照顾下生活，渐渐打消了寻找多吉的念头。强巴爱上了善良、美丽、苦命的桑吉，桑吉最终接受了强巴的爱，对未来的幸福生活充满憧憬。小说塑造了像紫青稞一样具有坚韧生命力的藏族农村女子，在迈向现代化生活的道路上，"她们秉承普村人吃苦耐劳的精神，用坚强的意志，在'陌生'的城市里努力实现自身的价值，寻找自己的理想"①。

她们处在传统向现代转型的社会环境下，体现出传统思想和现代观念的碰撞和女性自主意识逐步觉醒的过程。如桑吉，一开始她也把自己的幸福寄托在多吉身上，但多吉的负心堕落拯救不了她，她在无望的情况下寻求自立，经历了痛苦磨难坚强起来。原本她是安于现状、认命，甚至绝望的，内心也有自卑，但最终她冲破自我思想、心理的障碍，留在城市，开始新的生活。相比之下，达吉一开始就有明确坚定的理想目标和改变贫穷现状愿望。达吉务实、理智，不好高骛远，脚踏实地，一点一点摸索，逐渐走在时代的前列。在感情方面，她也相对独立，虽然倾慕的旺久已经结婚，她也能调整心态以平常心对待，普拉虽然离她而去，但她也很快走出婚姻的阴影，积极乐观地去生活，她在物质、精神、心理上对男人没有根深蒂固的依赖，这是女性自立的根本。从这一点上来看，达吉是作家塑造

---

① 引自尼玛潘多《紫青稞》，作家出版社2010年版，封底语。

的一个自强、自立、自主意识的女性形象，具有鲜明的女性意识。

四、白玛娜珍：女性意识的张扬

白玛娜珍的长篇小说有两部：《拉萨红尘》与《复活的度母》。与以上作家相比，白玛娜珍的小说注重女性心理情绪的变化和灵魂的探求，采用了女性私人经验的话语表达方式。在这两部小说中，作家为辗转于红尘中的女性的遭遇和命运感到唏嘘。

《拉萨红尘》的时代背景为当下的西藏。同在西藏军医学校就读的郎萨和雅玛是无话不谈的好友，郎萨为爱情献身于军校同学仁真群佩，孰料这个貌似单纯、朴实的农民儿子，却经常与下流女人纵欲，给情窦初开、对爱情有美好向往的郎萨留下了阴影。毕业后，郎萨从事自己喜爱的文字工作，在庸俗、噪杂、快速变化的拉萨城，遇到了来拉萨朝圣的莞尔玛，面对现代文明对古城拉萨的冲击和渗透，郎萨选择了遁迹草原牧场，与莞尔玛过起了隐遁的生活。而雅玛，毕业后在医院当护士，与泽旦成家生子，繁琐的家务和庸常的生活，常常使这个单纯、秀美的女子的内心感到失落。泽旦由于在藏医院不得志，转而经商，在金钱和肉欲上日益沉沦，对家庭生活也变得漠然，两人最终离婚。与郎萨不同，雅玛在感情上一再追逐，在她与泽旦相恋期间，汉族医生迪对她一直很倾慕，迪的浪漫温情让她很享受，但她还是选择与泽旦结了婚。婚后，她与迪藕断丝连，这婚外情弥补了她对家庭生活的不满。为了证实自己是个活生生的存在，还有爱和被爱的能力，她与只有一面之交的多吉做爱。当重逢昔日同学徐楠时，她又萌发了恋情，为了爱情，她移居上海来到徐楠的身边。但大都市残酷的生存境况让她很不适应，最后她还是回到拉萨。在和泽旦彼此伤害后，雅玛最终做出了离婚的决定。

雅玛以寻求爱情的方式表明自己的人生观念。她既要稳定的生活，又要精神和肉体合二为一的爱情，泽旦给不了她生活的激情，迪给不了她名分，而徐楠无论在物质上还是在肉体上都是困顿的，他们都不能满足她对情感和人生的渴望和追求，所以雅玛最终选择和他们决离。雅玛是一个勇于追求完美、不苟且生活的女子，要，就要全部，不要，就彻底决裂，是一个身体和心灵上完全觉醒的时代新女性形象。对于小说中人物的追寻，吉米平阶说："世俗的雅玛在生活中事事不顺心，但她身上始终保留着一种生活的热情和向往，她在不断的失落中不断寻找；脱俗的郎萨却在生活中选择了遁世的方式。应该说，这两者的相加才是作者心中完美的形象，但作者找不到让这个形象生根的土地，只好让她分裂，这是一种无奈，但这并不意味着这就是生活本身，郎萨在她的小天地里找到了心灵的栖息地，而雅玛在生活的失意面前选择了更为实在的事业，这是一种象征，也代表了作者的一种理想和善意。"①

从时间上看，《复活的度母》的跨度较大，从西藏解放前的噶厦政府时期写到政治动乱时期直到改革开放后的西藏社会。白玛珍娜说："在《复活的度母》这本书里，我希望通过我讲述的故事，使世人更多地了知藏民族中伟大女性的内心世界——她们的爱，和生命的种种困境。"② 小说书写了希薇庄园三代女性：外祖母德吉泽珍，母亲琼芨白姆、姨妈曲桑姆，女儿茜洛卓玛的人生。外祖母德吉泽珍是旧西藏传统女性的代表，她身上没有反抗意识，一切顺从命运的安排。初为人妻人母的德吉泽珍曾经也是幸福的，丈夫吾坚泽仁被噶厦政府授予更高职位，希薇庄园一时分外荣耀，他们在拉萨有自己漂亮的别墅，丈夫经常接家人过去小住，并打算让两个女儿以后在拉萨的私学里念书。但好景不长，吾坚泽仁在拉萨有了爱妾后就不再回庄园了，德吉泽珍接受了被抛弃的事实，新老爷强巴顿旦进入庄园，所幸强巴顿旦性情温和善良，对她和孩子都很疼爱。但接连不断的磨难还在考验着这个女人，她的活佛儿子昂旺赤烈不幸被烧死，在承受失去儿子痛苦的同时，庄园也要被查封，她们将会一无所有。女儿琼芨白姆不甘于坐地等死，离开了父母和姐姐，远走他乡。德吉泽珍家被判定为反叛分子，人格和心理受到歧视和污蔑，晚年过着凄凉、贫穷的日子。她的一生，经历了丈夫的背叛，儿子的离世，女儿的远走他乡，政治上的劫难，家道中落，对这一切，她都默默承受，顺从命运时事的安排，没有力量改变和抗争。大女儿曲桑姆，在家境突变时没有抛弃受难的父母，她以自己的一生为赌注，嫁给牧羊人索朗平措，希望平措能好好照顾她的家人。后来，时代变化，平措成了社会的主人，拯救了她们一家，但娇贵的大小姐日后却沦为一个臃肿粗暴的酒鬼，过着粗糙贫穷的日子，每日的酗酒可见她对生活还是有很多不满的，由于嗜酒成性，她过早地离开了人世。但如果再让她重新选择，她还是没有其他选择的，她的软弱善良和对

---

① 吉米平阶：《〈拉萨红尘〉评论小集·轻盈与沉重的心灵舞蹈》，载《西藏文学》2003年第3期，第80页。

② 白玛娜珍：《复活的度母》，作家出版社2006年版，"后记"。

家庭的责任感注定了她的命运。

　　与姐姐相比，琼芨大胆、对外界充满向往。小的时候，她就期望能跟着客人吉美去英国，但没能如愿。遭遇家庭的突变，姐姐宁愿下嫁平措以求自救，但琼芨却要去拉萨寻找刘军——一个在拉萨宴会上偶然相识的汉人，农场的书记。这次出走是她命运的一次转机。在刘书记的帮助下，琼芨被推荐到内地民族学院上大学。在大学里，她与本族男孩巴顿相恋，度过了一段美好快乐的时光。但骨子里琼芨对自己的贵族出身很忌讳，事实上她的出身影响了她一生。"琼芨在其生命的主要阶段上一直挣扎在政治的漩涡中，和政治运动结下了不解之缘。"① 巴顿毕业后回拉萨工作，并许诺等琼芨毕业后两人就结婚。学校的老师才子雷，被琼芨的美和气质所吸引，以诗人的情怀和气质迷住了琼芨，他需要她的青春和肉体，但并不需要她当伴侣。所以当琼芨怀有身孕时，雷懦弱悔恨，因为作风问题，雷自毁前程，琼芨则被迫堕胎、提前退学并被送回西藏。琼芨在学校的事情被同学央珍告诉了巴顿。爱之深，痛之切，巴顿决定忘记琼芨，但一次偶遇让两个人旧情复燃，结婚生子。平静的生活没过多久，"文化大革命"就开始了，政治派别之争，隔开了巴顿和琼芨这对夫妻。琼芨也因怀有了洛桑的孩子而不能回到仍然爱着的巴顿身边，两人各自另寻他人。由于琼芨的出身问题，洛桑受到牵连，仕途受挫，甚至被送去劳动改造，琼芨对洛桑怀有深深的内疚，但在洛桑打骂儿子旺杰的事情上很是不满，而洛桑对于因娶这个女人而断送了前途也心有怨恨，这造成了两人感情的嫌隙，最后两人也分手了。前后两个男人都甩手离去，把孩子留给了琼芨，这使琼芨在往后的岁月里一看到孩子就想起自己不幸的一生。因姐姐曲桑姆去世，琼芨请丹竹仁波切念经超度亡灵。在丹竹身上，琼芨沉寂的心又恢复了少女般的情怀。在琼芨的眼里，丹竹既是自己精神的上师也是俗世欲念的对象，自己长久以来的困惑、不如意好像都能通过丹竹仁波切解决，琼芨爱上了丹竹。但丹竹对自己的信仰有更高的追求，对芸芸众生有更多的责任感，最后远去印度。丹竹的离去，掏空了琼芨所有的希望和热情，她从此变成一个孤寂乖戾的老太婆。当所有的男人都离她而去，琼芨把感情都寄托在儿女身上，她本能地拒绝外人包括儿子的妻子和女儿的朋友加入她们家，好像她们会夺去她的孩子。琼芨的一生，就像"枕梦花"一样，

---

① 白晓霞：《白玛娜珍小说的叙事方式》，载《民族文学研究》2008 年第 4 期，第 77 页。

一直都在寻找情感和生活的归宿，但遭受了一次次的伤痛挫折，终究一切成空。她在追求爱情的道路上犯了一个致命的错误：在感情的方向还没有明确的情况下，一次次地献身、怀孕、堕胎，多次让自己处于被动的境地，不得不进入困苦的人生。她对人生有很多美好的想象，但由于政治和个人因素（情感、家庭的负累），都止于梦想。

与母亲所处的政治因素影响大、左右人一生的时代不同，茜玛处在多重现代性的时代氛围中，如何在固守精神和追求物欲中实现自我拯救，是新时代的茜玛们需要掌握的能力。目睹母亲为情所累、所伤、所困的一生，茜玛对男人和爱情既渴望又逃避，这使她在爱的时候既纵情又清醒，她时时判断和提醒自己，对方和她可能的结局，不让自己陷入情感的漩涡，使自己既满足于物质、精神、身体的需求又不为其所伤。当"多年后的这夜，一切似乎已经平息；爱情早已幻灭，人生不过是一场苦难的烈酒。世界离我们已越来越远了……梦幻人生，就是如此地聚散无情啊！"① 茜玛已从这红尘中学会自救："我要忘记过去与未来，我要以世俗的方式活在当下。"② 她享受美食，学会快乐，拒绝苍白，渴望燃烧。这就是她们这个时代的爱情，她们的生活方式，她们的人生观念。与母亲相比，茜玛明白自己的需求并能把握自己的身体，她可以与一个个男人相恋，但绝不把自己的命运放置在男人身上，她是作者对新时代藏族女性的想象。

白玛娜珍对女性隐秘微妙的心理作了深刻的揭示。如琼芨白姆，她是一个好强的女子，在家庭成分决定个人命运的时代，她的贵族家庭出身成了不为人道的秘密。这使她内心既担忧又自卑，总想探究别人是否也有和她相同的秘密，如对巴桑顿珠身世的好奇等。出身问题成为她心理的阴影，当有些同学哭着要回西藏时，琼芨惶恐不安，怕被送回去，主动对学校领导表明自己不回去。为了把儿女留在身边，琼芨本能地排斥儿媳黛拉；只要女儿能不离开她，她甚至不在意她与哪个男人上床。她自己的一生不完美，但又有很强的自尊心，所以像几乎完美的洛泽，茜玛也认为她是不会接受的，因为他会伤害母亲那奇怪的自尊心。在茜玛与母亲、哥哥相依为命的悠长岁月里，少女那微妙的妒忌心使她排斥黛拉，把黛拉暗视为竞争对象。在与黛拉同在时，她总要比黛拉更受关注才会获得心理上的

---

① 白玛娜珍：《复活的度母》，作家出版社 2006 年版，第 334 页。
② 白玛娜珍：《复活的度母》，作家出版社 2006 年版，第 335 页。

平衡，为此，她不惜使坏作弄黛拉，让哥哥处于两难境地，制造黛拉与哥哥之间的矛盾，以获取小小的虚荣心。琼茇和茜玛的隐秘心理与她们情感的缺乏、所受的伤害和缺乏安全感的人生体验有关。

白玛娜珍关注女性的身体体验，对女性私人的经验刻画细腻。女权主义批评家认为："女性意识与女性的身体是分不开的。在创作中，女性作家往往用女性的身体去体验、认识世界，表现女性的欲望和感觉……如女性的性本能、性体验、潜意识、自恋、欲望等非理性和隐私性的内容。"[1]女性对自己身体的展示和欣赏充分体现了她的自信，以此确信自己已不需要通过男人的眼光和审美确立自己的价值。如茜玛：

> 我抱起新买的衣服进了里屋。我索性脱光了。镜子里，窗外的柳枝在光影中闪动。每一件不同。突然，我看到：我，还有她——茜玛与琼茇，赤裸的母女在光阴的两面，茜玛多么快乐啊！橄榄色的胴体，每呼吸一次，两颗粉色的乳头像欲绽的蓓蕾。[2]

在藏族人传统的观点中，女人通常是不祥不洁的东西，女人身上的东西是丑恶的，茜玛对自己身体的肯定其实对女性自我的确认。小说中女性对性的渴望和私人感受描写得很大胆，它是女性隐秘内心的独白，把女性的性感受和经验呈现给读者。在两性关系上，女人不是被动地承受者，她们也享受两性的欢愉，从身体上，女人解放了自己。如琼茇由爱而想象与丹竹仁波切的欲念时，小说描述了琼茇身体和心理的渴望和想象：

> 当夜晚来临，她躺在夜里，清朗的明月在窗外高照，她便在这明月的恩泽中沉陷又潮涌。长夜如浪，拍击着她虚空的身体，她疲惫地挣扎着，时而怀着羞愧抵抗着身体的焦渴，时而情不自禁地抚触自己滚烫的乳、小腹，想象是他——她无上敬爱的人，是他正满怀怜爱，爱抚着这个无依的、颤抖的女人。[3]

白玛娜珍的小说对女性隐秘心理的呈现对颠覆和反叛男权文化具有积

---

① 王先霈：《文学批评原理》，华中师范大学出版社 1999 年版，第 211 页。
② 白玛娜珍：《复活的度母》，作家出版社 2006 年版，第 16 页。
③ 白玛娜珍：《复活的度母》，作家出版社 2006 年版，第 250 页。

极意义，带给读者别样的感觉和意味。

白玛娜珍在两部长篇小说中，"创造了属于自己的一种独特的叙事方式，即女性叙事与社会叙事的复合和民间叙事与国家叙事的复合。……这种叙事方式的出现意味着藏族女性作家既深深汲取母族文化营养又积极挺进中国当代文坛的姿态，在当代藏族女性作家中是值得提倡的"①。

综上所述，20世纪90年代以来，藏族女作家开始关注本族女性的命运，她们从不同的角度，展现了从20世纪三四十年代至今女性成长觉醒的轨迹，她们对女性在社会、家庭、两性关系等方面地位和命运的认识是逐步探索的，从社会地位的平等—女性参与推动社会历史现代化的进程—女性物质精神的独立—身体的觉醒，藏族当代女性的自主意识逐步觉醒，她们以写作的方式为本族女性摇旗呐喊，为当代女性文学增添了绚丽的一笔。

整体上来看，20世纪90年代以来藏族女作家的汉语小说形成了一些群体特征。首先是女性叙事与社会历史叙事、民族叙事的交织。藏族女作家把女性意识的书写放置在社会历史进程和民族意识觉醒的背景下，将女性主体身份的建构与整个民族现代性进程紧密联系在一起。《无性别的神》中，德康庄园的二小姐央吉卓玛在家中遭受冷遇和歧视，后借住到亲戚家的帕鲁庄园、贝西庄园，过着缺少关爱、寄人篱下的生活，被家人送到寺院后一心向佛，想寻求心灵的宁静与安慰，但寺院也有歧视、压迫等不平等的现象，也不是清静之地。正彷徨迷惘时，新时代的到来开启了她人生的新路程。小说主要描述了她在庄园和寺院的生活遭遇，写到新时代到来就收尾了，但对庄园、寺院不快乐、不平等情形的充分展示，对新时代带来新生活主题的揭示水到渠成，恰是使用了"反描法"，少女央吉卓玛的成长和新的人生理想与社会历史进程是联系在一起的。《太阳石》中，阿琼的幸福与部落的存亡息息相关。《复活的度母》中，琼芨一生的命运受政权、政治变动的影响很大，《紫青稞》中，桑吉、达吉、边吉的人生命运和追求与20世纪80年代农村的社会变革紧密相关。与内地同时代女作家女性书写普遍走向"私人化""私语化"和一己话语、狭隘空间的写作不同，藏族女作家的小说具有深厚的历史文化内涵、开阔的社会视野和宽广的气度。

---

① 白晓霞：《白玛娜珍小说的叙事方式》，载《民族文学研究》2008年第4期，第73页。

其次是持重、内敛的女性之美。持重、内敛既是藏族女作家笔下女性形象的特质也是其文学风格的体现。《紫青稞》中阿妈曲宗的大女儿桑吉善良、勤快、朴实、腼腆，她从未想也不愿离开普村到城里，面对强巴的主动追求她设身处地地为别人考虑，不为在城里有个依靠而轻率应允。虽然到了城里，桑吉依然"坚守着普村人的审美标准……粗辫子上缠着大红大绿的头绳……不像有些已步入城市的农村人，恨不得一天之内去掉身上任何农村的影子"[①]。达吉则处处表现出自尊、自爱、自强的个性，虽然她因普村的贫穷而离开，但外村人若说普村不好，她是会反驳的，在自以为有优越感的普拉母子面前不卑不亢，踏实、稳重，不事张扬。梅卓小说中的桑丹卓玛、香萨不为权势、金钱所动，坚守内心的真实。《让爱慢慢永恒》中的姬姆措以自尊、自重、真诚赢得了吉苏亚的爱慕，持重、宽容、内敛是藏族女性身上普遍具有的美德。从审美风格上来看，藏族女作家的小说体现了朴素、内敛的文风。尼玛潘多以朴实、平白、简洁的语言写就了《紫青稞》，平静、舒缓、内敛是格央文字的一贯风格，梅卓小说的语言雍容、敦厚，白玛娜珍的小说阴柔、诗意，与 90 年代以来一些内地女作家欲望化、袒露式的女性叙事有很大差异。

最后是温和、宽容的两性立场。女性写作中对男性形象的塑造反映了作家的两性立场，与同时代内地女作家对男性形象的排斥、批判、丑化不同，藏族女作家对男性持温和、宽容的态度和中性客观的立场。藏族女性作家对男性形象的刻画一般持理解之同情的态度，如《太阳石》中的嘉措执意抛下桑丹卓玛离开，但小说没有因此把这个人物彻底否定，而是为他的出走找前因，并把他塑造成一个草莽英雄的形象。小说《月亮营地》描述了阿·格旺为了名利抛弃尼罗入赘阿府造成的一系列人生悲剧，但指责的力度因着阿·格旺真诚的忏悔而削弱。对于平杰对姬姆措的始乱终弃，小说也把原因归结为家庭和习俗的阻力。《拉萨红尘》中，作者为泽旦从社会文化大环境的变迁中寻找堕落的原因。对于男性的过错，女性主人公往往以慈悲的胸怀宽恕，多吉（《紫青稞》）对桑吉背信弃义而后又敲诈勒索，但在他受伤住院时桑吉还是施予帮助与照顾；面对嘎朵的背叛，玉拉一次次地予以原谅、接纳，纵使完德扎西抛下措毛赴夫人之约而去，善良、宽容的女人直到临死前都没有恨过他，反而能体谅他的身不由己。而

---

① 尼玛潘多：《紫青稞》，作家出版社 2009 年版，第 250—251 页。

且，藏族女作家在小说中客观地肯定男性的作用和地位，没有因女性意识的觉醒而采取极端否定男性的立场，诸此种种体现了藏族女作家温和、宽容的两性立场。

从20世纪90年代以来藏族女作家女性书写的群体特征以及与内地女性写作的不同来看，藏族女作家的女性书写相比内地女性小说的创作有滞后性和差异性，究其原因大致有以下几个方面：一是经济发展水平的差异。90年代以来，虽然藏族地区很多地方也步入市场经济时期和现代化的进程，但与内地相比经济发展相对滞后，藏族地区正经历着社会、经济的转变时期，社会环境对个人的影响还比较大，个人和社会大环境的联系比较密切，在叙事上表现为个人话语和社会话语的结合。同时，经济发展的滞后使得藏族地区受物欲的刺激比较小，人们的生活方式大多还比较朴素自然，思想观念也相对保守，普遍奉行朴实之风。二是相比内地作家，藏族女作家受西方女性主义思潮的影响较小。三是传统文化的熏陶和宗教义理的规约。宽容、慈悲、朴实、内敛是藏族传统文化和宗教信仰共同宣扬的伦理道德，根深蒂固地影响着藏族人的思想和言行，因此"相对滞后的经济状况和自成一体的文化传统，生活节奏的相对缓慢和生活心态的平和稳定，宗教心理的根深蒂固和生活方式的简朴自足"[1]，都决定了藏族女作家女性书写的文学特征。

第四节　康巴青年作家的文化指向

康巴作家一直是藏族地区文学力量比较强的一支，康巴地区与安多地区、卫藏地区相比，既有民族文化的共性也有康巴文化的独特性。多种文化并存、多个民族杂居、英雄崇拜、人性关怀是其主要的文化内涵，民族和谐、文化互补、多元开放是与其他藏族地区的显著区别，慷慨豪迈、勇敢正义、自由不羁的康巴汉子和快意恩仇的康巴性情与其他区域形成对比，因此，康巴作家小说的文化意蕴、人物塑造与其他藏族地区作家的小

---

① 胡沛萍：《当代藏族女性文学与中国内地女性文学差异之辨析》，载《西藏民族学院学报（哲学社会科学版）》2013年第4期，第121页。

说有所不同。"'康巴',藏语义本为'康(区的)人'。习惯上也用作'康巴地区'(康区)或'康巴地区'(康藏)的简称。……康区作为一个特定的地理区域……包括今四川省甘孜藏族自治州及阿坝藏族羌族自治州、凉山彝族自治州的一部分,西藏昌都地区,青海省玉树藏族自治州和云南迪庆藏族自治州等一带地方。其中,甘孜藏族自治州地区是康巴的主体部分……故也常将甘孜藏族自治州地区直称为'康巴'或'康巴地区'。"① 本书涉及的康巴青年作家指小康巴区域的藏族作家。近年来,康巴地区出现了达真、格绒追美、赵敏、尹向东、亮炯·朗萨、洼西彭错等青年作家,他们以康巴地区为背景,展示康巴地区特殊的风情和文化,形成了群体声势,显示了强劲的创作生命力。

一、美美与共,和而不同

达真是新出现的藏族作家,他的作品主要有长篇小说《康巴》和《命定》,这两部小说一出版就受到了广泛的好评,它所呈现的是完全不一样的边地景象。多民族的交汇,多文化的融合,构成了康巴地区独有的精神,尤其是在战争和动荡年代,这种精神更是暗含了民族和解的重要信息。《康巴》从地方出发,触及的却是具有普泛性的话题,由此也证明达真是一个值得关注的、没有民族偏见的作家。

达真在藏、汉、回等多种文化氛围的交汇地康定长大。2009 年 6 月,其"康巴三部曲"的第一部《康巴》出版,一经上市即在国内引起轰动。2012 年 8 月,《康巴》获第十届全国少数民族文学创作骏马奖。有评论家说,《康巴》是一部深度描写康巴的具有史诗意义的作品。阿来认为"《康巴》是首部现实关注藏人题材的大部头作品;是一部藏人用多元的视角深度呈现康巴'秘史'的长篇小说"②。李敬泽认为《康巴》"不仅仅属于康巴的历史和文化,更属于康巴藏人的深刻人性,所以,它最终是属于文学的。这是藏族文学题材的又一收获"③。的确,达真以一个民族作家的勇气和责任心,通过《康巴》这部小说,向读者展示了一个真实的康巴,体现了民族作家真实的品质和勇于担当的精神。《康巴》既具深厚的历史背景,又贯穿了现代思想意识,既有深邃的思想文化内涵,又有较

① 任新建:《康巴历史与文化》,巴蜀书社 2014 年版,第 271 页。
② 阿来:《达真,扎根在康巴高地上的写者》,载《民族文学》2010 年第 9 期,第 26 页。
③ 李敬泽:《康巴》,浙江文艺出版社 2009 年版,封底书评。

高的艺术追求，在当代藏族题材长篇小说中，可谓独树一帜。

在《康巴》后记中达真说："康巴，在外人的眼中一直是无限神秘的，让人在阅读中领略杂居地多个民族的秘史，是我的终极目标。"①

《康巴》多角度、多层面向外人揭示20世纪前50年康巴地区三代人的生存现状。小说在清末"改土归流"的历史背景下，展现了云登土司由盛及衰的家族史，以及降央土司与尔金呷家族的矛盾。

地处藏、汉、回交汇处的云登土司是一个有学识、有修养、有抱负，具有开放意识，对自我有清醒认识的人，他是康巴上层文化、文明的化身。在"改土归流"的政策下，与其他土司一样，欲望使他留恋土司的权力和地位，但他清醒地意识到，土司制度必然会被新的制度所取代，如果要在多民族聚居地保住生存位置，相互间就必须学会宽容和尊重。云登土司处在西藏上层权力和中原朝廷势力之间，为了保住自己的地位，就要学会审时度势、左右逢源，学会依靠，学会独立，在"夹缝"中寻求生存的空间。其间，沉浮、彷徨、绝望、挣扎和希望交替出现在他的生命中。

作者在展现云登作为一个出色土司的同时，也从人性的角度将他的形象塑造得更丰满。年轻时的云登为了喜欢的女人杀死了情敌杨格桑，但他的内心也经常被惊恐折磨。二十七年后，当他的情敌转世为他的孙子降生到云登家里，而且梦境提示日后此人还会成为云登家族的继承人，即使是一向仁慈豁达的云登也不能从心里真正接受这个孙子，后来让孙子松吉罗布出家修行，实际上是把孙子赶出了家门。作者真实地刻画了云登复杂隐晦的心理，这是符合人性的。云登是一位具有开明思想意识的土司，他的思想是现代的甚至是超前的，他最大的心愿就是建一座"康巴宗教博物馆"，凭着对康巴的热爱和强烈的民族自信心、自豪感，向世人展示康巴的包容和大爱。云登想象中的康巴宗教博物馆，其实就是现实康定的缩影，因此，保护好康定也就是实现了自己的宏愿。于是，在康定遭到边军洗劫的灾难时，云登放下对外来各族人的排斥与抱怨，临危受命，率众抵抗，在生存的底线面前，各族人团结在一起，组成了一道保卫家园的生命之墙。

《康巴》不仅向我们展示了康巴地区上层社会的部落纷争、权势更替、恩怨情仇，更把目光对准繁荣的茶马贸易场所。从这里，我们可以了解清

---

① 达真：《康巴》，四川文艺出版社2003年版，第344页。

末民初的康巴，不仅可以了解土司、头人，还有家奴、僧侣、锅庄主、商人、雇工、背茶夫等普通群众。阿来说："多年来我一直力图淡描僧侣文化，倡导关注普通人的命运。《康巴》给予了积极的呼应。"[①] 正如小说这样写道："从此，这片数千年来仅为神提供的巨大舞台上，开始有了人，开始有了广大'凡夫俗子'们的生存空间，这不能不说是大西南历史上'马易茶'而起的一次人性的伟大解放。"[②] 作者把笔触深入康巴腹地，让我们更好地了解一个鲜活、真实、充满生机活力的康巴。这里商品互通有无，各色人等和各种文化互相交流、碰撞、融合，营造了一片热闹繁荣、多姿多彩、祥和的大爱之地。

小说在茶马贸易的背景下展现了普通人的命运。回族青年郑云龙因情杀死了钱家的少爷，因而被逼携玉珍从茶马古道逃到了康定，在白阿佳的锅庄做缝茶工，后又因杀死侮辱玉珍致死的刘胖子而加入表哥的部队。康巴大地和藏族人给了他发展的空间和机遇，从此节节高升。漂亮、精明能干的女锅庄主白阿佳为了经营好自己的锅庄，八面玲珑，左右逢源，但也有作为一个女人的艰辛和无奈。丈夫过早地离开人世，经营的重担、独身女人遭受男人的纠缠、无人慰藉的孤独心灵，她的人生也是不完美的，但后来有幸在中年寻找到情投意合的伴侣。在茶马古道，我们能看到背茶夫在悬崖峭壁和艰难险阻的道路上终年往返，也能了解到缝茶工作业环境的恶劣和苦中作乐的精神。这些普通的群众为了生存在艰辛地劳作着，他们吃苦耐劳，不畏艰险，积极乐观的人生态度值得肯定。

小说用冷静的笔触、富有哲思的讲述，真实客观地解密 20 世纪前 50 年康巴地区的历史、政治、经济、宗教、民风民俗，让外人了解一个真实的康巴，这样的努力，是文学地方志的标杆。

在这个各民族杂居的地方，由于各自宗教信仰的不同、风俗文化的差异，表现出宗教信仰和宗教文化的多元性。小说《康巴》除了呈现康巴地区当地的原始宗教苯教、藏传佛教之外，还有中原汉地的各种教派、阿拉伯的伊斯兰教、西方的基督教和天主教等。在这块开放包容的土地上，寺庙、清真寺、教堂、道观、各路神仙的庙宇同时并存，各个民族和不同的宗教信仰和文化间互相尊重理解、和谐兼容。

---

① 阿来：《达真，扎根在康巴高地上的写者》，载《民族文学》2010 年第 9 期，第 27 页。
② 达真：《康巴》，浙江文艺出版社 2009 年版，第 346 页。

不同民族文化之间的互动与杂交是康巴地区文化的基本特色。"每个'交界地带'和'过渡地带'的社会习俗、文化信仰、思维方式都带有文化结合部的复杂性、丰富性和流动性，因而结合部的每个民族和个体也都会面临文化身份认同的危机。于是，寻找民族和个体的文化身份，重建文化认同，成为一个无法避开的话题。"① 达真的小说《康巴》也是一部反映"文化杂交"地带的典型文本。

《康巴》为建构新型的民族文化身份所寻求的道路：各民族的团结融合是众望所归，在统一的中国，民族不过只是一个符号，和是命中注定的。这就是大中国文化的宽广性、包容性和命定性——和而不同，美人之美，美美与共。我们应从人性和爱的角度理解和看待不同的种族和文化。达真通过他的小说《康巴》成功地说明，应该发展多元一体、和谐宽容的民族文化，反对政治性的种族认同及其他一些狭隘民族主义者的抵抗性书写。民族作家在写作时既要在国家文学、个体文学、族群文学间寻找基本的平衡点，也要保证文学拥有最为基本的普适的人类性。

《康巴》之所以赢得读者和评论家的肯定，除了其思想文化内涵的深邃，还得益于这部小说较高的艺术成就。整体来看，小说具有史诗般的结构，优美的语言，诗意的抒情，精细的描摹。

二、自我身份的确认与民族性的言说

赵敏的小说主要以传统的现实主义为创作手法，真实、细腻地展现普通康定人的日常生活和人生追寻，探究个体和民族的发展道路，交织着个人成长记忆与民族性言说，贯穿着自我身份确认和民族文化建构。

赵敏是20世纪70年代出生的新生代作家，土生土长的康定人。著有长篇小说《康定情人》（2005年），2012年又出版了姊妹篇《康定上空的云》。《康定情人》是一部致力于灵魂书写的书。故事发生在20世纪三四十年代至解放时期的康定锅庄，主要讲述银匠儿子尼玛、藏商少爷扎西多吉和锅庄小主人格桑麦朵间的爱恨情仇，小说还展示了康巴藏族土司制度崩溃前最后的藏族地区生活景状。《康定上空的云》是一部70年代人的心灵史。讲述这代人在20世纪90年代开始的精神梦寻，"我"（云）在藏、汉故乡的双重找寻中，穿越过去又走向未来，最终获得精神上的升华。

---

① 丹珍草：《藏族当代作家汉语创作论》，民族出版社2008年版，第97-98页。

从某种角度上来看，赵敏的两部长篇小说主要是讲述个人的人生成长经历。在《康定情人》中，尼玛、约翰和驮脚娃兄弟家，共同生活在格桑麦朵家的小锅庄，尼玛与格桑麦朵青梅竹马，长大后结为夫妻。尼玛是国民党军队驻康定地方的一名军人，他容易满足于现状，不希望目前所拥有的一切有太大的改变，他的人生目标和追求是迷茫、混沌的。格桑麦朵是一个精神化的少女，与尼玛结婚，就是她遵循纯洁内心的选择，同时她也是一个生活的乐观主义者，她人生的愿望是不断地使生活完美，对人生有许多美好的想象和渴望。在喧嚣绚丽、被金钱欲望充斥的锅庄，很多康巴年轻人都在寻求目标，与时俱进。如尼玛的弟弟银匠达娃，不满足于老银匠父亲的手艺，去汉族人的银楼虚心学艺，后开设自己的银楼，成了康定人赞许和羡慕的年轻人。只有一家小锅庄的格桑麦朵，也想拥有像加绒俄色家那么大的锅庄，也想让自家的锅庄拉上电、灯火通明，当然，她也有女人的虚荣心。但对于她的许多人生理想和目标，尼玛都是无力改变的，所以这些都只能是藏在她心中的梦想。热情、富有、有头脑的藏商扎西多吉爱慕格桑麦朵，为了博得心上人的欢心，他帮助格桑麦朵把小锅庄扩建成大锅庄，让锅庄通上了电，实现了格桑麦朵和母亲的梦想。他的聪明和真情触动了格桑麦朵的心，而尼玛的固守让她日渐失望。后来，尼玛和格桑麦朵的女儿被老银匠带出去玩的时候丢失，增加了她对尼玛的怨恨，夫妻间的关系如同寒冰。在尼玛外出执行任务的时候，格桑麦朵投入了对她一往情深的扎西多吉的怀抱。

经历了人生的爱恨情仇、生离死别，目睹了被解放军解救的新康定，尼玛重新对人生充满希望，加入了解放军，开始新的人生。尼玛在爱情上的失意，多是由于他不积极主动的性格决定的。从主观方面来看，首先，他没有明确高远的人生追求和目标。文中几次写到，在人生的几个关键阶段，尼玛对未来都是迷茫的。从县中毕业后，尼玛之所以去二十四军当兵，是因为看到军官走在街上很神气，而且格桑麦朵母女俩也喜欢尼玛当军官。在他成了二十四军的一名藏族士兵后，王卓明校长关心地问："尼玛，你已经是二十四军的一名藏族士兵，你有什么打算？"说到有什么打算，尼玛总是一副梦游神态，不知道怎样说自己的打算。他只好老实回答："我没有什么打算。"① 他对人生目标的迷茫，受到藏族传统观念的影

① 赵敏：《康定情人》，四川文艺出版社 2005 年版，第 35 页。

响。藏族人易安于现状，对现世功名、物质金钱的欲求较少，他们寄希望于来世，有安稳知足的性格心理特征。尼玛后来在从军道路上的升迁，一方面是受了王校长和格桑麦朵等人的激励，这也说明他是一个可塑之人，他也在不断地提升自己，只是主动性差了些；另一方面得益于藏族人的天赋，如格斗、射击的能力和语言沟通的便利。小说把康巴士兵尼玛个人的成长与藏族人的民族性格特点结合起来，使这部小说具有丰富的阐释空间。尼玛缺乏积极主动探索的精神，遇到问题时顺其自然，消极回避，不会主动解决，积极争取。尼玛知足固守的个性与康定流光溢彩、物欲充斥的氛围、风气不相宜，但我们也很清楚地看到，尼玛也在可能的范围之内改变自己以适应他周围的人和环境，但世界变化太快，人在时代的洪流中被裹卷而下，把握不住自己的命运。小说把尼玛个人的成长放在20世纪三四十年代土司制度崩溃前的康定这个大背景下，个人的命运遭际与历史变迁、权力更替和民族的前途紧密相连，具有民族性言说的意义。

而作者在扎西多吉和格桑麦朵的身上，更是突显了康巴藏族人的性情。世界著名的歌曲《康定情歌》中的歌词"世间溜溜的女子，任我溜溜地爱呦，世间溜溜的男子，任我溜溜地求"，即是康巴男女情爱观的写照。对于扎西多吉和格桑麦朵的爱情，作者没有从传统的伦理道德观念去诠释，而是从人性的角度书写其情感发展的合乎情理性。高大健美的形态，一往情深的情怀，跨越时空的爱恋，是扎西多吉获得格桑麦朵芳心的因由。格桑麦朵对扎西多吉的爱情也是在点滴的感动中日积月累形成的。少女时的格桑麦朵，对人生就有美好的憧憬：寒冷的冬天，喜欢围在燃得通红的铜火盆旁边，依偎着阿妈听她讲令人着迷的故事，向往青梅竹马纯洁的爱情。成年后，格桑麦朵帮助阿妈操持锅庄，成了聪明能干的小主人，学会了在不同场合周旋，喜欢穿得漂漂亮亮的上街，也希望丈夫尼玛能升迁被人羡慕，她对生活有许多美好的追求。尼玛的固守赶不上格桑麦朵追寻的步伐，在优秀的扎西多吉面前，格桑麦朵陷入了爱情的漩涡，扎西多吉帮助她实现了一个又一个人生梦想，让她的人生更多姿多彩，使她有勇气挣脱旧有的羁绊，完成了人生、心灵、精神上的蜕变。她身上彰显了康巴女性敢爱敢恨、遵从内心、率真、自然的个性，她的人生道路与选择既是女性独立意识的张扬也是藏族女性情怀的诗意言说。

《康定情人》中的主人公尼玛和《康定上空的云》中的"云"，都经历了一个心理日渐成熟，个性、人格日臻完善的过程。小说中，主人公的成长都是一个找寻自我的过程，在人生成长的每个阶段，都有一个引导者，他们以不同的方式出现在主人公的生命中，给主人公以启迪。尼玛和云，其个人成熟完善的过程也象征着民族的成长，他们在异文化或多元文化生存空间中寻找、认定和建构身份，最终回归和建立精神家园。

在尼玛的身边，有一群对他的人生起重要影响的人物，他们是他人生的启蒙者、引路人，使他自我审视、反省。最初，尼玛全部的人生希望和热情都寄托在对格桑麦朵的情感上。他当兵是因为格桑麦朵喜欢，他好好表现是为了让格桑麦朵以他为傲，他无时无刻、满眼满脑想的都是格桑麦朵，爱情充满他的内心，格桑麦朵是他情窦初开并占据他一生的女人，使他从少年成长为一个男人。正因为爱情几乎占据了他人生的全部，所以当格桑麦朵爱上扎西多吉、两人感情破裂时，他神思恍惚，整个人差点毁掉。但也正是经历了切肤之痛，才使他的心理、人格逐渐完善。最后，尼玛加入解放军，重新对人生充满希望，开始新的人生。通过儿时的伙伴约翰，尼玛认识了陕商王老板和素月等人，了解了经商和汉族文化后，他的人生视野更开阔了。而王校长、马连长等人，则是他人生道路的启蒙者和事业的领路人，他们教会他树立和追求人生目标，从私我的世界中突围出来，投入到更广大的空间，实现自我价值。在他爱情、人生失意时，解放军的接纳，给了他重生的希望和方向。康定正经历快节奏的变化，现代文明思潮不断涌入，社会、历史、政权瞬间更替，现在的世界和过去的世界太不一样了，一个世界结束了，另一个世界紧跟着随之而来。这个世界的变化越来越快，老银匠这些跟不上时代的人像朽木一样被遗弃，连王先生这些有学问的人也因为政治理想和信仰选择的不同没有跟上时代。在生命的旅程中，尼玛不断追逐这个不断快速转动变化的世界，经历了人生低谷之后，重新思考自己走过的路，最终找到自己的人生希望和方向。"现在，摆在尼玛面前的一切都是全新的。是的，他有自己的事情要做了，不能再像过去那样守着旧的东西不放了。"①

在康定这个多民族混杂，多元文化共存的小城，康巴人并不抵制现代文明，相反，有像约翰、达娃这些积极吸收、学习汉族先进文化的人。达娃就凭借自己的谦虚能干，学习藏汉精湛的手艺，成功开设了自己的银铺。但外来文化有精华也有糟粕，由于货物交换互通有无，一些糟粕如鸦

---

① 赵敏：《康定情人》，四川文艺出版社 2005 年版，第 325 页。

片也被带入了康巴地区，大多数康定人还是能明辨好坏有抵制能力的，如益西曲珍等人，说明康巴人在藏汉文化的交流中不是盲目吸收。尼玛是带有固守滞后一面的康巴藏族的一个缩影，他的人生经历了藏族传统观念与现代文明的冲突、碰撞，在快速转动的世界里，在一切都没有准备好的情况下遭遇了一连串的变故，被时代的浪潮裹卷着往前走，他具有藏族人一些美好的品性：善良重情、勇敢正义，但被别人伤害后也一度迷失了心性，间接导致了扎西多吉的死亡，但他最终逃不过自己灵魂的谴责，在多吉活佛面前忏悔，也重新选择、思考自己的人生道路，丢开旧的不合时宜的东西，积极开始自己的新生。这些人物对人生、生活和命运的不断追寻，正是康巴人不断进行民族身份建构的过程，只有经历了困惑迷茫、阵痛、碰撞的寻找，才能对自我和民族的身份有更准确的定位，更好地确立目标和方向。

《康定上空的云》中的"我"（云），身上流淌着藏汉两种血统，属于生理和精神上的双重混血。"我"从小父母离异不在身边，跟阿婆在康定长大，在缺乏安全感、孤独的环境中长大，处于无根的漂泊状态。"我"从藏族地区走到汉区，从康定县城走到都市成都、福州，像漂浮在天空中的云一样，漂泊不定，在爱情、社会、亲情中寻找自己的扎根之处——存在和精神的故乡。但爱情遭遇现实从而夭折，又因不能苟同于商品经济大潮下的欺骗、压榨而辞职，父亲去世、母亲的冷遇使他倍觉凄凉。在康定城，他向往都市的现代文明；在喧嚣绚丽的都市，他却又像个匆匆的过客无立足之地；他所接受的现代教育和思想的熏陶，使他不能深深融入藏家山乡，注定他处于不断寻找—漂泊—孤独的状态。在多吉活佛的引领下，"我"穿越时空又回到《康定情歌》中的康定，见证了自己的前世、今生、近未来，证悟了因果轮回、善与恶、是与非。于是，对自己今生不再迷茫，坚定了自己继续寻根的路途。"我"在藏汉故乡的双重找寻中到达情感的深处，获得精神上的升华，最后，在多吉活佛的加持下，"我"真的变成康定上空一朵溜溜的云。但"不论沧海桑田，我的情感和流动和热血都叫做康定！我的生命，我的灵魂走得再远也只在康定的天空下流浪"。①

云所经历的漂泊——寻找过程，也是进行种族、文化身份认同的过

---

① 赵敏：《康定上空的云》，四川文艺出版社2012年版，封底书评。

程，他们被混杂的民族文化和双重的文化身份所困扰，因此进入了深刻的精神危机之中，其间经历了种族、文化身份的模糊寻找，并最终获得精神的升华与超越。作者也说："我相信，只有去辽阔空间和漫长时间中寻找厚重感，现实才不会像红色糖纸一样脆薄！经历了厚重人生才变得如此轻松！"① 阿来在《大地的阶梯》中也说："我们这种人，算什么族呢？虽然在这里生活了几辈人了，真正的当地人把我们当成汉人，而到了真正汉人地方，我们这种人又成了藏族了。"② "无论是城市还是乡村，都那么焦躁不安，都不再是我们的希望之乡。于是，我们就在无休止的寻找中流浪。"③ 在藏汉文化激烈碰撞的边界，文化混血和生理混血的藏族作家同时具备藏汉两大民族的特点。使用汉语创作的藏族作家，个体身份的确认同样是离不开对种族文化身份的认同。

赵敏的小说写作以现实主义手法为主，真实细致地呈现康巴大地普通人的生存图景和生活现状，以人物的人生轨迹为主线，展示了历史上锅庄云集、地处茶马要道的康定的独特面貌。康定是一个多民族、多文化、多阶层聚居的地方，这里的折多河、水井子、郭达山，这里的每一条河流、每一座神山都承载着浓浓的乡情，是每个生于斯长于斯的康巴藏族人的精神家园。这里的每一个节日和每一种风俗都有一个或美丽或忧伤的故事。为了求取一年的平安吉祥在农历的三月到四月间的吃哑巴斋；云顶寺活佛做法事时的神舞表演；农历腊月三十晚上，午夜十二点之后到水井子"抢头水"；四月初八转山会；十月二十五的燃灯会……通过展示这些藏族风俗文化，作者表达了对本民族文化的认同和引以为豪。

赵敏的精神原乡深深根植于有着浓厚宗教色彩的藏文化，古往今来，藏民族将太多的精力和情感投入宗教，宗教意识已渗透到藏族人社会生活的方方面面，藏传佛教已成为藏民族文化的典型代表。小说《康定情人》宣扬了佛教生命轮回、积德行善、原罪、忏悔思想，有一定的正面意义。尼玛从军升迁，格桑麦朵下意识地把这归结为是她阿妈整日念经拜佛求来的；遇到现实生活中的困惑或问题，藏族人就会向活佛求助。如对于女儿格桑麦朵和尼玛的婚姻大事，益西曲珍就去请教活佛；尼玛间接导致了扎西多吉的死亡，他在佛面前忏悔，祈求佛的宽恕，以此来祈求心灵的宁

---

① 赵敏：《康定上空的云》，四川文艺出版社2012年版，"序"。
② 阿来：《大地的阶梯》，南海出版公司2008年版，第201页。
③ 阿来：《大地的阶梯》，南海出版公司2008年版，第188页。

静。快速变换的世界把很多赶不上时代的人抛弃了，而佛教的生命轮回观使尼玛能够从旧的、过去的时光中走出来，重新对生活充满向往和追求。《康定上空的云》中，"我"是在十世多吉活佛的关爱下成长的，在"我"左冲右突地寻根之后依然漂泊的情况下，活佛是"我"人生的答疑解惑者，经活佛指点后"我"大彻大悟，精神得到了升华。藏族人对藏传佛教的信仰是真挚虔诚的，小说中对佛教教义的肯定也是对本民族文化的认同。

以赵敏等为代表的康巴作家的文学创作，鲜明地呈现了康巴地区文学"过渡地带"的杂糅特点。康巴处于藏汉文化的"中间状态"，受现代性和汉文化的冲击与影响更明显。作家接通历史与现在，通过描述康巴藏族普通群众的生活，思索在多元文化和现代化的进程中，个体和民族怎样才能既与全球化进程相适应，又能坚持民族性。这也正是赵敏等康巴作家对藏族汉语小说创作所作的努力。

很显然，赵敏的小说写作技巧还有待提高的空间。与其他康巴作家的小说相比，赵敏的小说结构简明、线索明晰，但也显得单薄，用现实主义的手法对社会生活场景事无巨细的描述，过度纠缠于故事情节，使作品少了丰富的想象空间和思想的高度。

三、民族的，乡土的

洼西彭错的作品以故乡"乡城"为文学根据地，讲述着乡城的历史和现实，展示具有民族特色的地域文化、风俗民情，抒发对故乡特殊的乡情民情。作品集《乡城》，清新诗意，浓郁的乡土气息中透着些许的惆怅。

"乡城"是洼西彭错的故乡，从作品来看，它正处在传统与现代的夹缝中。这里的人们脱离了古老藏寨闭塞滞后的氛围，但又没有完全接受现代思想，还保留着不少传统的观念和生活方式。《乡城》正是借着"乡城"这方土地，书写藏寨人的生存状态、命运遭际，追溯乡城的历史真相，展示乡城的民风民俗，赞美奇异多彩的自然景观，抒发对故土特殊的乡情民情。从这个角度来看，《乡城》带有鲜明的民族、地域文化色彩，属于乡土文学的范式。

鲁迅在《中国新文学大系·小说二集导言》中对"乡土文学"作了说明："蹇先艾叙述过贵州，裴文中关心着榆关，凡在北京用笔写出他的胸臆来的人们，无论他自称为用主观或客观，其实往往是乡土文学，从北京这方面说，则是侨寓文学的作者。"① "乡土文学"最基本的解释是："以反映某一地区生活为主要内容而富有地方特色的文学作品。""乡土"有两层意思：家乡，故土；地方，区域。所以，乡土气息、乡土观念、地域色彩是其主要特点。茅盾说："关于'乡土文学'，我以为单有了特殊的风土人情的描写，只不过像看一幅异域的图画，虽能引起我们的惊异，然而给我们的，只是好奇心的餍足。因此在特殊的风土人情而外，应当还有普遍性的与我们共同的对于命运的挣扎。一个只具有游历家的眼光的作者，往往只能给我们以前者；必须是一个具有一定的世界观与人生观的作者方能把后者作为主要的一点而给与了我们。"②

在中国现代文学史上，从 20 世纪 20 年代以来，一代又一代的作家相继致力于乡土文学的创作。二三十年代的鲁迅、台静农、蹇先艾等，以精英知识分子的启蒙立场，揭示批判故乡的陋习，以起到疗救的效果。边地湘西的歌者沈从文，以诗意的笔触，构筑自己的湘西世界，以及以赵树理、孙犁为代表的反映农村阶级斗争和革命的农村题材小说。新时期以来，在文化寻根思潮的影响下，一批作家如王安忆、韩少功、汪曾祺等，采取批判与同情兼有的立场，提出重建国民性的问题。贾平凹写出了大量关于商州的山水风情、人物世态的作品，探讨时代变革对古老民风民俗的冲击，以及所引起的价值观念的转变。莫言采取民间写作的立场，立足高密东北乡。新世纪以来的乡土文学侧重表现中国农民在现代转型中的精神冲突和价值归依。洼西彭错的《乡城》带有鲜明的民族和地域色彩。

从内容上看，《乡城》这本集子涉及过去和现在两个时空。《雪地上的鸟》《蝴蝶的舞蹈》《换季无声》等篇，反映的是现在的乡城的人和事。

《雪地上的鸟》讲述叙述者"我"于一个下雪的冬日在藏寨夏洼与梅若姑娘的一段经历，主要反映藏寨青年人婚恋观的变化。当初，梅若由父亲做主嫁给了她不爱的男人扎西，在遇到了她喜欢的人"我"时，她勇敢地挣脱不幸的婚姻，重新寻找自由和幸福。虽然梅若最终也没能和"我"在一起，但她身上的反抗精神和独立、自我的意识开始苏醒。梅若包括扎西等人开始追求以爱情为基础的婚恋关系，反映出在现代文明的影响下，乡城藏族青年思想观念上的变化。

---

① 鲁迅：《〈小说二集〉导言》，见鲁迅等《1917—1927 中国新文学大系导言集》，天津人民出版社 2009 年版，第 85-86 页。

② 茅盾：《关于乡土文学》，见《茅盾全集》第 21 卷，人民文学出版社 1991 年版，第 89 页。

藏族是一个全民信教的民族，藏传佛教渗透了藏族群众日常生活，宗教信仰与人们的日常生活交织在一起，影响着人们的生活态度、价值立场，甚至命运的抉择。《乡城》也揭示了宗教信仰与藏族群众生活的紧密关联与冲突。《蝴蝶的舞蹈》讲述藏族青年顿珠与格桑情投意合，正准备结婚时，顿珠突然被认定为宗塔草原二十五年前圆寂的八世登巴扎西活佛的转世。按照教规，他要斩断尘缘，放弃心爱的姑娘格桑，肩负起普度众生的责任。但顿珠却不顾周围人的劝阻、议论，执意把格桑娶回家。宁愿不做人人敬仰的活佛，而要顺应内心，追求世俗的幸福生活。但事与愿违，由于承受不住内心的自责和周遭的议论，格桑的母亲自杀而死，格桑也追随母亲而去。经历了这些变故，顿珠对尘世彻底失望，终于顺应命运，去寻找属于自己的寺庙。

小说反映了格鲁教派的清规戒律与追求世俗幸福生活的矛盾。这样的悲剧早在六世达赖仓央嘉措身上就上演了，在八世登巴扎西活佛身上也经历了相似的情景，但悲剧再一次在顿珠身上重演。小说也从另一个角度揭示了要修成一个德高望重的活佛，一个僧人所要做出的牺牲和努力，同时阐释了活佛值得信众敬仰的原因是他为信众修行、为了信众而放弃一己俗世幸福。

作者没有简单地把佛教写得冷酷无情，而是融入了人性的关怀。看到顿珠尘缘未了，老僧人能珠曲披为了避免上一世活佛的悲剧重演，不再勉强带顿珠回寺庙。周围的亲友也被他们的坚持所感动，如阿嘎登、顿珠的表哥等人，也希望他们有情人终成眷属。

在现代观念的渗透下，佛教对藏族群众的精神主宰有些松动，但几千年传承下来的佛教具有至高无上的地位，藏族群众对佛教虔诚坚定的信仰也是难以逾越的。佛教依然是藏族群众精神和心理上的寄托。很多年过去了，顿珠和他的前世八世登巴扎西活佛的境遇没有改变，在世俗追求和佛教教规产生冲突时，世俗的幸福依然难以企及。

洼西彭错还试图从"乡城"的历史烟云中挖掘不为人知的隐秘历史，生动地再现历史场景，重新感受祖辈们那一代人身上的血性、浪漫、豪迈的情怀。作为乡城子民，洼西彭错怀着还原乡城历史真实面貌的责任心和使命感，意在挖掘被正史遮蔽的乡城民间历史，从这个角度来看，洼西彭错的写史具有新历史主义批评解构的意味。新历史主义的文本大都避开宏大的政治意识形态叙事，挖掘民间乡间的野史、稗史，在写作中保持民间立场和民间情怀。新历史主义批评认为："所谓历史的'真实'，实际上是'事实与一个观念构造的结合'，历史话语的'真实'则存在于那个观念构造之中。……'历史'不再被当做一种客观存在，而仅仅是一种'历史叙述'或'历史修撰'。……历史文本作为一种话语实践的产物，是一个充满断裂的区域。在任何时期，总有某些事情某些话题是不允许进入话语活动的，……还有许多边缘的、与主导意识形态相悖的事实并没有进入到历史表述之中。"① 浪漫传奇、血性豪迈、生机勃勃是野史稗史的魅力，但民间同时也有藏污纳垢性，如野蛮剽悍的民风、愚昧落后等痼疾，对此，作者也站在现代性的高度对历史进行审视与批判。

小说《1901年的三个冬日》根据《乡城县志》讲述了一段具有英雄主义、传奇色彩的故事。布根登真是乡城人人景仰的大英雄，色尔寨头人沙雅平措也是一位有胆有谋有野心的人，他与布根的情人卓嘎互相倾心，因为不甘位居布根之下，也想完全拥有卓嘎，沙雅平措和卓嘎里应外合暗杀了布根登真。事情败露后，他们遭到布根家族的复仇，沙雅平措满门被杀，而沙雅平措用跳崖维护了最后的尊严，因而得到人们的同情和赞叹，成了和布根登真齐名的好汉。小说有很明显的英雄崇拜精神，这也是这个民族保持充沛生命力的根本。对于沙雅平措这个暗杀者，小说没有把他单纯地作为邪恶形象的化身，而是从人性的角度，分析了他暗杀背后的原因和动机。对于沙雅平措这个人物形象的塑造，洼西彭错鲜明地表达出一种认同民间价值尺度的倾向，这段历史故事的讲述，不在于评断是非善恶，只为展现那段惊涛骇浪的历史。

从内容上看，《雪崩》是《1901年的三个冬日》的延续。卓嘎被流浪艺人桑珠从大火中救起，隐居在折曲寨，当时卓嘎已有身孕，后来生下了泽仁顿巴。虽然卓嘎总说顿巴是沙雅平措的儿子，其实她自己也不清楚孩子到底是沙雅的还是布根的。后来卓嘎被中追莫莫派来的人找到，以死赎罪，顿巴得知事情的原委后，为了报父母之仇，来到乡城，以自己的胆略和智谋，成了当地的领袖，完成了沙雅平措没有实现的梦想，并为父母报了仇。但最后他却被告知自己有可能是布根的儿子。原来这些年他一直为了沙雅平措在向自己的家族复仇，这样的结局是对他复仇行为的嘲弄。这段往事被作者演绎得曲折生动、荡气回肠、扑朔迷离。作者通过对顿巴复

① 王先霈：《文学批评原理》，华中师范大学出版社1999年版，第218页。

仇行为的否定，使读者对民族传统文化中的痼疾有所反思，同时充分显示了民间文化的鱼龙混杂，表达了他鲜明的文化批判立场。

对于重写乡城历史的缘由，洼西彭错在另一篇文章《佛像》中有直接的说明："一桩惨烈的杀戮，就这样被百余铅字轻描淡写扫进历史。……参与这段历史的木改阿尼、我爷爷尿壶和他们当年的同伴，在志书中都成了培仲扎洼所率的'藏民'，失去了各自的面孔和名字，集体浓缩成一个抽象的影子定格于薄薄的纸页。……和县志相比，木改阿尼的故事显然更生动翔实，更富传奇色彩。但口口相传的故事容易失传。"① 重溯历史是为了"以史鉴今"，通过还原风云激荡的历史事件和血肉丰满的历史人物，作者由衷赞叹祖辈们那一代人的英雄气质和浪漫传奇色彩，感慨乡城剽悍的民风、生机勃勃的生命力，叹息生命力的退化，为已逝去的遗风唱一曲挽歌。

《乡城》洋溢着对自由、浪漫精神的诉求。洼西彭错的小说与"鸟"有不解之缘，有几篇文章的题目就是以鸟来命名的：《雪地上的鸟》《鹰》，借"鸟"这个意象，表达人生的感悟，抒发向往自由的理想，这里"鸟"也具有与人的生命同构的特质。

在《雪地上的鸟》中，叙述者"我"的祖母曾告诉过"我"，人死后会变成小鸟。在下雪的冬日，从山里飞来一群小鸟，到藏寨来觅食，却被一群人驱散打伤。"我"想起了梅若的遭遇和她的喃语："一个女人是一只雪地上的鸟，一百个女人是一百只，一千只……"② 女人的命运就像这些小鸟，她们本为寻找幸福和依靠降临人间，但命运却是迷茫不可知的。小鸟的天性是向往自由的，纵使遭遇坎坷挫折，依然会冲破重重枷锁的羁绊，向着自由的高空飞翔。文末写道："我确信自己来生一定会是一只夏洼山中的鸟，一生的使命，除了飞翔和寻食，便是等待另一场大雪。"③ 这里寄托了"我"对浪漫、自由生活的向往。

这种对自由的向往，还体现在《蝴蝶的舞蹈》中。"蝴蝶"在不同的情景下有不同的寓意。由在都市街头看到一只暗黄色的蝴蝶在浮着一层黑尘的万年青上懒懒地飞的情景，顿珠联想到家乡的一个画面：朝阳、如茵的草地，晶莹的露珠滴在野花的花瓣上，两只花间相互追逐的彩蝶，花

① 洼西彭错：《乡城》，四川文艺出版社 2012 年版，第 193 页。
② 洼西彭错：《乡城》，四川文艺出版社 2012 年版，第 13 页。
③ 洼西彭错：《乡城》，四川文艺出版社 2012 年版，第 15 页。

香，微风，牛铃……把都市空间的拥挤、环境的污浊、生活的了无生气，与家乡自由、广阔、愉快的氛围相对比，衬托家乡的美丽，抒发热爱家乡之情。在草地上翩翩飞舞的两只彩蝶，是顿珠对相互厮守爱情的渴望和对俗世幸福生活的向往。文中还用蝴蝶的不同状态形容人物，如形容浑身洋溢着健康淳朴之美的格桑"简直就是一只春天里迎着朝阳飞翔的彩蝶"，形容顿珠的老母亲"活像一只振翅欲飞却又力不从心的老蝴蝶"，意象新颖独特，形象生动。

洼西彭错的文笔很美，尤其一些写景状物的文字，给人以诗意美的享受。他善于运用通感、比喻等写作手法，使文字形象、贴切、生动。如"萨曲河的流水声渐渐变轻了，像一位唱着山歌的骑者慢慢走远……"①把流水声与山歌声相类比，"燃在山头的夕阳，像油灯将熄时跳动的灯焰，力不从心地照着草原。"②"这里真是个迷人的地方。宽平的山谷很随意地拥着一泓清湖，湖边的冷杉林红了叶子，火一般依山燃了上去。蓝天白云倒映湖中，人站在旁边看上一会儿，心便空旷得没了边际。岸边半人高的蒿草一排排立着，似是争向人倾吐久居山野的苦寂。"③ 火红的夕阳、清清的湖水、火红的杉叶、蓝天白云、人，动静相宜，情景交融。"冬天就是这样一个季节，连急性子的萨曲河也放慢了脚步，懒懒地流在草原上，像是去赴一次并不重要的约会。"优美诗意的文字里融汇着作者深邃的人生感悟和体验。

整部《乡城》，贯穿着作者对故乡的深厚感情，乡城是他的文学之根、精神故乡。《乡城》具有丰富的康巴文化特色，作者饱含深情地展示了乡城古老的民风民俗、悠久的宗教文化、粗犷豪放的民间歌舞和高山湖泊、峡谷、牧场、河流及"小江南"的田园风光，处处可见作者流露的真情。它是具有鲜明的民族特色和地域色彩作品，同时又融入了作者现代性的关照。它是一个离开故乡侨居都市的乡城子民对故乡的一次追忆和回望，是民族乡土文学的佳作。洼西彭错承续了中国现代乡土文学的传统，拓展了中国乡土文学的审美空间，以故乡"乡城"作为文学的起点，书写极具民族性和地域色彩的作品，为中国现代乡土文学和藏族乡土文学的写作做了有意义的探索。双线索的叙事结构、意象的选取、意境的营造、优美的文

---

① 洼西彭错：《乡城》，四川文艺出版社 2012 年版，第 65 页。
② 洼西彭错：《乡城》，四川文艺出版社 2012 年版，第 67 页。
③ 洼西彭错：《乡城》，四川文艺出版社 2012 年版，第 75 页。

字……这部作品在艺术上达到了很高的造诣。但存在忽略、美化现实矛盾的心理，导致作品揭示问题的深度不够，批判的力度不够尖锐，对存在的问题不够敏感。我们期待着这位从乡土起飞的藏族青年作家能飞得更高更远。

康巴作家自藏族文学进入当代阶段以来，一直是文学力量中比较强的一支。2004年，康定的二十多位作家以"中国首部接力小说"的形式，创作了一部长篇小说《弯弯月亮溜溜城》，作家们统一以"康人"为笔名。自此，康巴作家以群体的形象亮相。"近年来，康巴作家群异军突起，这是受拉美魔幻现实主义影响一批西藏作家曾崛起中国文坛之后，最值得关注的藏区文学现象。"① 当前活跃在文坛的作家主要有意西泽仁、列美平措、格绒追美、亮炯·朗萨、洼西彭错、赵敏、尹向东、桑丹、达真、梅萨、贺先枣等，就小说创作来看，近年来康巴藏族作家的汉语小说创作呈现出鲜明的群体特色，无一例外都诠释和展现了"康巴文化"。"所谓'康巴文化'，指的'是以藏族文化为主体，兼容其他民族文化，具有多元性、复合性特色的地域文化。康巴文化的核心是人与自然的和谐统一，不同文化的和谐兼容，人与人和谐共处的'香格里拉'人文意境'。"②

多民族文化的展示和文化"混血"特质在康巴作家的小说创作中有充分的体现。《康巴》中，康巴大地是个多民族杂居的地方，不仅有藏族的土司、农奴，还有汉、回和其他民族的人，此外英、印、瑞、法等国家的人也曾留此处，小说对各个民族不同的文化都有所展示，如对伊斯兰教的开斋节仪式、基督教的洗礼和宗教生活、藏族人的朝圣行为等文化习俗作了形象的阐释，展示了汉、藏、西方国家文化观念的不同。在这里，多种文化互相包容、兼容，你中有我，我中有你，形成了文化混血的特征。在这开放之地，云登土司积极吸取借鉴其他民族的文化和经验，康巴地区文化呈现出文化杂糅的特征。《康定上空的云》中，随着"我"从康巴小城辗转到内地城市的足迹，康地文化风情与内地文化徐徐铺展开来，"我"成长在康巴小城，到内地都市工作打拼，思想行为和言谈举止渐渐受到汉文化的影响。

康巴文化具有很大的包容性，宽容地接纳、主动地学习、平等地对待

---

① 《"康巴作家群"作品研讨会在京举行》，见中国作家网 http://www.chinawriter.com.cn/news/2013-10-26/178915.html。

② 转引自丹珍草《藏族当代作家汉语创作论》，民族出版社2008年版，第88页。

外来文化。文化冲突是暂时的，在康巴大地上，各种文化最终都会在互相尊重的前提下走向和谐共存。融合、共处是康巴藏地对待各文化、各民族的基本立场。康巴汉子加入御敌抗外的队伍正是康巴文化与中华各民族、各文化和解、交融的体现。从地理位置和地域文化上来看，康巴地区历来是多民族杂居、多种文化聚集的地方，与其他藏族地区相比受外来文化的影响较大，也相对开化，对外来文化不像其他藏族地区那么排斥，康巴文化的杂糅性、包容性、开放性是康巴小说家书写的主要内容。

"康巴文化与卫藏文化、安多文化的区别主要凸显在康巴具有更鲜明的格萨尔人文精神。"① 格萨尔精神的核心就是英雄主义，勇敢善战、积极进取、不畏强暴、敢爱敢恨是其主要体现。在格萨尔的故事中，他是通过一次次的征战而称王的，这种好战的行为也造就了康巴人尚武的习性，争战、仇杀、械斗在康巴作家的小说中屡见不鲜。《康巴》中降央家族和尔金呷因一头牛跑到对方领地食草而结下世代血仇，此后互相残杀、报复。云登土司和杨格桑为了娜珍刀戈相拼。《康定上空的云》中的"火"，在时代已进入现代后还保留着习武尚古的生活方式，在与世隔绝的山洞里修炼，用武力蛮风解决问题，与现代生活格格不入。《乡城》中两个短篇小说《1901年的三个冬日》和《雪崩》，讲述了沙雅平措为了称雄与卓嘎合谋暗杀了布根登真，沙雅也满门被杀。布根家族为了报仇，多年后找到卓嘎，让她以死赎罪，卓嘎的儿子泽仁顿巴为替母亲报仇而毁灭布根家族。情杀、世仇、领地纷争、械斗在康巴小说家笔下经常被提到，而勇敢、正义、敢爱敢恨的康巴汉子是小说家着力塑造的人物群像。《康巴》中云登与阿满初不顾家族仇恨而倾情相恋，郑云龙因玉珍遭到侮辱而怒杀东家和军官；在民族大义面前，《命定》中的土尔吉义无反顾地奔赴抗日前线。布根登真之所以被乡城人敬仰，正是因为他的勇敢、正义，他们是康巴人心目中的英雄形象，是康巴精神的象征。康巴作家在小说中对争战的描述一方面充分体现了康巴人勇敢、血性的性格气质，另一方面也彰显了康巴人勇于反抗、不畏强暴的精神。此外，书写战争，进而反思战争的破坏性后果，正是康巴人渴望和平、和谐生活心愿的表达。"康巴小说执著于对战争和仇杀的书写，不是为了制造冲突，让小说'好看'。……作家

① 丹珍草：《藏族当代作家汉语创作论》，民族出版社2008年版，第95页。

们是通过书写战争来表达对和平的希冀。"① 所以，在小说《康巴》中，多种文化的冲突、各种矛盾最终都归于消融。

对康巴大地上涌动着的爱恨恩仇、英雄、枭雄始终给予人性的关注是康巴小说家的价值立场。对于《康巴》中云登与娜珍逾越道德底线的情爱、降央家族和尔金呷的仇杀，作者没有做是非善恶的评价；《康定情歌》里格桑麦朵对扎西多吉的倾情也是经过很多的铺垫而情至所归，尼玛对扎西多吉的报复也充满了仇恨和忏悔；《1901 年的三个冬日》中，沙雅平措对布根登真的嫉恨和暗杀是因为想称雄，而他为保人格尊严而跳崖的行为反而为他树立了英雄的威名。这种人性的关怀也是格萨尔精神的体现，"《格萨尔》英雄史诗所彰显的则是人性和对人性的张扬……《格萨尔》英雄史诗所体现的最核心的文化价值就是对人性的颂扬和肯定。"② 格萨尔精神对勇敢、反抗、敢爱敢恨的张扬也是对民间精神的颂扬和肯定，与佛教观念中的克己、忍让、规约形成了一种补充和对比，两种不同的文化精神共同维持藏族文化内在机制的平衡，使康巴文化洋溢着神性与人性自然、和谐的光辉。

近年来，以达真、赵敏、洼西彭错等作家为代表的康巴青年作家成为一股重要的力量，引起大家的关注。但有些小说还显得稚嫩，还有很大的发展空间。

当代藏族作家汉语小说的写作反映了他们参与世界文学进程的自觉性，用汉语搭建了一条与世界交流、对话的桥梁，他们对民族精神的阐释反映了本族人视域下的藏地世界，在展示民族文化意蕴、表达民族文化身份认同的情境下，传达一种"超越西藏的沉思"。"越是民族的越是世界的"，藏族作家小说中对人类精神的探索和灵魂的跋涉已经是一种人类共通的存在体验。他们走出了 20 世纪五六十年代高度统一的政治化书写、80 年代单一的民族文化书写的局限，表述的视野更开阔、探索更深入。采取立足本乡、扎根大地的写作姿态，沉潜到日常生活的深层进行祛魅化的书写，同时又有飞翔的姿态和高远的精神追求。

---

① 刘火：《康巴小说的血性与温情》，见中国作家网 http://www.chinawriter.com.cn/bk/2012-12-05/66259.html.

② 丹珍草：《藏族当代作家汉语创作论》，民族出版社 2008 年版，第 97 页。

第三章 "他者"视域下的藏地想象
——汉族作家藏族题材汉语小说的写作

　　藏族作家的汉语小说植根于民族文化的土壤里，通过日常叙事凸显民族的文化意蕴、风俗习惯、思维方式、价值观念等，还原一个真实的西藏。汉族作家的藏地书写往往抽离藏地的文化内涵和日常现实，藏地是他们心灵的向往之地和想象的精神家园。"每个民族都在长期的繁衍与进化过程中形成了富有本民族特色的生产模式、生活方式、思维习惯、价值观念以及风俗民情，这些特征都内化于每个社会成员的思想和行动中，并成为区分同族与他族以及族群身份认同的重要标志。汉族作家们满怀信心和憧憬踏入了藏文化的全新天地，新奇、欣喜、失落或彷徨是他们心绪的写照，惊喜观望、试图融入、无奈返回或找到一定的支点是他们探寻过程中的多样化体验，这一切自然都缘于同汉文化有着显著差异的雪域文化。"①由于个人经历、亲藏动力和对藏文化认同程度的差异，汉族作家的藏地表述也各有不同。概括来讲，范稳、杨志军的藏地叙事带有强烈的浪漫、传奇色彩和诗意化的倾向，但从范稳的藏地系列小说来看，他还是作为一个外在者，以藏文化研究者、推崇者的身份来书写藏地；杨志军的藏獒系列小说带有道德拯救和精神建构的意义，他表现出强烈的被藏族文化认同、肯定的迫切心理。军旅作家笔下的藏地是实现自我价值和崇高理想的"战场"，而马丽华的西藏书写承载着她无法释怀的西藏情结，表达了对藏汉和谐民族关系的期冀。

---

　　① 杨艳伶：《新时期以来汉族小说家的藏地想象》，载《贵州民族研究》2012 年第 3 期，第 46-47 页。

第一节 "藏地三部曲"的信仰叙事

云南作家范稳，立足于滇藏交汇处的澜沧江大峡谷，书写从20世纪初至世纪末，藏族、纳西族和其他民族间宗教信仰和民族文化的冲突与融合。从民间立场和视角出发，"藏地三部曲"展现了多民族杂居地方的宗教冲突、家族纷争、情爱纠葛，无论怎样的风云激荡、流血征战，最终都归于平静、融合，这是历史发展的必然趋势，是多民族交汇地人民的智慧选择。

一

宗教信仰是"藏地三部曲"须臾不离的主题，小说叙写了藏传佛教、外来基督教和纳西东巴教等各教派信徒信仰的坚定和虔诚，讴歌了信仰的力量。自20世纪90年代以来，在市场经济和欲望膨胀的社会环境影响下，文学越来越世俗化、私人化，如普遍书写吃喝拉撒、鸡毛蒜皮等生活流的新写实小说，以物质追求为生活目标的新都市小说，抒发个人情感、心理情绪、喃喃私语的女性小说等，小说越写越轻俗，而文学的精神指引和崇高追求已被一些作家遗忘了。"藏地三部曲"是对精神信仰的重新肯定和张扬，因此有必要重申范稳小说的文学意义。

范稳是一个勤奋、沉稳、吃苦耐劳、有耐心的作家。作为一个汉族作家，要透彻了解神秘厚重的藏族宗教和文化实属不易。1999年，范稳因参加云南出版社组织的"走进西藏"大型文化考察活动而与西藏结缘，萌发了对西藏宗教文化、风俗民情的强烈兴趣，历时十年，写出了厚重的"藏地三部曲"。为了了解藏族地区的宗教、历史、文化，范稳广泛阅读大量书籍，正如他所说的："在大地上行走和学习，在书房中阅读和写作。"范稳虚心学习藏族文化，努力克服族际差异，他说："我在写藏区民族和宗教时，始终坚持以一个文化人的眼光去审视它、评判它，并力图在作品中赋予它某种形而上的意义。"① 正是这种姿态和态度，他才能对藏族的

---

① 于敏：《范稳：在大地上行走和学习》，载《西藏日报》2004年4月25日。

文化和宗教有深入的了解。

信仰可以理解为对人生观、世界观、价值观的选择和持有，概括地说，信仰可分为精神信仰和物质信仰，范稳的"藏地三部曲"体现的是精神信仰，而宗教信仰是重要的叙事内容。

正如雷达所说："它把最主要的篇幅和最重要的关节，交给了与宗教密切相关的一部分生活，它匪夷所思地、色彩斑斓地状绘了藏传佛教、天主教、东巴教之间的辩论，斗法，争锋，纠缠，直到和谐共处的情景。"①在滇藏交汇处的澜沧江大峡谷，藏传佛教、外来基督教和纳西人的东巴教相生共存，这是一群坚守自己宗教教义和信仰的教徒和信众，他们各自以自己的宗教为荣，为了捍卫宗教信仰和教义，甚至付出生命的代价。佛教徒以主人自居，认为只有自己的宗教才能救赎这块土地上的人们。而基督教教徒认为只有上帝才是全能的、真正的神。为了传播自己的宗教信仰，杜朗迪神父与五世让迥活佛展开了一场大辩论，噶丹寺的喇嘛和康巴信徒对教堂开战，杜朗迪神父和彼得为捍卫上帝的荣耀而死，沙利士神父搬来汉人的军队炮轰寺庙。为了捍卫各自的宗教，甚至不惜违背教义教规，世纪初发生在澜沧江大峡谷的宗教信仰冲突引来了杀戮和战争。当沙利士神父意图向和德忠等纳西人传播自己的宗教时，虽双方保持着基本的尊重和友好，但在精神信仰上纳西人固执地认为他们已经有很多神灵照顾这片大地上的万事万物，不需要洋人的上帝。和万祥甚至认为，当洋人见到他们的"署"神时，他们就再不敢提他们的耶稣了。他们是一群令人敬仰的人，为了自己的宗教信仰能够忍饥挨饿甚至忍受讥笑、打骂，战胜克服一切困难，重要的是他们信仰的都是充满善和爱的宗教。如杜朗迪神父和沙利士神父开荒建教堂，施舍穷困的藏族人，行医救人，却不收藏族人的一点东西，即使已经断粮三天，不得不以树根和野菜充饥，最终饿昏在手术台上。贡巴活佛为了成就阿拉西的成佛之路，感化郎萨家族的仇恨，自愿吃下扎西平措用来毒杀阿拉西的奶渣，以博大的悲悯和庄严的死亡，彰显佛性的光辉。

小说还展现了信仰具有影响人心、改变人生的巨大力量。无论何种宗教，总是教人向善、博爱，这种精神与我们所提倡的社会道德也是一致

---

① 雷达：《雷达专栏：长篇小说笔记之二十 范稳的〈水乳大地〉》，载《小说评论》2004年第3期，第4页。

的，从这个意义上说，宗教信仰对净化心灵、改变人的思想和行为有积极的影响，这也是"藏地三部曲"信仰叙事的意义所在。杀人越货的大强盗、一代枭雄泽仁达娃，被六世让迥活佛收归寺庙成了吹批喇嘛，从此不再嗜血成性，变得宽容、慈悲、善良，临死前想的是把好运气传给下一个人。澜沧江东岸的郎萨家族为了侵占西岸的土地和财产，对都吉家开战，都吉战死。之后，都吉的大儿子阿拉西用箭射杀了郎萨家族的白玛坚赞头人，两家结下世仇。为了化解两家的仇恨，贡巴活佛开示阿拉西皈依佛教，指明这是解脱的惟一道路。阿拉西以一个佛教徒的虔诚、忍耐、悲悯面对仇人的下毒、追杀，经受失去兄弟、弟媳、孩子和贡巴活佛的代价，度过了重重劫难，在苦修中了悟，终证得了佛的存在。在达波多杰组织的与红汉人的战斗中，洛桑丹增以自己的悲心避免了一场流血杀戮，获得了达波多杰的敬仰，一场旷日持久的仇杀最终消弭。《大地雅歌》中的说唱艺人扎西嘉措与康菩土司的小姨子央金玛相恋，因门第、利益的阻隔，两人为爱情奔逃，走投无路时，是教堂村庇护了他们的爱情，也可以说是宗教成就了他们的结合。在以后的半个多世纪里，他们在远隔两地、生死未卜的情况下一直坚守对彼此的爱，信仰成了孤寂无助时安抚心灵的依靠，他们对坚守爱情的力量源自对信仰的坚守，是信仰救赎了苦难的爱情，成就了一场旷日持久的恋情。

"藏地三部曲"在肯定精神信仰力量的同时，也展示了人世物质信仰的俗与恶。与史蒂文、玛丽亚有信仰的爱不同，土司间的联姻都是受利益私欲的驱使，如康菩土司之所以把央金玛许配给澜沧江上游的野贡土司做三房，是因为这样既可以化解两家的矛盾，还能得到金银珠宝、绫罗绸缎、茶叶布匹等彩礼，外加三个草场。所以为了私欲，康菩土司要拆散、追杀扎西嘉措和央金玛。野贡土司试图夺取纳西人的盐田、把纳西人赶出了澜沧江西岸，为此纳西人的东巴祭司和佛教喇嘛展开了斗法，引起持续的山洪暴雨灾害。暴雨之后闷热的气候和火辣的太阳让在战争中死亡的牛羊腐烂恶臭，引发鼠疫。这都是因为金钱、土地、盐田这些世俗的物质欲求的贪婪引发的恶。小说以精神信仰的高贵、虔诚、纯净映衬物质信仰的世俗、贪婪与恶，其价值取向显而易见。

二

在涉及藏族宗教、社会、历史等方面的话题时，"藏地三部曲"采取袪政治意识形态化的策略，从民间历史的立场和角度叙事，尊重每种文化的个性特质，在当今涉藏问题比较敏感的时期，这是一条有效的写作途径。黄海阔也指出："毫无疑问，《水乳大地》有着强烈的史诗性追求，其恢宏的气度与深沉的历史纵深感使它同时具备了'诗'与'史'的双重品格。但它绝不等同于那些从政治概念和阶级观念出发的流行史著，作者对政治视角的排斥和对民间意识的吸纳几乎是自觉的，它实际上是一部民间的历史。"①

"民间"，是陈思和在 20 世纪 90 年代提出的一个关键词。民间文化是与政治意识形态和知识分子文化相对而言的。"民间"具备了以下几种特点："一，它是在国家权力控制相对薄弱的领域产生的，保存了相对自由活泼的形式，能够比较真实地表达出民间世界生活的面貌和下层人民的情绪；虽然在政治话语面前民间总是以弱势的形态出现，总是在一定限度内接纳，并体现出权力意志。……二，自由自在是它最基本的审美风格。民间的传统意味着人类原始的生命力紧紧拥抱生活本身的过程，由此迸发出对生活的爱和憎，对人生欲望的追求，这是任何道德说教都无法规范，任何政治条律都无法约束，甚至连文明、进步、美这样一些抽象概念也无法涵盖的自由自在。在一个生命力普遍受到压抑的文明社会里，这种境界的最高表现形态，只能是审美的。……第三，它既然拥有民间宗教、哲学、文学艺术的传统背景，用政治术语说，民主性的精华与封建性的糟粕交杂在一起，构成了独特的藏污纳垢的形态。"②

"藏地三部曲"展现了一段野蛮、血性但浪漫、生机勃勃的民间历史。从时间上看，小说有明显的分界线。20 世纪 50 年代之前，澜沧江大峡谷两岸纷争不断，其中，家族世仇是主要的因素。野贡土司家与卡瓦格博雪山背后的巨人部落头人泽仁达娃之间互相仇杀；野贡土司为了抢得盐田发动驱逐纳西人的战争；郎萨家族为了侵占领地展开了对都吉家族的杀戮，阿拉西射死了白玛坚赞头人，两家结下仇恨。这段历史动荡血腥，彰显了野性的生命力。

纳西人具有敢爱敢恨的情爱观，他们率性自然，以殉情的惨烈方式实

① 黄海阔：《历史的谎言与民间精魂的重塑——范稳〈水乳大地〉解读》，载《小说评论》2004 年第 4 期，第 61 页。

② 陈思和：《民间的浮沉——对抗战到文革文学史的一个尝试性解释》，载《上海文学》1994 年第 1 期，第 72 页。

现爱情的最高追求。泽仁达娃以野蛮、抢匪的手段把木芳从别人的婚礼上抢来做自己的女人，达波多杰不顾兄弟反目与嫂子偷情，凯瑟琳修女和都伯修士冲破教规情不自禁的交合，扎西嘉措和央金玛旷日持久的爱恋，他们的爱情率性自然，充满浪漫、传奇的色彩。他们对婚姻、爱情的选择不是建立在世俗的权力、物欲等基础上的，而是自我内心情感的需求，这是还没有被现代文明浸染的爱情观，他们自由奔放、热烈重情的情爱追求体现了原初民间的生命形态。

在礼赞这种自由不羁的生命形态的同时，小说还呈现了各种宗教、政治组织和体制对人的生命力的束缚和抑制。大盗匪泽仁达娃皈依佛教后，低垂着头，耷拉着双肩，一幅衰败模样，再也没有了一个大土匪、大强盗的精神气韵和气概；凯瑟琳和都伯修士被唤起的激情受到宗教的审判。小说揭示了宗教信仰在拯救人灵魂的同时，也扼杀了人正常的身体需求，及其对人精神的压抑和控制。

"藏地三部曲"从文化的角度叙写历史，无论是藏族人信仰的佛教，还是纳西人的东巴教以及外来的基督教，作者都对之持尊重、客观、平等的态度，尊重每一种宗教文化信仰，对这段历史不做是非功过的价值评判，对人物的行为不以伦理道德的标准来衡量，力求呈现民间历史文化的景观。

三

冲突与矛盾是叙事的重点，而交流与融合是小说要揭示的主题，这在小说《水乳大地》中体现得尤为突出。有评论者也说："《水乳大地》很巧妙地写出了几种宗教的差别，又将笔触伸到更深处，展现它们共同经历战争的洗礼，终于走到和平时期的融合，显示出了宗教独特的魅力和伟大的包容性。"① 20世纪初，法国传教士进入澜沧江大峡谷，试图用上帝的福音取代藏族人的佛教，他们起初带着文化优越感的自负和自傲，向佛教发起大辩论。宽容慈悲的五世让迥活佛有很明智的见解：我认为我们或许应该尊重你们的宗教，但是你们也要尊重我们的宗教。在多民族、多宗教的交汇处，彼此的尊重是并存的基础。而法国传教士是骑着炮弹传播上帝

① 蓝碧仪、杨雨涵、聂珊等：《文学图景编织中的纹理与散线——范稳长篇小说〈水乳大地〉讨论》，载《滇池》2006年第6期，第30页。

福音的，当佛教徒与基督教徒发生冲突时，传教士仰仗清朝官府的武装保护，令文化冲突介入了政治和军事的力量，引发了暴动和杀戮，此后的半个多世纪里，两个宗教之间冲突不断。这次事件再次说明，各种文化间彼此尊重的重要性。最后，传教士们终于放下优越感，承认佛教徒和东巴教徒都是虔诚的卫道者，法利士神父甚至对东巴文字和历史产生了浓厚的兴趣，各种教派之间终于能对话、交流、共处。东巴祭司与噶丹寺的喇嘛曾经为了野贡土司抢夺纳西人盐田的战争而互相斗法，几十年后，佛教的转世活佛竟然出生在一个信仰基督教的纳西人家里，此后，各教派和各种族间化干戈为玉帛。

顿珠活佛是个对一切新鲜事物都好奇的人，他渴望了解现代文明和先进的东西，也不排斥异己教派，是个有智慧、有教养、有礼貌、求知欲很强的活佛，这与其他活佛、喇嘛的故步自封有很大不同，因此他给外来传教士留下了尊贵的形象。他的好学、智慧使他能保持与不同的文化的沟通交流，他也曾化解佛教与基督教的矛盾冲突，这说明对话、交流是融合的基础。

宗教间的矛盾冲突最终在互相尊重、对话、交流下走向融合，而家族矛盾和文化差异在互相包容、学习交流的基础上也能互通有无。如野贡土司家与头人泽仁达娃结下了不共戴天的世仇，但在政治运动中，泽仁达娃的儿子木学文和野贡土司的后代坚赞罗布在同台被批斗时，还能平和地聊天，皈依佛教的泽仁达娃——吹批喇嘛，把自己最后的好运传给仇人的后代——放牛娃，并以死相拼从野熊身下救出了孩子，并帮助他刺死自己，化解了两家的仇恨。而都吉家和郎萨家族的仇恨，也被阿拉西的苦修、悲悯情怀所化解。

小说里的一段话鲜明地表达了各宗教、各种族融合的重要性："在这险恶的大峡谷里，他们实际上谁也离不开谁，不论是藏族人、纳西族人、汉族人、傈僳族人、彝族人，也不论你是信仰藏传佛教、东巴教，还是其他信奉万物有灵、多神崇拜的弱小民族，大家需要互相依靠，互相支撑，背靠背地和大自然抗衡。"[①] 这也充分说明了范稳藏地小说书写的精神指向。如果说马原没有深入藏文化的深处，范稳则是以一个藏文化研究者和爱好者的身份从外部视角呈现藏地，是把藏族人的宗教信仰、精神追求抽

---

① 范稳：《水乳大地》，人民文学出版社 2004 年版，第 358 页。

离当下藏族人日常生活的精神化的写作。

范稳的小说有明确的主题指向，不可否认，他是一个具备专业素养的作家，在小说的结构上，"藏地三部曲"每部都有成熟的体例，而且他的每部小说都在不断探索讲故事的可能。

《水乳大地》按照《圣经》的体例分章节，采用编年体的写法，将20世纪初至世纪末，每十年为一分期，而且不是按照时间顺序叙事，而是采用循环圆形时间排列，即一、三、五、七、九、十、八、六、四、二的顺序结构。《悲悯大地》则受佛教因果观念的影响，全书分为：缘起—因卷—果卷—缘卷—尾声：涅槃，而且在行文中插入作者的田野调查或读书笔记，这些材料是小说素材的支撑，也见证了作者所说的"在大地上行走和学习，在书房里读书和写作"的创作方式。而《大地雅歌》则是《圣经》体例和中国史传体例的混合体，行文采用书信的方式，通过不同身份、不同立场人物的书信传达他们真实的思想和感受，这对读者了解、把握他笔下的藏地很有帮助。范稳是一位很用功、勤奋、致力于艺术探索的作家，他在文学路上的逐渐成熟就是见证。

第二节　藏獒系列小说的道德叙事

范稳的藏地书写源于对藏文化的推崇和喜爱，他以藏文化研究者和热衷者的立场，为藏文化立传，杨志军对藏地则更多的是一种情感上的投入，体现为对藏文化毫无保留的认同。

一

杨志军"藏地系列"小说主要有《伏藏》《无人区》《骆驼》《环湖崩溃》和藏獒系列，其中以《藏獒》三部曲影响较大。《藏獒》以青藏高原上的藏獒为主要描写对象，书写它们"精忠报主、见义勇为、英勇无畏"的精神，赞扬它们"为忠诚、为道义、为职责"而战的高贵品性。2004年，动物小说《狼图腾》出版发行，引起读者对"狼"文化精神崇拜的浪潮；2005年，杨志军的小说《藏獒》面世，为远逝的藏獒精神唱一曲挽歌和赞歌，这对当时普遍崇尚狼文化的热潮是一次警醒和反拨。小说以狼的"卑鄙无耻、欺软怕恶、忘恩负义、损人利己、以食为天、只为苟活"映照獒性的道义和高贵。1982年至1995年，杨志军一直在青海工作生活，有六年时间常驻草原，多次深入草原腹地，对青藏高原有很深的感情，高度认同草原牧民爽直、诚挚的性情和藏獒忠诚道义的品性，也深深爱上了草原上的动物和人。

《藏獒》主要讲述来自上阿妈草原的藏獒冈日森格与西结古草原藏獒的搏斗，突出了冈日森格的英勇善战；《藏獒2》讲述群狼侵犯草原，藏獒与狼群之间的斗智斗勇；《藏獒3》叙述了雪灾来临，狼群进犯，忠诚的藏獒为了救护主人，忍饥挨饿、奋不顾身，甚至流尽最后一滴乳血以挽救快要饿死的牧民，其行为感人肺腑。

21世纪的今天，在经济全球化的格局下，人们为名利忙碌、奋斗，人与人之间的关系变得淡漠，甚至为利益所驱使，很多人越过法律和道德的底线，不惜抛弃人格尊严。钢筋水泥、高楼林立的城市禁锢着人的性情和活力，在这样的社会风气下，《藏獒》三部曲是对当下人的道德鞭策和对青藏高原精神的缅怀。

藏獒是人的忠诚卫士，它的一切行动都是在人的吩咐、命令下进行的，是人类意志的执行者。人性的贪婪、仇恨致使藏獒之间互相搏斗，甚至付出生命。我们在被藏獒的忠诚、道义精神所感动的同时，也痛心于人类的贪婪和自私。

由于上阿妈草原与西结古草原之间的仇恨，冈日森格和西结古草原的藏獒互相残杀，冈日森格死里逃生，西结古的獒王付出了生命，其他藏獒死伤惨重。因为仇恨，送鬼人达赤用残酷的手段把一只优秀的藏獒生生塑造成了仇恨所有生命的饮血王党项罗刹，泯灭了藏獒可贵的品性。为了争夺象征着吉祥权力的藏巴拉索罗和麦书记的信任，来自上阿妈草原的骑手、东结古草原的骑手和多猕草原骑手齐聚西结古草原，作为草原保护者的各方藏獒，为了主人的意志和利益互相搏杀，导致许多生灵逝去。小说中也描写了善良悲悯的"父亲"、丹巴活佛和梅朵拉姆等人，他们以对藏獒和草原的无私真诚和仁爱诠释人性的善。

小说《藏獒》从表层的獒性看到深层次的人性，以藏獒精神弥补人性的不足，以对獒性的张扬达到反思人性、拯救人类精神的目的，这是《藏獒》三部曲小说的意义所在。在谈到他的《藏獒》三部曲小说时，杨志军说："《藏獒》中人与藏獒从疏到亲，是一个良好的缘起；从残酷到和平，从冷凉到温暖，人性在追问中残酷地看到了自己的缺失，又在对比中得到了獒性的补充。《藏獒2》的重点在于生命的关系和自然的平衡，也是人为的因素让物种愤怒，战争爆发，生存艰难，矛盾重重。生命必须强悍壮实、勇敢坚定、锲而不舍，才有可能活下去。……《藏獒3》是人类弱点的大暴露，有人性和没人性都可以用合理的形式来表现，人的优胜就在于他可以在良善和残暴之间做出选择并对丑恶加以抵制，你放弃了对光明美好的选择，也就等于放弃了人性。"①

二

生态批评是20世纪下半叶出现的一种批评理论，它研究的是文学文本中体现出来的人与自然的关系，包括生态整体观、生态联系观、生态和谐观、生态平衡观和可持续发展观等，涉及人与自然、动植物、环境等方面。《藏獒》三部曲就体现了鲜明的生态意识。

小说中的人物对维护人与动物和环境的和谐具有重要的作用，如作品中的"父亲"——汉扎西，他的身上体现了对藏獒绝对平等的态度，无论是来自上阿妈草原的冈日森格，还是被送鬼人达赤训练成恶魔的党项罗刹，汉扎西都是无差别地爱护它们，努力化解它们之间的仇恨和矛盾，使它们能和谐相处，对于维持草原生灵间的和谐有重要作用。美丽善良的姑娘梅朵拉姆也是和平的使者，她对孤儿巴俄秋珠出乎自然的关心，对上阿妈的七个孩子爱护有加，喜爱藏獒，是藏獒和牧民心目中的仙女。丹巴活佛和铁棒喇嘛藏扎西等人深具佛教悲悯、仁慈之心，他们用自己的感召力，维持着草原的祥和，极尽可能地化解各种纠纷和矛盾，他们是草原人的信仰和依靠。

小说还叙写了在汉扎西的照抚下獒性回归的党项罗刹——多吉来吧，在草原上时，它是寄宿学校的保护神，是草原的英雄和精灵。但之后被带到多猕镇监狱看守犯人，被铁链子拴住，被人看管起来，人为地破坏它天然的生长条件和环境，扼杀了它自由、生机勃勃的獒性。可悲的是，在多吉来吧因思念主人和草原，咬断铁锁链、咬伤看管人跑回草原不久后就被西宁动物园看中，被迫带离西结古草原，整日被关在笼子里，像困兽一样地被人围观，不能舒展筋骨，不能发挥自己优秀的战斗能力。作者通过这

---

① 杨志军、宋强：《杨志军：用挽歌告别历史》，载《文艺报》2008年2月16日第2版。

样的描写控诉了人对动物的另一种形式的戕害。

在草原上生活过的人都了解生态平衡的重要性，狼是草原牧民和牲畜的天敌，藏獒的一项重要职责就是防御狼对牧民和牛羊的侵犯。因此，藏獒是为防御狼等其他有害人类的野生动物而生的，也是在与狼的交战搏杀中，才成就藏獒英勇善战的本领。多少年来，草原人从未对狼赶尽杀绝，狼的数量决定着草原藏獒的数量，当狼和其他有害人类的野生动物绝迹时，草原就没有真正的藏獒了。所以，当年其他草原开展的除狼活动导致了狼群聚集到西结古草原对人畜进行报复，这是狼灾的根本原因。狼群肆无忌惮的报复和藏獒在反报复中的巨大牺牲，迫使人类做出了符合草原需要和未来发展的选择。所以，西结古草原除的"四害"里没有狼，那时，麦书记、丹增活佛等人就意识到了自然生态平衡的重要性。就像丹增活佛说的，草原上包括人在内的所有生物的数量都是由莲花语众神和金刚橛众神来控制的。

> 藏獒的数量永远对应着狼的数量，永远处在能够扼制狼群的过分增长和过分嚣张，又不至于全部消灭狼群的那个程度上。一旦灭除了所有的狼，也就等于灭除了所有的藏獒，灭除了高原鼠兔、高原鼹鼠的天敌，它带来的直接后果就是鼠害猖獗，草原变成黑土滩，牛羊的数量和质量急剧下降，牧民吃不饱、穿不暖。①

小说还对人为破坏草原和谐的行径进行沉痛的反思和批判。如勒格红卫因执迷不悟被丹增活佛赶出了西结古草原，怀恨在心的他对西结古的藏獒和丹增活佛实行报复，挑唆鼓动其他草原的骑手和藏獒攻击西结古草原的藏獒，獒王冈日森格死了，巴俄秋珠、桑杰康珠死了，丹增活佛以自己的圆寂唤醒勒格红卫的良善，化解了由人的仇恨、贪欲挑起的战争和避免了残害藏獒的行为。

> 它的死送走了人与自然的和谐，送走了心灵对慈悲的开放和生命对安详的需要。喜悦、光明、温馨、和平，转眼不存在了，草原悲伤地走向退化，是人性的退化、风情的退化，也是植被和雪山的退化，

---

① 杨志军：《藏獒 3》，人民文学出版社 2008 年版，第 463 页。

更是生命的物质形态和精神形态的严重退化。①

而在革命风暴和政治运动中，上阿妈草原的骑手屠杀了西结古草原的领地狗，此后狼就泛滥了。幸免于难的藏獒无以为继，之后狗瘟爆发，藏獒们用毁灭自己生命的方式换取狼灾消失、草原的和平。狗瘟传染给了上阿妈草原的人，使上阿妈草原的人意识到了自己不可饶恕的罪孽，就此离开了西结古草原。藏獒用几乎绝种的牺牲换来了人的觉醒，平息了残酷的斗争。

杨志军对于草原自然生态保护有美好的期待，小说交代：若干年以后，西结古草原乃至整个青果阿妈草原成为中国生态保护最完整、风景最美丽的草原，藏獒成了整个青藏高原的吉祥物，抒发了对青藏高原精神和人类精神家园的缅怀和希冀。

三

在访谈中，杨志军说，他的故乡西宁是藏、回、汉多种文化的交汇地，对三种文化他都本能地接受、本能地融合，所以对于藏族宗教、文化、风俗民情能很好地接受和融入。谈到他在草原做记者时是否有意识地搜集写作素材，杨志军说："没有。投入其中，和牧民一起喜怒哀乐、悲欢离合，这才是最重要的。"② 这是杨志军的藏族文化认同姿态，真诚和情感的投入是他一贯的态度，这与范稳通过了解资料、行走调研的外部介入还是有很大不同的。情感是沟通的桥梁，杨志军小说中的"父亲"正是以此进入草原人的心中的。小说中，去青果阿妈草原开展工作的汉人有白主任、李尼玛、麦书记、梅朵拉姆和"父亲"等人。他们知道，要在草原牧民中开展工作，宣传、执行党和国家的民族政策，实行民族团结，首先要取得藏族同胞的信任。为此，在西结古草原开展工作的白主任等人知道了上阿妈草原和西结古草原之间的世仇后，对从上阿妈草原来的七个流浪小孩和藏獒冈日森格避之唯恐不及，生怕引起西结古人的猜疑和敌对，不利于工作的开展和团结西结古草原的人们。为了赢得西结古草原牧民的信任，他们都给自己起了一个藏族名字：白玛乌金，李尼玛，梅朵拉姆，在

---

① 杨志军：《藏獒3》，人民文学出版社2008年版，第427页。

② 杨志军、臧杰：《人格·信仰·天赋——杨志军访谈录》，载《百家评论》2014年第2期，第23页。

开展工作时，他们处处谨慎，费尽思量，对于民族风俗和禁忌也谨记遵守，唯恐触犯，其工作不可谓不认真、勤勉，但和牧民总是不能打成一片。因为他们喜爱藏獒和念经拜佛只是投其所好，是一种工作策略，而不是发自内心的真情使然。

而"父亲"没有像白主任他们那样，一切以规定、纪律、政策为行动准则，而是凭着自己的良知、真诚和无私的爱去做事，他对牧民没有先入为主的概念，没有因为族别的不同而差别对待藏人，他甚至不了解他们的民族风俗禁忌，也没有宣传民族大义、民族团结的口号和说教，仅用一颗赤诚的心打开了草原人的心门，赢得了他们的信任和欢迎。

"父亲"是个珍惜生灵、胸怀宽广、慈悲善良的人，无论是来自上阿妈草原的藏獒冈日森格还是西结古草原的藏獒那日，他都一视同仁，"父亲"不计较那日咬伤了自己，还救它脱离死亡。为了救冈日森格，"父亲"不顾受伤的身体，执意要像丹增活佛等喇嘛一样献血，"父亲"的话"难道汉人的血和藏民的血是不一样的?"说明"父亲"从感情到血液都与藏民融为一体。初到草原，"父亲"完全把自己融入草原生活中，这体现在饮食、生活起居和精神信仰等方面，吃牛羊肉，睡马圈，见佛就拜，对于藏族同胞喜欢的藏獒也舍生忘死地爱护他们，所以牧民和喇嘛们觉得"父亲"是可亲可近的人，由衷地接受和喜欢"父亲"。

"父亲"——汉扎西是个敢作敢为，有着和藏族同胞和藏獒一样思维的人，为了阻止上阿妈草原的七个孩子被砍手，他豁出生死，甚至要挟麦二，完全没有顾虑这会给自己带来什么影响和后果，他的这种行为赢得了草原人的敬佩。在寻找七个上阿妈孩子的途中，冈日森格咬死了袭击它的牧民家的藏獒，麦书记担心牧民会怪罪他们，而"父亲"却为了救孩子无暇顾及自身，不愿意因为担心人家怪罪就放弃寻找七个上阿妈的孩子。"父亲"一切行为的出发点不是政策或者政治影响，而是为了草原的生灵。在其他人都让领地狗咬死饮血王党项罗刹时，"父亲"却要守护它，这都是出于他爱护生灵的天性。

与"父亲"一样，梅朵拉姆也是一个善良的、爱牧民爱狗的人，是藏族群众心中的仙女，一个人人喜爱的姑娘。相比之下，李尼玛在西结古草原的工作却是不顺利的。李尼玛怕狗，因而不能真正地爱藏獒，也不了解它们，想以权力、武器征服藏獒来开展工作，而不是用心。

小说《藏獒》三部曲说明对草原和藏獒怀有无私的真诚、爱和善良才是促进藏汉民族关系友好融洽的根本，这对汉族作家书写藏族题材文学有启发意义。

<h1 style="text-align:center">四</h1>

通过《藏獒》三部曲小说，杨志军推崇了青藏高原的文化精神，张扬了獒文化，以此对抗世俗社会的道德滑坡、人心不古和世风日下，是一种道德理想主义的叙事。时隔五年，杨志军再写长篇小说《藏獒不是狗》，从以展示藏獒精神为主转为淋漓尽致地描写人性之恶，体现了强烈的现实主义批判精神。对于这部小说创作的意图，杨志军说："我们正在因为自己的贪欲而不断抹杀着藏獒身上宝贵的灵性和兽性，我希望通过我的作品让大家能够对藏獒及其生长的自然环境充满敬畏。这部书可以看做是我的个人忏悔，从这里开始，我期待能够对人性有所发掘和剖析，同时也是对自己灵魂的拷问。"①

首先，《藏獒不是狗》对人性的复杂性作了揭示，批判了人性之恶。小说中，在金钱私欲的驱使下，人人都在想方设法占有藏獒。袁最为了得到青果阿妈草原上最好的藏獒，趁地震时机焚烧了展览馆和其他藏獒，砸死从尕藏布手里买到公獒嘎朵觉悟的张建宁，堵住了被压在废墟下的强巴一家和母獒各姿各雅的生路，偷走了他家的八只小藏獒，辗转逃到蓝岛。后作家色钦带着逃生的各姿各雅寻找八只小藏獒，袁最又想将各姿各雅据为己有，制造母獒残杀小藏獒的假象赶走色钦。他把这一切的罪恶动机归结为他对藏獒的喜爱，认为喜爱就要占有，而喜爱是没有错的，一边犯罪一边为自己开脱。当他的藏獒无法在展览会上夺魁，抑制不住的嫉妒心使他点着了展览馆，酿成了又一次灾祸，为此他也付出生命和自由的代价。色钦是一个有着不光彩过去的人，当初他以喜爱藏獒斯巴为由，多次想把斯巴从主人家占为己有，当不能达到自己的心愿时，他竟然要毒死斯巴，幸而斯巴被色钦的父母救下。后来他又以阻止贩狗人为名目，无视别人的生命，导致了很多藏獒的惨死和两个人的残疾。为了不受法律的制裁，他只得把斯巴给了贩狗人以换取自己的自由。口口声声爱斯巴、为了斯巴的色钦却屡次陷斯巴于不利的境地，这都是私欲在作祟。如果说袁最和色钦

---

① 李婧璇：《杨志军：小说是一个民族的精神祈祷》，载《中国新闻出版报》2013年1月25日第8版。

还是喜爱藏獒的，小说中的另一个角色李简尘纯粹是为了赚钱不择手段。

此外，小说也写到在金钱的诱惑下，原先爱獒如命的牧民也将藏獒作为致富的手段，如尕藏布以三百万元的价格把公獒嘎朵觉悟卖给张建宁，尕藏布答应把自己的三百万元放在强巴家，强巴就让色钦带走了各姿各雅，还有利用藏獒一路高升的现象。小说描写了当地物欲横流、通奸行贿、以权谋私、官场腐败等丑恶现象。

小说的深刻之处在于对人性的深刻揭示，特别是对人行为背后"恶"的心理分析得入木三分、鞭辟入里，揭开人性虚伪的面纱，把心底的丑恶赤裸裸地暴露出来，引人深思。难能可贵的是，小说中的"我"——色钦在不断地调查、思索别人的丑恶心理和行径时，也常常自我追问、反省自己的过错，审判自己的内心和灵魂，为以往的过错深深忏悔，在批判他人的同时也进行自我批判。

小说对于宗教信仰有自己的感悟，并对其作了具体的诠释。约翰牧师在袁最要放火烧北京博览会现场时，为了不使他陷入罪恶的深渊，但又无法阻止他纵火，只能用牺牲自己的方式以唤醒袁最的罪恶感。约翰牧师的行为表现了上帝救赎的方式和意义：拯救一部分人，毁灭另一部分人；上帝的牺牲和救赎，在于用一部分人的死亡换来所有人的新生。小说中"我"（色钦）是不信仰宗教的，当藏獒斯巴中毒时，喇嘛闹拉没有能力救治它，是兽医救活了斯巴，因此"我"一直不信仰神灵和宗教。但在经历了一系列的过错和反省后，"我"终于醒悟：宗教的本质不在于它的神迹显现，而是唤起人类的罪恶感和忏悔意识，以此抵抗心魔，所以最终"我"跪在喇嘛闹拉脚下，彻底皈依宗教，在宗教信仰中完成了自我忏悔和救赎。小说没有把宗教信仰神化，它存在于每个人的日常行为中，是真、善、美，是一种超越个人利益得失的自觉牺牲。就如色钦的父母一样，作为从高原走出去的一代知识分子，在毕业后又返回故乡，一生为了保护草原生态和守护草原生灵而奉献。在这里，他们建立了畜牧站，治疗和预防牲畜疾病，改良牦牛和绵羊的品种，提高牧民畜牧业的收入，是牧民心目中的活菩萨，他们用的实际行动阐释了信仰的意义和力量。

对于宗教和信仰，杨志军有自己的认识，他说："在我看来，人可以没有宗教，但不能没有信仰。宗教和信仰要分开讲，宗教归宗教，信仰归信仰。不是说皈依了宗教就等于有了信仰，信仰并不等同于宗教。皈依宗教是寻找一个集团，而皈依信仰才是真正的精神出路。作为一种精神现象，信仰首先关注的是人类精神的纯洁与高尚，是虔诚的自我奉献而不是可耻的损人利己。"① 而且他还推崇藏族人能把日常生活和理想追求结合得天衣无缝。他追求的正是助人利他的精神信仰，小说《藏獒不是狗》很好地诠释了他的信仰追求。

与商品经济浸染下人性的贪婪、狠毒、自私、丑恶相比，小说还诗意化地建构了一方不受商品经济浸染的纯净的原始之地，藏娘县就是这样一处地方。当地对藏娘县的政策是：不搞定居、不修公路、不买卖牲畜、不破坏资源、不开设工矿、不办旅游、不进行任何经济和文化的开发。这里的人们生活在原始的生态环境里，有一些原始的居民。他们逐水草而居，赶着牛羊四季轮牧。牛羊依旧按照自己的愿望繁殖着它们的种群，辽阔的草原和雪山深处，有很多藏羚羊、野牦牛、藏野驴等野生动物，狼和雪豹等肉食动物也很少袭击牧民的羊群，因为有藏獒还有很多野生食物，自由欢快的鸟儿飞翔在一碧如洗的天空和草洼。

在这里"我"开设了原生态的獒场，这里的藏獒是自由的，它们不会被送去参加各种比赛和评选，不会被买卖，更不会被宰杀，还藏獒一个有尊严、自由、高贵的生存环境。

小说中，犯罪的最终都受到了制裁，作恶的都受到了惩罚，知罪的都在忏悔。通过这篇小说，杨志军再一次呼吁重建人性的善和道德，在深刻的忏悔和强烈的批判之中，重建精神的家园。

此外，小说《伏藏》也在悬疑小说的构架中推崇信仰的力量。因此，道德拯救、精神建构、信仰追求是杨志军小说的创作意旨，他曾经说别人都在写生活而他在谈精神，他的小说重在精神的建构。从这一点上来看，杨志军也是一位具有担当精神和忧患意识的作家。

---

① 傅小平、杨志军：《草原游牧者的信仰公式——关于杨志军长篇新作〈伏藏〉的访谈》，载《江南》2011 年第 2 期，第 120 页。

第三节 军旅作家的主旋律叙事

从作家的身份上来讲，范稳对藏文化的推崇和杨志军对藏地的认同，代表的是个体的、民间的文化立场和情感取向。军旅作家由于其身份的特殊性，他们所创作的藏族题材汉语小说的文化立场就不仅仅是自我的代言，还体现着民族国家主流话语的表述。根据朱向前、傅逸尘的观点，新中国成立至今，当代中国军旅小说经历了四次浪潮。第一次为"十七年"时期的革命历史题材小说；第二次是在 20 世纪 80 年代，在"人性觉醒"思潮下，从人性的角度塑造军人形象，打破了之前"高、大、全"英雄人物形象的塑造，但小说主题依然是对英雄主义、理想主义、崇高精神的礼赞；第三次是在 20 世纪 90 年代，当时军旅小说多表现和平年代、市场经济的语境中当代军人世俗的生活或情感世界。新世纪以来，军旅长篇小说创作颇丰，为第四次军旅小说的浪潮。新世纪军旅小说是对英雄主义、理想主义、崇高精神的呼应，同时也不乏人性的关怀，在叙事伦理和叙事视角上探索艺术新变的可能性。与其他军旅小说相比，新世纪长篇藏地军旅小说由于西藏特殊的自然、地理环境而具有独特的面貌，其中尤以党益民、裘山山的创作为代表。

一

125

党益民的《父亲的雪山，母亲的河》与裘山山的《我在天堂等你》两部小说都把笔触探进解放军进藏的那段历史。

回忆与书写革命战争历史是当代军旅文学的重要资源，与"十七年"时期的革命战争历史小说普遍采用客观、全知的视角，展现革命战争宏阔的历程，塑造典型英雄人物形象，弘扬主旋律主题不同，党益民、裘山山的小说主要从个体的视角讲述亲历或父辈们解放西藏、建设西藏的历史，在对历史的回忆中，书写了个人的感受和命运，在历史的进程中突显个体的政治信仰、情感纠葛和命运抉择。

《我在天堂等你》讲述了半个世纪前，第十八军进藏的那段历史，一批年轻的士兵特别是女兵，怀着解放西藏同胞的政治信仰，克服高原反应，忍饥挨冻，冒着山体坍塌和泥石流的危险，徒步翻越一座座雪山，书写平凡而崇高的英雄史诗，见证那片神秘与苦难交织的高原。小说借助当年第十八军女兵进藏的亲历者白雪梅的视角讲述那段历史，其中，行军途中白雪梅和其他几个女兵的从军经历和她们的友情、爱情、亲情是小说表述的重点。

西藏解放初期，白雪梅和其他几个女学生怀着对革命的热情入伍进藏，她们有单纯、崇高的理想和信仰：解放受苦受难的藏族同胞，建设和保卫西藏。虽然在西藏行军艰苦异常，她们从未后悔或动摇自己的政治信仰。在坚定的政治信仰和艰苦的行军途中，产生的爱情、亲情、友情尤为可贵。白雪梅对欧战军的感情经历了从一开始的排斥、拒绝到后来的理解和接受。单纯热情的白雪梅在与辛医生的几次接触中，被他高远的政治理想、深刻的思想、渊博的学识和细心真诚的关怀所打动，产生了朦胧的情愫。欧战军参谋长对白雪梅的印象很深，组织上出面谈话希望白雪梅能与欧战军相互了解。而白雪梅对爱情还怀有浪漫的情怀，她想等的人是辛医生，所以对于组织的安排和欧战军的主动关心很反感，个人的内心诉求与组织的要求发生了错位，在那个一切为革命的政治理想献身的年代，个人的内心感受显得没那么重要。欧战军的切实关心照顾、通信员小冯的殷殷期盼、苏玉英队长的忠言相劝、辛医生的开导使白雪梅最终打开心扉，接受了欧战军，开始了长达近半个世纪相濡以沫的感情。白雪梅和欧战军的感情少了风花雪月的浪漫和缠绵，甚至没有更多的心灵上的交际，但那在艰苦岁月里的温馨和牵挂，是彼此生存的依靠和精神的支撑，也是最崇高而圣洁的情感。

由于西藏自然条件的恶劣，许多优秀的生命牺牲在通往天堂的路上。刘毓蓉在拣柴时掉下悬崖，管理员在饥寒交迫、生病无医的情况下悄然离世，通讯员小冯在护送"我"翻越雪山时掉下悬崖，冯玉英队长、王政委在食宿很差的条件下发病倒在路上，辛医生在身体透支的情况下为了救起落水的藏族男孩而牺牲……他们谱写了一曲曲热血铸英魂，雪山埋忠骨的英雄赞歌。

白雪梅经历了六次生产，失去了三个孩子。第一个孩子，在母亲腹中一直挨饿，出生时没有很好的接生，出生一天就死去了。第二个孩子，半岁时因为发烧没有条件及时医治而夭折。第三个孩子，生产时因为缺氧窒息而死。西藏以严酷的面目锻造着第十八军官兵的肉体和灵魂。为了更好地养育王政委的儿子虎子，白雪梅忍痛把女儿木兰放在保育院，又全心全力地抚养辛医生的儿子木凯和尼玛的女儿木槿，为此，造成女儿木兰对她的误会和疏远。由于没有精力把小女儿木棉带在身边，只能将她寄养在别人家里，以至于她没有受到很好的教育，日后工作和生活都不如意。夫妻俩对木槿的疼爱超过自己的亲生孩子，他们以宽大无私的情怀抚育着战友的遗孤和藏族同胞的儿女。

白雪梅的在叙述中最常说的话是：我对自己的过去从不后悔，为他人吃苦的信仰使我们很快乐，所有生活中的苦都不算苦。这种面对苦难的革命乐观情怀、诗意的历史回忆，在今天看来可能是不可思议的，这正源于她们坚定的政治信仰。第十八军女兵进藏进程中的所有艰难困苦、奉献牺牲，在白雪梅的叙述中成了对革命历史的诗性回忆。

《父亲的雪山，母亲的河》在解放、进军藏族地区的历史背景下，追溯了父亲江三和母亲茹雅入伍进藏、相识相恋的过程，书写父亲扎根藏族地区，建设河源的平凡而崇高的精神。党益民小说的可读性很强，书中用一些动人的细节表现父亲与母亲生死不离、相亲相爱的夫妻之情。在叙事上，小说采用由多个叙述人，即江河、江雪、江果多重视角、多声部的叙事手法，回忆和讲述父母那辈人为解放藏族地区和建设藏族地区作出的巨大贡献和牺牲，彰显了父亲正直、坚定、朴实、坚持原则的高贵品性，对那一辈人的革命追求、政治信仰和圣洁的情感致以崇高的敬意。

从作品反映的主旨来看，新世纪军旅长篇小说呼应了以往军旅文学对英雄主义、崇高精神的礼赞和追求，但在叙事视角和表述策略上又以情动人、以平凡写崇高，避开了宏大的叙事场面，从个体视角出发书写个体的革命历史，使革命历史的讲述充满诗意的情怀。

二

小说中，当代军人在继承、弘扬父辈的老西藏精神方面没有断代，我们欣慰地看到木军、木凯、小峰和格桑、康大为、江北为了父辈未竟的事业，继续坚守在藏族地区。但时代在进步，历史在发展，与时俱进的新型军队和建设人才是保卫、发展藏族地区的关键，在无比崇敬地回忆革命历史的同时，作者也敏锐、理性地站在现代意识的高度，审视当代军队的建设和发展，关照当代军人内心的悸动和情感世界，体现了作家的现代人文关怀精神。

木军认为自己天生就是个西藏军人，从15岁当兵起，他在西藏一口气干了25年，从没想到过会离开西藏。但90年代，部队需要搞高科技，需要年轻的文化高的军官，木军无奈才转业到内地。他内心割舍不了对西藏的感情，那是他待了半辈子的地方，所以后来他积极支持儿子小峰去西藏当兵。木凯21岁时从炮兵学院毕业后就来到了西藏，作为那支部队第一个军校大学生，他开始用与过去老部队完全不同的方式管理他的排，赢得了老兵们的敬佩。他践行着生父和养父的心愿，无论再苦再难都要坚守自己的事业和理想，像个殉道者一样守在西藏，为此，他放弃了家庭和孩子。他在理念上与父辈们有更多的相同点，那就是：像他们这样的人，生命不是以应该的方式存在着，而是以必须的方式存在着，是以意志和信仰的方式存在着的。小峰到西藏当兵是因为爸爸和爷爷对西藏的感情和支持，最初他也曾迷茫后悔过，但最终形成了坚定明确的思想：报考军校后重返西藏，做一个职业军人。而且他有成熟、自信的观点，有全局、现代意识，在他身上，我们看到了守卫、建设西藏的事业后继有人。

藏族小伙子格桑当兵复员回河源后，积极学习先进科学技术和理念，致力于保护、发展、建设河源，从国外学习围栏经验，推行太阳能暖棚工程，种植蔬菜，饲养牛羊，实施退牧还草计划，组织牧民从生态恶化严重的地区搬迁出来，住进新建的城镇。牺牲在青藏公路改建施工工地的突击队队长康大为、为青藏铁路建设贡献一生的江北，他们都以各种方式为藏族地区的发展、建设作出了贡献。

在塑造他们可歌可泣的英雄事迹的同时，作家也关照英雄人物作为"人"的丰富复杂的内涵，关注他们的生存境遇，尤其是体察他们的心灵世界和情感诉求。

在木凯身上，我们感受到更多的是责任和沉重，而看不到他的快乐，他对自我的严格要求让我们感到压抑和心疼。对妻子和孩子，他有太多的歉疚。纵使他在事业上赢得了周围人的肯定，在人面前表现得很坚强，但他内心深处不能不承认，这些年来他很孤单。特别是在得知自己的身世后，这种孤独变得更加巨大和可怕，很多时候他觉得自己无法承受了，就一个人爬到营区后面山上的巨石上，一站就是几个小时。他不愿在别人面前流露自己的悲伤和脆弱，所以有泪也是背着人流。木凯的坚强让我们感到心疼和沉重，他对西藏的坚守是以牺牲人生的快乐，以正常人性和人情的泯灭为代价的。

与木凯清道夫式的奉献不同，康大为、李青格等在艰苦的军旅生涯中，以苦为乐，实现着对人生爱与美的追求。如康大为为了获取江果的认可煞费苦心，李青格选择恋人成熟理智的思想，这些使他们的形象血肉丰满、鲜活真实、可敬可爱。

小说还书写了当代军人的生存困境。如党益民的小说《一路格桑花》里的西藏军人邓刚，刚结婚没有房子，与妻子寄人篱下，看尽嫂子的脸色和听尽冷嘲热讽。后来妻子下岗，邓刚托人给妻子找工作，勉力支撑的丰盛宴请和送的红包显出他们经济的拮据。

三

《在遥远而又陌生的地方》里，裘山山说："它让我负重的灵魂得以喘息，让我世俗的身体得以沐浴。……西藏，它是我灵魂的故乡……站在那片高原上，我常会觉得自己被放逐了，因此而淡化了生存以外的欲念。……只留下一种单纯的感觉。"[1] 是的，西藏以它独特的魅力、诱惑吸引着我们，与它的一次次邂逅是我们逐步认同与皈依西藏精神的过程，走进西藏的旅程，也使我们经受了灵魂的洗礼、心灵的净化。

《我在天堂等你》中，欧战军的六个子女对父母都有不同程度的不理解和不满。大儿媳晓西对公公支持她的儿子小峰到西藏参军很有意见，女儿木兰由于从小不在父母身边，所以误解自己不是父母的亲生女而对母亲有很大的隔膜，二女儿木槿因为夫妻生活不幸也在心里埋怨父亲给自己安排的婚姻，小女儿木棉在考学和选择工作上由于父亲的坚持原则和干预而心有埋怨和委屈。小儿子木鑫因热衷于经商而遭受父亲不满和经常的批评，因此意见也很大。在欧战军生前召开的最后一次家庭会议上，几个子女说出了对父亲的不满，孩子的不理解和误解使欧战军备受打击，继而去世。父亲的去世、母亲对往事的讲述和父亲心目中对每个孩子切实的评价和深沉的爱，让几个子女各自反省自己的内心和言行，对父亲产生理解和敬重，也重新思考和对待自己的生活，最终认同、皈依父辈们的人生信条和精神追求。爷爷的去世更加坚定了小峰扎根西藏的决心，木兰为父母宽大无私的情感所感动，木槿与郑义经过交流沟通而回归家庭，木棉变得自

---

① 裘山山：《在遥远而又陌生的地方》，载《新世纪文学选刊》（上半月）2008 年第 6 期，第 40 页。

强自立，木鑫在关键时刻也没有做出不道德的事情。父辈们革命历史的回忆和追溯，使欧战军的子女们树立了更高的人生目标和精神追求。

《父亲的雪山，母亲的河》中，与父亲江三扎根河源、建设藏族地区的思想观念不同，江雪、江果、江河总是想方设法地要走出河源这个偏僻的县城，到外面更广大的天地中，获得更精彩的人生。江雪一开始想通过参军离开河源，无奈参军名额让给了妹妹，她的第一次希望破灭了。随后她在当地邮政局上班，认识了从西宁来下乡锻炼的杨帆，江雪沉浸在杨帆的甜言蜜语之中，很快坠入情网，她希望能跟杨帆离开河源，远走高飞。不能否认，江雪对杨帆的希冀有虚荣的成分，但杨帆不过是逢场作戏罢了。经历了感情的挫折，江雪终于回到朴实的藏族小伙格桑的怀抱。江雪要求按藏族习俗安排婚礼，从此，江雪成了一个踏实地道的藏族媳妇，从情感到肉身实现了对河源的认同与回归。"文革"时期，江果为了通过当"红小兵"离开河源，竟然供出父亲说了反动的言论，致使父亲遭受批斗迫害。后来有机会当兵，江果毫不相让地抢走了她与姐姐共同的一个参军名额，离开了河源，但并没能离开雪山。经过了严格的军事管理和生死抉择，江果逐渐剔除了身上的浮躁、娇气，靠自己的能力赢得领导和父母的肯定，在精神上与父辈们殊途同归。江河虽然肯定了父亲为河源奉献一生的精神，但他依然想要离开河源，去外面闯荡。江河的人生很坎坷，经历了当兵，考取军校却因英雄救美犯了纪律而被退学回家，恢复高考后考入大学，毕业后任教升职教授，真正在都市有了自己的一席之位，但在感情上却三心二意、屡屡受挫。当初参军离开河源后，江河就开始对卓玛不忠了——他恋上了新华书店的白玉。考取大学后，江河又与马静相恋，并在暑假带马静回河源，伤害了卓玛。但马静醉翁之意不在酒，后另攀高枝。后来，江河娶了比自己小十多岁的学生，但妻子拿走了他所有的积蓄出国不归，又和他离婚，他又一次遭受背叛和离弃。之后他又与马燕同居，最后马燕也嫁给钻石王老五离他而去。情爱路上的功利、背叛使江河再次被卓玛的单纯朴实和对感情的忠诚而打动，终与卓玛开始幸福的生活。江河对卓玛的认同与选择，预示着他在价值观和情感上的回归。江雪、江果、江河都经历了试图逃离又回归的人生和情感历程，经过内心的挣扎和思想的转变，最终获得了心灵的净化和精神的升华。

西藏这片纯净的土地，是许多人向往的精神家园。西藏生存条件的恶劣和藏族地区人民顽强的意志、知足淡泊的生活态度，人与人之间透明纯净的感情,使藏族地区的人们遭遇到思想和心灵的撞击,完成自我的转变和升华,所以,西藏对于他们具有救赎的意义。正如裘山山《我的爱情绽放如雪》开篇主人公所言:去西藏之前我是一个样子,去西藏之后我是另一个样子。用丁红自己的话说,她是一个没什么愁事也没什么追求的女孩。上学时不喜欢学习,大学是花钱上的;毕业后在父亲朋友的公司做文秘,其实什么也做不了;上班就泡在网上,混个生活费;也没有刻骨铭心的男友,整天嘻嘻哈哈,没心没肺。其实她内心很羡慕那些目标坚定、方向明确、独立自主的人,比如蓝姐,但她不知道自己能干什么,一直处于迷路状态。偶然间认识的骆驼刺改变了她的人生态度,怀着对西藏和骆驼刺的敬仰,她开始了西藏之行。身患癌症但仍坚强乐观的同行小姑娘紫薇让她感到生命的珍贵,萨帕瑞娅和保罗不远万里在西藏建起盲童学校,骆驼刺和女友放弃内地优越的生活自愿在西藏帮助这里的人们和孩子的精神让她感动,20世纪60年代进藏的军人马景然和任致逊生死不离的爱情让她唏嘘,白山和战友们坚守哨所的信念使她重新思考人生的价值和意义,西藏之行不仅使她受到心灵的感动和洗礼,而且收获了纯净可贵的爱情,从此,她成为自己想成为的那种人。

党益民的小说《一路格桑花》,通过书写几个女人走西藏的历程,让读者与小说中的女性共同经受了一场灵魂的洗礼。与安宁和余秀兰去西藏看望男友的目的不同,郭红去西藏是要和邓刚离婚的,其实是误会让他们中间出现了感情危机,但郭红身边恰巧也出现了一个对她呵护备至的人——胡安,使她缺少关爱的生活起了波澜,所以下了离婚的决心。到了部队,目睹了邓刚他们工作的危险和艰苦,了解到邓刚是因为受伤不能过夫妻生活才躲避她,得知所谓的第三者冯小莉其实是替邓刚牺牲的战友的妹妹,郭红为自己的误解悔恨不已,完成了心灵的净化和思想的转变。

裘山山、党益民的一次次写作也是心灵净化的过程,他们用文字使我们获得高远的精神追求。在《用胸膛行走西藏》的封面上,党益民写道:走吧,我们一起去西藏;我用胸膛,你用目光。是的,让我们追随作者的文字,感受一次次心灵的震撼和灵魂的洗礼。

四

在许多作家笔下,"西藏"是一种文学想象,由于作家身份、视角、立场的不同,"西藏"便具有不同的存在意义,综观中国当代小说的西藏书写，其文学意义丰富多元，其主题意蕴具有不同的侧重点。如阿来对现代性进程中民族历史、文化、社会等多重主题的探求，杨志军对青藏高原精神的礼赞，西藏在安妮宝贝的笔下具有向死而生的意义……相比之下，军旅作家长篇小说的西藏书写主题更鲜明，它是一种主旋律叙事。无论是回忆历史、描述当代军营生活，还是书写亲情、友情、爱情，最终都是为表达主旋律的主题服务。在《父亲的雪山，母亲的河》的扉页上，党益民就表明此书是给为西藏作出贡献和牺牲的父亲母亲们的献礼。其实，新中国成立六十多年来，当代军旅文学一直自觉地承担国家、民族的宏大的历史使命和崇高责任。朱向前说："60 年的中国当代军旅文学便是一个围绕'国家/民族核心价值观'不断建构与弘扬的过程；……从'十七年'到'新时期'，及至新世纪，无论是对'革命历史'的史诗式建构，对当代战争的反思意味的书写，还是对和平时期军营现实问题的深刻剖析，以及对以往'革命历史'的颠覆性解构，军旅文学始终是主流意识形态话语体系的核心部分。"① 军旅作家的西藏书写也在自觉、自在地践行着这一叙事伦理。

正如裘山山在《爱西藏的男人》里所写到的："他们奔赴高原，不是为了好奇，不是为了风景，不是为了丰富自己的阅历，不是为了写作，不是为了舞蹈，不是为了绘画，不是为了音乐，不是为了自己的任何愿望。甚至，他们奔赴高原并非己愿。但他们一旦去了，就会稳稳地站在那里，增加高原的高度，增加雪山的高度。他们从不表达他们对西藏的爱，因为他们和西藏融在一起。"② 裘山山和党益民等军旅作家的西藏写作由于与其他汉族作家的身份立场的不同，对西藏的表述也有差异。对于他们而言，西藏就是自我的一部分，他们具有主人翁的责任心和认同感，建设、保卫西藏就是保卫自己的家园，是义不容辞的使命。所以，他们是用真情、生命来写作的，他们与西藏是无法分割的。党益民说，"他们走了，我还活着。我想念他们，想念西藏，所以，我一次又一次地走进西藏；每走一次西藏，我的灵魂就会得到一次透彻的洗涤和净化。通往西藏的高原路上，每一公里都有一个筑路兵年轻而崇高的灵魂，每一个脚印都有一个鲜为人知的感人故事。我时常按捺不住自己，有一种再次行走的冲动和向

---

① 朱向前、傅逸尘：《国家/民族核心价值观的建构与弘扬——军旅文学 60 年的叙事伦理》，载《艺术广角》2010 年第 1 期，第 4 页。

② 裘山山：《爱西藏的男人》，载《晚报文萃》2007 年第 13 期，第 27 页。

人诉说的欲望"①。正如许多的西藏军人用生命建设、守卫高原的精神一样，党益民也冒着生命危险一次次进藏，那里有他生死与共的战友，有他挚爱的高山圣湖。藏族的民情风俗、进步与落后、快乐与困苦他们都一一接纳，在藏族地区开路修桥，帮助藏族地区搞建设、谋发展是他们的责任和使命。他们的小说很少有对藏族历史、文化元素和风情民俗刻意的展示，这正是源于他们对西藏的高度认同和深沉有担当的爱，这是他们与其他作家最明显的不同，正因为此，我们应为他们的创作致以崇高的敬意。

第四节　马丽华的西藏情结

范稳是因一次在西藏的行走与西藏结缘，之后虽多次入藏，但都是为了调研、搜集素材，没有在藏地久留的经历，他和藏地互为他者。青藏高原是杨志军的故乡，虽然他在西宁成长、工作，但他曾深入草原六年，在情感和生活上与藏地趋同，但对藏文化和藏地精神的崇拜使他少了审视的距离。马丽华在藏工作生活了 27 年，后来虽离藏但仍然做着与西藏有关的事情。马丽华对西藏的情感比较复杂，经历了初期的热情向往和了解之后的理性反思，以及融入的渴望和困惑，她的心绪是复杂的，但西藏情结是不变的。郑晓云认为，文化认同是人类对于文化的倾向性共识与认可。由于人类存在于不同的文化体系中，因而文化认同也因文化的不同而各异。不同的文化有不同的文化认同，文化认同也因此表现为对其文化的归属意识。② 文学，作为一种话语的表意实践，它是作家社会认知和情感的流露，所以不可避免地带有个体的文化倾向和文化认同感。在中国当代文坛上，汉族作家与少数民族土著作家共同参与民族文化的书写与建构时，由于其不同于本地作家的文化背景和写作视角、立场，在创作中会表现出不同的文化认同倾向和独特的作品风貌。解析写作主体的文化认同过程与文化身份建构，探究他们的少数民族文化观，对于彰显美美与共、和而不同的文化格局具有重要意义。具体到汉族作家的藏族题材汉语小说创作，

---

① 党益民：《用胸膛行走西藏》，解放军文艺出版社 2005 年版，"自序"第 2 页。
② 郑晓云：《文化认同论》，中国社会科学出版社 2008 年版，第 8 页。

马丽华的影响是有目共睹的。马丽华对藏族历史和文化的认识了解很深入，相比浮光掠影地感知西藏，她对藏族文化的认同程度比较高，思考比较深入。晚年之作唯一的一部长篇小说《如意高地》，可谓是她在西藏多年的人生思辨和总结，从中可看到她的藏族文化认同感和对自我文化身份的定位。

一

小说《如意高地》的故事源于一册旧书《艽野尘梦》，《艽野尘梦》是百年前川军将领陈渠珍书写的进藏始末。《如意高地》里的"刘先生"等一群当代人便沿着这本旧书提供的线索，发掘出这一段几乎被人遗忘的历史。因而《如意高地》有两条故事线索：一条线索讲述清末民初时局动荡、朝野更迭时期川军在藏的经历，另一条线索是和平年代的刘先生等人为实现自己的理想和抱负在藏的活动。小说关于历史的部分是对史实的重述和再现，透过历史的烟云，表达了对民族命运的关注和对藏汉民族关系的思考。

小说讲述了几次由于个人恩怨或好大喜功而不顾民族共和大局而导致的藏汉关系恶化、僵化。恩达之战本来能达成协商，但是由于清朝大臣联豫与达赖交恶，导致达赖与清廷关系僵化，因此西藏政府与清政府不再和解，历史的差错造成日后的遗留问题。波密之战本来可以先抚后剿，但由于联豫、陈渠珍主战，以强力征服波密，波密之战有恃强凌弱、胜之不武之嫌，没有真正使人心归服。江孜之战，因色拉寺僧人拒绝为川军准备粮马差役攻打藏军、哥老会张子青等炮轰色拉寺而起，接着僧人反击，后又发生藏军的驱汉事件。清末民初几次的交战终没有达到安内攘外、保疆卫国的目的，反而是进藏官兵或被驱或逃，藏汉关系一度恶化。与发动战争不同，反战和怀柔的手段可以缓和民族矛盾，避免劳民伤财，收到了良好的效果。如包包老爷以美食、礼物、先进器物、未来美好蓝图相诱惑，不久便使对方诚心归顺，相处得其乐融融。通过这些事件的描述，作者反战的立场昭然若揭。

小说还揭示了普通士兵和群众对战事的盲从所导致的生灵涂炭，反映了战事是违背百姓意愿之举。在噶厦政府对钟颖川军实行包围时，哨卡的民兵每天还是载歌载舞，天天像过节。当谢国梁说现在是战场，会流血死人的，"有人回答：不怕不怕，噶厦的大人们说了，为保卫宗教而战，假如死了，可保我们上天堂入净土。先前说话的那位又说，应征入伍也抵消了我家今年的差役。另有人说，只要相聚就是欢乐"①。缺粮危机困扰着包围圈里的兵民，有饿死的，有投河自杀的，外出寻食的百姓或中流弹或误食毒草而死。作者从平民的视角和立场反思这段历史，倾听民间的声音。

此外，小说还从正面展现了藏汉民族间的文化交流活动和相互接纳、彼此融合的情景。当陈营开进德摩时，陈渠珍欣赏小活佛丹增嘉措的聪慧，以自己的姓氏相赠——这是当时的时尚，另外，汉藏联姻也是进藏官兵和当地人都很乐意见到的事情。正因有这样的时代背景，所以有陈渠珍与西原的结缘、谢国梁讨得娇妻央吉玛、李焕章与丹真喜结良缘、刘赞廷认藏族阿妈为干妈。官兵每收服一个地方，都要在当地推行文化、教育、经济等方面的改革和交流。这些交流是双向的，汉族官兵主动学习了解当地的风俗民情、历史文化，藏族同胞也积极主动地学习汉族的饮食文化等，如阿卜西扎的夫人亚嘎仿照包包老爷的食谱学做了一桌美味佳肴。

通过对历史的描述和反思，马丽华表达了对汉藏民族关系和谐共处的愿望，正如在小说中她一直倡导认同的：摒除大汉族民族主义和狭隘的地方民族主义，彰显各美其美、美美与共的民族文化格局。

二

根据霍尔的观点，文化认同是一个长期的"永不完结"的过程，"它不是一成不变的"，会经历由浅入深的过程。在藏27年，马丽华也说：

> 对于西藏的感知和表现大致也可分为三个层次，表层为远足旅游者的浮光掠影。这一层面的特点是猎奇的新鲜感。是观察者自身文化传统经验与前所未见的异文化体系猝然相遇时所激发的惊奇感。是对蓝天白云的感叹、对反璞归真的心仪，格外典型的是对自以为寻找到精神家园的一往情深。深一层次为对民俗民风的进一步观察，这一层面的特点是从容不迫。多为观察者在掌握了一定的研究方法后的社会实践的文学表现。不厌其详地记录婚嫁、丧葬、各类节日、仪式的繁琐程序细节，津津乐道于展示。更深入的是对观念领域的深层把握。

---

① 马丽华：《如意高地》，北京十月文艺出版社2006年版，第257页。

其特点是注入了理性思考成分，是观察者根据费时良久积累所得的表面现象进行处理后的归纳认定。这有一个由表及里、由浅入深的过程。①

从明代的徐岚、清末民初在藏的官兵到当今的刘先生等人，他们都是怀着满腔的热情和远大的抱负进藏的，甚至是怀着主人翁的责任心和使命感，主动积极地了解西藏的历史、宗教、民俗风情、文化典故，为西藏的建设和发展出谋划策并身体力行，对藏族文化有强烈的认同感。但在实际与藏族文化接触过程中，对一些与自身文化系统差异比较大的观念与习俗，他们在感情上并不能真正地接受，异文化的隔膜感时常存在。

为了听从一种隐秘的召唤、寻找理想中以女为王的东女国，徐岚告别家乡父老到藏地寻梦。郝爽也是因为一心向往西藏的神奇，所以奔赴西藏。对他们来说，西藏是梦想中的精神家园。初到西藏，他们首先发现的就是差异。徐岚想象中的东女国、康延线、弱水，必定山水奇异，风俗别有洞天，所以途中目不斜视，因"熟悉的地方没有风景，寻常可见的不算风景"，他在丹巴停留了三个月，画山、画水、画美人，记录风物民情。郝爽等人也被藏地奇异的景观震撼，表达了对以往所不见的异地景观的赞叹：

> 自从开上青藏公路，就像踏上了另一世界。越往草原深处行驶，感觉越发奇异。每天都不重复，眼睛就像是初生婴儿的眼睛——不，是这片高原就像是鸿蒙初开的创世纪，裸露的大自然，原创的，初始的，纯粹的，自然物象仿佛都是第一次呈现，第一场飓风，第一场豪雨，电闪雷鸣，雨后长虹，暴烈之后无休止无边际的蓝天白云——第一次感觉太空概念，明月，繁星；最让我动心的是蓝天白云，色彩纯净，浓密度特高，不是平面的流云浮云云霓，是立体的云朵云团云之高浮雕，还有夕照前的镶了金边的乌云，变幻无穷，气象万千，多么富有视觉冲击力！壮丽天象下的草原同样令人激动，藏羚羊真是自然界的尤物，完美的象征；白臀黄羊混在家羊群中，多么安详；我们遇见了野驴群，它们可是长跑健将，和我们的车并驾齐驱，眼睛对视，

---

① 马丽华：《雪域文化与西藏文学》，湖南教育出版社1998年版，第246页。

我看到了它们眼中的友善之光……①

　　在藏地行走的过程中，因着对藏族自然地理和民俗风情的赞赏认同、受心态和环境的熏陶，他们从外在衣着形貌到性情举止都不同程度地藏化了。从家乡出发时徐岚还是一个身材修长、五官清秀、行为举止温文尔雅的翩翩少年，但在康巴大地游荡了一段时间，"其形象被康巴山川风霜重新塑造：体格魁梧了，皮肤黝黑了，并且焕发着古铜的色泽"②。身上也有了粗犷豪放的康巴英雄风采："长发混编了红丝绦的粗辫子盘于头顶，鲜红的英雄结垂于耳旁或迎风飘扬。"③ 身着藏袍，外覆黑色披风，飞扬的胡须，矫健的身姿，成了康地女子爱慕的康巴汉子。同时，改变的还有他的性情，他抛弃以前所受的教诲，全身心融入醇厚民风，经历了脱胎换骨的变化：感情潇洒，性事自由。那曲的刘先生也从原来的文弱忧郁、白衣白服变成一个热情、豁达、着藏装的牧民形象，被杨庄称为"藏化最深入的汉人"，生牛粪炉，炖牛肉，备酸奶，生活方式上完全藏化了。

　　一方面，他们能以客观平等的态度认同藏地的民情风俗、生活方式，欣赏藏族传统的历史文化，同时，他们也从全局的角度思考如何改善藏族群众的生活水平和生存环境，为西藏的发展做一些切实的工作。徐岚在波密时认识到让波密国富民强是自己的职责，因此，他积极办学堂，改变传统的耕作方式，养蚕织锦等。清朝进藏的川军，每收服一个地方，就在当地推行一系列的改革以促生产、兴教育，并推行减免苛捐杂税等政策。刘先生先承担了西藏民间文化整理的文化保护传承工作，又为救治牧民赖以生存的牛羊而成了农牧局的兽医。临近退休的年龄，刘先生又一直在林芝、墨脱、米林等山野中走动、寻访、记录、整理，成了民俗学家。在藏的大半生，刘先生带大了几个藏族孩子并资助他们读书。他对藏族女性一直怀着莫名的好感和情愫，对这片土地有很深的感情。郝爽也变得更深沉理性，改变了当年旅游者的眼光，而且身体力行地为藏族地区做一些实实在在的事情。这些年，他做过保护野生动物的志愿者，参加过环保行动，走遍了西藏各地，而且立志要扎根西藏。

　　对于进藏的人来说，对西藏的自然景观、民俗风情、生活行为方面产

---

① 马丽华：《如意高地》，北京十月文艺出版社 2006 年版，第 234 页。

② 马丽华：《如意高地》，北京十月文艺出版社 2006 年版，第 31 页。

③ 马丽华：《如意高地》，北京十月文艺出版社 2006 年版，第 31 页。

生认同感相对来说比较容易，但认同藏族文化精神内核就相对困难，也呈现出情感的纠结。如西藏有些地方保留一妻多夫的婚姻习俗，它符合藏地特殊的社会情况，所以被群众接受并沿袭下来，外来者则很难从心理上接受这样的婚姻模式。川军进藏时，就规定禁止一妻多夫，为此有些当地人提出质疑：为何汉地能一个男人有几个妻子而藏地不能多人共妻，对此，推行者也无以回答。小说中的刘先生，藏族女性对他来说一直有神奇的吸引力，与藏族女子相恋、生活是他一直以来的梦想，但他与桑桑、央卓却失之交臂，无缘走进婚姻。他想作为一个传统的纯粹的藏族人亲历藏文化，所幸作者让他遇到了朵朵，他因此得偿所愿进入了藏文化的深处，欣赏他们最经典的饮食文化、史诗演唱、故事传说、各种仪式表演、婚礼习俗等，这些他都能接受欣赏，但要与东东共享朵朵的婚俗触动了他男权文化心理的禁忌，所以他原先所认同的美好的东西都变了味道，最终如摆脱梦魇般地逃之夭夭。刘先生的这一经历反映了对异己文化接受、认同的困难，这也是马丽华和其他汉族进入者的困惑，是至今难以超越的心理隔膜。

三

雷达说，《如意高地》"它是现实感的马丽华借一本前人之书与历史的邂逅与碰撞"。在笔者看来，马丽华是借一本小说抒发自己的西藏情怀和人生感言。小说也写道：

> 文人朋友们可在刘先生的镜像中隐约照见他自己，杨庄则可一分为二，一半作镜像，一半作参照。我喜欢他们并写出了这对欢喜冤家，正是借此向同侪们致意。他们也是作者本人的镜像投射，作为他们中的一员的存在和价值体现的证明，是相互的投射和印证。①

从小说中，我们能感受到作者那一代人奔赴西藏的真诚和激情，特别是一批进藏的大学生，如马丽华、秦文玉、马原、龚巧明、徐明旭、田文、子文等，为西藏文化的繁荣和发展奉献出青春与生命。就像陈渠珍、刘先生等人一样，他们都是怀揣激情与梦想来到西藏的，西藏也给了他们

---

① 马丽华：《如意高地》，北京十月文艺出版社 2006 年版，第 332 页。

机遇，成就了他们的文学梦。从徐岚、刘赞廷、陈渠珍、刘先生到现实版的马丽华、马原们，他们接续了历史，是人文精神的传递者，还有前仆后继的来藏者如范丽、郝爽等人，他们让这一条与西藏共生息的链条永远延续下去。正如小说中一再写到的一句话：我们这群有缘相聚的人，是一条牛皮船上的兄弟姐妹，作者与小说中的人物有共同的情愫和命运感，这条人文精神接续的链条贯穿了作者一种温暖的理想。

小说还反映了人生幻灭、壮志未酬的落寞以及对寻找意义的困惑。无论是徐岚对东女国的追寻还是进藏川军官兵立功报国的志向，抑或是刘先生对前世今生的寻根，最终都没有实现夙愿。这群人到西藏原为寻梦、圆梦，但最终或壮志未酬，或半途而废。如徐岚，他心中的东女国已无迹可寻，将波密打造成一个后东女国的愿望也没能实现，不仅推行改良的方案不成功，家乡也回不去了。每日只以画画、雕刻消磨时光，但他依然时时想起故土，晚年口里念念有词的还是年少时读过的诗词，原有的文化熏陶和故土才是他情感的根。其他如陈渠珍等，进藏时踌躇满志，不但没有实现抱负，反而被逼从高寒藏北绝地之中逃走。刘先生起初也是一个充满激情的寻根者，有浪漫的情怀，一直梦想能与心目中的藏族女子结合，但与朵朵的相遇如一场梦魇，与桑桑、央卓也失之交臂。这种落寞感是境由心生，它因作者的在藏感受而生发、流露。从作者个人的经历来看，在藏27年，马丽华一直以"西藏人"自诩，但由于语言、思想观念、思维方式等的不同，她感受到了深层进入西藏的困难，不被当地人认同和误解也令她感到委屈迷茫。如作者曾提到去西藏一寺庙时，那里青年僧人不友善的态度使她的满腔热情备受伤害。所以，她失落地写道："然而我毕竟是个外来者。同一切外来者一样感到了深入异地精髓之难，从而止步于难以逾越的心障前。"[①] 这样的感受和经历，使马丽华们有身在异地、何处是故乡的迷茫，处于身份定位的尴尬境况。自诩西藏人却不被当地人认同，而故土也已是遥远的他乡。后因身体不适离开西藏的马丽华依然情系西藏，但身份的难以定位成了心里的隐痛，回首往事，难免心生落寞幻灭感。她的这种微妙的心理在小说中有所反映。如她曾多次设想平行世界：当初没来西藏而是在内地生活，她的人生应该是什么样的？她依然做着自己喜欢的文化或文字工作，身边就是孩子的笑声，这应该是马丽华的遗憾吧。由于

---

① 马丽华：《走过西藏》，作家出版社1994年版，第475页。

在藏工作，马丽华不得不和儿子分开，让儿子居住在内地的姨妈家。她坦言孩子虽没在身边，但成长得很优秀，但作为母亲，还是会为没有陪伴儿子成长感到歉疚，心中的愧疚是永不能弥补的缺憾。另外，这种幻灭感还与当时大批人离藏有关。20世纪80年代轰轰烈烈进藏的一群人后因各种原因相继离藏，当初的热闹和热情逐渐退潮，这让继续留在西藏的马丽华怎能不心有所感？

马丽华有一段不想向外人道的失败的婚姻，她坦言自己不是一位传统观念中合格的妻子，经营婚姻需要精力和智慧，而她的性情和爱好使她难以全力经营婚姻。马丽华对女性的看法和形象塑造，反映了身为女性的她的自我身份定位。首先，小说肯定了女性的社会地位和作用。在游历西藏的20多年中，马丽华对藏族女性在家庭和社会中的地位和作用有深入的了解。藏族女性吃苦耐劳，承担家里比较重的家务和劳动，但在一些重要场合和活动中，女性却处于被排斥、歧视的地位。如藏北传统的驮盐是不允许女性参加的，而佛教则认为女性是不洁的，不允许其参加宗教活动。在一些传统的牧区，藏族女人甚至不能在自家的帐篷里分娩。《如意高地》中的藏族女性善良、宽容、聪慧、能干，并且富有奉献、牺牲精神。小说人物徐岚所追寻的以女为王的时代，也被刘先生推崇，他说："以女为神的时代，象征着和平、安详，荡漾着母性的光彩。"的确，西原、丹真、曲美等都是和平的使者，为藏汉关系的和谐作出了贡献。

百年前，西原为追随丈夫陈渠珍而远离故土，经历了九死一生的旅程。遇险时，西原总是护佑在陈渠珍的左右，以身相救，宁愿自己忍饥挨饿，也要省下食物让陈渠珍果腹，演绎了一段忠贞不渝的爱情传奇。对于西原的忠贞和奉献精神，身受现代观念熏陶的马丽华持保留的态度。她所欣赏的是独立、知性、具有现代意识的女性，如小说中的杨庄、范丽、西若等。小说塑造了另一个现代藏族知性女子的形象，也叫西原，她们是同族的女子，不过此西原非彼西原。这个原名叫西若的女孩听了西原的故事后改名为西原，而且立志也要嫁给军人。她们同是性情中人，但现在的西原在视野、观念、思维等方面都与现代文明保持了同步，她读了研究生，用所学为家乡作贡献，自己选择的爱情，充满了青春活力和现代气息。这是作者对自我包括众多藏族女性文化身份的理想定位。

《如意高地》中的很多信息反映了马丽华的西藏情怀和文化认同问题，它是三十多年来作者在藏经历的人生感悟和对民族关系思考的总结，是当代藏族题材汉语小说的又一力作。

　　每个民族的文化都会受到其他文化的冲撞和影响，自我是依赖于他者而存在的，藏族作家的写作能及时、敏锐地捕捉民族历史与文化变化的心理轨迹，汉族作家也以他们的努力充实、丰富了藏民族的文化。当然由于身处跨文化、跨地域、跨民族的"他者"身份，汉族作家在表述时不仅经历了身份认同的焦虑和撕裂感，也不可避免地带有早期文化的印记，因此他们笔下的藏地是基于自我意识想象的"第三空间"文化形态，具有独特的审美内涵和意义。不过，对藏族文化认同的主动性、对藏地精神的推崇及对藏汉文化和谐、交融的希冀是汉族作家创作藏族题材汉语小说的共同点。

第四章 本地与异域的精神对话
——藏汉作家的对比观照

藏族作家民族意蕴的深层表达和汉族作家的藏地想象，展现了藏地的不同文学图像，这种不同的表述和构想鲜明地体现在一些共同主题的书写中。汉族作家表述藏族宗教的形式分为三种类型：一种是以范稳、杨志军、宁肯为代表的传奇性、精神化的信仰叙事，一种是把宗教作为心灵的归宿、理想的家园、抚慰精神创伤的疗药，还有一种类型是文化差异下的反思。相比于汉族作家，藏族作家的宗教书写具有日常性、生活化、祛魅化的特点，同时更注重细节的呈现和真实的描写。"孤独"是藏族题材汉语小说中传达出的普遍人生体验，当代藏族作家汉语小说中的孤独意识书写既具有民族特质又具有普遍价值，而汉族作家的藏族题材汉语小说中的孤独书写与藏族元素关涉甚少。在藏族题材汉语小说中，藏族作家对漂泊与追寻主题的书写具有浓厚的民族特色，与藏地的社会、历史、文化背景息息相关；对于汉族作家来说，漂泊藏地是为了寻找精神家园和身心救赎之地，为了实现人生价值和意义。从写作手法上看，日常写实、歌谣的运用、物象的隐喻和溢出第一人称"我"的集体意识的表达，是藏族作家写作的独特性。

第一节 宗教情怀的差异

一

周作人说："人类所有最高的感情便是宗教的感情，所以艺术必须是宗教的，才是最高上的艺术。"① 藏族几乎全民信教，藏传佛教与原始的苯教是其主要的宗教信仰，宗教对藏族群众的影响已经渗透进日常生活的方方面面，形成了一种集体无意识。即使是一些不信教的藏族群众，由于成长的环境和文化熏陶，其言行和思维也体现出浓郁的宗教意识。藏族宗教的博大神秘也是吸引外来者的重要原因，当代藏族题材汉语小说的书写也绕不开宗教这一具有藏族文化典型特征的元素。"对西部宗教文化的关注与表现，由于不同作家与宗教的疏离关系、理解差异、内化方式等不同，所采取的途径和方式也大相径庭。"② 藏汉作家由于成长环境、文化熏陶、身份视角的差异，对藏族宗教有独特的表述。

当代藏族题材汉语小说对宗教的书写大致经历了三个阶段。

20 世纪 50 年代，西藏和平解放和民主改革使藏族地区结束了封建农奴制度，进入了社会主义阶段，国家的宗教政策是宗教信仰自由。

60 年代，由于寺庙和僧尼参与政治叛乱和十年"文革"期间政策的错误，宗教受到打压、破坏，在很长的一段时期，宗教成了文学的禁区，作品中提到宗教话题也是意在揭示宗教迷信、反动的本质。降边嘉措的小说《吉祥的彩虹》和丹增的《神的"恩惠"》，虽都发表于 80 年代初期，但时代背景是五六十年代的西藏。《吉祥的彩虹》讲述了在解放大军进入西藏时，宗本和寺庙联合，暗中阻碍破坏西藏和平解放和压迫农奴的社会现实，揭示了在西藏解放前政教合一的制度下，宗教和西藏反动上层相互勾结的反动面目。文中的穷达活佛利用藏族群众对佛教的虔诚心理，妖魔化解放军的形象、维护封建农奴制，从而达到继续愚民的目的。《神的"恩惠"》对旺扎活佛从形貌到行为进行了描述，意在说明旺扎活佛没有慈悲仁爱、悲悯众生的胸怀，而是一个残暴、凶恶、杀人越货的假活佛。

德吉措姆的小说《漫漫转经路》中，奶奶转了一辈子经也没有找到幸福，而"我"和"我"同辈的年轻人在新社会、新制度下找到了幸福的路，以此否定了宗教的神迹，讴歌了新生的时代和社会。新时期前后，在拨乱反正、解放思想政策的影响下，西藏重申宗教信仰自由政策，同时也强调以经济建设为中心。经济社会的发展必然会引发群众对民族传统文化和生活、生产方式的审视和思索。对于作为藏族传统文化形态的宗教，一

① 周作人：《圣书与中国文学》，载《小说月报》1921 年第 12 卷第 1 期。
② 金春平：《宗教情怀与世纪之交文学价值的重建》，载《当代文坛》2013 年第 3 期，第 43 页。

些作家也传达了自己的认识和思考，扎西达娃的小说《朝佛》反映了藏族年轻人对千百年谨守教义、顺天认命的生活方式和思想观念的反思和批判，以及对新生活的向往。《朝佛》中，珠玛的奶奶和去拉萨朝佛的老人都死在朝佛的路上，不同的是，奶奶生活在旧时代，老人生活在解放后的新社会，但他们的思想观念没有改变，都把幸福寄托在虚妄的来世，认为只要虔诚向佛，今生的苦一定会换来来世的幸福。与老一代对宗教坚信不疑的态度不同，年轻的珠玛对佛的膜拜更多的是出于一种习惯，带有盲目性，她们甚至不太懂得六字真言的含义。而德吉用切实的幸福证明了信仰的虚幻，珠玛和她的家乡也将在现代化的进程中逐步实现今生的幸福。《漫漫转经路》和《朝佛》支持政治政策，对宗教的书写较为简单偏激，但已经涉及现代文明进程对宗教思想的影响。

20世纪80年代中后期至90年代初期，藏族小说作家逐渐成熟，能更理性地分析宗教文化的影响。同时，文化寻根思潮和拉美魔幻现实主义以及西方现代主义思潮开始影响藏族题材汉语小说的创作，这个时期藏族题材汉语小说的宗教表述具有深沉的民族意蕴，叙事上也进行了现代主义的探索。扎西达娃的小说《西藏，隐秘岁月》已不像《朝佛》那样简单地否定宗教的作用和影响。首先，小说对宗教神秘现象进行了描绘。在之前的小说中，宗教只是一个模糊的影子，一个大而化之的概念。其次，小说讲述了次仁吉姆为了侍奉石洞里的高僧，孤寂终老，体现了藏族人信仰的坚定，也揭示了宗教与世俗生活的矛盾。在这篇小说中，扎西达娃对宗教的态度是模糊的，一方面，小说反映了次仁吉姆为了信仰摒弃世俗的坚定信念；另一方面，也从人性的角度和现代性的立场对藏族传统宗教文化进行反思。

二

"狭义的宗教情怀，是指民族作家在进行文学创作时，有意或无意地将属于本民族的宗教文化意象呈现于文本中，有意或无意地运用某一特定的宗教思维或教义来思考人生、观照命运，以此彰显出文学的民族独特性。……广义的宗教情怀则是一种人文关照精神，是一种深厚、普遍的人生终极关怀意识。"①

总体上考察，汉族作家表述藏族宗教的方式分为三种类型：一种是以范稳、杨志军、宁肯为代表的传奇性、精神化的信仰叙事，一种是把宗教作为心灵的归宿、理想的家园、抚慰精神创伤的疗药，还有一种类型是文化差异下的反思。而藏族作家的宗教书写具有日常性、生活化、祛魅化的特点，同时更注重细节的呈现和真实的描写。

范稳的长篇小说《悲悯大地》讲述了一个普通藏族人通过苦修成佛的经历。因为贪婪，白玛坚赞头人侵占了都吉的领地，都吉死于武斗中。都吉的儿子阿拉西杀死了白玛坚赞报了杀父之仇，白玛坚赞的儿子为了替父报仇对阿拉西围追暗杀，阿拉西的弟弟玉丹被杀手杀死，至此，两家的仇恨并没有终结。不久之后，阿拉西在活佛的开导下逐渐醒悟，决定以修苦行的方式赎罪。最终，他的大悲悯感动了仇家，救赎了自己，获得了大圆满。小说根据佛教的因果轮回观念，分为"缘起"、"因卷"、"果卷"、"缘卷"、"尾声：涅槃"五个部分。佛教认为：有什么样的因，就会有什么样的果。冤冤相报何时了？只有顿悟皈依佛门，才能得到解脱，获得人生的涅槃。小说的故事情节曲折传奇，有强烈的佛教义理色彩。

杨志军的小说《伏藏》借佛教"伏藏"设置悬疑，推动故事情节的发展，在伏藏仓央嘉措的过程中，各路人马为了不同的目的隐藏真心、互相猜忌、互相追杀。最后，大爱这一佛法的最高境界得到了证悟，仓央嘉措大爱的佛性最终也拯救了那些企图玷污佛教的人，使心灵蒙垢的人获得精神的洗礼。这部小说属于悬疑推理类型，但小说主旨的揭示有些突兀，好像是为了结束而揭示主旨。作者也意识到思想的阐释还没有到位，所以又进一步说"七度母之门"的第七门应该是践行之门，所以要求僧人要走出庙堂，走出教典，走向世俗的需要和众生的心灵。通篇来看，作者意在通过曲折的故事阐述他对佛教义理的认识和理解。无论是范稳还是杨志军，他们对藏族宗教都持欣赏、叹服的态度，都通过或曲折或浪漫传奇的故事书写信仰的伟大，但也都忽视了宗教日常的生活，读者从中感受到的宗教依然模糊、神秘。

与范稳、杨志军宗教书写的传奇性、浪漫化不同，在藏族作家所写的

---

① 金春平：《宗教情怀与世纪之交文学价值的重建》，载《当代文坛》2013年第3期，第43页。

小说中，格央的《一个老尼的自述》、丹增的《江贡》、万玛才旦的《乌金的牙齿》、吉米平阶的《有个弟弟是活佛》，这些小说通过僧尼或其亲友的视角，让读者从内视角、近距离地了解僧尼的日常生活。《一个老尼的自述》用第一人称叙述了"我"八岁那年被家人送到庙宇削发为尼，与世俗欲望的隔离塑造了她平静的内心，寺庙生活锻炼了她勤俭、坚强的性格，佛教义理和师傅们的慈悲使她具有宽容通达的品质。虽然在十九岁时被迫还俗嫁为人妇，但她处处以佛子的心怀处理、对待事情，以宽大的胸怀接纳丈夫的姐姐、弟媳。丈夫去世后家境窘迫，她坚强地面对，而且顿悟到通过一步步的努力、逐关的克服而得到的肯定是人生最美丽的收获。到了晚年，当"我"有选择自己心灵归宿的自由的时候，"我"再一次穿上棕红的裙袍走进庙宇，度过自己平静平凡的余生。"我"之所以能以平静强大的内心克服人生一次次的挫折和不幸，正是因为有慈悲、宽容、忍耐这些宗教精神的指引。格央的小说对宗教塑造人品性和人格的表述真切细腻，娓娓道来，熨帖人心。《江贡》讲述一个牧羊少年被认定为转世活佛，从一个小沙弥经过多重修炼，逐渐洗净世俗心，最终成为江贡活佛的历程。小说没有把小沙弥神化，而是当成一个普通人来写。在描写小沙弥初入寺庙时，作者更多的是描绘年幼孩子的特性：忍受不了饥饿偷吃贡品，贪玩作弊，撒谎，恐惧亡灵，有七情六欲。在达普活佛的教导下，他经历了一次次的考验，最终修成一个具有大慈悲、行善业的活佛。江贡活佛的成佛过程没有传奇色彩，靠的是他切实的修行。格央、丹增等人的小说从内部视角揭开西藏宗教神秘的面纱，因而独具特色。

三

女性由于心灵的细腻、敏感、多思，宗教信仰往往是她们人生、情感受创时的精神慰藉和灵魂归宿。在女性作家所创作的藏族题材汉语小说中，代表作有汉族作家方琦的长篇小说《格桑花开》、藏族作家白玛娜珍的小说《拉萨红尘》《复活的度母》、梅卓的小说集《麝香之恋》。

《格桑花开》讲述了上海女子谢欣然（泽旺磋）到西藏支教，邂逅了藏族医生仁周。仁周为救孩子去世，欣然痛极生悲，不能从失去恋人的痛苦中解脱。经过洛桑赤列活佛的开导，欣然从个人的悲伤中顿悟：仁周是为爱而去，生死聚散都是命中注定，一切都是因缘。因此，欣然接受了仁周的离去从而重获生活的希望和信心，期待与仁周来世的轮回。小说中，佛教起到了启蒙心灵、引导灵魂、精神慰藉的作用。

白玛娜珍用诗意的文字，书写了藏族宗教在不同年代对信众的作用和影响，她的小说是藏族人的信仰史，也是一部心灵史。《拉萨红尘》中，皈依三宝成了郎萨和莞尔玛逃离世俗、遁迹乡野、获得心灵宁静的精神支撑。《复活的度母》中，琼芨对丹竹仁波切的情感是复杂的，他既是琼芨饱经患难、艰难境况下的精神导师，也是与哥哥以及自己的童年有关的亲情联系，琼芨对他依赖爱慕，视他如父如师如兄，他担当的是琼芨精神和心灵的导师角色。同时，小说还阐述了丹竹仁波切、甘珠两代活佛不同的遭遇和面对诱惑时不同的选择，反映了藏族地区当代僧侣的现代蜕变。

梅卓的小说《麝香》以蛇头香的得来：雄麝看到蛇后张开香囊，散发出一种特有的香气，蛇对香囊气味的贪婪致使蛇头进入雄麝的香囊，而雄麝在蛇的头进入后就迅速收缩香囊袋，然后慢慢分泌腺液，直到把整个蛇头溶化。作者通过这样的故事，喻指吉美对甘多感情的执着。十年的相隔两地，人事早已变化，甘多已经成家生子，吉美十多年痴情的等待只能是自食其果。这个故事也证悟了世事的虚妄，吉美正是顿悟了这一佛意而坦然面对沧海桑田的情感变迁。《出家人》讲述了曲桑和洛洛前世今生的缘分和宿命。前世，曲桑和姑娘洛洛相爱，但由于曲桑父母让曲桑出家，两人不得不断绝情缘，并相约来世相见。一次轮回之后，曲桑和洛洛又相见了，不同的是曲桑转世为女子，而洛洛则转世为男子。由于没有抓住机会向洛洛表白，后来曲桑决定给洛洛写信表达心意，但她用心邮寄的挂号信却被邮递员不小心丢在路上，注定曲桑情感的又一次落空。在这篇小说中，梅卓揭示了宗教对世俗生活的背离，以及生命轮回、缘分天定的佛教观。梅卓小说善于从小说主人公情感受挫或遭遇人生坎坷状况下，通过宗教获得自我救赎，并从人生的变故中总结生命的哲理和智慧。

与之相比，尼玛潘多的长篇小说《紫青稞》则是通过普通人珍视生命、承担苦难的人生态度阐释了众生平等、悲悯的佛教精神。桑吉和强苏家的多吉发生关系后又撇下桑吉到城里打工，桑吉发现自己怀孕了，未婚先孕在藏族山村是不光彩的事。桑吉虽然不是信徒，但从小在阿妈的念经声中长大，相信冥冥中有双眼睛在看着世间的每个人，相信因果报应和生命轮回，所以不能下决心打掉孩子。阿妈曲宗虽然生气桑吉做下了丢人的事，但听到桑吉说要打掉肚里的孩子时更气愤："那是一条生命呀，你怎么能杀掉自己的亲生骨肉，那是要遭报应的。一个灵魂历尽千辛万苦才能投胎人身，你却要扼杀他，这和野蛮的魔鬼有什么两样？"① 桑吉和阿妈用自己的言行诠释着众生平等、珍视生命的佛教义理。僧人在藏族人心中具有崇高的地位，普村唯一有房名、身世最显赫的强苏家，就是因为家族在很早以前出了个宁玛派的活佛，宁玛派可以娶妻生子，所以后代的男孩成了世袭的密宗师，而且村里人对这个家族都用敬称，没有人敢直呼其名。从强苏家族的渊源和在普村的地位可以看出藏族宗教对群众根深蒂固的影响。

四

笔者认为，是否能通过文本清楚明了地诠释藏族宗教的日常形态、核心思想、精神意蕴，是文学作品宗教书写成功与否的重要标准。从这个角度看，汉族作家藏族题材汉语小说的宗教书写缺少日常化叙事，使宗教成了精神化、理念化的存在，有了飞翔的高度却缺少坚实的支撑。如果说范稳、杨志军的宗教书写太过于浪漫传奇，宁肯的小说《天·藏》则晦涩、深奥，带有形而上的哲学思辨色彩，没有一定阅读经验的读者很难读出其中的意味。整部小说中的人物都在不断地思考、思辨，即使提到宗教也是在思想层面进行探讨，没有落到实处，反而把宗教博大的内涵越写越复杂、抽象、模糊。在这方面藏族作家显然更具有优势，处理得更好。

次仁罗布小说对藏族宗教的诠释就很成功，他的小说在文化意蕴的传达和叙事结构、文学意境等方面都深受藏传佛教的影响。《放生羊》放慢了小说的叙事节奏，细致地呈现年扎老人每天礼佛转经的日常生活，因为这是年扎老人每日最重要好像也是唯一的事情。年扎老人可以忍受今生生活的清贫和疾病的折磨，一切都为了老伴和自己来世的幸福。他相信因果轮回的佛教信仰理论，"放生"是年扎老人信仰活动最重要的内容之一。

佛教认为，人生即苦，生、老、病、死、别离等人生的变故和遭遇都是不能避免的，所以对于苦难要有正确的认识才能出离。对于"苦谛"的体认，是佛法认识论的基石，信众信仰佛教是因为佛教能教导他们正确认识苦难并获得超越苦难的方法。"释迦牟尼孕育的佛教四谛学说的第一谛即是苦谛……苦的存在是实际。关键问题是作为生活中的人本身怎样对待

---

① 尼玛潘多：《紫青稞》，作家出版社 2010 年版，第 119 页。

这些苦。这涉及人们的人生观、苦乐观问题。"①《雨季》就诠释了藏族人对苦难的承担和超越苦难的人生境界。旺拉经历了一连串的苦难：妻子潘多被暴雨冲走，大儿子岗祖生来残疾，后因为和人争夺一棵贵重的虫草而死，格来遭遇车祸身亡。面对人生的灾难，旺拉和老爹一次次地忍耐下来，最终超越苦难。宽容慈悲是佛法修行中重要的一条，只要大家都修行宽容慈悲，人与人之间的关系就会融洽、和谐。小说中司机撞死了格来，乡领导和学校老师来问怎么处置司机，旺拉和老爹怜悯司机也有妻儿老小，就以慈悲的胸怀宽恕了他。

次仁罗布的小说还通过讲述人在红尘中遭遇爱恨情仇、生离死别的痛苦，内心陷入怨恨、不平的泥淖中不能自拔，指出唯有放下七情六欲，皈依佛陀，才能获得自我解脱。《绿度母》中的阿旺拉姆生下来就身有残疾，经常被小伙伴们嘲笑，心灵受到伤害。她转而把内心的怨憎发泄到生养她的母亲身上。父亲的抛弃，哥哥的背叛，女儿的埋怨，最终导致母亲抑郁而终。哥哥的背叛对母亲的打击是致命的，虽然哥哥后来进行忏悔，但阿旺拉姆不接受眼泪和悔悟，她要让哥哥一辈子受到良心的谴责。因此，她整日悲叹命运，郁郁不乐。唯一一次短暂的爱情也在美好的憧憬中破灭，她无法从感情的痛苦中解脱，而自杀未遂后的皈依佛陀让她懂得了很多道理，学会了宽恕、原谅别人，甚至感谢她以前怨恨的人，感谢他们让她的一生变得丰富和值得回味，宽恕了他人，也获得了自我救赎。

在小说的情节结构上，次仁罗布此类的小说也有几个特点：小说基本上可以归为两大部分，前半部分大多讲述现世生活的因果、苦难，后半部分描述皈依佛陀，获得心灵的宁静和超脱，最后是圆满、乐观的结局，这与佛教的"四圣谛"思想有相似之处。前两谛是苦、集，这是佛教的人生观，即世间的事都有因果；后两谛是灭、道，这是佛教的解脱观，即跳出世间因果，最后达到身心救赎、心灵宁静的境界，这正是佛教思想的体现。

需要指出的是，次仁罗布小说的宗教书写特点也是藏族作家群体的特征。但同是藏族作家，由于所处地域的不同和成长的文化氛围的影响，其作品传达出的宗教意味、宗教观还是有些许差异的。如西藏是受藏传佛教和苯教影响最深的地区，其宗教文化氛围浓厚，主要以西藏为写作背景的

---

① 丹珠昂奔：《藏族文化发展史》，中央民族大学出版社 2013 年版，第 733—734 页。

扎西达娃、次仁罗布等作家对宗教意蕴的诠释比较透彻，作品的意境古朴、空灵，表达方式含蓄，文本有无限的阐释空间。四川区域的藏族作家，由于受汉文化影响较深，而且聚居地是多种文化交汇地带，宗教派别间的争斗也时有发生，因此，作家视野较为开阔，如阿来等一些作家往往能站在现代视野的高度理性审视宗教传统文化。但青海藏族地区各宗教派别之间能融洽相处，各种派别间能共生共存，所以宗教氛围比较宽松，这在梅卓、江洋才让等青海作家的创作中有所体现。

五

在有关宗教书写的藏族题材汉语小说中，汉族作家江觉迟的《酥油》主要表述了由于文化的差异，外来者和本族人在宗教观念上的分歧。

首先，作者肯定了喇嘛和寺院帮助草原失学儿童受教育的善行。作品中的多农喇嘛为这些孩子提供教学场地、筹集资金，还通过佛经故事劝诫孩子们好好学习。嘎拉仁波切活佛在帮助阿嘎去上学的事情上也是亲力亲为，让佛陀的善业真正施行到群众身上。其次，小说呈现了藏族宗教文化的一些禁忌，比如女人不能进入经堂。

再者，小说揭示了宗教文化对藏族群众根深蒂固的影响。画师与翁姆自由相恋并怀了身孕，画师的家人极力反对他们的关系并强行给画师娶了别的姑娘。受佛教不杀生观念的影响，翁姆只有生下阿大，而且翁姆认为她目前的贫困操劳都是宿命，是上一世没有修行好的结果，所以要更虔诚安心地供养菩萨，这样下辈子才能有幸福的生活。她还坚持不让阿大去学校读书，因为她要送阿大出家，任何人都动摇不了她的信念和决定。

最后，书写外来者与藏族人在宗教观念上的碰撞与分歧。由于发展水平不同，藏族区域的现代化进程要慢一些，很多外来者如七八十年代的进藏大学生们，都是因为援藏、支教而进入藏族地区的，他们怀着满腔热情，为藏族地区的建设奉献着自己的知识、青春和健康。对于藏族传统的宗教文化，大多数人都能理解并尊重，但是很难发自内心地认同，因为宗教的很多教义和现代文明、科学是矛盾的，所以外地人不能从藏族人的心理意识层面理解他们的信仰。小说中的梅朵深入草原帮助孤儿上学，克服了很多困难，为草原孤儿的救助工作奉献出全部的赤诚、爱心，包括健康。从衣食住行各个方面完全融入当地的生活，从一个都市女孩变成一个喝酥油的姑娘，与那些孩子同甘苦共患难，而且跨越了语言、种族的障碍与藏族小伙月光倾心相恋，但一旦涉及藏族的宗教信仰问题，两个人就会发生观念上的分歧，而且这种分歧不可调和。最终月光皈依佛门，梅朵绝望离去，小说反映了跨越民族心理障碍的艰难。从小说的结构、情节设置、审美艺术上来说，《酥油》离好小说的标准有一定的差距，但因为作者情感的充沛、真实的表达而具有撼动人心的独特魅力。

总起来看，20世纪90年代以来，藏族作家汉语小说的宗教书写趋向日常性、细节化，对宗教文化的诠释更充分、丰富，作品的表达手法更多样化，作家的视野更开阔，对传统宗教文化民族意蕴的挖掘更深刻。汉族作家的宗教书写不指向宗教信仰的具体内涵，而是关注宗教信仰对人精神的关照。所以，藏汉作家当代汉语小说宗教书写的意义就在于重建精神的家园，"作家有意识地唤醒内心深处的宗教情怀，就会以一种敬畏、神圣的心情和肃穆、虔诚的态度去重新思考社会、人生中的精神价值问题，去追问自然和生命的本质，去谛听未来文明传来的振幅"[①]。佛教信仰已内化于藏族信众的日常生活和精神世界，在汉族作家的笔下，藏传佛教的书写多是一种需求性、仪式化的表达。汉藏作家之所以对宗教情怀有不同的表达，可以从宗教与群众的关系和信众宗教信仰的心理动机、程度差异等方面寻找原因。

在藏族地区，藏传佛教有世俗化、日常性的特点。藏族地区的寺院大多建在人口密集的地方，被世俗生活氛围包围的寺院、僧侣受世俗生活的影响较多，与群众的接触频繁。在衣食住行等方面，藏传佛教也日益世俗化、日常化。有的僧侣在寺院穿袈裟，外出则穿便装，僧侣们也食牛羊肉、去酒吧等场所，出门也可以骑摩托车、乘公共汽车，生活方式也逐渐现代化，手机、网络等现代信息工具一应俱全。藏族地区的寺院、僧侣与群众的联系更紧密，在藏族地区，出家是一种风俗，很多普通人家的孩子都会被送去寺院；藏族人在遇到生老病死等生活琐事和人生大事时都请僧侣念经定夺，僧侣走进民间、走进家庭是司空见惯的事情；群众对寺院、僧侣的供养和布施是他们生存的主要经济来源和物资支柱，而且藏族地区群众的供养和资助具有持续性、稳定性，这也决定了寺院、僧侣与群众关系的稳定性、亲和性。藏传佛教与藏族地区群众互相依靠的关系，使宗教

① 贺绍俊：《从宗教情怀看当代长篇小说的精神内涵》，载《文艺研究》2004年第4期，第30页。

与群众间体现出日常、祥和、明朗的气氛。藏族地区群众的宗教生活也具有日常性、随和性，转经、添净水、放生、念诵六字真言成了很多人每日的必修课，群众可能不懂深奥的佛经典籍，但简洁的六字真言已成了与神灵之间沟通的语言。而且从藏传佛教的信仰史来看，藏族地区和平解放前较长一段时间实行政教合一的政治体制，使藏传佛教一直统治着群众的思想和行为，随着时日的推进，藏传佛教已成了民族的集体意识，在一代又一代人和日复一日日常化的佛教仪式中深入藏民族的精神深处。很多人从小就随家人转经礼佛，藏族人的佛教信仰是在一个内在化的过程中形成的，藏族群众已把宗教信仰看作日常生活的一部分。宗教与群众生活的紧密联系，反映在作家文学中即对宗教表述的具体化、日常化、世俗化、内在化。

宗教信仰的多元化是汉族宗教信仰的特点，儒、道、释等多种信仰同在汉地传播，而且主导汉族人精神世界的主要是儒家的积极入世观，其次是道家的修身养性观，佛教大多是很多人在仕途无望、人生失意、精神无依、有所需求时的信仰选择。佛教在汉族人中也没有世俗化、日常化，佛教徒一般是在固定的时日去寺庙还愿，宗教仪式、宗教活动在日常生活中是被放逐的。汉族人对佛教的敬拜大多是出于惧怕、需求，是一种仪式化的行为。汉族有句话"信则有之，不信则无"，所以宗教信仰的程度不是持久、坚定的，普通的群众没有严格的宗教信仰界限，他们可以同时信多种宗教，这种信不是真正的信仰，而是把宗教当作一种精神的慰藉。与藏地的藏传佛教植根于群众之间不同，汉地的寺院大多建在偏僻之处，与群众是隔膜的，远离世俗生活。因此，在群众心中，寺院和僧侣是威严的、高高在上的，佛教的戒律还是比较严格的，不食肉、不婚嫁、不生育，与世俗生活不相容。佛教对普通群众来说是隔膜的、神圣的，与群众存在生活隔离，佛教有着救赎身心的至高无上的神性。汉族作家对藏传佛教了解得不多，汉地的宗教心理影响了他们对藏地宗教的理解和看法，藏传佛教的博大精深和藏地浓郁的宗教氛围，使汉族作家对宗教的神秘感、神圣感油然而生，自然而然把藏地宗教表述为灵魂救赎、精神家园的想象。

第二节　孤独者的面相

宗教是藏族题材汉语小说绕不过去的话题，孤独是藏地文化的普遍体验。蒋勋说，孤独，是人与生俱来的一种情感体验和心理感受。周国平在《爱与孤独》中写道："孤独是人的宿命，它基于这样一个事实：我们每个人都是这世界上一个旋生旋灭的偶然存在，从无中来，又要回到无中去，没有任何人任何事情能够改变我们的这个命运。"[1] 一个人，从出生到终老，都无法消除孤独，孤独是人走不出的宿命，只不过每个人感受孤独的程度不同，越是心灵丰富的人，对孤独的感受也就越敏锐强烈。对于以反映人为本质特点的文学，孤独意识的书写由来已久，孤独也是古今中外优秀作家作品言说不尽的主题，譬如陀思妥耶夫斯基、卡夫卡、屈原、鲁迅、史铁生，都曾借文学诠释了孤独的意蕴和魅力。在研读藏族题材汉语小说的过程中，笔者也体会到了作品传达出来的强烈的孤独意识。

孤独有不同的层级。最浅层次的是生的孤独，如幼而无父和老而无子，鳏寡独居者、亲人健全但缺乏关爱、心灵空虚无聊的孤独；再一种是思想情感上的无法沟通或不被理解产生的心理感受；深一层次的孤独是由文化差异、文化身份认同焦虑引起的；孤独的最高境界是退居喧嚣、面对内心、与自我心灵的对话。藏汉作家藏族题材汉语小说的孤独意识书写具有不同的内涵和境界。

153

一

次仁罗布的小说中，人物的命运和作品的主题等方面都弥漫着强烈的孤独意味。他在小说中写了很多不圆满的人生。《奔丧》中的人物无一不处于孤独的状态。小魏因丈夫出轨，为了逃避孤独来到拉萨，却沦落到以出卖肉体为生，但逢场作戏并不能消除内心的伤痛和满足情感的需求，在酗酒纵情的场所，她真真假假的感情投入也得不到男人的珍惜，从而陷入更深的孤独之中。"我"在幼年就缺失父爱，成长的过程中伴随着彻骨的

---

[1]　周国平：《爱与孤独》，载《福建论坛（社科教育版）》2011 年第 8 期，第 1 页。

痛苦和无边的孤独，姐姐、母亲相继去世后，又因与妻子疏于沟通导致妻离子散。"我"的父亲终其一生活在不被儿女理解、不被前妻谅解的孤独中。《绿度母》中的阿旺拉姆是个身有残疾的人，童年时期因为身体的缺陷和家庭的原因，她倍受周围人的嘲笑、捉弄，自卑、孤单充斥着她稚嫩的童心，后来父亲离家，哥哥背叛家庭，相依为命的母亲也不能慰藉她充满怨憎的心，唯一一次与异性朦胧的爱情也很快夭折，一直处在缺情少爱的环境中。这些大多是由身世的不幸和情感的缺失带来的孤独体验。

次仁罗布的小说还揭示了由于思想观念不同和文化差异使个人不能完全融入周围环境、不能消弭自己的文化价值立场而附和他人所产生的孤独。《前方有人等她》中的夏幸老太太，她的丈夫顿丹很早就去世了，为了儿女，她拒绝了好几个喜欢自己的男人，独自辛苦地抚养孩子。但儿女长大后都离家不能陪伴在她身边，独居的夏幸老太太并没有感觉到很孤单，最让她失望的是儿女的思想观念、行为道德与她的期望太远，她也老到管教不了孩子了，思想上的无法沟通和价值观念上的无法认同使她伤心、孤寂，只能在回忆和丈夫恩爱的往事中寻求慰藉，最终在孤独与思念中去世。《神授》中的说唱艺人亚尔杰在一个又一个草原上流浪，给草原上的人说唱格萨尔王的故事。在草原上，他得到神灵的眷顾，一旦离开草原，改变说唱的方式，他的灵感就会逐渐枯竭。拥挤、喧嚣的拉萨城，体制化的工作方式，缺乏想象力的环境，禁锢了他的思维和灵感，让他时时感到拘束、压抑，灯红酒绿的都市让他很反感，喧嚣的人群扰乱了他内心的宁静，虽然生活条件安稳舒适，但内心却是恐惧、孤独的，当他试图回到草原重新祈求神灵眷顾时，却发现原来的草原已不在了，亚尔杰处在不能适应现代化进程的孤独中。夏幸老太太和亚尔杰的孤独体现着传统文化观念与现代文明的冲突、碰撞。

孤独是次仁罗布小说着意营造的氛围，但他并没有仅止于展示孤独，而是进一步探讨如何面对孤独，获得心灵的宁静宽广。《放生羊》中，年扎老人的生活体现了忍受孤独、超越孤独。相依为命的老伴去世使年扎成了独居的老人，他每天的生活内容重复、单调，他踽踽独行，与人交往甚少。他的生活是孤独的，但内心却很宁静，没有因为孤单而恐惧、无聊，即使在面对疾病、死亡时，他也能淡然处之，安然度日。在他的心理感受中，他并不孤独，因为他的心中有佛祖，他的疑惑、愿望都能通过祈祷和向佛陀倾诉而解决，那是他最信赖的精神磐石，是他战胜孤独的武器。

《绿度母》中因遭遇尘世七情六欲的伤害而陷入孤独的阿旺拉姆，也在进入尼姑庵皈依佛门后获得心灵的宁静。《叹息灵魂》中，父亲的突然去世、母亲的遁入空门、兄弟间的不和睦，使"我"感受不到亲情的温暖，决定独自离家远行。然而"我"在城市的生活也不尽如人意：莫名被冤枉而没有办法辩解，陷入内心的恐惧和不能言说的孤独中。当"我"和措姆刚开始体会到人生的幸福，就因为经济窘迫致使措姆难产，"我"一下子失去了妻子和孩子，一个人孤零零地承受着失去亲人的痛苦，"我"对这个世界产生了极大的埋怨和孤独。在目睹天葬仪式和师从天葬师后，"我"意识到人的一生在无尽的轮回中是多么的渺小，以前执着的一些事情是多么的无聊，精神由此得到了解脱和升华。

次仁罗布的小说是有精神指向的，他的孤独书写的价值体现在面对孤独、超越孤独，获得心灵宁静的途径主要是依赖宗教信仰。维特根斯坦说过，"由于'悔罪'是一种真实的事件，绝望和诉诸宗教信仰的拯救也同样真实"。藏族作家通过宗教信仰救赎内心恐惧、孤独、虚无等心理体验带有鲜明的民族色彩。

二

万玛才旦的小说集《嘛呢石，静静地敲》共十篇，其中有六篇小说描述了孤儿的生存状态。孤身一人的小学生乌金（《一块红布》）羡慕拉措有一个瞎眼的奶奶，虽然这是他因为写不出作文而生发的感慨，但反映了他对亲情的渴望。乌金"对盲人的模仿，极其细腻地在表达作为个体之人对他人和族群的那种追随和从属感"[1]。牧羊少年甲洛（《八只羊》）穿着阿妈亲手为自己缝制的小皮袄，这样好像阿妈就在身边，想起阿妈给自己讲过的故事就会高兴，只因为那是阿妈讲的。在睹物思情和对往事的回忆中体现了甲洛对阿妈深深的思念之情。塔洛（《塔洛》）的父母早亡，成了孤儿的他离群索居地在山上放羊，成了被忽略的存在，村里人连他的名字都记不起了。万玛才旦还善于体察儿童内心的孤寂，从孩子的视角和心理观察外部世界，关注儿童独特的心灵世界。和成年人相比，儿童的心理发展不够成熟，内心不够坚强，也更为敏感多思，外部的一点刺激都会放

---

① 郭建强：《孤儿·谜团·尸语者——万玛才旦小说集〈嘛呢石，静静地敲〉读后》，载《青海湖》2014 年第 33 期，第 93 页。

大呈现在他们的心灵上。例如，小学生乌金因为没有写出作文被老师批评而不敢去学校，渴望自己也能戴上红领巾而不被村里人笑话，周围人善意的激励在他的看来是万分珍贵的，在别人看来像一句玩笑的话，小小的他却当作誓言一样遵守。小学生丹增（《我想有个小弟弟》）渴望有个小弟弟，可以整天跟在自己后面，这正是成人对孩子不当管制方式的反映，也体现了孩子与父母之间缺乏沟通，无法满足孩子心理需求的现实，揭示出被成人忽视的一个丰富微妙的儿童心灵世界。

此外，万玛才旦的小说还揭示了造成人物孤独的深层次原因。塔洛的孤独除了身世的因素之外，深层的原因在于他没有接受过较高程度的现代文化教育，心智低，没有明辨是非的能力，缺乏理性和洞察力。从塔洛身上也可以看到阿Q的影子，都是愚昧、可悲可怜的小人物。一直被大家忽视的塔洛有很强的自我认同感，他希望受到别人的关注和肯定，所以别人夸他记忆力好他就背课文和毛泽东语录，别人夸他长得好他就信以为真，理发店短发女孩一点亲热的举动就让他忘乎所以，丝毫不能识辨别人的嘲弄与欺骗。《诗人之死》中，诗人杜超遵从家人的安排与梅朵吉结婚，但始终处于无爱情的孤独痛苦中，后离婚与初恋情人德吉开始新生活，但德吉又很快移情别恋，杜超一直处于情感追寻与错位的状态中。小说《牧羊少年之死》《八只羊》还揭示了由于思想观念、语言文化的差异造成的人与人之间的交流沟通障碍和因无法心灵相通而产生的孤独。牧羊少年丹巴亚杰的观念不被家人认同和接受，父亲甚至逼迫他触犯思想的禁忌。他的孤独源于思想观念和文化立场的不被认同。《八只羊》中，少年甲洛与老外因语言不通而产生了交流沟通障碍，他们的心事也不被对方了解和知晓，相互之间的诉说反而加重了他们的孤独意识。

万玛才旦小说中的孤独意识是无法消除的，孤独是他小说中人物的宿命。孤独还会置人于死地，牧羊少年丹巴亚杰被家人的不理解和冷漠逼迫而死，诗人杜超以过激的方式烧死局长和德吉然后跳楼自杀，但他至死也没能使自己解脱，还给别人带来伤害。死得其所的死亡才有价值和意义，丹巴亚杰和杜超的死是一种消除孤独的消极途径。万玛才旦把这种孤独意识扩展为一种人类普遍的精神状态。对于他小说孤独意识的成因，"除却作家生命和生活感受之外，可能还与青海安多藏族的形成和状态有关。……相对于拉萨辐射的西藏地区，安多藏族多少有一些孤悬于外的意味。而长时间的游离，大空旷中的据守，使这个牧马屯边的群族，多少产生了一种自足生长的孤儿般的游荡感"①。

三

阿来小说对孤独意识的书写彰显着理性和睿智，贯穿着对民族现代化进程的反思、对人性的终极关怀和对存在的追问。

他的小说塑造了一些大智若愚的人物形象，如《尘埃落定》中的傻子二少爷，《达瑟与达戈》中的达瑟，他们有着与周围人或那个时代不同的思想和言行，因此被视为痴傻者。二少爷是麦其土司酒后与汉人太太生下的儿子，因为不像哥哥一样有想继承土司权位的野心，也没有土司家族对金钱、领地的占有欲，被周围人看作傻子。他大智若愚的真理被别人当作傻话，得不到土司的宠爱和别人的敬重，被心爱的女人塔娜屡次背叛，陷入无人对话、不被认同的孤独中。小说对二少爷形象的塑造带有寓言的特质。在二少爷生活的土司制度末期，处处显露着奢靡、腐败、残酷的气息，充斥着土司对金钱、权力、土地、女人的欲望与战争，二少爷正是"众人皆醉我独醒"的那一个，像一个智者悟透了各种欲望追逐的无意义和一切必然走向衰亡的历史命运，在那样一个疯狂的历史时期，他的清醒、智慧注定了他的孤独。他也试图像一个启蒙者一样唤醒混沌的人群，像一个战士一样变革和抗争，但终没能挽救土司制度走向衰亡的历史宿命。而达瑟的孤独体现为对现实社会的退避和疏离，达瑟是个平常又奇异的人，从小就喜欢待在树上，跟鸟和动物说话，亲近大自然，离群索居。这些异常行为源于他对当时各种政治运动的反感和恐惧，以及对现代化进程中人心不古、世风日下的社会风气感到失望。故而在很多学生都投入火热的"文革"中时，达瑟却带着他喜欢的书回到机村，在树屋上、书籍中寻求身心的平静。达瑟在书籍中获得了思想的启迪，比浑浑噩噩的村民更能看到事情的本质，但他又不能将书中的话用机村人都懂得的词语表达，因此也不能与别人亲近、沟通。达瑟的不被大家肯定还因为他不能解决别人提出的任何问题，所以他的学识对村民来说就毫无价值。作为一个乡村的智者，他看到了问题却不寻求改变和解决，而是采取出世的态度漠然处之，没有得到群众的理解和支持，所以他是孤独的。

157

---

① 郭建强：《孤儿·谜团·尸语者——万玛才旦小说集〈嘛呢石，静静地敲〉读后》，载《青海湖》2014 年第 33 期，第 94 页。

《随风飘散》中，格拉的孤独意识体现了作家对人性善恶的探讨。格拉是疯女人桑丹的私生子，一个不知道父亲是谁、流浪到这个村子的外来户，格拉感受到村里人的轻视和冷漠，在兔子之前，格拉一直没有朋友。处境窘迫的格拉偏又生性敏感，他感到孤单无助却无法从母亲那里得到安慰，所以他渴望友情，渴望村里人的些许温暖，甚至猜想有个像恩波一样或能猎鹿的父亲存在，但他唯一的朋友兔子死了，而且他被冤枉成是害死兔子的人，孤立无援的处境使他无法辩解。深切体会到人性冷漠的格拉，怀着通过死亡获得解脱的绝望，灵魂随风飘散。格拉的孤独体验和人生悲剧贯注着阿来对人性的终极关怀。

《格萨尔王》中，格萨尔王在平定四方并且称王之后的孤独、无聊体验，是一个功成名就的王对人存在意义的叩问。神子觉如来到阿须草原时，遭到叔叔晁通的妒忌排挤。凡人百姓看不透神迹，听信晁通的诬陷，指责觉如的行为，并把他驱逐出阿须草原。遭到流放的觉如是孤独的，他此时的孤独是寻求别人认同而不可得的情感体验，也是外部原因导致的孤独。但当他平定四方妖魔并且称王之后，虽然被百姓顶礼膜拜，身边嫔妃围绕，四方安稳，但他却生出无聊空虚之感。这时的孤独意识是由主动寻求产生的结果，是一个智慧的哲人对人存在意义的追问和心理体验，也是他主动逃离喧嚣、退回内心的自我对话，是一种更高境界的孤独。

阿来小说所传达出来的智者的孤独也是他的心理体验，具有世界性、现代性视野的他，以自省和外审的眼光，对于民族痼疾和蒙昧不觉的族人有恨之不强的焦虑感。对于唤醒沉睡中的民族，阿来一直充当着民族前进的"掘进者"和代言人。他对孤独的选择"是一种自发，更是一种自觉的对抗意识，是伸向内心世界的自省"，正如"卡夫卡在熙来攘往的人群中孤独地呼喊，在本质上是对生存困境的精神焦虑，是自我意识的苏醒"①。

四

在军旅作家裘山山的长篇小说《我在天堂等你》中，每个人物都有深刻的孤独体验。欧战军的孤独来自不被儿女理解。"他更习惯于以军人的

---

① 张莉：《像卡夫卡一样孤独——卡夫卡与中国先锋小说》，载《广东外语外贸大学学报》2009年第20卷第2期，第77页。

上下级的工作方式处理夫妻之间的情感事务，这使得今天的孩子们看来，显得那么不合时宜，那么缺少人情……常常从自己固有的甚至是僵化的观念出发，以己度人，居高临下，绝少换位思考……因此，当他再次试图以家长会的方式解决积蓄的子女矛盾时，其实是点燃了两代人战争的导火索，他也因之走上了悲壮的终点。"① 因为他支持孙子小峰去西藏当兵，儿媳妇一直对他心有怨言；木槿与郑义的婚姻主要是双方父母做主撮合的，但婚后几十年，木槿一直没有对丈夫产生爱情，想离婚追求一种新生活的愿望却遭到父亲的反对，因此对父亲一直心有埋怨；木棉认为自己生活、工作的不如意与父亲对她的影响也有关，而且自小很少感受到父爱的温暖；木鑫聪明能干，热衷经商，欧战军虽然很看重他的能力，但惟恐他稍有差池，所以经常对他批评教育，使得木鑫对父亲很有意见。

　　第十八军老战士欧战军在解放西藏和保卫西藏的岁月中，亲身经历了在西藏行军的艰辛，目睹了很多战友的牺牲和无私情怀，在行军途中他失去了自己的几个孩子。西藏的特殊经历使他与西藏结下了不解之缘，塑造了他崇高的品性，他为人处世坚守原则、严于律己，对孩子们也严格要求。他的六个子女中，有两个是昔日战友的遗孤，一个藏族人家的后代，因此欧战军夫妇给予了这三个孩子更多的关爱。但他的爱是深沉的，体现在他对儿女们的严格要求、坚持原则上。但由于他保持父亲的威严，不善于和孩子们沟通，他的很多决定在孩子们看来过于武断，以至于几个孩子对他的教育方式都有不同程度的意见，他在树立严父形象的同时，也享受不到与孩子们亲密无间的乐趣，不被儿女所理解的他有深深的挫败感和孤独体验，因此在最后一次家庭会议上，几个孩子大胆说出对他的不满时，他因经受不了那样的打击而溘然长逝。

　　木兰的孤独源于她以为自己不是父母的亲生孩子，因此从懂事起一直与父母存在隔阂。木凯在得知自己的身世之后，也陷入了心灵的孤独，但他的这种孤独是没有办法向人诉说的，他不想父母亲知道他已经知晓这件事情，怕伤害到父母，只能把苦寂埋藏在心里。同时，父辈们献身西藏的情感也激励着他坚守在高地上，所以当妻子让他离开西藏否则离婚时，痛苦无奈的他依然选择了坚守，他的孤独也是自我选择的结果。木鑫的孤独

159

----

　　① 陈思广：《军旅巾帼三原色——谈项小米、马晓丽、裘山山的长篇小说创作》，载《解放军艺术学院学报》2007 年第 1 期，第 61 页。

则源于得不到父亲的认同和赞扬，热衷经商的他不仅与父亲观念不同，生活方式和做事原则也有很大差别，他内心很希望得到父亲的赞扬和肯定，但父亲对他从来都是批评教育。

分析他们的孤独意识类型和产生原因，大致有几个方面：一是个人的崇高理想追求不被他人理解的落寞，欧战军和木凯应属于此类。欧战军秉持的大公无私、毫不利己、专门利人的道德人格与孩子们从自我感受出发、追求与父辈不一样的生活相矛盾，根本原因是父子两代人思想观念的不同。而造成彼此之间隔阂的原因还在于欧战军武断的教育方式和保守的性格，他并不善于和孩子们交流、沟通和进行温和的教育。同样，木凯坚守西藏的理想不能得到妻子的理解，他是新时代落寞的英雄，他的奉献可能无人喝彩但他依然默默践行。他们是摒弃世俗喧嚣、拥有高贵精神的人。

二是无法寻求心灵安慰和情感共鸣的苦闷，如木鑫、木槿。木槿与丈夫郑义之间缺少夫妻间心灵相通、牵肠挂肚的美妙感觉，她的人生选择和追求得不到家里人的理解和认可。木鑫虽然在事业上较有能力，但是感情生活一直逊色，虽然女朋友换了一个又一个，但是没有一个能真正走进他的心里。此外，他的成就一直得不到父亲的肯定，这使得他感到很失落，觉得一切都没有意义了。

三是牺牲自我成全他人，白雪梅的一生就是如此。在认识欧战军之前，白雪梅已心系辛医生，但在组织上的安排干预下，她嫁给了欧战军。她对他好，但她认为那不是爱情，辛医生在她的心里一直有着不可替代的位置。她本来有音乐天赋，也爱唱歌，但人生的磨难和为人妻、为人母的职责使她放弃了自己的爱好、特长，但她让欧战军一生都觉得和她一起生活是幸福的，使几个孩子享受母爱的温暖，她是整个家庭的凝聚力。

"这些英雄式人物的灵魂无疑是伟大的，但他们却是痛苦的。尤其当他们为追求而捐躯时，其思想、主义或言行却不为芸芸众生所理解或接受，他们同样无法摆脱孤独的折磨。"① 裘山山小说的孤独书写既讴歌了西藏军人的高尚精神和崇高理想，又从人性的角度揭示人物复杂丰富的心灵世界。裘山山除了展现西藏军人铁骨铮铮的一面，也关注他们的情感需

---

① 田晓明：《孤独：人类自我意识的暗点——孤独意识的哲学理解及其成因、功能分析》，载《江海学刊》2005年第4期，第226页。

求和家庭伦理关系等日常生活，体现了作家的人文关怀精神。

五

每个人都有"我是谁？从哪里来？要到哪里去？"的困惑，这些所指向的就是人的自我认同、定位和归属感的问题，倘若自我身份无法认定，心灵无处安放，就会陷入迷惘无助的孤独困境。"由于民族个性和文化个性差异的现实存在，族际边缘人对自我身份危机的焦虑和对民族认同的困惑，已经是一种普遍的存在的和必须面对的现实。因此，在不易被他者承认和接受时，反而加深了他们处于边缘的孤独与寂寞。"① 当代藏地题材汉语文学的作家中，杨志军、江觉迟等都在文本中表达了由于文化身份认同困境导致的孤独体验。

杨志军在青海出生成长，青海是他的故乡。大学毕业后，他在青海日报社任记者，长驻草原六年，多次深入草原腹地，与草原藏族牧民和藏獒结下了深厚的感情。杨志军是虔诚的佛教徒，因此在感情和精神信仰上更能与藏族文化融为一体。正像小说中的"父亲"汉扎西把全部的感情、心血都奉献给这方草原一样，杨志军与藏族牧民亲如一家，与藏獒结下不解之缘。《藏獒》中的"父亲"以爱藏獒甚于爱自己生命的热诚赢得了草原人的肯定和赞扬，称他是为草原带来吉祥的人——汉扎西。他用自己的知识和热诚创办了寄宿学校，让草原上的孩子都能受教育、学文化。但不久之后的雪灾让一些牧民被饿死、冻死，这时群狼也进犯西结古草原，咬死了许多牛羊，还咬死了寄宿学校的许多孩子和藏獒。当草原遭遇灾难时，相信因果报应的藏族牧民都在嘀咕"父亲"是个不祥的人，原因是他办的寄宿学校是不念经的，牧民送孩子们到不念经的寄宿学校学习，因此受到神的惩罚。原先对他友好的牧民和寺院的喇嘛现在都对他避而远之，甚至为了草原的安宁，要赶他离开草原。就连爱慕他的姑娘央金卓玛也对草原人的说法深信不疑，这使"父亲"感到特别的委屈和孤独。

草原牧民区分"自我"与"他者"的标准是念经与不念经和说藏语还是汉语，这在根本上还是文化的分歧。心灵归属与语言是一个人认定自己文化身份的基本条件，藏族牧民对"父亲"的排斥使得他处于孤立无援的境地，他已把自己当成西结古草原的一员，但是这里的人依然视他为异

① 丹珍草：《藏族当代作家汉语创作论》，民族出版社 2008 年版，第 164 页。

端，精神的无法安妥和文化身份定位的困境使他陷入孤独之中。

在《酥油》中，姑娘梅朵怀着满腔的热情和执着的信念，到麦麦草原开展孤儿救助工作，为此，她把自己全部的身心都奉献出来，但她所有的付出有时候并不能达到她所预想的结果。譬如语言障碍和观念的不同：她给了翁姆一些避孕药，但由于语言障碍，翁姆把那药当成治病的药服下，结果使已有身孕的翁姆及肚子里的孩子受到伤害，而草原人不杀生的观念让翁姆坚持生下孩子，这就注定了那个孩子一出生就是有智力缺陷的，梅朵自以为为翁姆着想的好心却造成了不可弥补的错误，使得翁姆心里埋怨，其他人也唏嘘不已，梅朵深深感到无法辩解、沟通和她的观念不被理解、接受的孤独。

除了文化观念不同的孤独体验之外，梅朵还常有工作难以开展的无助、孤独状态，以及想坚持草原孤儿救助工作但身体状况不允许的纠结和无奈。当一个人孤独无助、无处诉说时，写作就是一种与心灵的对话。在写作中，可以时时发现、反省自己内心的软弱、狭窄或顽固，理解、体谅他人的弱点或观念，达到内心的宁静与宽广，因此在孤独中写作也是一次心灵洗礼的过程。

由于文化观念不同，"父亲"和梅朵在草原工作时感到孤独，根本原因在于他们以启蒙者的姿态面对草原文化，所以无论他们在言行上如何与草原接近，但他们的目标没有变——改变，改变草原文化的现状，让草原向着他们认为的文明的、进步的方向发展，在藏族传统文化根深蒂固和变迁艰难的情况下，他们容易感到挫败和孤独。

六

总起来看，20世纪90年代以来藏族作家汉语小说的孤独书写涉及生的孤独、情感的缺失、精神的孤寂和思想的不能对接等各个层次的心理体验。亲人、亲情缺失的孤独书写，反映了藏族地区生存环境的恶劣和生活条件的艰苦，从一个侧面道出了藏地人的生活现实，展示了奇异、神秘的景观下掩映着生存的艰难。

藏族作家小说中的孤独体验有深刻的藏域文化因素。第一，严酷的自然地理环境对人的影响。藏族地区的自然地理环境严酷，终年白雪覆盖的雪山，茂密的森林，一望无际的草原、沟壑沙漠，频发的泥石流、雪崩、塌方等自然灾害，这样的自然地理环境，阻碍了外来者进入的步伐，而藏族地区内的交通、通信也不便利，这些都使藏族地区与外界相对隔绝，形成了封闭的环境氛围。自然灾害的严重性使这里的人们对强大自然、无限宇宙产生了渺小感和孤寂感。

第二，藏族地区独特的文化心理因素。封闭的自然地理环境阻碍了藏族地区现代化的进程，使藏族地区的经济、文化、教育的发展相对滞后，与内地文化有疏离感；藏族是个拥有本民族语言文字的民族，藏族文化具有鲜明独特的民族特点，这决定了藏族文化的自足性、独特性。严酷封闭的人文地理环境使得人面对生存的艰难时普遍向内心寻求慰藉，宗教信仰是他们生存下去的精神支撑，藏传佛教的空、虚观念影响了藏族人民的思想观念，现世的无意义和此生的渺小容易使人心生孤独意识。

第三，孤独是藏族作家创作的普遍主题，但具体到孤独意识的内涵，不同作家的表述还是不同的，主要是由作家的成长经历、性格心理特点和区域文化等因素决定的。藏地三区中，西藏是宗教氛围最浓厚的地区，西藏作家笔下人物的性格、命运和精神气质受宗教教义的影响很深，西藏地区作家的孤独书写也与宗教紧密联系在一起。因此，次仁罗布小说中人物最终都是通过皈依佛陀得到救赎、解脱。次仁罗布的小说被称为"灵魂叙事"，他善于探索人的内心，关注人的心灵世界，这样的写作宗旨使他能敏感、细腻地体察人物内心的孤独。

安多地区属于游牧文化、部落文明地带，这里的人勇敢善战、豪放不羁，性情刚烈，正如万玛才旦小说中塑造的那些"宁为玉碎不为瓦全"的人物，性格注定了他们将采取决绝的方式解决问题。在藏族作家中，万玛才旦属于汉化程度比较深的，与世界文化的接轨和汉族中心文化的熏陶，使他能用一种审慎、超越的视角看待民族文化，他善于用轻松、优裕的文笔创作小说，所以他的孤独书写具有一种张力：轻松、幽默的文笔与深刻、严肃的主题共现。

四川作家阿来，从小生活在多种文化的交汇地带，他所生活的地区受外来文化影响比较深，受多种文化碰撞、融合的影响，在现代化进程中，当地的历史、文化、社会变迁比其他藏族地区更为剧烈。因此，阿来善于挖掘人在现代化历史进程中的孤独体验，把关于人性、人的存在、文化冲突等一些现代命题纳入孤独主题的书写之中。而且，阿来是个有焦虑感、有担当意识的作家，他勇于正视现实，深入思考民族发展中存在的问题，追寻出现问题的原因，探索民族前进之路。深邃的眼光、严肃的思考、高度的责任感使阿来小说的孤独意识超越民族界限直达人性的高度。

当代藏族作家汉语小说的孤独书写既具有民族特质又具有人类的共通性。汉族作家藏族题材汉语小说的孤独书写大多关涉精神、文化等较高层面的情感体验，反映了现代社会人类共同的精神状态和心理感受，这与汉族作家接受现代思想的熏陶与现代思维方式的影响有关。在汉族作家笔下，小说人物的孤独是无法排解的，作家没有给主人公设置面对孤独、超越孤独的方式与途径，这也是藏汉作家孤独书写的不同。在藏族作家笔下，小说中人物超越孤独的心理因素有两个：一是心灵的空虚、人生的困惑和现实的不如意可以通过皈依宗教而获得身心的解脱，宗教信仰是战胜孤独、空虚的法宝。二是藏族人重来世不重现世，往往把希望寄托在来世，认为现世的一切本就是虚无，顺应时事是他们的生活态度，这种超然的生活态度使他们有战胜脆弱心理的力量。

藏汉作家的孤独书写体现了其对人的存在状态和精神世界的关注，对如何面对孤独、超越孤独等问题的思索具有深刻的思想意义和哲学意味。正是由于空虚、孤独的生存现状，无数人转变原来的观念，走出现实困境，走向了改变人生、实现人生追求的漂泊、流浪之途。

第三节　漂泊与追寻

人在心灵空虚、情感无依、无人对话时便会产生孤独意识，这种空虚感和孤寂感正是人精神漂泊、思想流浪的体现。漂泊与流浪有时是被迫的行为，有时是自觉的意识。每一个人都是具有独立思想的个人，有自己或大或小的理想和目标，从根本上看，每个人都处在不断追寻、实践自己人生理想和目标的路上。所追求的内容也很丰富，大至寻找国家民族发展之路，小至为自己开辟新的生活或追求美好的爱情。对于漂泊的内涵，有这样的说法："今日我们每个人的人生包含了两种基本的漂泊面向：一是现代性漂泊，作为人生实践行为、可以自主选择的漂泊行为……二是我们赖以为生的家园（物理领域的家园和精神家园）正处于漂泊之中，这是漂泊的隐形层面，是漂泊的内在意义结构和本质所在。"① 韩子勇认为："所谓漂泊当然不仅仅是指肉体上的无所归依，或那种'天边外·在路上'的叙述模式，还应该有一种精神与灵魂的颤动，应该熔铸了丰富的生命内涵。"② 文学对追寻主题的书写由来已久，当代藏族题材汉语小说对漂泊与追寻主题的揭示丰富、深刻，引人深思。

一

在追寻人生理想和目标的过程中，经历精神的梦寻，证悟人生的善恶、是非，最终达到心灵的宁静，这是深具民族性特征的寻觅之路。康巴作家赵敏的长篇小说《康定上空的云》讲述了叙述者"我"的追寻历程。"我"是拥有藏汉两种血脉和双重故乡的人，"我"有强烈的寻根意识和归属愿望，一生不断地在寻找可以扎根的地方。"我"的追寻有三个方面：情感的安妥、事业的发展、精神的家园，但这些理想都没有完全实现。少年时期，"我"先后拥有与树的青梅竹马之情，对霞的朦胧好感，对水的暗恋爱慕；但最后树找到了适合自己的归宿，霞成了遥远的回忆，与水的恋情虽然美好却也短暂。在爱情的追寻中，"我"无疑是个失败者。从身世上来讲，父母先后抛弃了年幼的"我"，各自去寻找他们的新生活，"我"从小与阿婆相依为命，爱情的失落和亲情的缺失使我的情感无处安顿。

在自我的发展方面，"我"和风、火也处在不停的追逐中。大学毕业后，"我"不甘心于待在县城做稳定但没有任何挑战性的工作，和风一起到都市开辟新的天地。"我"先后从事过广告策划、化妆品销售等职业，搞过传销、梦想过当歌星，但最终一事无成。火曾经想练就一身武功，但这尚古的想法使他与现实格格不入，做出一些令人啼笑皆非的事，甚至为此付出沉重的代价，最终火也归于平庸安稳的生活。他们都没有在人生的发展中找到适合自己的位置。

"我"的母亲是藏族人，"我"生长在康定，具有藏地文化风情的小城是"我"真实的家乡。但"我"的父亲是汉族人，所以"我"是身上流淌着藏汉两种血脉的混血儿。父亲的家乡在河北农村，母亲后来也在四

① 杨慧琼：《新时期的漂泊叙事与现代性体验——对空间、时间、性别的家园体验》（博士学位论文），福建师范大学，2012 年。

② 韩子勇：《西部：偏远省份的文学写作》，百花文艺出版社 1998 年版，第 105 页。

川内江安家落户，"我"曾试图在汉地寻根认祖，但父亲、祖母的相继去世，伯父、叔叔们的陌生、疏远，母亲的拒绝冷漠，使"我"感受不到一点故乡的温情。但即使回到康定"我"也无家可归，因为相依为命的阿婆已撒手西去，没有亲人的地方、没有温暖的地方怎么是故乡？辗转寻觅，"我"依然找不到精神的故乡和扎根的地方。"我"身上流着藏族人的血液，但却对藏族传统的风俗文化有陌生感，更勿论认同并融入其中；"我"在现代文明浸染的都市摸滚打爬，但最终证明"我"并不适应那里的规则。从藏地到汉地，从小城到都市，"我"依然找不到精神的故乡。赵敏笔下的小说人物"都是肉体凡胎，他们在享受生存快乐的同时，面对人世的复杂倍感无奈，对于血缘的纠缠，情感的纠葛，以及万千社会中自然与人为的制衡策略，他们感到无限的困惑与无力"①，这种困惑与无助的人生体验正是由于的精神的漂泊。

虽然"我们"的肉身和精神一直处在漂泊的状态，但"我"最终还是肯定了追寻的价值，虽然离最初的理想目标相去甚远，但"我"最终证悟了人生的意义。有意思的是，小说主人公的觉悟来自他的根本上师——多吉活佛对他的引领和开导，在多吉活佛的引领下，"我"穿越了前世、今生和近未来，"我"的抱怨、困惑因此释然，原来"我"此生之所以经历这样的坎坷磨难，都因为前世犯下的错和罪。小说最终把人生不断漂泊、追寻的原因和意义皈依于佛教的因果报应、生死轮回观，使自我的成长具有民族性的内涵。

小说中"我"的追寻之路也象征着处在藏汉文化交汇环境下，藏民族对于发展道路、文化选择等方面的困惑。正如作者所说："不论沧海桑田，我的情感和流动和热血都叫做康定！我的生命、我的灵魂走得再远也只在康定的天空下流浪！"②藏族地区经济、文化、观念在现代文明的冲击下，会造成一些创伤性的记忆和思想上的震荡，因此"我们"要以民族性为根本，把坚实的脚步扎根在民族的土壤里，坚守心灵的家园和精神的故乡，才能走出一条既有民族性又具有现代性的发展道路。从这个角度上来说，赵敏小说的漂泊与追寻既是个体的是民族性的。

---

① 张德明：《掀起灵魂故乡的盖头——以赵敏长篇〈康定情人〉为例》，载《当代文坛》2013年第2期，第33页。

② 赵敏：《康定上空的云》，四川文艺出版社2012年版，封底书评。

二

梅卓的两部长篇小说《太阳石》《月亮营地》都讲述了安多地区的群众在外部势力入侵时，为部落存亡而进行的反抗。《太阳石》中，严总兵妄想把伊扎部落和沃赛部落的领地、牛羊等都占为己有，因此发动了侵袭部落的战争，为了保护家园，伊扎和沃赛两个部落尽释前嫌、共御外敌。《月亮营地》中的马家兵团，为了控制部落头人从而把大片的土地归于兵团所有，不断侵犯、骚扰章代部落并占领了章代，为免于唇亡齿寒，章代部落、月亮营地、宁洛部落三个部落联手把兵团赶出领地，赢得了部落保卫战的胜利。这些部落互相之间也存在矛盾和恩怨，它们的团结和反抗之路经历了懵懂、迷惘、成熟、清醒的几个阶段。

《太阳石》中嘉措开始的出走是被迫的。父母（千户夫妻）相继离世，千户的权力和家都被表兄索白占为己有，嘉措被迫放弃原本应属于他的一切。一无所有的嘉措在伊扎大大小小的山冈上游走，由于惧怕索白的权势，没有人家欢迎嘉措。最后，一个好心的老汉实在看不下去收留了他，并把女儿桑旦卓玛许配给他。嘉措有了妻子、女儿，有了一个家，但他的理想、志向不是做一个苟活的人，他不能在自己被羞辱的地方安居乐业。所以他走出了伊扎，又一次开始了漂泊、追寻的路程。由于看透了有钱有势的阶层对权势财产的贪欲、残忍，嘉措从一个出身优越的千户公子融入平民阶级，他组织了一帮人马，专事杀富济贫、惩恶除霸，赢得了衮哇塘穷人们的尊敬和赞扬，他在那里找到了人生存在的价值。嘉措此时的行为和思想远没有达到为部落生存、发展寻找道路的高度，充其量也只能算是小范围内自发的阶级斗争，但他为处于困境中的人指明了途径——抗争。因此当严总兵侵袭伊扎部落和沃赛部落致使部落人再无退避之所时，阿琼想起香萨交给她的风马旗，它发出的光芒给她指出了一个方向：衮哇塘，她们的父亲嘉措就在那里。最终他们联手抗争，保卫了部落领土的完整。

张懿红说："如果说《太阳石》因线索零乱，尚未明确勾勒民族复兴的觉醒过程，那么《月亮营地》探索民族出路的自觉追求显然卓有成效，清晰描绘出一幅睡狮觉醒、民族振兴的光明前景。"① 在《月亮营地》中，

---

① 张懿红：《梅卓小说的民族想象》，载《民族文学研究》2007年第2期，第70页。

自幼没有父亲可依靠的甲桑很小就有了一些心灵上的困惑，而少了同龄孩子的天真活泼。孤儿寡母、家境贫穷使甲桑从小就自尊好强，凭着英勇善战成了月亮营地出类拔萃的男子。为了生存，他年幼时就独自走上艰难陌生的狩猎之路。当他成为真正的猎手并能担负起全家的衣食时，母亲的突然去世让他认识到死亡的沉重。由于仇恨他误杀了自己的妹妹，残酷的死亡让他醒悟自己所进行的狩猎也与死亡有关，而死亡的意义是再生，再生既指生命的延续，也指心灵的顿悟、脱胎换骨。甲桑为了保护儿子乔加入了驱逐外敌的战斗中，他既保护了儿子也使自己获得了新生，从迷惘、困惑中找到情感的归宿和人生的目标。"他为了乔成为一名真正的战士，他更愿意自己是战士，因为只有通过斗争才能取得生存的权利，才能保护乔的生命，才能使自己那脆弱、失色而单一的生命，最终汇入整个群体生命的流程，才能彰显生命本质的顽强和伟大。"① 这正是甲桑抗争、追寻的价值和意义。

嘉措、甲桑在漂泊、追寻的历程中遭遇了领地危机，最终把自我追寻与领地存亡结合起来，使个人的迷惘追寻之路升华为崇高的革命斗争理想。

亮炯·朗萨的小说《寻找康巴汉子》塑造了一个新时代具有实干、开拓精神的青年人吾杰，他品性高尚，作风踏实，勤政为民，为藏族山村的发展无私奉献。康巴汉子吾杰的家乡在噶麦村，处在藏地东部横断山脉，贫穷落后，姐姐为了让他和哥哥上学，很早就辍学帮助家里干活，但窘迫的家庭还是负担不起两个人的学费，哥哥外出打工，发誓要让吾杰走出山村，出人头地。但吾杰不想用哥哥的血汗钱继续读书，所以放弃了读大学的机会，他想通过自己的努力改变现状。吾杰先是经商，后来加入乐队，逐渐在城市取得了一定的成绩，但迷惘的忧思时常裹挟着他。他渴望像神授艺人蒙一样，做一个真正的大地歌者，不为挣钱，只为慰藉人的心灵。老支书希望他回乡带领村子发展的请求和家乡的贫穷闭塞时时敲打着他的心，犹豫、徘徊后，他放弃了在城市所拥有的名利回噶麦村当了一名村干部，使村子通上公路，开发、利用本地资源，带领村里人走上安居乐业之路。他的追寻闪耀着理想主义和英雄主义的情怀，为此他放弃了很多当代青年人梦寐以求的东西，但他也因此找到了自己的精神家园，吾杰以自己

---

① 梅卓：《月亮营地》，敦煌文艺出版社2009年版，第234—235页。

的实际行动阐释了当代藏族青年对理想信仰的坚守。

三

阿来的小说《阿古顿巴》中，阿古顿巴是智慧、真理的化身。阿古顿巴虽然是领主的儿子，但他与父亲和两个兄长不同，天然地对下人很有同情心，因厌恶领主们的贪婪、残忍，渴望一种和平宁静的生活，离家踏上寻找真理、智慧的道路。在漫游的旅程中，他曾多次面临人生道路的选择，但每次都选择了令他感到忧虑、沉重的路。譬如他到了一个叫"机"的地区，这里的人在部落战争中被驱逐出领地，无以为生。他爱上了部落首领的女儿，但那个女子渴望的是有权势和体面的阿古顿巴，而不是面前衣衫破旧、其貌不扬的人，阿古顿巴本可以离开这里，选择一条轻松自由的人生道路，但他还是决定留下来，帮助这里的人解决了食物的问题，使这个部落成为强大的农耕部落，但部落首领的女儿自始至终都不相信他是阿古顿巴，因为她爱的是阿古顿巴领主儿子的这个身份。当初，在两条路口犹豫、徘徊时，听到被儿子抛弃的老阿妈即将饿死的呼救声，阿古顿巴听从良知的呼唤毅然放弃自由而留下，承担起了赡养、照顾这个老人的责任。但这个老人却是一个贪图享受、嘴馋、自私的人，她的身上没有一点他渴望的亲情：隐忍慈悲。在对智慧、正义的追寻中，他时常遭遇人们的误解、嘲笑或人性的丑恶、自私，但他将这些都忍受下来，用智慧化解问题而不追求名利，在追求真理的道路上义无反顾。"阿古顿巴奉行的斗争哲学，即是'从斗争中求生存，从斗争中求快乐，从斗争中求胜利'。"①

《月光下的银匠》中，铁匠是个被土司家奴铁匠捡来的孤儿，他也就成了土司的一个小家奴。他跟着养父送信，走过很多地方，比其他人见多识广。但他也是个心高气傲的人，不满足于像其他人一样一辈子做土司的家奴，他想拥有自己的名字和自由民的身份，而只有银匠才有这些资格。土司的存在就是要让领地上其他人都臣服于他，像小铁匠这样有骄傲的内心的人，土司是不允许他成为银匠的。小铁匠知道自己具备成为最好的银匠的天分，他不信服命运，走出了土司的领地。很多年后，他成了有名气的银匠。他本可以远走高飞，但他还是回来了，他想要土司承认他是一个

---

① 转引自李丽娟《傻子与阿古顿巴——浅论阿来小说创作与藏族民间文学的关系》，载《乐山师范学院学报》2007 年第 10 期，第 63 页。

出色的银匠，要以自己的手艺赢得他人的认同，抗争身为奴隶的命运。少土司是个比他的父亲更为狡猾、有城府的人，他想让银匠将最好的银器贡献给他，但银匠不像一个奴隶一样听从他的召唤，宁肯牺牲性命也不低头。于是土司设下计谋使周围人都认为他是一个疯子。为了打制出最好的银器证明自己的手艺，得到大众的认同，银匠忍辱负重，以精湛的技术得到了众人的肯定，为此他付出了生命的代价。但生命的终结并不是他追寻真理和自由信念的寂灭，因为他已为这个世上留下一颗永不服从命运的种子。

阿古顿巴和银匠像一个时代的智者、革命的先驱者、思想的启蒙者，他们的追寻彰显着深刻、高贵的理性之光。

四

尼玛潘多的长篇小说《紫青稞》讲述了在偏僻贫穷的藏族山村——普村中，一群年轻人为走出贫穷，开辟新生活所做的努力。铁匠扎西家虽然靠着手艺外出做工致富，却依然因为铁匠身份在村里被人看不起。扎西的儿子旺久离开普村到城里打工，既是为了摆脱在普村低下的地位，也是为了赚钱。经过很多年的打拼，旺久终于在城里打下了一片天地，在生意圈里颇得尊重，有了温暖的家庭。但同是从普村来到拉萨的多吉，却一直漂泊、流浪，在城市无立足之地。当初，多吉因反抗与哥哥们共妻的婚姻，也因普村的闭塞落后而离家出走，本想在城市干出一番事业，但他怕吃苦，遇到困难就退缩，又吃、喝、嫖、赌，一蹶不振。正如书中所说："城市，看上去四通八达，没有一扇门，四面八方的人都可以进来歇一歇脚，实质上城市不仅有门，而且这道门有着独特的功能，它能在不知不觉中使很多来到城市的人自觉离开城市，表面上感觉自己呆不下去了，其实这是城市的门为他关闭了。"① 小说还从道德角度追问多吉落魄的人生，如他对桑吉始乱终弃，无责任心和良知。小说通过旺久的成功和多吉的失败，意在说明出身不能决定人的命运，个人后天的奋斗才能改变人生。从这个意义上来看，旺久的追寻和多吉的漂泊也具有励志的意义。

普拉的家在城郊，日子过得殷实，但他不甘心一辈子当个庄稼人，从军队复员回来后，他买了辆车跑运输，并且他做得还不错。普拉是个讨女

① 尼玛潘多：《紫青稞》，作家出版社2010年版，第292页。

人喜欢的人，但他对女人多是逢场作戏，直到遇见了达吉，为了心爱的女人，普拉不惜和家人闹翻入赘到森格村。但达吉的有主见、能干、坚强，让普拉觉得自己在她面前没有男人的骄傲和自尊。普拉为两个人的关系作出一些努力和让步，譬如每次发生不愉快后总是普拉先求和，甚至为了能和达吉在一起变卖汽车甘愿务农，但达吉的冷漠使他感受不到家庭的温暖，自己对于种庄稼也不拿手，最终普拉以出走的方式把所有的问题都抛给达吉。普拉在不断的追寻中，缺少男子汉的责任心和踏实干劲。

"这个文本最柔软动人之处是达吉对于幸福生活的追求，这种追求类似飞蛾扑火，却又是纯净的，带着女性特有的迷惘和理想气息。"[1] 达吉出走的愿望是强烈的，普村的贫穷闭塞，阿妈的邋遢都让她一直想离开那里，森格村的阿叔家离县城较近，那里人的日子过得好，所以她自愿过继到阿叔家里。她是个自尊、自强、能干的人，虽然普村是她避而远之的地方，但外村人一旦有轻视普村的言行，她都极力反驳、维护。她聪明能干，使阿叔的日子过得比之前更舒适，得到阿叔和森格村人的认可。她有做生意的能力和头脑，经营酒馆，把当地的物产卖给外面的人。她有情有义，母亲去世后把年幼的妹妹接到身边，对阿叔尽心侍奉，对普拉真心实意，对旺久心怀感恩。虽然一切并不如她的意，妹妹离家出走，普拉远走高飞，但她一直保持自尊、自强，坚定地向着目标追寻。达吉是作家塑造的一个新时代藏族农村女性勇于追寻新生活的典型形象。

相比之下，桑吉的出走是无奈之下的选择。她之前从来没有想过要离开普村，城市对她来说是遥不可及的。多吉曾建议桑吉和他一起去城里打工，她也不为所动。不料她有了身孕，而多吉去了城里后杳无音信，为了给自己和肚子里的孩子一个交代，她独自去拉萨寻找多吉。桑吉的追寻是为了对自己的感情负责，她是爱多吉的，所以她不能稀里糊涂地打掉孩子或者另嫁他人，但她也做好了多吉负她的心理准备，如果多吉已经不要她了，她就会踏实的生活，不再做无望的等待。但城市之旅却让她幸运地收获了另一份真爱，还有善良阿妈的接纳。

边吉的出走则是茫然无目的的。阿妈去世，哥哥入赘别人家，桑吉自身难保，达吉愿意接她到森格村，她就跟着去了。在姐姐的小酒馆里，她

---

① 郭艳：《紫青稞与乡土西藏——评尼玛潘多的长篇小说〈紫青稞〉》，载《西藏文学》2010年第3期，第93页。

也勤快地干活，但她性格笨拙、木讷，得不到普拉的尊重，对于姐姐她只有敬畏。与村里女伴们的欢聚才让她有了片刻的快乐。但她又是个不太精明、没有主见的女孩，急于得到同伴们的认可，因此别人找她借钱她就借，酒馆里的东西也拿来让伙伴们享用，被达吉教训一通后也有所反省、收敛。但她与普拉的矛盾一直存在，终于有一天边吉出走了。这一次边吉是为了自尊和独立的生存空间而出走。李佳俊认为，《紫青稞》有女性文学的时代内涵："通过普村三个年轻女性——桑吉、达吉、边吉走出大山，追求真挚爱情和现代物质生活的坎坷道路揭示得越来越鲜明。"① 总起来看，《紫青稞》展示了八九十年代藏族山村青年形形色色的出走与追寻。

五

在文学创作中，爱情在女人的生命里占有重要的位置，甚至主宰女人的一生，女人的幸福指数与爱情的美满与否有密不可分的关系，女人生下来好像就是为了爱，所以情爱的漂泊与追寻是女性重要的话题。

"格央的文学世界，是一个为藏族女性书写历史的世界，是一个为藏族女性营造、设置、敞开的世界。它也是一个年轻的女性藏族作家描绘、展示藏族女性的历史状况与现存境遇，探究她们的情感密迹和精神轨辙的世界；是为一群沉默但又顽强的生命吟唱的艺术之歌。"② 爱情的追寻是小说《让爱慢慢永恒》的主题，两个女主人公姬姆措和玉拉为了爱情而出走、漂泊。故事发生在20世纪二三十年代。绸缎店的姑娘姬姆措与嘎乌家的三公子平杰互相爱慕，但平杰却被家人送去寺庙，可怜的姑娘发现自己怀了身孕，为了不让哥哥回来看到她的状况而生气，她只有出走，跟着商队到了大吉岭。在出走途中和到达大吉岭后，她和孩子得到了商队队长无私的照顾和爱护，但队长又和他的商队离开了。时间一过就是好多年，姬姆措从最初满怀希望的等待到渐渐失去信心，但她从没有忘记队长，可是她又没有人可依靠，孩子也还需要她，所以她要坚强、要努力好好地生活。后来她在英国警察部队做工时结识了吉苏亚，两个内心有创伤的人相互靠近、共结连理。经历了为爱情献身和漂泊的磨难后，姬姆措终于寻找

① 李佳俊：《普村女人的昨天和今天——喜读尼玛潘多的长篇小说〈紫青稞〉》，载《西藏文学》2010年第6期，第8页。

② 于宏、胡沛萍：《沉默的歌者——论格央的文学创作》，载《西藏文学》2011年第3期，第100页。

到她的归宿。

小说中"藏族女性的爱情呈现出了其奔放、热烈、执著的一面。两个女性，为了爱情，最后都选择了离开。一个是因为不能与心爱的人走到一起而失望地远走他乡；一人是为了和自己相爱的人在一起，而抛下原来的丈夫远走高飞"①。玉拉的经历要复杂坎坷一些，玉拉在青春少女时期嫁给了嘎朵和他的两位兄长，但玉拉爱的只有嘎朵，嘎朵也想独自拥有玉拉，两个年轻人抱着对未来生活的美好憧憬从兄弟共妻的家庭出走。为了生存，嘎朵给人放羊，玉拉承担卖奶的任务，生活的艰难让嘎朵很快厌倦了这种生活方式，他渴望改变现状，于是抛下玉拉出走后再也没有回来。为了生存，玉拉又嫁给了姬姆措的哥哥，一个善良、诚实的男人，日子过得和谐平静。但分别了八年之后的嘎朵又回来寻找玉拉，玉拉为了心中不能忘却的爱，伤害了现在的男人，和嘎朵又一次踏上为爱漂泊的旅程。但嘎朵并没有给她安稳的生活，而且再次背弃了她，善良的玉拉多次容忍、原谅嘎朵，最后她对嘎朵的怨憎也因为他的去世而消散。

姬姆措和玉拉"试图通过个人努力来把握自己的爱情，让自己成为爱情的主人。这种自觉掌控自己的命运的态度，以一种略带浪漫色彩的方式，展示了藏族女性内心深处的情感波动"②。时间过去大半个世纪，当代藏族女性较20世纪初的女性在女性意识上有了很大的觉醒，她们一般在经济上不再依靠男人，与男人拥有平等的社会地位，但同样摆脱不了情爱的苦恼。白玛娜珍的小说《拉萨红尘》《复活的度母》对新时代女性在红尘中的沉浮有深刻的揭示。

在白玛娜珍的笔下，"女性的天空是狭窄与拥挤的，所有的悲欢都围绕男人展开，女性缺乏的是自我的体认与追寻，她们存在的幸福是建立在男性体认的基础之上的，她们终其一生不过是在寻找男人，情欲与生命相始终，悲剧因此而无休止"③。《拉萨红尘》中，郎萨和雅玛从军医学校毕业后到拉萨工作，面对现代文明对拉萨的冲击和渗透，郎萨和丈夫莞尔玛最终离开都市，退居山野，追逐梦想中的生活。而雅玛一直沦陷在情爱

---

① 于宏、胡沛萍：《沉默的歌者——论格央的文学创作》，载《西藏文学》2011年第3期，第102页。

② 于宏、胡沛萍：《沉默的歌者——论格央的文学创作》，载《西藏文学》2011年第3期，第102页。

③ 徐琴：《红尘中的痛殇与救赎——评白玛娜珍的小说创作》，载《西藏研究》2011年第4期，第89页。

中。雅玛毕业后与泽旦结婚，但婚后不久泽旦渐渐失去对家庭生活的热情，雅玛也与迪旧情复燃，但迪已有家室，只想与雅玛保持情人的关系，而雅玛想要的是完整的爱情，与迪的情爱使雅玛陷入灵肉分离的无着状态。雅玛在与曾经爱慕她的同学徐楠在拉萨重逢后，雅玛重新对爱情充满憧憬，她甚至抛家弃子到上海与徐楠相会。但徐楠在上海疲于奔命的生活状态与她向往的生活有很大差别，于是她又回到拉萨，但她与泽旦已经都回不到从前了，最终雅玛与泽旦结束了婚姻。雅玛从一个男人到另一个男人身上不断地寻找灵肉一致、情感和物质并存的爱情而不得，陷于情爱的泥淖中不能自拔，为了爱情理想不断漂泊。白玛娜珍通过雅玛爱情的追求，"写出了女性在尘世中的怅惘与自我寻找的过程。雅玛在一次次寻爱的过程中陷于沉沦和失望，在清醒的痛苦中，她一次次的追寻都在向自己的心灵靠拢，正是在追寻的过程中，她的生命意识得以勃发，得以触摸到自己的灵魂"①。

《复活的度母》中，琼芨在青春年少时被雷的诗和温情所迷惑而失身怀孕，被迫堕胎并辍学。回到西藏后与昔日恋人巴顿奉子成婚，但婚后因两地分居导致夫妻关系疏远，最后各自另觅新欢。琼芨在还没有离婚的情况下怀了洛桑的孩子，她不想和巴顿离婚但无法解释肚子里的孩子，只好与巴顿结束了婚姻。在洛桑被批斗、游行、改造的艰难日子里，琼芨从丹竹仁波切那里得到精神支撑和心灵的安慰，但丹竹仁波切选择远离红尘，琼芨的情感落空。在情感的追寻中，琼芨一直听从内心的召唤，但她处理感情的方式又有些轻率，所以一次次把自己陷入不得已的处境中。

琼芨为爱煎熬的一生使女儿茜玛惧怕爱情，她经历了普萨王子、洛泽、甘珠等数段无望而短暂的爱情。白玛娜珍作品中的女性"陷于痛苦的泥潭之中，在情感的漩涡中打滚，理想中的彼岸世界永远不会到达，而现实总是显露出它狰狞的一面。女性，如何能够寻找到自己的精神家园"②？

同样的，在次仁罗布的小说《焚》中，维色为了爱情嫁入比自己家庭条件好的人家，但嫁过去之后，得不到婆家人的认同和尊重，而且丈夫待她也越来越轻慢，为了人格的尊严和对另一段感情的追寻，她离开了现在

---

① 徐琴：《心灵的跋涉，灵魂的探求——白玛娜珍的文学风景》，载《西藏文学》2014年第4期，第110页。

② 徐琴：《心灵的跋涉，灵魂的探求——白玛娜珍的文学风景》，载《西藏文学》2014年第4期，第112页。

的家。但给她情感慰藉的加措只是逢场作戏，根本没有和她一起生活的打算。看透了加措的虚情假意，维色决然离开。之后维色也遇到过很多男人，要么是控制欲很强、企图禁锢她人身自由的人，要么是孱弱的人，总之没有一个能让她爱上并给她想象中的爱情，所以维色一直在情感的追寻中漂泊。

在女性意识觉醒后，新时代的女性之所以在爱情自由的旅程中屡遭挫败和伤害，根本原因是在情感上依赖男性，在心理意识上没能完成人格独立。

六

西藏奇异的自然风光，神秘古朴的文化氛围，浓郁的风俗民情，吸引了无数外地人。对很多外来者而言，西藏是精神的净土、灵魂栖息的家园，去西藏的旅程也是他们心灵得到净化、精神升华的过程。对作家来讲，这类的写作也是一次灵魂之旅，是一种精神修行，而女性作家尤为擅长这类写作。

在安妮宝贝的小说《莲花》中，几个主人公一直处在心灵漂泊和不停寻找的状态。苏内河，一个出生就不知父亲是谁的女孩，幼年时母亲远渡重洋，将她寄养在舅舅家里。寄人篱下、缺少温情使她的行为特异不羁，她逾越常规、不安分的个性下深藏着对感情的渴望，她需要完全的、很多的感情填补她内心的缺憾。她不停地寻找，幼年时期父爱的缺席使她一直寻找父亲般的男子，而感情的缺陷注定了她草率的选择将带来错误和悲剧的结局。能够吸引她的都是成熟已婚的男子，她的每次恋爱都是一次认识自己的过程，好像要经过无数次的蜕变才能成长。她一直在行动、在流浪，无论是内心还是脚步，"苏内河的一生颠沛流离，大多数时间都是在任性地追求自己想要得到的东西，一次又一次满怀希望地扑向某处，又一次次地失败，然而她并不畏惧失败，从没停止过追求的步伐。她不断地寻找一个能够让灵魂得以安顿的地方，不断地追寻生命的意义"①。终于，她在墨脱寻到了让内心安静、灵魂净化的地方。在那里，她不再是世俗人眼里劣迹斑斑、不安定的人，可以做着有意义的事情，得到了孩子们的喜

---

① 郑宗荣：《寻找莲花圣地——从苏内河角度解读安妮宝贝〈莲花〉》，载《江西科技师范学院学报》2010 年第 6 期，第 103 页。

爱，可以敞开心扉，做一个纯真、简单、快乐的人。在一次雨天送几个孩子回家独自回来的路上，苏内河遭遇了泥石流，被冲到山下的江里，尸体至今也未找到。她的形象在西藏最终定格，那里的人和孩子们永远都怀念她，西藏成就了她一生的追寻和梦想。

对庆昭来说，西藏是一个向死而生的地方。幼年时期，她也寄宿别人家里，但她不像苏内河那样在感情中证明自己，她深入简出，不恋爱，没朋友，把所有的感受和困惑通过写作诠释，她不相信人与人除了利益之外会有固定、长远的关系，她的苦闷最终通过疾病释放出来。在她看来，除了肉身的感觉一切都是浮云，她放弃写作、逃离城市来到自然、浑朴的藏域寻求身心的放松，她对疾病已顺其自然，带着病躯踏上徒步墨脱的生死旅途。这次的旅程使她的身体和精神重获生的希望，西藏之旅让她认清了生存的本相，寻找到日后生活的方式。

纪善生和苏内河是两个灵魂互相吸引而又不同的人。早逝的父亲、严格的母亲、窘迫的家境，使纪善生没有同龄孩子的无忧无虑，他一直用理性和意志压抑内心的叛逆。他是一个缺乏安全感的人，认为惟有取得社会的认同才能证明自己，所以他一直是好学生、好孩子。他不负众望地考取了名校，他的婚姻使他的事业事半功倍，在外人眼里，他是成功的。但他忽略了自己的内心，他娶妻却从来没有对妻子产生过爱情。忽而之间，他发现人生的虚幻和无意义，随即辞职、离婚，一切又回到原初。回到家乡后，在婚姻上他旧事重演，由于做事只有理性而无力付出情感，他给身边的女人带来一次次的伤害却无力挽救。他想做一次真实的自己，而他此生惟一的朋友苏内河其实就是他压抑的另一个自我。"善生作为内河的另一半，见证了内河心理的自我成长，并感到这种成长对自己内心的巨大吸引。"① 所以，他追寻内河的足迹去了，他对本真自我的追寻需要付出生命的代价来实现。

《莲花》的创作源于安妮宝贝西藏之行的体验，她回忆说："晚上在山谷中的木头棚子里留宿，临睡之前，会问自己，明天是否能够依旧活着赶路，而不被塌方和泥石流砸死。"② 在这凶险之地，作者想寻找身体和心灵的安靠处，这就是通往朝圣之旅的"莲花"。"安妮宝贝的《莲花》

① 袁晓松：《从"彼岸花"到"莲花"盛开，叙述者的自我疗治之途——安妮宝贝小说连读》，载《阴山学刊》2011年第3期，第40页。

② 安妮宝贝：《莲花》，作家出版社2006年版，"序"第2页。

中的西藏墨脱，在作者笔下被建构成了指引人从黑暗走向光亮的心灵圣地，在这里，人与自然诗意栖居，人们精神相契相融，充满着彼岸性的光辉。"①

飘沙的小说《轮回》中，多多遭遇到家庭、爱情、亲情等各个方面的磨难，带着对这个世界的失望到西藏，西藏教会她感动、感恩，重新感受持久如一的爱情、理解宽容的亲情、无私真诚的人性，这是一次灵魂之旅，从此西藏成为她的精神家园，温暖着她在都市生活的每一天。

羽芊的小说《藏婚》中，藏漂好好由于惧怕不能掌控或得而复失，情感一直处于漂泊状态。她有现代世俗女子的一些心理病：忍受不了寂寞所以离不开男人，怕受伤所以不敢深爱，及时行乐、贪图享受，但还是陷入对嘉措的情网中不能自拔。在从一个不安定的女孩成长为两个孩子的母亲后，好好对情感和人生有了不同的态度，挣脱了对异性情感的依赖，她活得自在而满足。西藏是她故事的发生地，也是她精神成长的地方，藏漂的日子成就了她人生的追寻。

当代女性的西藏行走过程伴随着她们精神的丰盈和人格的完善，她们有意无意地"借助于西藏，去倾吐内心的生命感悟并追问人生的真谛，而在这样一种言说中，西藏就成了一种神秘、纯洁、博大、蕴含着生命终极意义的圣地，是与喧嚣杂乱和物欲横流相对的宁静纯洁之地，对迷失在现代生活中的灵魂而言，西藏就成了彼岸性的诗意栖居地。"②

在军旅作家小说中，进藏与出藏是为了实现理想和自我价值。裘山山的小说《我在天堂等你》和党益民小说《父亲的雪山，母亲的河》，讲述了父子两代人在进藏和出藏中的漂泊和追寻。

欧战军和白雪梅那一代的进藏官兵，是怀着解放西藏人民、保家卫国的崇高理想进藏的，西藏行军的艰难阻碍不了他们坚定的信念和不灭的勇气，他们用健康、生命和热血追寻理想。江三和茹雅走出苦难，走进了人民解放军的行列，在西藏这块土地上默默地奉献着他们的青春与热情，为高原的发展和建设扎根河源，与那里的人们结下了深厚的情义。他们的漂泊与追寻彰显了大无畏的牺牲、奉献精神和崇高的道德理想追求。

---

① 雷鸣：《汉族作家书写西藏几个问题的反思——以新世纪小说为中心的考察》，载《西藏研究》2013 年第 5 期，第 104—105 页。

② 李翠芳：《汉族作家视野中的西藏文化想象》，载《青海民族大学学报（社会科学版）》2010 年第 2 期，第 122 页。

与父辈们扎根西藏的坚定理想和信念相比，他们的子女们为实现自我价值和人生的理想、目标而出藏。晓茜反对儿子去西藏当兵，木兰为了家庭调离西藏，木槿和木鑫对父辈们的西藏情结难以认同。他们在感情生活和事业上都有自己的理想和目标，在思想观念和处事方式上与父亲有很大的区别，但无论他们的追寻成功抑或失败，最终在精神上仍然皈依青藏高原。

江雪一直想离开河源，但靠父母不行，读书也没能让她走出家门，在将当兵的名额让给了妹妹后，她只有在河源邮局工作，于是她想通过出嫁离开河源。江雪有一个青梅竹马的恋人格桑，但格桑入伍三年后又复员回到河源，这让江雪感到失望。之后，西宁来了一个下乡锻炼的小伙子杨帆，江雪对他产生了好感，并梦想着能跟他远走高飞，但当她远赴西宁寻找杨帆时，却得知他已有恋人。而另一头，格桑还在苦苦等待江雪的归来。在外面撞得头破血流之后，江雪的心安定下来，踏踏实实地做了一个藏家媳妇。

年少的江河与卓玛心心相印，后来江河离开河源当兵、考大学，后留在城里的高校工作。在外人看来，江河是成功的，但在离河源愈来愈远时他受到外界很多的考验和诱惑，在感情上也与卓玛疏离。他发现城市里的女孩很漂亮但也很物质、势利，城里的女孩不像卓玛那样爱一个人就永远放在心上。阅人无数后，江河终还是孑然一身，他终于承认，卓玛的好才是他心之所望，所幸卓玛一直在等他回头。

藏汉小说家笔下的主人公都经历了"实"和"虚"两个层面上的出走与寻找，"实"指主人公的身体流浪，"虚"指精神的梦寻，但漂泊与追寻的动机和目标是不同的。从出走的空间上看，藏族小说家笔下的本族人大多是走出闭塞、落后，走向现代，反映了藏族人进取、自强、开拓的精神。从追寻的动机和目标上看，藏族作家写出了本族人在现代文明进程中心灵的震颤和人生的追求，其间伴随着对"民族性"和"民族文化"的定位与思考，其笔下的漂泊与追寻与藏地的社会现实和时代变迁紧密联系在一起，书写了现实西藏的时代脉搏。汉族小说家笔下的主人公无论是出走的空间或追寻的目标都趋向藏地，从"实"的一面来看，他们从内地进入藏地，从文化中心进入边缘地，表达了对藏地的精神向往。

在藏族作家汉语小说中，漂泊与追寻主题的书写与藏地的游牧生活方式有关。"对于藏族人而言，漂泊和流浪是一种生命的本然状态。藏族属于游牧民族，四处迁徙漂泊，生活充满不确定感，他们渴望自由的生命状态。流浪与漂泊使他们更能够寻找到生命中缺乏的东西。"① 漂泊与追寻不仅是作品主人公的生存状态，也是藏族作家的书写状态，他们在不断地写作中寻找民族文化与现代文明的契合之路，为改变民族文化的滞后、保守而积极寻求，为传统文化的消逝而忧患、惆怅。这种漂泊体现了藏族作家为追求民族自强、进取精神而做的努力。

对于汉族作家来说，漂泊与追寻具有神秘的异域色彩。他们通过走进西藏，了解、探究藏族人的精神世界、生活方式，寻找一种异质文化以弥补自身文化的不足，实现精神的升华和灵魂的救赎，藏地追寻对他们来说依然是理想化的文学想象。藏汉作家对漂泊与追寻主题的书写体现了作家们突破精神的禁锢、放飞理想的脚步，希冀寻求自在的生存方式。

第四节　民族话语的叙事方法

在宗教情怀、孤独意识、漂泊与流浪主题上，藏汉作家藏族题材汉语小说的主题意蕴存在差异，藏汉作家也常在书写策略、写作手法、叙述视角等叙事艺术上进行不同的探索。

一、日常叙事与浪漫化书写

20世纪70年代末80年代初，藏族作家的汉语小说创作倾向于宏大的社会、历史叙事。例如，降边嘉措的长篇小说《格桑梅朵》的主题就是和平解放以来农奴翻身解放、走向新生。益希单增的长篇小说《幸存的人》揭露了农奴主、庄园主等统治阶层的腐败残暴。扎西达娃早期的小说《闲人》《朝佛》等反映了改革开放以来藏族青年新的精神面貌。80年代中期至90年代初，藏族作家的汉语小说创作仍然与内地保持着密切的联系，譬如以扎西达娃、色波为代表的在西藏兴起的魔幻流小说与内地先锋、现代派小说交相辉映。从叙事手法上来看，扎西达娃等人的魔幻小说创作重

179

---

① 杨青云：《当代涉藏作家的西藏书写》，载《重庆科技学院学报（社会科学版）》2012年第10期，第139页。

艺术手法的探索，轻写实，这可能也与作家缺少现实生活素材有关。其他如德吉措姆的小说《漫漫转经路》和丹增的《神的恩惠》等，虽然有对藏族群众宗教生活的日常描述，但只是一个场面或片段的呈现。90年代中期以来藏族作家队伍逐渐壮大，一批中青年作家快速成长起来并成为文坛的中坚力量，他们不再亦步亦趋跟随内地作家，彰显出本地作家在文学创作方面的优势，亦纠正了80年代过于虚幻的写法，开始关注普通群众的生存状态和人生百态，为读者展现了一个日常生活化的藏地。

民族元素的日常生活化表述的意义在于，"在少数民族文学的论域中，日常生活表意实际上就是别一种意义上的生产生活叙事，它所言说的是少数民族直接的现实生活性状与基本存在诉求……日常生活不但从技术层面为其提供了审美课题化的基本元素，而且更是从精神价值与组织原则层面为它的结构生成与文化认同提供了逻辑范式"①。

次仁罗布笔下的西藏有现实和神秘的两面，他善于将藏族群众的性格特质、精神世界、人生信念通过普通人的日常生活情态传达出来。小说《放生羊》通过细致描写年扎老人日复一日的转经礼佛、放生行善等生活流程，展现了藏族普通中老年人的宗教信仰生活。《雨季》讲述旺拉一家人由于天灾人祸而导致家毁人亡的悲剧，但旺拉一家却以德报怨，永远对生活充满希望。小说书写了他们苦难的人生，反映了藏族人善良、宽容、坚韧的精神品质和乐观的生活态度。《杀手》反映了藏族血亲复仇的传统观念与悲悯情怀战胜传统观念的义行。次仁罗布的小说语气平缓，在不动声色的细致描述中娓娓道来，犹如西藏上空冉冉的桑烟和飘荡的经幡，寂静、辽远，又像一首藏族民歌，悠扬、穿透灵魂。"次仁罗布是土生土长的西藏人，他是西藏这片土地开出来的花朵，虽未必懂得西藏宗教高深的义理，但他并不装，且对于'百姓日用而不知'的风俗、宗教有切实的体会，也对近年西藏的变化有着了解和感受。"②

尼玛潘多曾自述："在众多表现西藏题材的文学作品中，西藏或是神话和玄奥的产生地，或是探险和猎奇的代名词，唯独缺少对西藏现实及普通人的关注，所以我希望能通过自己的努力，剥去西藏的神秘与玄奥外

---

① 李胜清：《少数民族文学表意的日常生活之维》，载《民族文学研究》2011年第3期，第71-72页。

② 刘涛：《从想象到写实——关于西藏的两种叙事模式》，载《南方文坛》2013年第5期，第101页。

衣，以普通老百姓的真实生活，展现跨越民族界限的、人类共通的真实情感。"① 尼玛潘多的立场和观点代表了世纪之交大多数藏族作家的文学观，事实上也是，90 年代以来，日常写实的西藏日趋崛起。长篇小说《紫青稞》通过讲述藏族一个小山村——普村，一个普通人家阿妈曲宗三个女儿的人生经历，反映改革开放后藏族乡村的社会变迁，让读者了解到藏族山村普通农家的日常生活和酸甜苦辣。农牧民占据西藏人口的绝大多数，长篇乡土小说《紫青稞》弥补了当代藏族作家乡土经验的匮乏，是当代藏族题材汉语小说史中重要的一笔。

此外，梅卓的中短篇小说集《麝香之爱》对藏民族的宗教信仰和佛教义理进行了形象的诠释并将其升华为人生的智慧。白玛娜珍的小说讲述了红尘男女的世俗人生和心灵秘史。

江洋才让的小说很有特点，他避开了很多作家在反映民族性与现代性时采用的对比观照视角，专注于展现康巴人的生活现实和对民族意蕴的深度描述。《马背上的经幡》讲述了两个草原牧民卡开和洛扎的人生历程，他们是赛马场上的健儿，在日常生活中他们和其他牧民一样为生计劳作、奔波，有自己的人生故事和喜怒哀乐，像很多人一样面对命运的偶然和必然，这种普遍的民族意蕴反而更真实。《然后在狼印奔走》通过"我"——野人的儿子的讲述，反映追求自由、平等、尊严的人生的可贵，彰显了自由、高贵的康巴精神。《康巴方式》中"康巴方式"是通过"我"自由奔放的心灵、有情有义的言行和哥哥的英勇智慧，以及康巴人野性蓬勃的生命力体现出来的，这种精神还藏在康巴人腰间的藏刀、头上的红丝线和口中的歌谣中。

汉族作家笔下很少有细致描述藏地日常现实生活的情景。当代汉族作家对藏地奇观化的书写自马原以来一直在接续，雷鸣指出："新世纪小说的西藏书写，依然接过了'奇观化'西藏这根接力棒。虽然大多数小说不再设置叙述圈套，但却是穿新鞋走老路，神秘、魔幻仍然是这些作品的最大卖点，对西藏的书写还是以'奇观化'作为小说成功的命门。他们要么以史诗情结，记叙西藏历史风云人物异类传奇；要么以宗教情绪，把西藏独特地域文化的神秘，演绎到极致。文本中唯独没有当下西藏的日常生活

---

① 转引自李佳俊《普村女人的昨天和今天——喜读尼玛潘多的长篇小说〈紫青稞〉》，载《西藏文学》2010 年第 6 期，第 4 页。

状态，没有真实的充满血肉和肌理的西藏城市和乡土，没有普通藏族老百姓的喜怒哀乐，很少去挖掘新世纪的西藏人在社会转型期的丰富的内心世界与精神变迁。"①

对此，小说家杨志军的一番话可见一斑。他坦陈自己的藏地系列小说是在追求一种信仰、一种精神，"藏地小说已经超越了历史和苦难的层面，而是精神的升华，是信仰与现实的抗争。藏地小说跟我在生活和精神上的逐渐进步攀升有关，等到攀升到一定程度，我会把它完全生活化"②。在准备创作藏地三部曲之前，范稳对藏族文化是不太了解的，他说："我特别注重一个人的文化背景，你出生在一个什么样的社会，就必然具备了那个社会的文化滋养。一个乡村藏族小孩童年的故事总是与大自然中的各路神祇有关……他们的成长伴随着对信仰的认知而逐渐加深、牢固。这并不是一件刻意为之的事情，而是生活就是如此……而我们并不是在一个有信仰的环境中长大，我们从小读的《三国演义》《水浒》《西游记》里的神话故事并不能给我们宗教文化的滋养。"③ 当然，范稳也认为文化背景知识可以通过学习掌握，但日常生活方式和生活细节感知却是学不来的，所以范稳的小说也是对藏族文化和日常生活抽象、浪漫化的表述，缺少稳固的根基。范稳、杨志军的藏族题材汉语小说写到了藏地的文化、人和生活，而在一些涉藏小说中，不仅主人公大多数是汉人，藏地也不过是故事的发生地或实现写作诉求的虚幻之地，没有正面细致的描写。

宁肯把在藏的经历化为素材写就了《天·藏》，在他的笔下，西藏仍然是救赎之地。但他意识到在不太了解西藏的情况下写西藏是困难的，所以借助先锋文学的形式来完成。"我觉得宁肯的《天·藏》hold 不住西藏，因此不得不在形式上试图有所弥补。"④ 此外，一些写实的作家如部队作家借藏地自然地理条件的严酷，凸显驻藏官兵的英勇奉献精神；行走作家把藏地当作精神的家园、灵魂的救赎地；藏漂作家也只是借此表达自

① 雷鸣：《汉族作家书写西藏几个问题的反思——以新世纪小说为中心考察》，载《西藏研究》2013 年第 5 期，第 101 页。

② 杨志军、臧杰：《人格·信仰·天赋——杨志军访谈录》，载《百家评论》2014 年第 2 期，第 27 页。

③ 刘大先、范稳：《用作品抵达一个民族的心灵，并非易事——范稳访谈录》，载《边疆文学（文艺评论）》2019 年第 5 期，第 44 页。

④ 刘涛：《从想象到写实——关于西藏的两种叙事模式》，载《南方文坛》2013 年第 5 期，第 100 页。

已难解的情怀，都没有把西藏写到实处。在这方面张祖文作出了一些努力，他的"藏边体"小说《我在拉萨等你》《拉萨河畔》《拉萨别来无恙》等，反映内地进藏人员和受千年佛教熏染的藏族人民在面对现代文明交融时的思想和生活状况，但行文中仍然感受到作者对西藏的浪漫、理想化想象，而且藏族人的日常生活也不是他小说的用力之处。

藏族作家小说中民族元素的日常化表述，根源于他们对民族文化、日常生活、宗教仪式的熟稔，藏族作家通过日常叙事对藏族人的人生观和世界观进行建构。同时，它也是藏族人关于信仰、道德、自然、社会的理解和认识的反映，因为"日常生活对于任何一个民族共同体而言都意味着或者说曾经意味着一种基础性的在场方式。……日常生活的表意特征意味着少数民族文学仍然保留着素朴文学形态的实用理性目的与浓烈的现实化关怀，对少数民族来说，文学选择日常生活作为表意对象实质上就是尊重了他们本来的存在现状与历史真实，借助文学并且就在文学中，少数民族重新观照并建构了自己的日常生活"[1]。"文学来源于生活"，只有从生活中获取的素材才能具体、真实地反映一个民族的精神和文化。藏族文化独具地域色彩和民族风情的文化形态正是通过藏族人的日常生活展现出来的，日常叙事是藏族文化的具象化、实体化，民族文化的日常叙事对于还原民族的真实面貌具有重要的意义。而日常生活的文本化是对于藏族地区人的道德理想、价值观念、精神信仰的阐释，便于更好地回忆、整理、审视、民族文化记忆和民族精神建构。

二、物象的隐喻，歌谣的魅力

藏族人原始信仰源远流长，内容非常丰富，山、水、动植物等都是崇拜的对象。"在藏族民众眼里，高高的天空布满了神，云遮雾盖的雪山上居住着神，草原和河谷里生活着神，水里的生物是神的化身，地里的庄稼都有灵魂。"[2] 因此，在藏族地区随处可见神的踪迹。此外，图腾崇拜和灵物崇拜在藏族地区现今仍然存在。当代藏族题材汉语小说中，有很多对动植物、自然地理风光和意象的描绘。在小说中，藏地是一个充满神魔鬼

---

① 李胜清：《少数民族文学表意的日常生活之维》，载《民族文学研究》2011 年第 3 期，第 70—71 页。

② 李晓丽、张冀震：《藏族的原始信仰及其生态价值》，载《西南民族大学学报（人文社科版）》2007 年第 5 期，第 52 页。

怪和灵异气息的地方，这里的一切都被披上了神秘的面纱，藏族人虔诚地信奉神灵宗教，有神山圣湖崇拜情结，藏族也是一个有悠久民间故事和神话传说流传的地方，这些在藏族作家的笔下都有所呈现。藏族人的神山圣湖崇拜情结来源于"万物有灵"的观念，泰勒认为："在蒙昧人中，关于灵魂的一般概念具有广泛性和彻底性，由于人的灵魂学说自然扩大的结果，就承认了动物的灵魂。树木和其他植物的灵魂也就沿着特殊的和有点不确定的途径随之而来。最后，非生物体的灵魂把一切理论引到了极限。"① 藏地原始宗教苯教也崇尚"万物有灵"的观念。

寄魂物信仰至今在青藏高原上还有遗存，费尔巴哈说："自然界的变化，尤其是那些能激起人的依赖感的现象中的变化，乃是使人……虔诚地加以崇拜的主要原因……惟有自然的变易才使人变得不安定，变得谦卑，变得虔敬。"② 在藏族原始观念中，灵肉分离的说法依然存在：人在肉身死后灵魂会在空间飘荡，因此需要采用一些仪式禁忌来安妥灵魂，所以就有了寄魂物信仰。"个人的灵魂、家族的灵魂，甚至整个民族的灵魂都被认为与某个确定的地点或生物相联系。灵魂所寄居的地点或生物称作'魂居'（或寄魂物），假若魂居被毁，那么此灵魂所属之人将死期临近，至少大难临头。"③ 这种寄魂物可以是树木、河流、山川、动物等。小说《月亮营地》中，甲桑母亲尼罗的魂灵就寄生在一只牦牛身上，《放生羊》中年扎老人把一只放生的羊当作老伴的转世，《寻找康巴汉子》中吾杰一家就把门前的一棵树当作守护家人平安吉祥的寄魂物，阿来的小说《空山》也写到能够保护机村平安吉祥的金野鸭，以及人与野熊微妙纠葛的关系。那里的每一座山每一方水都有它的传说和来历，都被拟人化和赋予神性的光辉，可以说，它们是人神交流的桥梁。《悠悠诵经声》中，肯地六年前的一场大病因为"放生羊"而好转，六年后放生羊突然起不来了，肯地也神志不清地疯癫了。作者加央西热通过描述这样的现象来揭示人与寄魂物的生命息息相关。

藏族作家笔下物象的描写具有丰富的隐喻性。次仁罗布的小说《放生

---

① ［英］爱德华·泰勒：《原始文化神话·哲学·宗教·语言·艺术和习俗发展之研究》，连树声译，广西师范大学出版社2005年版，第199页。

② 王晓朝：《宗教学基础十五讲》，北京大学出版社2003年版，第32页。

③ ［奥地利］勒内·德·内贝斯基·沃杰科维茨：《西藏的神灵和鬼怪》，谢继胜译，西藏人民出版社1993年版，第569页。

羊》中，被年扎老人放生的羊已经成了拉萨的一道景观，它是佛教不杀生、众生平等、轮回转世观念的体现。

藏族作家还创作出一些以动物为形象的寓言体小说，如德本加"狗"系列的小说。《看家狗》中的看家狗忠诚负责，但因为它不懂得人情世故，所以落了个被主人打死的下场。小说从"看家狗"的眼光反映人类世界的复杂，揭示人与人之间阿谀奉承、恃强凌弱的丑陋行径。《哈巴狗收养记》描写了哈巴狗为了不断改变自己的境遇，奴颜婢膝而又忘恩负义的嘴脸，以物喻人。仁扎的小说《猫》以猫的本性——表面整洁、温和，实则狡猾、狠毒阴险，揭露人具有和猫一样的丑恶面目。阿来小说写到了马队（《奥达的马队》）、公路、汽车等交通运输工具，以物象的变化喻指藏地社会的变迁。

当代藏族题材汉语小说家对物象的描写具有丰富的文化内涵，反映了藏族宗教教义、神话仪轨、原始禁忌等民族意蕴，这些物象或禁忌往往是一种民族仪式。当然，藏族的传统仪式包括宗教仪式、巫术仪式、婚丧仪式等等，任何仪式都是符号，是历史，反映了这个民族的精神之魂和社会情况，扩展了作品的美学空间。

汉族作家也会被藏族地区奇异壮观的景象所震撼，也会描写动植物或其他物象，但更多的是对差异性的赞叹和展示，他们笔下的物象，往往被赋予了现代人的审美情感或者伦理道义的色彩。比如写《藏獒》的作家杨志军，其主要意旨还是通过藏獒这一形象，宣扬一种道德精神，物是充当了功利叙事的媒介，被赋予了人的观念和意志。而在马原的作品中，描述西藏的风俗文化和地域风情是为了营造其魔幻风格的需要。

与汉族作家的藏族题材汉语小说相比，歌谣、谚语、说唱等文体形式的运用是藏族作家汉语小说的特点。童庆炳说："文体是指一定的话语秩序所形成的文本体式，它折射出作家独特的个性特征、感觉方式、体验方式、思维方式、精神结构，和其它社会历史、文化精神。文体是一个系统。从呈现层面看，文体是指文体独特的话语秩序、话语规范、话语特征等，从形成文体深隐原因看，文体的背后存在着创作主体的一切条件和特点，同时也包括与文本相关丰富的社会和人文内容。"① 藏族人本就长歌善舞，张口能唱，即兴起舞，歌唱是他们表情达意的一种方式，是他们的

① 童庆炳：《文体与文体的创造》，云南人民出版社 1994 年版，第 102 页。

天赋。此外，说唱是藏族的一种古老的艺术形式，在文字还没有形成之前，就有口头流传的说唱文学出现，藏族伟大的史诗《格萨尔王传》就是民间说唱体文学。歌谣在小说中的运用增强了小说的表达能力和诗意氛围，突出了小说的民族性和地域色彩。

阿来的长篇小说《格萨尔王》中，在说唱人晋美和格萨尔王的故事两条线索上，歌谣的作用各不相同。先看在说唱人部分歌谣的运用，"第一部：神子降生"（说唱人：瞎眼中的光）最后引用英雄故事的片段：

> 鲁阿拉拉穆阿拉，鲁塔拉拉穆塔拉！今年丁酉孟夏初，上弦初八清晨间，岭噶将有吉兆现，长系高贵的凤凰类，仲系著名的蛟龙类，幼系鹰雕狮子类，上至高贵之上师，下至氓然之百姓，会聚一堂期佳音，岭噶将有吉兆现！①

这段讲述格萨尔王降生前的说唱，很好地连接下文（故事：神子下界），具有推动小说故事情节发展的作用，同时使上下文很好地衔接，使小说的两条线索有机融合交汇在一起。"第二部：赛马称王"部分（说唱人：赛马大会），以晋美在赛马大会上的吟唱作为结尾：

> 雪山之上的雄狮王，绿鬃盛时要显示！森林中的出山虎，漂亮的斑纹要显示！大海深处的金眼鱼，六鳍丰满要显示！潜于人间的神降子，机缘已到要显示！②

这段歌谣也起到了承上启下的作用。格萨尔王刚到人间时受到了误解陷害，他将要在赛马大会上显示神迹，一举称王。说唱人晋美的说唱内容与小说的情节节奏相吻合。"将歌谣转化为情节的有机组成部分，一般由具体人物在特定氛围中唱颂出来，让歌谣与人物和故事发生不可分离的关系。"③ 再来看格萨尔王故事这条线索中歌谣的运用，"第二部：赛马称王"中，梅朵娜泽对天马唱的一段：

---

① 阿来：《格萨尔王》，重庆出版社2009年版，第22—23页。
② 阿来：《格萨尔王》，重庆出版社2009年版，第126页。
③ 徐美恒：《论藏族作家长篇小说中歌谣的艺术魅力》，载《文学评论》2006年第4期，第72页。

　　　　射手的长尾箭，若不在英雄手中搭上弓弦，长插在箭袋中，不能制敌得胜，虽然锐利有什么用？神奇宝马啊，如你真是天降神驹，不助主人建功立业，奔跑在荒草滩上有什么用？①

这段说唱具有劝诫的作用。"第三部：雄狮归天"中，莲花生大师告诫格萨尔王的几句话：

　　　　精进之马常驰骋，智慧武器常磨拭，因果盔甲要护身，从此岭噶得安宁！②

这几句话犹如格言警句反映了佛教的教义，用歌谣的方式表情达意更形象、贴切，也更耐人寻味。《尘埃落定》中歌谣的运用具有隐喻主题的作用。如孩子们传唱的一个关于古老故事插曲的歌谣，讽喻了土司制度的腐朽和必将衰亡的命运。

　　　　情义得到报答，坏心将受到惩罚。妖魔从地上爬了起来，国王本德死了，美玉碎了，美玉彻底碎了。③

　　格央的小说《让爱慢慢永恒》中，也运用歌谣状写人物的境况和抒发情感，如：

　　　　东山的高峰上，云烟悠悠缭绕。是不是仁增旺姆，又为我烧起神香？崎岖的羊肠小道，不是跑马的地方。三心二意的姑娘，不能与她诉衷肠！你可以用绳索套住，撒野乱跑的野马。可是变了心的爱人，神法也拿不住她。在许多人的中间，不要表露咱俩的秘密，你内心如有深情，请用眉眼传递。热恋的时候，情话不要说完。口渴的时候，池水不要喝完。一旦事情有变，那时后悔已晚。④

---

① 阿来：《格萨尔王》，重庆出版社 2009 年版，第 116 页。
② 阿来：《格萨尔王》，重庆出版社 2009 年版，第 342 页。
③ 阿来：《尘埃落定》，人民文学出版社 2001 年版，第 62–63 页。
④ 格央：《让爱慢慢永恒》，太白文艺出版社 2006 年版，第 42 页。

"三心二意的姑娘""变了心的爱人"就像平杰抛弃姬姆措皈依佛门一样，"一旦事情有变，那时后悔已晚"正是姬姆措当时心境的写照。当平杰转身离去，一切的痛苦都只能由姬姆措来承受，她也因此被迫远走他乡。

小说《寻找康巴汉子》中，也写了一首藏族人家对树的敬仰和珍爱之情的歌：

> 大树，生灵的树，命中的绿松石，几世炫烂，美好的祈愿都在您绿色的枝头。大树，英雄的大树，自古对人无所求，献出您所有，众生景仰，大树，您奉献所有，却静美无言如神圣的菩萨……①

既表达了对神树的赞美珍爱之情，也反映了藏族人万物有灵的动植物崇拜精神，同时，神树的奉献、守护精神也象征着吾杰为村庄的发展不计个人利益得失的崇高品德。

歌谣的运用起着塑造人物形象的作用，布楚和吾杰的歌：

> 碧绿的草原大海一样的辽阔，鲜花铺满了美丽的大草地，草原写满了格桑花的幸福，美好的日子啊，要珍惜……②
> 草原是牛羊的家，牛羊是牧民的珍宝，天空的星光闪闪烁烁，告诉我美丽的草原赛唐卡，草原是牧人梦的花园，是我们幸福的家园……③

抒发了乡亲们对草原的热爱和赞美、眷恋之情，也反映了经过改革和发展，山村人精神面貌的改变，辽阔的草原、格桑花、牛羊等意象组成了一幅藏族山村幸福生活的图景。

有的歌谣正如人物命运的写照，如梅卓的小说《太阳石》中措毛经常唱一支古老的歌谣：

> 我从遥远的地方来，脚下是陌生的土地，耳边是陌生的声音，没

---

① 亮炯·朗萨：《寻找康巴汉子》，中国书店2011年版，第23页。
② 亮炯·朗萨：《寻找康巴汉子》，中国书店2011年版，第140页。
③ 亮炯·朗萨：《寻找康巴汉子》，中国书店2011年版，第167页。

有一张熟悉的面孔，啊，我没有一个朋友……①

伤感婉约的歌谣正如措毛寂寞悲苦的一生，丈夫完德扎西移情别恋，多少
个日夜她在孤独、忧伤中度过，她也是在孤单、恐惧中离世的。此外，歌
谣还具有讥讽的色彩，如《格萨尔王》中有以格萨尔王和爱妃美好爱情的
故事嘲讽爱慕虚荣的尕金和好色的丹增才巴的龌龊的歌谣。《月亮营地》
中甲桑十三岁学会唱的一首歌谣：

> 我没有帐篷，开阔的蓝天就是我的大房；我没有坐骑，草原的野
> 马就是我的坐骑；我没有靠山，肩后的猎枪就是我的靠山。②

形象地描述了甲桑孤儿寡母、年少家贫、无助孤独的童年生活。

《紫青稞》通过村民劳作间隙的对歌，凸显了人物不同的性格心理和
形象。大胡子和达吉的对歌：

> 美丽的大姐，你来自何方？芳名叫啥？芳龄几许？……我说的就
> 是东张西望的你呀，是大眼睛、红头巾的美丽大姐你呀……
> 大胡子大哥，姑娘名叫达吉。不怪你不认识我，我来自远方的
> 普村。③

大胡子的风趣开朗、达吉的稳重自爱和不卑不亢通过对歌的情景表现出
来。而格桑和大胡子的对歌：

> 大胡子大哥呀，长得威猛强壮，举止却如此轻飘，人家姑娘来自
> 何方，管你家屁事。……格桑大姐你听着，我家媳妇在家里，你在这
> 里吃啥醋。④

流露出格桑对达吉的嫉妒和她的粗俗。大胡子一语中的，让格桑毫无颜

---

① 梅卓：《太阳石》，太白文艺出版社 2006 年版，第 170 页。
② 梅卓：《月亮营地》，敦煌文艺出版社 2009 年版，第 111 页。
③ 尼玛潘多：《紫青稞》，作家出版社 2010 年版，第 36 页。
④ 尼玛潘多：《紫青稞》，作家出版社 2010 年版，第 37 页。

面。几番对歌把当事人的心理活动和形象性格展现出来。再如：

> 可惜梯子搭不上天，假如能够搭上天，一定要到天界去，借神一双千里眼，看看我的心上人。可惜风儿不能骑，假如能骑春季风，一定要到空中游，落到心上人身边，向他倾诉我的情。①

歌曲把桑吉想见多吉而不得见的焦急、迫切心情描绘得很形象。

> 疼爱我的阿妈，从家乡捎来香饼，每个香饼上面，留着她的手印。嚼着香香的饼子，泪水湿透了衣衫，我要回到家乡，回到阿妈身边。②

铁匠扎西的这首思乡念母的歌曲唱出了扎西心中的憋屈和压抑。

还有一些歌谣是人生经验的总结和智慧的结晶，如《入驻拉卜楞》中的：

> 山顶上的雪是厚是薄，只有饱经风霜的雪鸡才知道；爬山的路程是远还是近，问问山里流下来的溪水就知道。③

比喻事情是好是坏，只有亲自经历才知道。而康区一首民歌这样唱道：

> 严冬湖水结成冰，用靴带可以结起桥梁来。要想跨过湖心，就像戴戒指一样容易。过山以前莫惊慌，心境要得像太阳一样明亮。快乐地跨上马儿，山再高也能越过。④

唱出了康巴男子豁达乐观的心胸。《入驻拉卜楞》中的敬酒歌：

> 上等青稞酿的青稞美酒，首先供养佛法僧三宝，其次供养生我的

---

① 尼玛潘多：《紫青稞》，作家出版社2010年版，第72页。
② 尼玛潘多：《紫青稞》，作家出版社2010年版，第116—117页。
③ 尕藏才旦：《入驻拉卜楞》，甘肃民族出版社2010年版，第190页。
④ 尕藏才旦：《入驻拉卜楞》，甘肃民族出版社2010年版，第190页。

父母，最后敬给至尊马大人。①

反映了佛、法、僧在藏族人心中的地位和敬酒的习俗。

综上所述，歌谣在当代藏族题材汉语小说中的运用，对揭示主题、塑造人物形象、推动故事情节的发展、衬托人物的心境和揭示人生命运、反映藏族文化习俗等方面具有重要的作用。"在当代藏族文学中，那些常见的歌谣形式也同样程度不同地包含着来自历史深处的、根深蒂固的民族文化心理和精神气韵，它展现的仍然是藏民族对待世界的一种精神方式和处理自身与外界关系的一种精神手段。"②但20世纪90年代以来藏族作家汉语小说创作的歌谣运用远没有80年代频繁，在创作于80年代的降边嘉措的小说《格桑梅朵》和益希单增的小说《幸存的人》中，歌谣谚语处处可见，成了小说主要的表现手法。此外，藏族作家的母语小说创作比汉语小说创作更善于运用歌谣。

藏族作家小说创作中歌谣的运用，"实际上就是把抒情的诗意的存在方式和生存形式顺其自然地转化为艺术，因而创造出兼有诗意抒情和叙事两种功能的小说模式。这既是对本民族现实生活的深度反映，也是民族审美天性的自然流露"③。有些汉族作家的藏族题材汉语小说创作也用到了歌谣，杨志军的小说《伏藏》中就多处提到了仓央嘉措的情歌，但情歌的再现是为了从中推证出什么，情歌本身的审美意蕴和文化内涵并没有体现出来。范稳的小说《大地雅歌》在章节正文前会引用一些歌谣，如：

> 嗦——要找异乡的情人，请把心里的话儿，早日对她倾诉；嗦——要娶异乡的情人，请骑上你的骏马，把她带到爱情的天堂。——扎西嘉措情歌《要找异乡的情人》④

这些歌谣不是随着故事情节的发展或人物的心理活动自然融入小说中，与

---

① 尕藏才旦：《入驻拉卜楞》，甘肃民族出版社2010年版，第222页。

② 胡沛萍：《当代藏族文学中传统文体的文化内涵——以"歌谣"和"叙事伦理"为例》，载《西北民族大学学报（哲学社会科学版）》2013年第2期，第112页。

③ 徐美恒：《论藏族作家长篇小说中歌谣的艺术魅力》，载《文学评论》2006年第4期，第76页。

④ 范稳：《大地雅歌》，北京十月文艺出版社2010年版，第25页。

小说有割裂感。在这些小说中，歌谣不是小说必不可少的表现手法，因此歌谣的魅力没有体现出来。

歌谣是藏族传统文化、文体延续下来的一种文学表达方式。歌谣的形式和内容是在藏民族传统文化和生产、生活中形成的，集中体现了本民族的物质文化和精神文化。藏族古代文学大量运用了歌谣、谚语、格言等表现形式，"韵散结合"的文体是藏族古典文学的主要特征。佛经的翻译、传播也是形成这种文体的重要因素，佛经念诵的表达方式本具有"韵散结合"的特点。"歌谣作为一种说唱形式，已经在藏族审美文化中具有了'仪式'化的意味。也就是说，在藏族文化中，说唱这种艺术文体，在人们的意识深处就是一种'仪式'，一种神圣的，且具有神奇力量的'仪式'。"① 在当代藏族文学中，歌谣的内容和功能发生了一些变化，在特定时空和特定情景下，通过歌谣表达世俗情感和现实愿望的倾向比较明显，无论是在藏族传统文化还是当代文学中，歌谣在文本中的功能和魅力是值得肯定的。

三、第一人称叙事和诗意化的表达

苏珊·兰瑟对第一人称叙事按集体型和个人型进行了划分，第一人称"集体型叙事"有三种范式：一，某叙述者代某群体发言的"单言"形式；二，有一定规模的群体被赋予叙事权威的复数主语"我们"叙述的共言形式；三，群体中的个人轮流发言的"轮言"式。② 具体到当代藏族作家的小说，第一人称"我"的表述在集体型叙事方面就突破了个体经验，传达出民族集体共同的文化精神和生存状态，具有深刻的民族意蕴。"个人型叙事主要关注自我和自我意识的存在。这种叙事有七种类型：1）自我主体意识张扬型叙事……2）自我主体意识受压制型叙事……3）借暴露隐私和忏悔彰显自我的叙事……4）自我转变型叙事……5）独白加精神分裂式叙事……6）日记体叙事。最后，还有'我'不是故事的主人公，但'我'或见证、或作为故事的次要参与者等参与的情况。"③

---

① 胡沛萍：《当代藏族文学中传统文体的文化内涵——以"歌谣"和"叙事伦理"为例》，载《西北民族大学学报（哲学社会科学版）》2013年第2期，第112页。

② ［美］苏珊·S. 兰瑟：《虚构的权威：女性作家与叙述声音》，黄必康译，北京大学出版社2002年版，第23页。

③ 转引自王莎烈《缤纷多彩的第一人称叙事：声音、身份》，"叙事学研究：理论、阐释、跨学科"会议论文，2009年，第59页。

当代藏族作家的汉语小说创作多使用第一人称叙事，第一人称是他们讲故事的一种手法和策略，它能拉近作者与读者之间的距离，便于情感的抒发和情绪的表达，第一人称在小说中的运用有不同的情形。阿来的小说《尘埃落定》借土司家的傻瓜儿子"我"的视角描写了土司制度下的社会生活和历史命运。"我"是一个寓言化的人物，有时痴傻有时大智若愚，他简单的思维能真实反映土司家族和当时社会的情形，未琢的天性接近混沌原初，像婴儿一样不会作假，他的视角更能表述事物的本质，小说就通过他的口传达出了对世界和历史的预言。"我"的纯净反衬出周围世界的贪婪、权力膨胀，揭示了土司制度必然衰亡的历史命运。《尘埃落定》中，第一人称叙事运用得很成功，这个"我"既是个体的声音也是第三人称和集体型话语的代言，具有丰富的文化内涵。《尘埃落定》采用了比较特殊的叙事视角，以"亦傻非傻"的土司二少爷"我"为叙事承担者。"'我'是一个地道的有生理缺陷的傻子……'我'又是一个不傻的正常人，甚至是智者，……因为'我'既傻又不傻，所以许多内容就干脆让作者来充当'我'讲述，于是'我'变成了一个无所不知的全能叙事者。整部小说都是这三种视角并置于'我'身上，呈现出一种杂语交替发声的复调状态。"①

次仁罗布善于用第一人称叙事，《奔丧》用"我"的视角和立场表达对父亲又爱又恨的复杂情感和心路历程，第一人称的运用使小说情绪的表达更真实流畅，毕竟"我"更有权利和资格披露"我自己"。《叹息灵魂》从"我"的人生经历和人生体验现身说法，指出宽恕别人才能救赎自己，借"我"的口传达作者的思想观念。《神授》用了两种叙述视角，一是说唱艺人亚尔杰以第一人称"我"的视角讲述"我"的经历和感受；另外，从他人的视角用第三人称讲述亚尔杰的经历，这两种叙述人称共同推进故事的发展。第一人称"我"能自由酣畅地表述自己的情绪感知，第三人称能使故事的表述更客观可靠，这样作者便能从个人经历和情绪心理对亚尔杰这个人物作了主、客观的描写，使小说对人物的塑造更饱满。小说《绿度母》和《兽医罗布》都是由第一人称"我"讲述另一个人的故事，小说的讲述者"我"随着他人故事的进展逐渐有情感、情绪的流露和对事件

193

---

① 胡立新、沈嘉达：《谈阿来小说的叙事艺术》，载《黄冈师范学院学报》，2003 年第 2 期，第 40 页。

的议论，由看客转变为被看（被隐含作者和读者所看），成为小说中的一个角色。次仁罗布小说中也有多层叙事视角，赵毅衡称之为"叙述分层"，"假定一个故事里存在三个层次，如果我们称中间这层为主叙述，那么上一层叙述就是超叙述，下一层次就是次叙述"①。J. 希利斯·米勒则说，"任何一部小说都是重复现象的复合组织，都是重复中的重复，或者是与其他重复形成链形联系的重复的复合组织。"② 次仁罗布小说中对第一人称叙事进行了多角度的探索。

在白玛娜珍的小说中，第一人称"我"的运用是表达女性话语和民族话语的一种方式。白玛娜珍的小说被评为当代藏族女性的心灵秘史，具有强烈的女性意识和鲜明的民族色彩。《复活的度母》用女儿茜玛的眼光讲述母亲琼芨和"我"的情感经历。第一人称"我"的讲述具有以女性为主体、带有强烈的女性体验和女性话语色彩的特点。第一人称的视角便于从女性体验出发书写"我"的情感欲求和隐秘的心灵世界，关注当代藏族女性群体的命运遭际和精神建构。《拉萨红尘》中"我"——郎萨是一个排斥现代文明、恪守藏族传统文化的代表，通过"我"的眼光看雅玛在红尘中的痛苦挣扎，看古城拉萨在现代文明的冲击下日益喧嚣世俗、物欲横流，描述"我"和莞尔玛遁世的生活和精神信仰。通过"我"和雅玛生活轨迹和生存方式的对照突显小说的主题。

江洋才让则用"我"的方式讲述民族的寓言。汪洋恣肆的诗意化叙事通过第一人称的视角讲述出来，具有强烈的真实感和体验性。《康巴方式》中的"我"从童年视角表述了童年经验，传达出一种自由无拘、蓬勃欲出的民间生命力。《然后在狼印奔走》中"我"是一个无父无母的孤儿、一个野人的儿子，"我"的身份使小说中自由、正义、无畏精神的张扬具有底层意识和民间立场。

"在少数民族小说中，尽管采用了第一人称叙述者'我'的叙述策略，但是它并非只是故事中的一个主人公，实际上具有个人、集体和民族的多重身份，叙述民族性的事物以达到重塑的效果。"③ 当代藏族题材汉

---

① 转引自马传江《从叙事学的角度评析次仁罗布的〈传说〉》，载《贵州民族学院学报（哲学社会科学版）》2011年第5期，第126页。

② ［美］J. 希利斯·米勒：《小说与重复：七部英国小说》，天津人民出版社2008年版，第3页。

③ 曾斌：《"我"：作为集体的对象化叙述——少数民族小说第一人称叙述者研究》，载《民族文学研究》2012年第5期，第79页。

语小说中,第一人称"我"的表述突破了个体经验,传达出民族集体共同的文化精神和生存状态,具有深刻的民族意蕴。当代藏族题材汉语小说家中的汉族作家也有运用第一人称叙事的,如《酥油》《轮回》等作品,大多是自我经历的讲述。

藏族小说家还擅长运用比喻、通感等写作手法使小说的表达更诗意生动,而且喻义丰富。《尘埃落定》中描写罂粟挤出的白色乳浆"就像大地在哭泣。它的泪珠要落不落,将坠未坠的样子,挂在小小的光光的青青果实上无语凝咽",还描述浆汁"一点一滴,悄无声息在天地间积聚,无言地在风中哭泣"。小说运用了拟人的手法,隐喻着罂粟将给土司辖地带来悲苦和灾难。在描述傻子二少爷从奶娘和母亲的乳汁中尝出了不同的味道时用了通感、隐喻的写作手法,揭示土司制度下不同身份女人的心理和命运。

江洋才让的小说《康巴方式》喻体选取了藏族特有的事物来形容,如"他打了一个猎狗般深长的哈欠"①,"他盘坐的身形总是能够给我一座山峰的感觉。而且是那种处在雪原上的山峰"②,"风还把他肩头上的白口袋吹得像还魂了一样地抖动"③,这些喻体的运用使小说更具有民族和地域色彩,更形象生动新颖,丰富了小说的民族意蕴。此外,他还喜欢用拟声词,如"他隐隐地听到手底下发出的噼噼啪啪的响声。是豹子的皮毛在申诉!"④"用手背揉了揉眼皮。然后,就听到自己的眼球在眼眶里发出咯吱咯吱的类似擦玻璃的声音"⑤,"我听到骨骼好像是受到了煽动一样地发出响声。嘎嘎,咯吱嘎嘎!也像是身子下大地的床板在开裂!"⑥

白玛珍娜的《拉萨红尘》中有一段描写上海江边黄昏的景象:"黄昏,殷红的残阳映照着江面,几艘破旧的轮船泊在江边,船身的朽木散发出陈腐的臭气。"⑦ 这是雅玛看到的上海:破败、肮脏、缺乏生气。"她走回到已是灯火通明的街上。街两旁的商店都大敞着门,像等着吞噬的一张

195

---

① 江洋才让:《康巴方式》,青海人民出版社 2010 年版,第 38 页。
② 江洋才让:《康巴方式》,青海人民出版社 2010 年版,第 67 页。
③ 江洋才让:《康巴方式》,青海人民出版社 2010 年版,第 113 页。
④ 江洋才让:《康巴方式》,青海人民出版社 2010 年版,第 172 页。
⑤ 江洋才让:《康巴方式》,青海人民出版社 2010 年版,第 180 页。
⑥ 江洋才让:《康巴方式》,青海人民出版社 2010 年版,第 62 页。
⑦ 白玛娜珍:《拉萨红尘》,西藏人民出版社 2002 年版,第 133 页。

张张开的巨大的嘴。"① 作者这样的描写带有很强的主观色彩，意在表达对现代生存方式的反感和对异己文化的排斥。而"美丽而静谧的街上又空无一人了，偶尔有一只小野兔从街上蹿过，悠闲的放生羊有的低头舔食树叶，有的在街心自由地漫步……那时的拉萨街上，春天飞絮漫天，秋天则落满了金灿灿的树叶，冬天是一尘不染的雪，而夏日的雷雨中，街上常常传来人们度假归来时纵情的歌声"② 等描述则表达了对没有受到现代文明熏染的、宁静美好的拉萨古城的眷念。

在少数民族文学作品中，叙述者的声音传达了一定的民族文化立场。"一个作家的情感必定与他的族裔、他的故土血肉相连。其艺术创作一旦达到一定的高度和深度之后，就会自觉不自觉地总是对其艺术创作根性、文化归属及精神归宿问题投以极大的关注。由此，进一步确认自己心灵深处、精神世界与生俱来的文化依恋情结和精神深层渴求，回归本民族历史文化发展根脉，回归本民族的精神史、心灵史，从而探寻并建构自己更深厚更本真的文化底蕴。"③ 藏族作家小说中的第一人称并不仅仅指"故事中的一个主人公，实际上具有个人、集体和民族的多重身份……隐含作者通过控制叙述者或者通过叙述者之口，宣扬本民族文化与精神、塑造本民族形象，同时又极力表现本民族在时代发展中所面临的问题。"④ 如《尘埃落定》中的叙述者"我"，土司家的二少爷，故事的主人公，但有时这个"我"溢出故事主人公的角色，以民族集体代言人或隐含作者的身份发出声音，如小说结尾这样写道："上天啊，如果灵魂真有轮回，叫我下一生再回到这个地方，我爱这个美丽的地方！"这是"我"作为民族集体的心声。小说有时还采用第一人称复数指代"民族""集体"，表达隐含作者的民族文化立场和民族身份认同，如"我们是在中午的太阳下面还在靠东一点的地方。……它决定了我们和东边的汉族皇帝发生更多的联系，而不是和我们自己的宗教领袖达赖喇嘛。"⑤ 这里连续用了几个"我们""我们和东边的汉族皇帝""我们自己的宗教领袖"几个归属性的指称，强调

① 白玛娜珍：《拉萨红尘》，西藏人民出版社 2002 年版，第 133–134 页。
② 白玛娜珍：《拉萨红尘》，西藏人民出版社 2002 年版，第 75–76 页。
③ 丹珍措：《阿来作品文化心理透视》，载《民族文学研究》2003 年第 4 期，第 39 页。
④ 曾斌：《"我"：作为集体的对象化叙述——少数民族小说第一人称叙述者研究》，载《民族文学研究》2012 年第 5 期，第 79 页。
⑤ 阿来：《尘埃落定》，人民文学出版社 2001 年版，第 18 页。

了"我"的民族集体性归属和强烈的民族身份认同感。因此，在藏族作家的藏族题材汉语小说中，第一人称叙述者已经不是单纯意义上的个体自我，它已超出了故事中的"我"，成了民族集体的代言人，这样的表述在藏族小说家的作品中经常出现。

综上所述，在一些共同主体的探讨上，藏汉作家由于文化背景、思维方式、文学素养、个人经历的不同存在表述的差异。总体来看，汉族作家的涉藏小说在宗教元素、孤独意识、追寻主题上表现出的藏文化印记比较浅层和模糊，更多的是在藏地背景下抒发个人情怀和心绪。藏族作家对这些问题的探讨则具有鲜明的民族性和民族文化认同感，同时一些作家也突破了民族地域的局限，向人类的共同境遇和情感发问，显示了20世纪90年代以来藏族文学跻身世界文学行列的实力，他们的书写具有普遍的价值意义。

第五章 "自我"与"他者"
——藏族作家与汉族作家的视角差异

　　藏汉作家从不同的角度和立场为西藏构图。在汉族作家的藏族题材汉语小说中，西藏和藏族文化是异于己的"他者"，而在藏族作家藏族题材汉语小说中，"他者"则指向外来者或外来文化。汉族作家藏族题材汉语小说的"他者"书写具有跨地域、跨民族、跨文化的特点，那么，藏族作家汉语小说中的"他者"形象是怎样的呢？在对比20世纪90年代以来藏汉作家在藏族题材汉语小说主题意蕴和表述方式的差异下，本章继续探讨藏族作家藏族题材汉语小说中的"他者"形象和汉族作家的跨文化写作。从20世纪50年代初期至今，以外来文化为代表的"他者"在藏族作家笔下呈现出启蒙者、被质疑者和被审视者几个形象，体现了藏族作家民族自主意识的增强和理性的眼光。汉族作家跨文化、跨地域、跨族别的写作姿态和立场与每个作家本人的藏族文化认同感有关，表现了其对藏族文化认同的主动性和自觉性。总体来看，当代藏族题材汉语小说的创作为当代文学注入了新鲜的元素，丰富了民族文学的审美内涵。这种书写方式使藏族作家获得了一种双重视角，即民族视角和世界视角，"向内"来说，即在小说的叙事立场上体现为理性的自审意识。当代藏族题材汉语小说的书写具有合理性和必要性，其在民族文化认同和民族国家认同方面达到了统一。

第一节 藏族作家视域下的"他者"

一

"他者"是相对于"自我"而存在的一个概念，指"自我"之外的一切人与事物。"他者"对于"自我"的建构有着重要的意义，黑格尔在《精神现象学》中暗示，"他者"的存在是人类意识的先决条件。在《存在与虚无》中，萨特认为"他者"对"自我"的意义在于，"他者"的凝视是一个重要因素。"他者"的凝视能促进"自我"形象的塑造，具体到当代藏族作家的藏族题材汉语小说创作，"他者"意指与藏地不同的民族和文化，即外来者以及现代文化和思想观念等。

20世纪80年代初期，在藏族题材汉语小说家如降边嘉措笔下，外来者和外来文化指向的是人民解放军和他们带来的翻身解放的思想，当然他们还带来了先进的技术和生产、生活方式，藏族地区群众对外来文化的态度经历了由最初的疑惑到欣然接受的转变，"他者"在藏族作家笔下是启蒙者、救世主的化身。

扎西达娃早期的小说书写了在现代文明的熏陶下，藏族青年男女崭新的精神面貌。《闲人》中旺多想要积极工作，当一个新长征突击手。《朝佛》中珠玛改变了把幸福寄托在虚妄的来世、一心去拉萨朝佛的观念，接受了现代文明的化身——德吉的建议，回到家乡用勤劳的双手开始美好的人生。《没有星光的夜》批判了藏族传统家族复仇观念的愚昧、野蛮，倡导和谐文明的人际关系和交往方式。从扎西达娃早期的这些小说来看，"他者"——现代文明是本地人追求和学习的目标，是构建"自我"的榜样。

而扎西达娃后期的小说中，"我"对"他"——外来文化和进入者陷入迷惘之中，表达了自我意识、民族意识初步觉醒后对外来文明的审视。《西藏，系在皮绳扣上的魂》中，作者让塔贝死在寻找香巴拉的路上，让婛在滞留喧嚣的村庄后返回来时的路，可见，小说中角色的追寻是迷惘的，作者的选择也是犹疑的。《西藏，隐秘岁月》中，小说以神秘化的写法描述次仁吉姆的右脸自从被英国人吻过之后开始红肿且流脓液，而且她身上种种度母化身的神秘现象都消失不见，隐喻藏族传统文化与现代文明的不相适应。而两个北京的大学生根据次仁吉姆身上破旧的英国军服推断她是英国人情妇的猜测，揭示了在所谓现代文明思想熏陶下人思想的龌龊、心理的丑陋和认知的肤浅，对藏文化的隔膜使他们做出想当然的推测。

20世纪90年代以来，藏族小说家对"他者"的书写走出单一的模式，内涵也更深刻丰富。达真的小说《康巴》表达了不同种族间平等、和谐的民族关系，体现了藏族文化对外来文化的吸收、宽容和接纳，显示了民族自信心的增强。《命定》讲述了两个藏族人土尔吉和贡布在命运的驱使下加入抗日远征军，与其他民族的战士共同保家卫国，对藏族群众为民族国家所做的贡献给予肯定，树立了他们积极、正能量的精神面貌。达真没有将外来者神圣化或妖魔化，也没有忽视或扩大自我，在他的笔下，藏族和其他民族之间是和谐平等的关系。

吉米平阶的小说《北京藏人》中的藏族人走出藏族地区，走向现代文明的中心——北京，讲述藏族人与现代文化互融又疏离的状态。《橡皮墙》和《昨天的太阳》中，桑和尼玛虽身居现代文化圈却与现实世界格格不入，只能退避内心或逃避现实。次人是一个讲起道理来头头是道但解决不了自己的问题的人，多少年来原地踏步没有做出改变。卓玛是完全被现代文明同化的藏族人，她对爱情和婚姻的选择体现了新时代女性的婚恋观。桑和尼玛的生活状态对于藏族人如何在现代文明进程中更好地调适、建构自我具有指导意义。《生命是在别处》反映了在功名利益、物欲横流的社会下，爱情和崇高的追求被挤压得无生存之处的现象。王红价值观的转变正如快速变化的现代社会一样，在巴加看来很不适应也很不可思议。昔日谦逊的大学学长边巴次仁一旦身居领导职位就官样十足，同事之间相互排挤、暗算，往日淳朴、坦诚无间的社会风气荡然无存，在他们身上可以看出现代文明带来的一些负面的影响。《洛桑其人》叙述了洛桑和几个大学女同学的情感故事，张雯、赵雅晴对洛桑的印象和看法代表了"他者"对藏族文化的朦胧认知。洛桑之所以吸引张雯是因为他身上那种与众不同的气质和感觉，而赵雅晴一开始讨厌洛桑是认为来自蛮荒之地的他必定野蛮愚昧，是自我优越感的心理作祟。毕业后厌倦了现代都市生活节奏和方式的赵雅晴，开始向往洛桑在藏地的生活。藏地让她感触颇深，那才是她精神的家园、灵魂的净土，所以她接受不了洛桑的改变——到都市实现自我价值的提升。洛桑的一番话表明了"他者"对藏地的想象和藏地人眼中的他者形象："你觉得我该是什么样的，难道你们把我挂在墙上，我就得永远呆在上边？"① 吉米平阶笔下的藏人在现代化的都市中，在与他者的交汇、冲撞、摸爬滚打中，努力寻找最适合自己的生存状态。

"他者"在当代藏族女作家笔下也有不同的面目。梅卓的长篇小说《太阳石》提到了解放前严总兵利用权势发动侵占部落的战争，导致生灵涂炭。《月亮营地》中也讲述因为马家庄人的贪欲，使章代部落落入他人之手，而马家庄更大的野心还在于一并吞掉月亮营地和其他部落。梅卓笔下的严总兵和马家庄等外族人是一群狼子野心的侵略者和愚民者，对他者行为的描写是为了反映部落人的反抗精神和团结意识。梅卓利用过往的历史激发民族尊严和勇气，体现了民族意识的觉醒和民族话语权的增强。

在白玛娜珍的小说中，现代文明就像一个泥淖，要么避开以求全身，一旦陷入就犹如上刀山下火海，几经挣扎终难圆满，但那又好像是完善自我的必要修炼。《拉萨红尘》中，郎萨与莞尔玛无法适应现代文明的冲击和渗透，离开都市，遁世乡野。泽旦也受商品经济大潮的影响，辞职下海经商，在商海沉浮和灯红酒绿中逐渐丧失了纯洁的内心和对婚姻的忠诚。雅玛的梦想在寻找不同的男人的过程中破灭，她渴望灵肉一体的爱情和稳定又浪漫的生活。已有妻室且富有的汉族人迪只能给她短暂的快乐，挣扎在生存线上的徐楠没有优裕的精力和金钱保障她悠闲安定的生活，也没有过多的浪漫和激情，而泽旦的堕落也使他们不能回到从前。小说中的迪、徐楠是两个渴望爱但又受制于各种人生的欲望而给不起爱的人，他们隐喻了现代文明的"他者"救赎不了灵魂深植于民族传统之中的"自我"的事实。《复活的度母》中母亲琼芨和女儿茜玛都在懵懂的年龄接触过一个异族男子：雷和老岩。雷征服琼芨的方式很浪漫，给她写诗和细心的照顾，但东窗事发后立刻显露出他自私、软弱的本相。老岩在茜玛面前的故意讨好使茜玛觉得好笑、讨厌，两人间的性关系使老岩激动难忘而茜玛却清醒地知道这无关爱，老岩表现出的对藏族文化的无知和好奇让茜玛觉得他是浅薄、愚昧的人，而茜玛也对老岩说出了心声："无论如何，今生我感激你，某种程度上，正是你，开启了我青春的门，让我明白了这一切，

---

① 吉米平阶：《北京藏人》，西藏人民出版社 2011 年版，第 364 页。

请你原谅我。"① 茜玛因为"他者"的存在而使"自我"更完善，从心理和姿态上摆脱了被启蒙或被伤害的立场。

阿来的小说对外来文化有鲜明的批判立场。长篇小说《尘埃落定》中的黄特派员，为了私利把罂粟种子带给麦其土司，罂粟的暴利引发了土司间的战争和粮食的匮乏。他是一个贪财好色、没有正义感和慈悲心怀的人，正是他给藏地带来灾难。小说还写到梅毒随着边境贸易和互通交流时传播到藏地。鸦片、梅毒都是摧毁意志、销蚀身体的东西，它们在藏地的传播正如在肌体内注入毒素，使土司制度日渐堕落、衰亡。此外，小说还描写做了英国夫人的姐姐回到藏地的情节，她的目的是要丰厚的嫁妆，过上土司都想不到的舒适生活。她身上羊肉和香水混合的味道正如她做作的言行一样让人反胃，她亲情淡漠、崇洋媚外，此行只为银子和获得回去之后的谈资，她的贵族做派使她与家人之间有了距离和隔膜。对于西方化了的她，作者借"我"的口气明确表示不喜欢她。《尘埃落定》对外来文化持嘲讽批判的态度。对于现代文明和外来文化的进入，阿来一直持理性的审视眼光，中篇小说《奥达的马队》中，公路修到了山里，一些林木遭砍伐，植被被破坏，环境受到污染，奥达等马队的人员也面临着何去何从的忧虑。现代文明的进程往往伴随着生态环境的破坏和人们生活方式的改变。《天火》的批判延伸到"文革"时期极"左"的政治运动。"大火"本来可以扑灭，但在阶级斗争为头等大事的时期，一次次郑重其事的开会延误了灭火的进程。与其他藏族作家相比，对外来文化负面性的反思和批判是阿来小说的特色。

从20世纪80年代初的被启蒙者和惟现代文化马首是瞻，80年代中后期对他者文化的质疑，到90年代以来对外来文化的反思、批判，藏族作家的民族意识和民族话语权开始逐步觉醒和增强。

在当代藏族作家的汉语小说创作中，民族传统文化和外来现代文化缺一不可，民族性和现代性的相互调适和最终统一是必然的趋势。现代性是当代藏族作家藏族题材汉语小说的普遍话题，其现代性表述不仅指向外来的现代文化和人，现代小说艺术手法的借鉴和使用也反映了藏族作家对现代性的态度和立场。

20世纪80年代初期，当代第一批藏族作家的藏族题材汉语小说的现

---

① 白玛娜珍：《复活的度母》，作家出版社2006年版，第320-321页。

代性体现为与主流政治意识形态话语的合声，主要内容体现为推翻农奴制和反动阶层的统治，反抗奴役、压迫，争取自由平等的人生，描绘新社会下藏族人的幸福生活，歌颂新生的国家和政权。藏族作家完全接受来自内地主流政治话语的启蒙，运用汉语、采取与古典文学不同的现代小说的手法结构文本，体现了外来文化对藏族文学的影响。而民族性在小说中则表现在风情民俗的展示和人文景观的描写，如降边嘉措的小说《格桑梅朵》中对"赶鬼"等习俗的描写。另外，这一时期小说的古典文学印迹还比较明显，如歌谣、谚语的大量运用，散韵结合的文体，粗线条的人物勾勒和用人物对话塑造人物形象的方法等。

80年代中后期，在商品经济和西方现代思潮的影响下，藏族小说家借鉴拉美魔幻现实主义等表现手法和现代主义哲学思想，在小说主题和叙事方面进行现代性的探索，其中以扎西达娃、色波的小说为代表。

从小说的主题看，扎西达娃、色波的小说都表达了民族传统文化与现代文明的冲突；从小说的形式上来看，扎西达娃这时期的小说借鉴拉美魔幻现实主义的表现手法，营造小说亦实亦虚的境界。

黎风的一段评论概括了色波小说创作的特点："色波的小说放弃了作为市民文学传统取悦于读者的传统套路，他似乎对情节性、故事性的表皮因素不感兴趣，而沉醉于玄思冥想的个人智力游戏中，在一个不大的平面上不断地堆砌生活化场景来具象其体味（体验、思考）到的某种思想（或是概念），观察和考证其在理性认知上的可靠性和恒世性。这种鲜明的私人化色彩由于其表象情节的玄奥、荒诞和非逻辑性，使作品具有浓厚的神秘主义气氛而让人往往不知所云、不解其意。"[1] 色波小说中的现代性体现在现代派的叙事手法和生存体验的哲理化表达上，小说鲜明的民族性则体现在对藏传佛教观念的阐释。从小说《圆形日子》开始，色波热衷于在小说创作表达"圆形意识"，这与藏传佛教的轮回观——从出生到死亡再到投生转世，人的一生就是不断轮回不断循环的圆形——有相似性。藏传佛教重来世、轻现世，所以藏族人对此生的福乐苦甜都看得很淡，认为一切都是虚无的。色波小说的圆形意识传达的正是人生孤独、无解的情绪体验，对人存在本质的叩问使他的小说超越了藏地的民族性界限而直达人

---

① 黎风：《智者的诗意独白——色波小说创作论》，载《西南民族学院学报（哲学社会科学版）》2001年第5期，第123页。

类普适性的话题。

90年代以来，藏族作家对民族性和现代性的表述姿态各异。对于现代文明对藏地的冲击，阿来一直持批判反思的立场。白玛娜珍小说中则充溢着强烈的主观情绪，她的小说传达出对现代文明的拒斥和对异己者的斥责。白玛娜珍诉诸心灵的文字和女性化的表达，彰显了强烈的现代女性意识。

对于书写藏族传统文化和现代文明的碰撞，次仁罗布和江洋才让采取比较平和的态度，他们的小说关注点不在表现两种文化的冲突，而是通过细致描写藏地日常生活呈现原汁原味的民族文化底蕴。与之相比，万玛才旦的小说立足藏地，探讨的是人类共通的现代话题。

当代藏族作家汉语小说中的外来者书写和现代技巧手法的运用经历了一个从懵懂到清醒、从跟风到理性审视的过程，反映了藏族作家民族意识的觉醒和文学素养的提高。

二

20世纪50年代初期至80年代初期的藏族题材汉语小说家，大多是党和国家培养的民族干部和知识分子，他们是西藏和平解放、民主改革和社会主义建设的参与者和受益者，在感情上与新生的国家更为亲近，如降边嘉措、益希单增、益希卓玛等藏族题材汉语小说家就是如此。与封建农奴制社会和之前历代王朝、政府相比，新中国的民族政策、宗教政策、文化理念等都体现了广大人民的利益和需求，得到藏族广大群众发自内心的拥护和热爱。那个时期很多藏族群众对毛泽东的个人崇拜和神化，正是藏族地区人民对党和国家真诚、朴素情感的极端表达。从藏族题材汉语文学的发展来看，20世纪50年代之前，藏族作家的文学创作主要是母语创作，不具备使用汉语写作的基础；而且文学的主题意蕴和表现形式以宗教、神学和韵散结合的古典文学手法为主，作家主要出身于僧侣或特权阶层。降边嘉措、益希单增等在新中国教育体系下培养的第一批藏族知识分子，其对汉语的掌握和使用也仅仅一二十年，用汉语进行新文学的写作刚刚起步，自身发展的不成熟、对新生政权的向心力和对汉文化的崇尚心理，在他们的创作上表现为对五六十年代国内政治主流文学的同化与写作方法的模仿。

20世纪80年代初期之前，藏族作家的藏族题材汉语小说对内地文学的模仿和被同化，遮蔽了藏族文学的民族特色，正如哈萨克族作家艾克拜尔·米吉提所说："人类在具有共同的审美标准的同时，每一个不同文化背景的民族都还有着不同的审美尺度。……遗憾的是，相当多数的少数民族作家，并没有将注意力放在对于这种差异（有时哪怕这种差异是那么的细微）的认识和把握上，从而忠实地体现出来，而是自觉不自觉地遵循着以汉文化为背景的汉文学的审美尺度来审视自己民族的生活，以至正在失去其作品不应失去的民族特色。"① 关纪新也评价说："从五六十年代起直到七八十年代……创作伊始曾以全盘模仿中原作家写作笔法和艺术格调为追求的现象屡见不鲜。结果是，他们中间的某些人无以挽回地滑落了自己的民族文学本体意识，把自己牢牢地贴附在中原文化制约下的固定创作位置上。"②

20世纪80年代初期藏族作家的汉语小说依然跟随着内地文学的足迹——伤痕文学、反思文学、改革文学，在思想意识和文学观念上还属于是汉文学、汉文化的同化者，如扎西达娃早期的一些作品对民族传统文化的断然否定和对现代文明不加分辨的推崇。谢热说，前40年的藏族文学倾向于以题材取胜，在观念意识上基本是对主流文学的"随波逐流"。黄伟林评价前40年少数民族的文学创作说："主流文学写农业合作化，少数民族文学跟着写农业合作化，主流文学写伤痕反思，少数民族文学跟着写伤痕反思。这种少数民族文学对汉族文学的跟风写作的局面进入90年代得以终结。"③ 20世纪80年代中后期，一些藏族作家已经意识到跟风、模仿写作的弊病，如扎西达娃、色波的小说开始写民族文化、民族意识的苏醒与回归，在小说艺术上借鉴拉美魔幻现实主义与当地传统文化相结合的现代小说创作手法。但扎西达娃和色波都是从小在内地长大并接受汉语教育，之后才认祖归宗，觉悟、认同自己的藏文化血脉。而且他们两个都是文化和骨血的双重混血儿，在很多时候，他们的藏族文化认同感和藏族文化立场带着客观、理性和困惑、犹疑，面对外来文化体现出分辨、反思的态度和比较宽容的立场。究其原因，一方面是在80年代解放思想、改革

---

① 艾克拜尔·米吉提：《少数民族文学必须突破汉文学的既定模式》，载《文学自由谈》1988年第2期，第46-47页。

② 关纪新、朝戈金：《多重选择的世界——当代少数民族作家文学的理论描述》，中央民族大学出版社1995年版，第149页。

③ 黄伟林：《20世纪90年代以来西部文学的实绩和发展动向》，载《涪陵师范学院学报》2003年第6期，第6页。

开放观念的影响下，藏族作家民族意识虽然觉醒但也积极吸取外来文化思潮，对汉族文化、文学思潮虽保持理性的立场但并不排斥；另一方面是这时期藏族地区与内地联系密切，如80年代的一批大学生和援藏工作者的进藏，藏地与内地的文化、文学交流增强。

扎西达娃在《你的世界》中对那个时期藏族作家微妙复杂的文化心理和文学选择做了形象的描述："写吧，用文学记录下我们这个民族的文化——开拓出一个少数民族文学的黄金时代——已为时不远了。文化传统的积淀、民族意识和心理素质、观念的更新、境界的超越、意识的觉醒、审美视角、纵向的继承与横向的参照……这些词句象一朵朵鲜花怒放，于是你心花怒放，怀着民族的责任感和奋进心，庄重地步入了中国当代少数民族作家的行列中，这其间掺杂着极为复杂的心情。"① 这段话充分体现了作家民族意识初步觉醒时的自豪感和自信心，对民族文化差异性的体认与认同，以及对民族文学独立、自觉写作的欣喜。"你的自信心来自于'蓦然回首，那人却在灯火阑珊处'。你在哺育了自己的大地上，重新找回了失落的梦想。"② 但他进一步披露："除了以上那些自信，还有个感觉：困惑。……我却总是在自以为布满了地雷的文学道路上小心翼翼地跳圈子。……这又使我想起了埃舍尔的那幅《上升与下降》……觉得在常态中逐步上升或下降的同时，但却不可思议地回到了原来的地方。再多说一句我们就要走进庞大复杂的形式系统的迷宫里了。"③ 正是这样，扎西达娃和色波等西藏新小说家们，在民族意识逐步觉醒和进行艺术探索时，不自觉地从模仿内地文学到学习、借鉴欧美的文学新经验、新技巧，从而陷入了又一次文学模仿的陷阱，好在作家们及时纠正了这种文学偏向。

20世纪90年代藏族作家的藏族题材汉语小说创作更加成熟，不再盲目地模仿、跟风外来文学，以理性、成熟的眼光审视外来文化，甚至在有些方面达到了内地文学没有达到的高度，显示了民族文学的强劲实力和民族话语权的增强。这一阶段藏族作家的成就与藏族文化地位的提高、藏族文学体系的健全和整个社会大环境的变化有关。1992年，市场经济理论确立，中国经济发生了天翻地覆的变化，少数民族文学的发展也不能不受到影响，文学趋于边缘化，在竞争性日益凸显的情境下，藏族作家也开始

---

① 扎西达娃：《你的世界》，载《文学自由谈》1987年第3期，第12页。
② 扎西达娃：《你的世界》，载《文学自由谈》1987年第3期，第12页。
③ 扎西达娃：《你的世界》，载《文学自由谈》1987年第3期，第13页。

重新考虑和寻求新的文学发展模式，藏族作家文学创作的开拓性、探索性增强。世纪之交，国家做出西部大开发的战略决策，西部大开发不仅仅包括经济的建设和发展，还包括文化的开发和扶持，对于西部大开发引发的文化、文学意义，李鸿然说："使西部成为当代中国的文学热土；走向西部，会成为文学潮流。随着时间的推移，国外的文学家也会纷至沓来。国内各民族文学和世界各国文学在西部开展交流与对话，将会大幅度地提高西部各民族的文学水准，而且有力地推动西部各民族文学走向世界。"[1]确实如此，西部大开发的决策提高了各族人们对西部的关注，如范稳与西藏的结缘就是源于1999年云南人民出版社组织的"走进西藏"徒步活动，那次活动的路线与主要人员分别为：滇藏线（范稳）、川藏线（阿来）、青藏线（江浩）、新藏线（龙冬）、藏南线（扎西达娃）、青康线（彭见明）、中尼（中国西藏至尼泊尔）线（曾哲）。此次活动，扩大了藏地的影响力，引发了"西藏题材热"的文化现象。2006年青藏铁路至拉萨段开通，便利了外地游客、旅人进藏，藏族地区的地位和影响力又一次提升。藏地在外来者眼中或笔下以正面评价或赞同为多，增加了藏族作家的民族自信心和自豪感。

在文学体系建设上，一方面，国家和地区的鼓励和扶持少数民族文学的创作和发展，各级文学论坛的召开，各种文学评奖机制的推行，各种作家培训班和作家签约活动的开展，推动、促进了民族作家创作的热情。文学刊物为文学创作提供了发表的阵地，如《西藏文学》《民族文学》《青海湖》等文学刊物对提高民族文学的影响力和发现、培养作家具有重要的作用，这些文学刊物大多坚持"纯文学"的办刊宗旨，保证了文学的水准和质量，无形中提高了藏族文学的文学地位。从作家的成长、教育经历来看，20世纪90年代以来的中青年藏族作家与20世纪80年代初期的藏族作家相比，他们没有那一批作家参与西藏和平解放和民主改革的切身经历和体验，接受的教育体系也已经与20世纪50年代至80年代主要培养拥护党和国家的民族干部不同，这时的教育理念和课程设置从政治型转向科学、审美型，文学素养较高。此外，在他们开始文学创作和文学创作走向成熟期时，国家对文学的控制和影响已经有很大松动，这些因素决定了90年代以来藏族题材汉语小说家能力的提高和自信心的增强。

---

[1] 李鸿然：《中国当代少数民族文学史论》上，云南教育出版社2004年版，第44页。

藏族文化、文学影响力的扩大和藏族作家文学素养的提高使他们在与外来文化对话时有了较强的民族责任感和自信心，日益取得在世界文学格局中的民族话语权。90年代以来，藏族作家不少优秀文学作品在海内外发行出版，这正是藏族作家有实力参与世界文学进程的体现。在双向的沟通、交流中，藏族作家不再盲目地跟风、模仿外来文学，而是以理性审视、客观分辨的态度给予中肯的评价和接受。总体上来看，藏族题材汉语小说家的"他者"书写体现了藏族作家文学素养的提高和民族话语权的增强，也预示着当代藏族汉语文学的创作进入了建构"文学性"西藏的阶段。

第二节　汉族作家的跨文化写作

一

"跨文化意识主要是指作家从自身的文化视角去理解自己是文化存在，然后较自觉地把这种理解作为去理解他族、他者文化的基础，从而在跨文化互动中有效地理解他者的行为，接纳他人的情感，理解差异中的互补性、相通性。"①

汉族作家远离现代文化的中心，选择边远的藏地作为表述的对象，显示了其对少数民族文化认同的自觉性和主动性。马丽华带着实现人生的理想和价值进藏，大半生为之著书立说。被西藏的神秘所吸引的马原不远万里奔赴而来，西藏激发了他的创作灵感。范稳在藏地行走的过程中被藏族博大精深的文化所折服而创作了厚重的"藏地三部曲"长篇小说。杨志军以深厚的感情、崇高的敬仰为青藏高原文化精神立传。部队作家以崇高的使命感和奉献精神守护在这里，播撒下爱的赞歌。援藏作家放弃舒适的都市生活自愿为高原奉献出一份光和热，难舍对藏地的眷恋。也有一批藏漂在这里寻寻觅觅。对于他们来说，藏地具有不同的情感和意义。

汉族作家藏族题材汉语小说的创作，具有跨地域、跨文化、跨民族的

---

① 黄万华：《中国文学中的跨文化因素》，载《天津社会科学》2005年第2期，第118页。

特点，对于藏族作家而言，他们是边缘化的少数，是外来者，对藏族文化有一定的隔膜，对藏族文化的认同程度也不尽相同。郑晓云认为个人对文化的认同表现在两个方面，一方面是对于自己所生存的文化环境的认同，另一方面是对异文化的认同，即"冲破对自己的文化的认同的障碍，去认同一种新的文化，把一种新的因素引入自己原有的文化中，并加以整合的过程"①。因此，汉族作家涉藏小说的书写就是整合、杂糅藏族文化和汉族文化，它是与藏族作家笔下的文化书写和汉族作家对自我文化的展示都不完全相同的文化空间。

郑晓云还指出，文化认同是一个长期的文化过程，人类文化认同一般有几个时期：前认同期、文化认同形成期、认同融合期、认同趋同期和认同大同期。具体到汉族作家的藏族文化认同，有以下这几种情况：差异性表达、尊重而不能融入、抛弃已有文化习俗主动融合和被藏族文化同化。藏汉文化的差异是作家注目的首先因素，马丽华曾说："大凡一个人乐意离开他自己的本土文化，去往异族异邦之地，想要获得的一定是差异。"②奔赴藏地的游客大都是奔着藏地奇异的自然地理景观、神秘的宗教和特异的民族习俗而去的，但走马观花，仅止于看到的表象，这种对异己文化的赞叹、惊奇和向往是最浅层次的文化认同。

随着了解的深入，最初那种惊奇和激动变得理性起来，奇异的自然景观下掩映着藏族人们生存的严峻和苦难的人生，虔诚的信仰下是人们思想的消极和固守，极端艰苦环境下遗留下来的传统甚至原始的生产生活方式亟须改变。对于这一切，任何一个具有人文关怀精神的作家都无法视若无睹、无动于衷。所以，马丽华在踏遍大半个西藏深入了解藏地的人文、历史、文化后，一直处在人类学家和人文学者的纠结中，一方面她尊重、理解藏族传统的风俗文化，但另一方面她不能认同藏族文化中一些落后愚昧的现象。马原也是如此，但他没有马丽华那样的焦虑，一开始他就清醒地把自己置于外来者的地位，没有融入的意识也就不会有马丽华那样的失落、挫败感。

范稳从原有的文化系统中脱离出来，深入了解和研究藏族的宗教信仰、传统文化和风俗民情，被藏族文化所折服，通过调查研究他形成了自

---

① 郑晓云：《文化认同论》，中国社会科学出版社 2008 年版，第 102–103 页。
② 马丽华：《走过西藏》，作家出版社 1994 年版，第 4 页。

已对藏文化的理解和表述，他笔下的藏文化已超越了浮泛的表象而深入藏文化的腹地。在"藏地三部曲"小说（《悲悯大地》《水乳大地》《大地雅歌》）中，他极力赞美藏地的雄奇、豪放、血性，赞叹这种原始的生命力，演绎藏地忠贞纯洁的爱情，推崇信仰的力量，完全认同藏族文化。

范稳是通过姿态上的趋同和深入的研究而达到对藏族文化的认同，杨志军则是身体力行从生活习俗、民族情感和精神信仰上毫无保留地藏化。正如《藏獒》中的"父亲"汉扎西一样，他像爱生命一样爱护牧民的卫士——藏獒，像藏族人一样珍惜生命，爱惜一切生灵，像藏族人一样忠诚、坦荡豪爽、义气重情，吃糌粑睡帐篷，吃酥油茶喝青稞酒。在杨志军的笔下，对青藏高原精神和文化的礼赞是其不变的主题。与范稳不一样的是，他的根在青藏高原，那里是他的故乡，永远的精神家园。

汉族作家的藏地小说创作常常流露出身份定位的困惑，即陷入我是谁、来自哪里、去往何处诸如此类归属问题的追问。大多作家都以自己的故乡建构写作的根据地，如福克纳之于他的故乡小镇，鲁迅笔下的浙江绍兴，沈从文的湘西世界，莫言的高密东北乡等，根于故乡的写作使他们的发声更有底气，故乡也是身心的安妥之地。而在远离故乡的文学世界里，汉族作家经常遭遇身份的尴尬和定位的焦虑。他们往往满腔热情、义无反顾地投奔这里，但在本地人看来他们永远都是外来者，而故乡已离去经年，也产生了隔阂，他们的身份处于悬置状态，灵魂无处安妥。20世纪80年代的马丽华、马原等作家都因身份定位的尴尬或融入的困难而离藏，而藏漂作家却处于回不去离不开的境况。敖超的小说《拉萨·虚构爱情》中的刘哥是个藏二代，从小在拉萨长大，已经适应了这里的生活并产生了割舍不下的情感，就像他说的，已经走不了也离不开这里了："感情，这是我近四十年生活的地方……你是体会不到我们这些在这里长大的人的感受的。"① "我也曾试过在一个陌生的城市生活，但是不行呵，只要超过三个月，我的心就像猫抓一样，回来就好了。"② 为此他无奈地与妻子过着分居两地的生活，甚至无助地接受离婚的结局。在小说《去拉萨离婚》中，李小西的父亲是医院的著名医生，因为工作和对这块土地的情感，他舍弃了和妻女去北京团圆的美满生活，留在这里救死扶伤，饥一顿饱一顿

①　敖超：《假装没感觉》，西藏人民出版社2009年版，第33页。
②　敖超：《假装没感觉》，西藏人民出版社2009年版，第33页。

甚至露宿野外。在这里他也收获了藏族同胞真挚的情谊和心灵的归宿。弟弟李小藏正直善良，在一次部队抢险中英勇牺牲，父子俩都把生命与爱奉献给了这片高天厚土。藏地不是他们的故乡但比故乡更难割舍，藏族同胞不是亲人但情感更浓。

安德森说，民族是一种想象的共同体，它"是一种与历史文化变迁相关，根植于人类深层意识的心理的建构"①。"民族这个想象的共同体，最初而且最主要是通过文字（阅读）来想象的。"② 小说与报纸是重现民族这种想象的共同体的重要手段。"共同体的追寻——寻找认同与故乡——是人类的境况本然的一部分"。③ 当代藏族题材汉语小说家们通过创作表达对藏地文化的认同与精神故乡的追寻。但汉族作家由于文化隔阂，大多不能完全客观地反映藏族人们的生活，在表述时往往带有作家的自我体验和个人感悟。由于汉族作家大多自觉主动地接近藏族文化，把它视为精神的故乡，所以藏地在他们笔下被赋予诗意和浪漫的色彩。在汉族作家笔下，藏地的意义大致体现在三个方面：精神的家园、灵魂的救赎地、实现人生理想和价值的地方，这是汉族作家憧憬想象中的藏地。这种遮蔽藏地日常生存状态的精神的、诗意化的西藏建构，虽体现了汉族作家对藏族现实生活的疏离，但也是汉族作家有意为之的。一方面，汉族作家大多赞赏少数民族的生活，藏地的诗意化书写策略反映了他们认同藏族文化的真诚；另一方面，汉族作家从中心走向边缘，从藏汉文化的对比中认识到内地汉文化中一些负面的价值观念和行为方式，切身感受到藏地文化的活力、淳朴，由此建立了新的文化尺度和价值坐标。藏地承载了他们对人性、自然、生命、自由等原始野性强力之美的想象和赞美。

二

20 世纪五六十年代，以部队作家为主的当代藏族题材汉语小说的汉族作家们，怀着和平解放西藏和建设西藏的主人翁的心态和热情，让藏族同胞接受新社会、新制度、新的生产方式和新的思想观念，希望能看到藏

---

① ［美］本尼迪克特·安德森：《想象的共同体：民族主义的起源与散布》，吴叡人译，上海人民出版社 2011 年版，第 17 页。

② ［美］本尼迪克特·安德森：《想象的共同体：民族主义的起源与散布》，吴叡人译，上海人民出版社 2011 年版，第 9 页。

③ ［美］本尼迪克特·安德森：《想象的共同体：民族主义的起源与散布》，吴叡人译，上海人民出版社 2011 年版，第 17 页。

族同胞翻身解放、生活安康的可喜局面。这是一个艰难的过程，在当时的小说中有所反映。如在徐怀忠的小说《我们播种爱情》中，老农斯朗翁堆一开始拒绝使用新的生产方式和农具，后来被工作组的热忱和真诚所感化，积极配合农技站的工作。宗本格桑拉姆起初消极颓唐、敷衍了事，但看到农业推广站的新气象后燃起了工作的热情。部队作家以自己的立场和视角书写了期望看到的情形，当然这也是当时工作成果的写照，但对藏族同胞在转变过程中心灵的震颤体察得还不够深入。

80年代初期，藏族作家也创作了反映那一阶段社会状况的小说，如降边嘉措的小说《格桑梅朵》，顺应了当时的政治意识形态叙事主题，主要从正面反映农奴翻身解放的喜悦心情。80年代中后期，马原对藏族文化还比较疏离，所以也触摸不到藏族文化的底蕴和藏族同胞的灵魂。这个时期，从秦文玉、李双焰等在藏地辛勤跋涉的作家身上可以看到他们靠近藏文化的努力。秦文玉的长篇小说《女活佛》敢于以长篇的篇幅书写不熟悉的题材，为此她做了很多的资料准备工作和调研。这篇小说的问世，凝聚着她对藏地深深的情感和文学进取精神。李双焰一直致力于为藏北牧民立传，他以深邃雄野的笔触再现了藏北的孤寂、辽远、壮美，其中的艰辛和执着令人叹服。在写作涉藏小说的当代汉族作家群中，他们是最早正面反映藏族文化和人的作家。

90年代汉族作家的藏族题材汉语小说创作一度陷入沉寂。新世纪以来，汉族作家的藏族题材汉语小说形成了姿态各异、价值立场多元的景象。范稳从一开始的认同藏族宗教信仰、人格魅力和藏地精神，到走进藏族文化的深处，但他仍然以一个藏文化的研究者或爱好者的身份旁观。马丽华的藏地写作开始得很早。初到西藏，她以一个诗人的激情表达了对西藏自然景观和人文景观的惊奇与热爱，在游历西藏的过程中，她时时提醒自己以一个人类学家客观理性的立场展现藏族文化，但作为一个人文知识分子的良知和责任让她时不时感到忧虑，她的这些心绪在《如意高地》等小说中都有体现。马丽华通过《如意高地》这部小说书写了西藏百年的历史变迁，抒发了民族和谐和美的美好愿望，这也是她西藏情感的一个总结。

杨志军是当代汉族作家中涉藏小说数量最多的作家，比较有代表性的有《藏獒》三部曲、《西藏的战争》、《伏藏》、《藏獒不是狗》等，道德、精神、信仰是他小说的关键词。青藏高原是他的家乡，为此他引以为荣，他一向也自称是"藏族人"，他说："我有着藏族人的情怀、藏族人的思维方式、藏族人的信仰。我曾经这样定位自己：我是一个顶着汉人名分的藏族人。'藏族人'这三个字，是我一生永远的情结。很多时候，只要想起这三个字，我就会泪如泉涌。"① 无论是情感上还是生活方式上，他是藏化程度最高的作家，所以对他来说，西藏并不神秘，因为他有藏族人的思维和信仰。但他也坦陈，他一直在文化认同的路上，抵达是不可能的，只能是越来越藏族人的感觉。"当我不能像地道的信徒以等身长头丈量八廓街时，我缺少的不仅是体验的勇气，更是真实而奋起的情感。我们永远都是一个旁观者，没有感同身受的准备和身体力行的精神。"但他太在意"藏族人"的身份和称谓，急于向世人陈述他的立场以得到他人的认同，因而显得不够雍容豁达，面对藏地甚至会感到自卑。"一到藏地，我就陷入了深刻的自卑。我自卑我不是一个藏族人，我有那么饱满的藏族人的情怀却不是一个藏族人。我多少次走进西藏，却连一个'藏漂'都算不上。"②

藏漂作家张祖文和羽芊善于利用时空穿越、轮回转世的手段，讲述藏汉民族间前世今生的爱情神话，以此拉近与藏地的距离。张祖文称他的系列小说为"藏边体"，主要有《拉萨别来无恙》《拉萨河畔》《我在拉萨等你》等。与其他汉族的藏族题材汉语小说家相比，他的优势在于其工作、定居在西藏，因此他熟悉西藏的风土人情，了解藏族文化的符号和精神，熟悉普通藏族人的日常生活，同时他也了解在藏汉族人的生活现状和情感心理。作者将对藏汉友好关系的美好想象和期望寄托在藏漂作家的浪漫爱情传奇中。

汉族作家的藏文化书写体现了其融入的困境和困惑，原因大致有以下两个方面。第一，从汉族作家藏地书写的内容来看，缺乏对藏地实在生活的真实反映，不能赢得藏族读者的肯定和赞许。藏族读者反感诗意化、精神化西藏的写法，甚至有些评论者和读者认为汉族作家没有资格和能力写好藏族题材小说。这不光是汉族作家藏族题材汉语小说创作的弊病，也是"汉写民"题材的普遍现象。这种写作"容易流于肤浅，缺少把握生活本

---

① 杨志军：《藏獒的精神》，北京联合出版公司2012年版，第280页。
② 杨志军：《藏獒的精神》，北京联合出版公司2012年版，第334页。

质的力量，缺少震撼人心的深度"①。第二，1987年马建的小说《亮出你的舌苔或空空荡荡》对藏族宗教、文化、生活的描写失真，因文化差异而产生了误解，对藏族文化和藏族风俗习惯有猎奇、不恭之嫌，引起了藏族读者的强烈不满，给人留下了汉族作家无法写好藏地的印象。

汉族作家的涉藏小说体现出其复杂的文化心态：第一种把藏地看作精神家园、心灵净土的文化立场，藏族地区是与都市和现代文明对立存在的香格里拉，是外地人向往、追求和朝圣的地方；第二种是以理性的眼光审视藏族文化与现代文明不相适宜的地方并希望使之改变的立场；第三种心态是看到了藏族地区传统文化的现代转变，为藏族传统文化的消逝感到惋惜。那么，应该怎样看待这种文化差异？汉族作家的藏地书写应该持一种什么样的文化立场？这是应该思考的问题。杨匡汉说："不同地域、不同特质的文化之间难免会发生矛盾与冲突。差异就是矛盾。文化差异和文化碰撞是一种常态，其顺势，是异族、异质文化之间得以互读、沟通、理解乃至转化。……正常的途径，是通过平等的、互动的对话与商讨，使文化权利在彼此之间达到均衡的发展和相互的认同，并以普世性的价值对双方予以制约和协调。"② 汉族作家的藏地书写是藏汉两种不同文化的差异认同和文本建构。面对差异，他们以自觉主动的姿态和真诚、谦虚的态度了解、学习藏族文化，而且以藏族的文化优势抵御现代文化的弊端，他们的写作彰显了美人之美、美美与共、和而不同的文化立场。

汉族作家的藏族题材汉语小说创作其实也是以文学的方式进行藏汉民族文化交流、互补、互证的过程，这是多种文化、多个民族共处一个国度的现象的一种文学表现，这种跨文化写作的姿态和少数民族文化认同的自觉性努力应该得到肯定。

---

① 关纪新、朝戈金：《多重选择的世界——当代少数民族作家文学的理论描述》，中央民族大学出版社1995年版，第117页。

② 杨匡汉：《海外华文文学中的跨界叙说》，载《文艺研究》2009年第2期，第7-8页。

第三节　当代藏族题材汉语小说创作的意义

20 世纪 90 年代以来，藏族题材汉语小说的作家人数众多，风格各异，艺术手法多元，取得了一定的成绩，形成了具有时代性和地域性的文学特征，取得了一定的声势和影响力，那么，藏族题材汉语小说的文学意义体现在哪里？杨义说："学术史已经进展到这么一个门槛，谁想参与现代大国学术形态的创立，就应该开展'双重的文化对话'：对外，进行中国文化与西方现代学术对话；对内，坚持汉民族与少数民族之间的文化对话。"① 当代藏汉小说家的藏族题材汉语小说的创作过程，也是一次两种文化交流对话的过程，两种文化在相互对话中形成一个双向互动的融合过程。

一、藏族题材汉语小说创作的意义

当代藏族题材汉语小说的创作为内地文化注入了新鲜的元素，丰富了民族文学的审美内涵，藏族传统文化资源在小说中的激活、运用是藏地文学有别于内地汉文学的主要体现。"在当代藏族作家的创作中，借用民间故事、神话传说，化用民间流传久远、人们熟知的人物形象，沿用一些固定的结构模式等现象比比皆是。"② 但是，当代藏族题材汉语小说在运用藏族传统文化资源时有自己的创造力和现代审美观照。阿来曾说过，他的小说创作受民族口耳相传的民间故事、神话传说的影响较深，《尘埃落定》中的"傻子"二少爷就是根据民间流传的智者"阿古顿巴"的形象塑造的，阿古顿巴的形象符合"傻子"二少爷思维简单又大智若愚的特点。此外，在当代藏族题材汉语小说中，有许多关于神灵的故事，如莲花生大师的故事和万物崇拜的观念，都是藏族传统文化留下的痕迹。这些深具藏民族文化特色的民间故事、神话传说、人物形象等的描述方式，在丰富内地文化蕴含的同时也认同了本民族的文化。

215

---

① 杨义：《文学地理学会通》，中国社会科学出版社 2013 年版，第 415 页。
② 胡泽藩：《论当代藏族文学中的藏族传统文化资源》，载《西藏民族学院学报（哲学社会科学版）》2009 年第 5 期，第 58 页。

歌谣、谚语的运用和说唱体的形式是藏族古典文学叙事的重要特征，在20世纪50年代初至20世纪80年代初的藏族作家汉语小说中运用得很频繁。在降边嘉措的小说《格桑梅朵》和益希单增的小说《幸存的人》中，这种文体处处可见，已成为小说重要的写作手法。当然，这也说明那个时期的藏族题材汉语小说刚刚从古典文学过渡过来还没有完全成熟，小说依然带有很强的传统文学特点。新时期以来，当代藏族题材汉语小说对传统文学写作手法的借鉴更显成熟，说明了藏族作家运用汉语写作能力的提高。"少数民族作家的小说中汉语的这种使用方式非常明显地显示出了各民族的生存环境、历史传统、伦理道德、风土人情、精神形态等等，这种鲜活的汉语风格给当时的文学创作带来了新的具有异族特色的审美感受和文化特色"① 同样的，藏族作家汉语小说中谚语、歌谣、说唱体散韵结合的文体，也以民族小说的方式在"汉文学"的场域占有一席之地。

藏族风俗文化的展示是藏族题材汉语小说民族性的突出体现。如果说在20世纪80年代之前的政治化叙事书写中，民族风俗文化只是小说叙述的背景和陪衬，那么新时期以来，民族文化已经从背景成为表达的本体。正如李鸿然所说，新时期以来少数民族风俗文化的审美追求有如下的变化："第一，在作品中，风俗习惯不再是政治的附属品，它已回归自身，成为一个民族或地区世代相传的风尚习俗，即这个民族或地区广大人民群众创造、享用并传承的生活文化。第二，对风俗习惯的描写已从表层进入深层，作家不再像过去那样，把笔触停留在物态化的生活现象上，而透过生活现象，开掘其历史内涵和文化底蕴，表现一个民族的心灵乃至共同的人性。第三，罗列各种民俗事项，是二十世纪五六十年代风俗描写的通病；这种通病八九十年代逐渐减少，把民俗事项审美化，已成为少数民族作家的普遍艺术追求。"② 透过想象开掘历史内涵和文化底蕴以及把民族事项审美化，也是藏汉作家在描写藏族风俗文化时的差异。如次仁罗布的小说根据藏族的宗教教义、伦理道德挖掘与藏民族相通的性格特质，将其内化到人物生命的审美当中，就是把民族文化与人性很好地结合的案例，使西藏能以更真实的面貌被外地人了解。

藏族传统的伦理思想和藏传佛教的教义对藏族人的道德伦理和人生观

---

① 罗庆春、王菊：《"第二母语"的诗性创造》，载《小说评论》2008年第3期，第59页。
② 李鸿然：《中国当代少数民族文学史论》上，云南教育出版社2004年版，第53页。

产生了很大的影响。"'求善'是藏文化基本精神的基础。藏族的'求善'表现在极度的'利他','凡是对众生有利的即为善'。藏族的善良是天下少见的，不杀生，不乱砍滥伐，不贪图享受，即使在大雪封山的最困难的时刻也把最后一团糌粑让给牲畜。这种善良意味着没有仇视、粗野、伤害和暴力，也就是没有使人感到不愉快的东西，相反，它使人感到亲切、温和、适度和恬静。"① 藏传佛教也宣扬慈悲行善、乐于施舍、宽容平等的教义，所以，宽容、利他、慈悲、博爱形成了藏族人文精神的核心，这种精神在藏族作家的汉语小说中也得到了很好的诠释。以次仁罗布的小说为例，《放生羊》的"放生"习俗本就反映了藏族伦理思想中众生平等、珍惜生命、不杀生的人文精神；《雨季》中旺拉一家不追究撞死格来的司机的责任还真诚友好地对待他，体现了善的伦理和宽恕的情怀；《杀手》中的康巴汉子跋山涉水、风餐露宿寻到了杀父仇人，但当他看到仇人玛扎的孱弱身躯和他的妻儿老小，内心的善良和宽容被唤醒从而放弃复仇。次仁罗布"把呼唤社会的正面价值、高扬人性的真与善视为写作最高的意义。"② 他通过构建一个充满美德的人文主义理想世界来呼唤爱，引向善，建立辨别是非善恶的能力，从正面造就人。这些小说张扬了向美、向善伦理的追求和宽容慈悲的胸怀，对塑造人格精神和道德品质具有深远的价值意义。

"在青藏高原，藏民族共同的一种审美意识，就是对精神生活的关注超过了对世俗生活的享受。整个藏民族对灵魂的叩问，对神的踪迹的追寻，对大自然、对生灵的尊重，使这个民族的精神家园里供养着慈悲、怜悯与和平的圣像，没有哪一个民族能像藏民族这样，诗意地栖息在这片艰苦卓绝的生存环境里，吃着最简单的食物，冥想着宇宙天体，对这个民族而言，救赎心灵的虔诚，直面人生的生存痛苦，在有限的生命时段里，珍惜人生、尊重生命、净化心灵才能称得上完整意义的人格。"③ 这种沉潜内敛的性格和轻物质重精神的人生追求与当下人对金钱、物欲、权益的崇拜形成一种鲜明的对比，对世风日下、人心不古的当下人来说是一种精神的净化、身心的救赎，对构建健康的人生价值观具有导向意义。

---

① 巴登尼玛：《文明的困惑——藏族教育之路》，四川民族出版社 2000 年版，第 79 页。
② 普布昌居：《让爱照亮生命——对藏族作家次仁罗布 2009 年作品的研读》，载《西藏研究》2010 年第 6 期，第 73 页。
③ 丹珍草：《藏族当代作家汉语创作论》，民族出版社 2008 年版，第 232-233 页。

杨义说："少数民族文学对于整个中国文化而言，带有边缘性。边缘的东西没有模式化和僵化，处在不稳定的流动状态，极具活力。"① 而最具有活力的东西，应该是民族文化当中生机勃勃的原始生命形态和生命活力，那是没有被制度化的民族文化。作家也极力张扬这种生命形态。阿来的小说《尘埃落定》中，麦其土司强悍、豪爽、自然的生命形态与黄特派员萎靡、做作、虚伪的做派形成了天然的对比，这是草原生命形态的生命力。梅卓的小说《太阳部落》和《月亮营地》书写了部落时代的风云激荡，张扬了一种草原气质和英雄精神。次仁罗布的小说《神授》中，神授艺人亚尔杰在草原行走流浪时，神灵总是会光顾他，而当他被现代工作环境和制度所规约后，灵光便不再出现，小说以这样的方式表达了对草原原始生命形态的推崇。而在江洋才让的小说中，人们的生命处在一种自然的状态，情欲是自由而无关乎伦理道德的，生命是自在自为的，勇敢、正义、平等等理念在人的生命体系中攸关重要。这些对重拾原始民族的伟力、重铸民族的血性具有启示意义。

二、藏族作家的汉语写作

自藏族地区和平解放和民主改革以来，藏族作家从小接受的是以汉语为基础的教育，对汉语的书写和使用比母语更为娴熟，所以他们不约而同地选择了汉语进行文学的创作。"通过运用汉语这种全国各民族通行使用的'共同母语'，少数民族作家开始在自己的'第一母语'之外尝试着运用汉语——'第二母语'及其文字，来学习汉族的语言思维及其语言表达方式，并不断地让本民族的文化元素和母语思维贯注到汉语小说创作中。"②

首先，藏族作家汉语的运用和汉族作家汉语的运用还是有差别的，藏族作家汉语的运用渗透了藏族的文化思维特点和民族心理意识，是一种藏化汉语。"我是一个用汉语写作的藏族人"表明了阿来在汉语使用中的藏族文化元素表述，在小说《尘埃落定》中，如"杀死了，杀死了""白色的梦幻""我听到风呜呜地从屋顶刮过"使语言的表达更简单直接，这种语言的表达与藏族人感知世界本质的质朴思维有关，质朴的语言能指与藏

---

① 杨义：《重绘中国文学地图通释》，当代中国出版社 2007 年版，第 144 页。

② 罗庆春、王菊：《"第二母语"的诗性创造》，载《小说评论》2008 年第 3 期，第 57 页。

民族淳朴、干净的民族心理有关。在阿来的小说中，我们能感受到藏语思维的表达方式与汉语杂糅后的混合语叙述方式的不同。

藏族作家的汉语小说有着强烈的情感倾向和浓郁的抒情气息。如《尘埃落定》的结尾，"上天啊，如果灵魂真有轮回，叫我下一生再回到这个地方，我爱这个美丽的地方！"以直抒胸臆的方式表达了对故土的深情和藏文化身份的认同。还有一些写景抒情的文字，本身就具有藏族文化的元素，如《格萨尔王》中："天如八幅宝盖，地如八宝瑞莲，河水的波浪拍击着高原上那些浑圆山丘的崖石堤岸，仿佛在日夜吟诵六字真言"充满了藏域特色，是作者发自内心的诗意赞美。《尘埃落定》中"白色的梦"一节中，就写到了藏族人尚白的习俗。在居所和庙宇的"门楣、窗棂上，都垒放着晶莹的白色石英，门窗四周用纯净的白色勾勒。高大的山墙上，白色涂出了牛头和能够驱魔镇邪金刚等等图案；房子内部、墙壁和柜子上，醒目的日月同辉，福寿连绵图案则用洁白的麦面绘制而成"①。以此可见，白色在藏族人的生活中随处可见。"生活在雪域高原上的藏族人民，对白色有一种特别的虔诚崇尚心理。""藏族白色崇尚习俗的形成是自然生态和生活环境、宗教信仰和民族心理、本族文化和外来文化的影响及它们之间相互融合、相互激荡的结果。"② 这样的描写反映出藏族文化已深深植根于民族文化心理的深层。朱霞和宋卫红认为，"虽然当代部分藏族作家写作时没有选择自己的民族语言，但是他们努力融汇'小'语言（藏语）中的元素去和'大'语言（汉语）对话。……作家通过这一对话过程，使读者对西藏文化获得了更为深入的理解，而且有可能使这些藏族语汇进入现代汉语的语言库中"③。同时，这种书写方式也使藏族作家获得了一种双重视角，即民族视角和世界视角，在小说的叙事立场上体现为理性的自审意识。

站在现代性的立场对民族传统文化的痼疾进行揭示和批判，体现了藏族作家的民族责任心和警醒意识。次仁罗布的小说《雨季》中，格来用一条命换来了一头耕牛和三袋大米，这让旺拉一家乐得合不拢嘴，并对司机感恩戴德，而且这成了旺拉阿爹向村人炫耀的资本，在他们家人的价值天

---

① 阿来：《尘埃落定》，人民文学出版社 2001 年版，第 76 页。

② 青措：《藏族尚白习俗浅说》，载《青海社会科学》2002 年第 6 期，第 100 页。

③ 朱霞、宋卫红：《身份·视角·对话——浅论当代藏族作家的汉语创作》，载《西藏民族学院学报（哲学社会科学版）》2009 年第 5 期，第 54 页。

平上，"格来用一条命换一头牛，值！"人的生命价值甚至不如一头耕牛的价值，在生存线上挣扎的贫苦农民把生存的底线降低到了何种程度。《奔丧》中写到一个藏民强奸了罗宏，动机就是为了验证藏族女人和汉族女人给男人的身体体验，而且面对罗宏的死和别人的惩罚，他却不知罪反而觉得很冤枉，而他女人的说法："怀了孩子只好认命，哪能寻死寻活的，她要不去死，什么事都不会有的。"① 反映了部分藏族女性逆来顺受、不思反抗、不寻自救的愚昧无知，她们是可怜又可恨的一群人。而正是因为没有接受过现代文明思想的启蒙，悲剧才会如此一代又一代地延续下去。万玛才旦的小说也多有描述一些生活在被别人忽视的角落、可怜可悲的人生。《第九个男人》中，雍措刚到城市就被一个小伙子不费力气地骗取了珊瑚项链，她竟然相信了大珊瑚能生出小珊瑚这样天方夜谭的话，这淋漓尽致地展示了她的愚昧无知，塔洛（《塔洛》）也是如此。拉康指出，自我意识是在"他者"的观照下形成的。藏族文化与文学也是在与世界性、现代性的文化形成参照的情况下不断地丰富、重建，因此多种文化背景下的写作使他们获得了一种写作的优势。

阿来说："在我的意识中，文学传统从来不是一个固定的概念，而像一条不断融汇众多支流，从而不断开阔深沉的浩大河流……我相信，这种众多声音的汇聚，最终会相当和谐……佛经上有一句话，大意是说，声音去到天上就成了大声音，大声音是为了让更多的众生听见。要让自己的声音变成这样一种大声音，除了有效的借鉴，更重要的始终是，自己通过人生体验获得的历史感与命运感，让滚烫的血液与真实的情感，潜行在字里行间。"② 正是在这个意义上，我们说当代藏族作家的汉语创作不是作家的障碍而是促使它成熟、深刻、透彻的有利资源。

阿来说，他的身上没有批评家所谓的"影响焦虑症"，白玛娜珍的文学成就也得益于汉藏两种文化的影响，"白玛娜珍是一个纯粹的藏族作家，她用汉语写作。也许是两种文化在她的思维里奇妙地糅合，两种语言在她的思维里奇妙地排列组合，她在汉语写作中的比喻特别新颖奇特，达到了一种母语写作永远难以企及的境界，很多用汉语写作的作家是很难写出那

---

① 次仁罗布：《奔丧》，载《西藏文学》2009年第3期，第13页。
② 阿来：《穿行于多样化的文化之间》，载《中国民族》2001年第6期，第24页。

种比喻的。"①

从作家的成长经历和受教育的背景来看，20 世纪 90 年代以来的藏族题材汉语小说家大都从小就接受了系统的汉语教育。阿来说："在就读的学校，从小学到中学，再到更高等的学校，我们学习汉语，使用汉语。……我们这一代的藏族知识分子大多是这样，可以用汉语文会话与书写，但母语藏语，却像童年时代一样，依然是一种口头语言。"② 对他来说汉语反而比母语更熟稔，汉语作为书面语使用更流畅，而且他也没有觉得不妥，反而认为汉语使他与伟大的世界文学相遇，给了他文学的熏陶和养分。梅卓也是一个在城镇长大的女性，学习的是汉语，对于民族文化的了解她也是通过资料、走访、调研、深入生活等方式获得的。央珍自述，她 18 岁去北京求学，北京大学是她文学道路的摇篮，30 多岁又在北京定居，在汉语上有比较高的修养，对汉文化也没有陌生感。阿来成长在汉、藏、回等多种文化的交汇地，受汉文化的影响较深。央珍和梅卓都接受过正规的高等学校教育，白玛娜珍也游历过内地的许多城市，因此汉语写作对他们来说也不是障碍。"当代藏族作家的汉语创作从来没有成为作家的障碍。藏文化已经像母亲的乳汁一样融进了作家的血脉之中，使得作家同样可以以方块字去感受和触摸一个藏族人或一个汉族人不同的内心情感与精神世界，领会不同文化的精妙，并能直接感受到文字的两面。"③ 因此，当代藏族作家涉藏汉语小说的创作具有合理性和必要性，在民族文化认同和参与世界文学方面达到了统一。

汉藏文化交流由来已久，据考证，明朝时藏人就开始学习汉语，语言是汉文化影响藏族文化的一个重要因素。此外，"从文学观念、审美意识到哲学思想、道德观念，再到价值取向、思维方式等，均有所消化和吸收，几乎涵盖了精神文化的一切领域"④。如儒家思想的忧患意识、爱国精神在藏族作家身上也有具体的体现。20 世纪 80 年代，藏族作家降边嘉措和益希单增用汉语书写的民族国家政治认同，阿来关注现实、关心国家

---

① 沙月：《用轻盈的文学化解厚重的现实——评白玛娜珍的〈西藏的月光〉》，见藏人文化网（http://www.tibetcul.com/wx/zhuanti/pl/2677.html）（2013-03-05）。

② 阿来：《穿行于多样的文化之间》，载《中国民族》2001 年第 6 期，第 23 页。

③ 朱霞、宋卫红：《身份·视角·对话——浅论当代藏族作家的汉语创作》，载《西藏民族学院学报（哲学社会科学版）》2009 年第 5 期，第 56 页。

④ 关纪新：《20 世纪中华各民族文学关系研究》，民族出版社 2006 年版，第 219 页。

命运和民族疾苦的担当精神，显示了价值立场和思想观念的汉文化影响辐射。中华56个民族本就是统一的共同体，民族强则国家也强。意西泽仁说："我写文学作品，实际上是我表达情感的一种方式……这种表达情感的方式，从没有使我感到过轻松，因为我的喜怒哀乐是和民族、国家和世界联系在一起的。"① 在多元一体的中国，各民族之间的关系是互相交流、碰撞、融合的，也是你中有我、我中有你的。

与主流文学话语相比，当代藏族作家的汉语创作具有被边缘化的特点。从地理位置上看，藏地居于远离内地中心城市的偏远之地，与内地文明相对疏离；从种族看，藏族是56个民族中的少数部分；小说内容的表述具有很强的民族地域色彩，与主流意识形态话语相距甚远，因此它具有边缘性。使用汉语写作的藏族作家对于母语有一定的隔膜和疏离，有的作家从小接受的是汉语言文字的教育，没有一点藏语的基础，对于一些作家（如阿来）来说，藏语是口语，书面语是汉语，另外有一些作家能同时使用藏汉双语写作，如万玛才旦。毋庸置疑，用汉语向读者展示藏地的日常生活、精神追求和风情民俗能获得更多的关注，让读者能更好地了解藏族文化，同时也显示了藏族作家参与现代文明进程的实力和愿望，通过汉语写作也能更好地向世界表达民族的心声和愿望。因此，当代藏族作家的汉语小说创作是一种策略也是一种姿态，具有深广的文学史意义。

藏汉作家藏族题材汉语小说创作也是一次对话和交流，藏族作家笔下"他者"形象的书写反映了民族自主意识的觉醒和民族话语权的增强，汉族作家的跨文化写作则体现了对藏族文化认同的主动性和自觉性，但具体到每个作家，其对藏文化认同的程度是不同的。当代藏族题材汉语小说中的民族文化元素为内地文化注入了活力，藏族文化的传统美德对抵御社会道德风气中的负面作用有积极意义，藏族作家的汉语写作体现了其在参与世界文学进程和展示自我方面所做的努力。

---

① 转引自罗布江村、徐其超《和而不同——新时期四川少数民族文学与汉文化》，载《西南民族学院学报（哲学社会科学版）》1999年第6期，第20页。

结　语　民族言说与民族国家认同

当代藏族题材汉语小说的创作已经走过了 60 多年的历程，从政治意识形态的叙事到民族文化叙事至多元化的表述，体现了作家主体意识的觉醒和文学探索精神。20 世纪 80 年代初期之前的当代藏族题材汉语小说创作，藏汉作家无不满怀深情地抒发了对统一的多民族国家的认同感。"其实，作为多民族一体国家，我国少数民族文学一直在实践层面参与着中国文学史的建构过程，承担着多民族一体国家的维系功能，呈现出典型的公共性特征。"① 这种统一的民族国家政治认同是势之所趋也是必要的。众所周知，中华人民共和国是由 56 个民族组成的一个大家庭，要统一到一起，就必须要有共识和凝聚力，对国家共同体的认同是民族认同的前提和保障。

菲利克斯·格罗斯说："共产主义创造了一种新的超越民族的认同。"② 20 世纪 80 年代中后期，藏族题材汉语小说由统一的政治意识形态叙事到开始出现民族文化的表述，但藏族文化精神和元素在文本中依然朦胧、抽象，正如有的评论者说扎西达娃、色波笔下的西藏是一个形容词。从表达的主题看，现代性是他们书写的一个重要话题，这与新时期文学的时代背景联系紧密，反映了现代文明对西藏的辐射和影响，扎西达娃等作家对现代性的书写与主流文学的主题相呼应，体现了对民族国家意识的趋同。而且从小说的叙事手法和形式技巧上来看，其与当代文坛如出一辙，当然与上一个阶段相比，新时期藏族题材汉语小说凸显了民族地域的文化特色。

---

① 李长中：《少数民族文学的公共性与"多民族文学史观"之检讨》，载《学术论坛》2013 年第 11 期，第 123 页。

② ［美］格罗斯：《公民与国家：民族、部族和族属身份》，王健娥等译，新华出版社 2003 年版，第 65 页。

90 年代以来，藏族题材汉语小说创作的主题和立场逐渐多元化，但也有几个共同的特点。第一，在民族话语和公共意识方面都有深刻的思考和体现；第二，反映了一些不仅仅是民族的而且普遍的问题；第三，民族特色更为鲜明。以阿来的小说《尘埃落定》为例，其描述了土司制度下的社会情形和生活形态，同时把土司制度的衰亡放在清代"改土归流"的历史进程中来看，则土司制度的必然瓦解和历史朝代的更替有相同之处：由土司们的奢靡、残暴、贪欲等因素所致，这也是人性普遍的弱点，但无论怎样，傻子二少爷"我"还是深爱这片土地，在民族文化身份归属上有明确的指向。但有些作家的民族主义立场较狭隘，有排他心理，只认同本民族的文化，对其他文化持排斥的态度，这种文学观念和立场不利于中华56个民族的团结、统一。正如哈萨克族作家叶尔克西·胡尔曼别克所持有的文学立场："我身后有两层背景，一是我的本民族的，一是我的中华民族的。两者对我都有认同。它们认同我，我认同它们。"①

其实，少数民族对多元一体国家的认同是历史发展的必然趋势。自西藏和平解放以来，藏族作家怀有强烈的国族意识，诗人擦珠·阿旺洛桑甚至为此还献出了宝贵的生命。在党和国家的民族政策扶持下，藏族同胞的生活发生了翻天覆地的变化，切实感受到了大一统国家的优势，因此由衷地感恩和拥护统一的国家。阿来的非虚构文学《瞻对》也揭示了民族融合、国家统一是历史的必然趋势。地处康巴的瞻对民风强悍，被称为"铁疙瘩"，历代王朝和政府都没有真正收服这块弹丸之地，而解放军未经战斗就使它归附，当然这其间有很多的原因，比如人民军队深得人心等，但作者也说，"和"是势之趋也。不妨将《瞻对》看作是阿来对藏文化与汉文化、藏汉民族之间或藏民族与民族国家之间关系的思考。马丽华也通过小说《如意高地》书写藏族地区百年历史变化，抒发民族和谐的美好愿景。

藏族作家体现出参与国家统一、民族团结的责任心和自觉性，小说《复活的度母》把民族叙事纳入国家政治叙事，揭示国家政权、政治的变动对个人命运的影响，参与了民族国家的想象和建构。在《天火》中，阿来描述了极左政治加重了毁灭森林的大火，反思了政治政策的错误，对现

———————

① 转引自李长中《少数民族文学的公共性与"多民族文学史观"之检讨》，载《学术论坛》2013 年第 11 期，第 124 页。

代民族国家的构建起到了警戒作用。《达瑟与达戈》《奥达的马队》等小说从本族人的立场体察现代国家建构过程中藏族群众的迷惘、混乱和心灵的震颤，对构建和谐的民族关系有现实的和深远的意义。

藏族文化为主流文化注入了活力，增添了色彩，弥补了主流文化的不足，同时，藏族文化的精神气质和人格魅力还起到了改造国民性的作用。传统文化是少数民族文化民族性的主要体现，因此传统文化资源的重要性是民族作家应该意识到的。阿来曾说："我作为一个藏族人更多是从藏族民间口耳传承的神话、部族传说、家族传说、人物故事和寓言中吸收营养。这些东西中有非常强的民间立场和民间色彩。……那些在乡野中流传于百姓口头的故事反而包含了更多的藏民族原本的思维习惯与审美特征，包含了更多对世界朴素而又深刻的看法。这些看法的表达更多地依赖于感性的丰沛而非理性的清晰。这种方式正是文学所需要的方式。通过这些故事与传说，我学会了怎么把握时间，呈现空间，学会了怎样面对命运与激情。"① 阿来从藏族传统文化资源中获得了写作的素材和感悟，但鉴于他对母语只能听、说而不能书写、阅读，所以在了解传统文化时还是有局限性，因此使用母语的能力对少数民族作家来说也很重要。

洪堡特说，"在所有可以说明民族精神和民族特性的现象中，只有语言才适合于表述民族精神和民族特性最隐蔽的秘密"②。"说到底，语言的存在是民族存在的显著标志，或者说，民族的存在首先是一种语言的存在。"③ 如果越来越多的藏族作家只能使用汉语而不能进行母语写作，那么藏语的现状也堪忧。而且语言与文化具有同构性，一种语言的表达总是与这个民族的思维方式、文化心理有关，那么一种语言的消失也预示着民族文化、民族性的弱化。当代藏族母语小说家也做出了不小的实绩，熟知的有：朗顿·班觉的长篇小说《绿松石》，扎西班典的《普通农家的岁月》《明天的天气一定比今天好》，平措扎西的《斯曲和她五个孩子的父亲们》，端智嘉的《假活佛》，拉巴平措的《三姐妹的故事》，旺多的《斋苏府秘闻》等，其他藏语作家还有觉乃·云才让、才让东珠等。但文学界

225

① 引自曹顺庆《迈向比较文学新阶段 中国比较文学学会第六届年会暨国际学术研讨会论文选》，四川人民出版社 2000 年版，第 834 页。

② ［德］洪堡特：《论人类语言结构的差异及其对人类精神发展的影响》，姚小平译，商务印书馆 1997 年版，第 51-52 页。

③ 梁海：《世界与民族之间的现代汉语写作——阿来〈尘埃落定〉和〈空山〉的文化解读》，载《吉林大学社会科学学报》2010 年第 3 期，第 104 页。

对藏族母语文学的研究相对薄弱，主要原因在于语言的障碍，因此"藏译汉"是连接藏语文学和读者的重要途径。尹汉胤说："当今世界很多问题，都是由于心灵之间的隔阂造成的。文学是语言文化的载体，有利于打破心灵的藩篱，搭建心灵沟通的平台。"① 因此，语言之间的翻译就显得尤为重要，藏汉文学作品的互译的意义在于"'汉译民'有利于用母语创作的作家更好地了解当今文学的发展现状，吸取有益的创作经验，促进本民族母语文学的现代化转型；'民译汉'则能让用汉语阅读的读者通过作品了解自己并不熟悉的少数民族生活，从而使那些用母语创作的作品被更多的读者欣赏"②。

就目前的情况来看，从藏族母语文学翻译成汉语的作品逐渐多起来。青海藏族地区在这方面做得很好，当地鼓励、扶持母语作家创作，组织一批翻译人员，其中有藏学专家、双语作家等，将藏族地区以更完整的面貌呈现给世人。但将优秀的汉语文学翻译成藏语的作品几乎没有，这样藏族母语作家学习、借鉴、吸收优秀文化资源和文学作品的机会就大大减少，于是也出现了一定程度的母语创作的故步自封。所幸的是，新时期的藏族母语作家大多掌握了双语或多种语言，如万玛才旦、班丹、罗布次仁等作家。万玛才旦是一个勤奋而又有才气的作家，同时从事藏汉双语文学创作、翻译和影视工作，已出版了藏文小说集《诱惑》、汉文小说集《嘛呢石，静静地敲》，从创作、翻译、影视等多个方面推动藏族文学的发展，展示了一个真实的藏族地区，多种语言文化的背景使他的视野更开阔。虽然白玛娜珍和阿来都曾说过"母语文学不是我创作的障碍"类似的话，但母语的掌握对他们创作思维、文学理念的影响和提高文学修养的作用都是毋庸置疑的。

笔者曾计划把藏语翻译成汉语的小说纳入本书的考察范围，但考虑到目前藏译汉的作品还比较少，仅就有限的作品很难把握藏语母语创作的全貌，因为而未涉及这部分。笔者深感语言障碍带来的不便，因此也寄希望于文学翻译工作的壮大。

以此作结：藏族作家应该在保持民族性的基础上，更为关注当下普通

---

① 王珍：《新疆少数民族母语文学创作与翻译：架起心灵沟通的桥梁》，载《中国民族报》2010年7月23日第9版。

② 钟进文：《中国少数民族母语文学现状与发展论析》，载《北方民族大学学报（哲学社会科学版）》2012年第1期，第97页。

群众的生存，对一些实质性的问题有所反映和思考，在艺术上探求适合藏地的叙事表达方式。汉语写作能使藏族文学更好地走向世界，掌握母语有助于了解本族的古代文学、传统文化资源和感悟藏语的美妙、魅力，更能增强民族自信心和民族身份认同感。综观当代汉族作家的藏地文学，总体成就并不算高，除了对藏族地区了解不够之外，另一个重要的问题是作家的身份定位问题。汉族作家大多是浮光掠影地描述藏族地区的人文地理、风俗民情、神灵宗教，或者只是把藏地作为故事发生的背景，曾有一些作家仅靠道听途说就对藏域的一些现象加以评说，引起藏族群众和一些作家、评论家的抗议，以至于对汉族作家所写的涉藏题材都很排斥，这也说明了汉族作家的藏族题材汉语小说写作面临的障碍和困境。但是，作为知识分子的代表，作家应该具有担当意识和真实精神，直面藏族题材汉语小说写作的现实问题，勇于表达，敢于发声，不要把自己设置为异者，要秉着与藏族同胞同呼吸共命运的心态，认真写作，深入思索，以期真正在藏地题材的创作上取得实绩。

参考文献

［1］E. 希尔斯. 论传统［M］. 傅铿，吕乐，译. 上海：上海人民出版社，1991.

［2］J. 希利斯·米勒. 解读叙事［M］. 申丹，译. 北京：北京大学出版社，2002.

［3］阿尔弗雷德·格罗塞. 身份认同的困境［M］. 王鲲，译. 北京：社会科学文献出版社，2010.

［4］艾勒克·博埃默. 殖民与后殖民文学［M］. 盛宁，韩敏中，译. 沈阳：辽宁教育出版社，1998.

［5］爱德华·W·萨义德. 东方学［M］王宇根，译. 北京：生活·读书·新知三联书店，1999.

［6］爱德华·泰勒. 原始文化［M］. 连树声，译. 桂林：广西师范大学出版社，2005.

［7］安东尼·史密斯. 民族主义：理论、意识形态、历史［M］. 叶江译，上海：上海人民出版社，2011.

［8］巴登尼玛. 文明的困惑：藏族教育之路［M］. 成都：四川民族出版社，2000.

［9］班班多杰. 藏传佛教哲学境界［M］. 西宁：青海人民出版社，1996.

［10］本尼迪克特·安德森. 想象的共同体：民族主义的起源与散布［M］. 吴叡人，译. 上海：上海人民出版社，2005.

［11］柄谷行人. 日本现代文学的起源［M］. 赵京华，译. 北京：中央编译出版社，2013.

［12］波德莱尔. 波德莱尔美学论文选［M］. 郭宏安，译. 北京：人民文学出版社，1987.

［13］曹文轩. 20 世纪末中国文学现象研究 ［M］. 北京：北京大学出版社，2002.

［14］查尔斯·泰勒. 自我的根源：现代认同的形成 ［M］. 韩震，等，译. 南京：译林出版社，2012.

［15］陈庆英，丹珠昂奔，等. 西藏史话 ［M］. 厦门：鹭江出版社，2004.

［16］陈思和. 中国当代文学史教程 ［M］. 上海：复旦大学出版社，1999.

［17］丹纳. 艺术哲学 ［M］. 傅雷，译. 北京：人民文学出版社，1963.

［18］丹珍草. 藏族当代作家汉语创作论 ［M］. 北京：民族出版社，2008.

［19］丹珠昂奔. 藏族文化发展史 ［M］. 兰州：甘肃教育出版社，2001.

［20］丹珠昂奔. 藏族文化散论 ［M］. 北京：中国友谊出版公司，1993.

［21］丹珠昂奔. 佛教与藏族文学 ［M］. 北京：中央民族学院出版社，1988.

［22］德吉草. 歌者无悔：当代藏族作家作品选评 ［M］. 北京：民族出版社，1999.

［23］厄内斯特·盖尔纳. 民族与民族主义 ［M］. 韩红，译. 北京：中央编译出版社，2002.

［24］菲利克斯·格罗斯. 公民与国家：民族、部族和族属身份 ［M］. 王健娥，魏强，译. 北京：新华出版社，2003 年.

［25］费孝通. 中华民族多元一体格局 ［M］. 北京：中央民族学院出版社，1989.

［26］冯国寅. 青海当代文学 50 年 ［M］. 西宁：青海人民出版社，1999.

［27］弗罗伊德. 精神分析引论 ［M］. 高觉敷，译. 北京：商务印书馆，1986.

［28］格勒. 论藏族文化的起源形成与周围民族的关系 ［M］. 广州：中山大学出版社，1988.

［29］耿予方，吴伟. 西藏文学［M］. 北京：五洲传播出版社，2002.

［30］耿予方. 藏族当代文学［M］. 北京：中国藏学出版社，1994.

［31］耿予方. 西藏50年：文学卷［M］. 北京：民族文学出版社，2001.

［32］关纪新，朝戈金. 多重选择的世界：当代少数民族作家文学的理论描述［M］. 北京：中央民族大学出版社，1995.

［33］关纪新. 20世纪中华各民族关系研究［M］. 北京：民族出版社，2006.

［34］海伦·加德纳. 宗教与文学［M］. 沈弘，江先春，译. 成都：四川人民出版社，1989.

［35］汉斯-格奥尔格·伽达默尔. 真理与方法［M］. 洪汉鼎，译. 上海：上海译文出版社，1999.

［36］韩子勇. 西部：偏远省份的文学写作［M］. 天津：百花文艺出版社，1998.

［37］黑格尔. 精神现象学：上、下卷［M］. 贺麟，王玖兴，译. 上海：上海人民出版社，2013.

［38］胡沛萍，于宏. 多元文化视野中的当代藏族汉语文学［M］. 北京：民族出版社，2014.

［39］黄奋生. 藏族史略［M］. 北京：民族出版社，1989.

［40］霍米·巴巴. 文化的定位［M］. 伦敦：路特利支出版社，1994.

［41］克里希那穆提. 超越孤独［M］. 黄文娟，译. 上海：华东师范大学出版社，2014.

［42］勒内·德·内贝斯基·沃杰科维茨. 西藏的神灵和鬼怪［M］. 谢继胜，译. 拉萨：西藏人民出版社，1993.

［43］勒内·格鲁塞. 草原帝国［M］. 黎荔，冯京瑶，李丹丹，译. 北京：国际文化出版公司，2003.

［44］雷达. 近三十年中国文学思潮［M］. 兰州：兰州大学出版社，2009.

［45］黎宗华，李延恺. 安多藏族史略［M］. 西宁：青海民族出版社，1992.

［46］李鸿然. 中国当代少数民族文学史论［M］. 海口：海南出版社，2008.

［47］李佳俊. 文学，民族的形象［M］. 拉萨：西藏人民出版社，1989.

［48］李欧梵. 中国现代文学与现代性十讲［M］. 上海：复旦大学出版社，2002.

［49］林继富. 灵性高原：西藏民间信仰源流［M］. 武汉：华中师范大学出版社，2004.

［50］刘再复. 性格组合论［M］. 上海：上海文艺出版社，1986.

［51］马丁·海德格尔. 存在与时间［M］. 陈嘉映，王庆节，译. 北京：生活·读书·新知三联书店，2014.

［52］马丽华. 雪域文化与西藏文学［M］. 长沙：湖南教育出版社，1998.

［53］马学良，恰白·次旦平措，佟锦华. 藏族文学史［M］. 成都：四川民族出版社，1994.

［54］马学良，梁庭望，李云中. 中国少数民族文学比较研究［M］. 北京：中央民族大学出版社，1997.

［55］马学良，梁庭望，张公瑾. 中国少数民族文学史［M］. 北京：中央民族学院出版社，1992.

［56］迈克·克朗. 文化地理学［M］. 杨淑华，宋慧敏，译. 南京：南京大学出版社，2003.

［57］米歇尔·泰勒. 发现西藏［M］. 耿昇，译. 北京：中国藏学出版社，1999.

［58］莫福山. 藏族文学［M］. 成都：巴蜀书社，2003.

［59］恰白·次旦平措，诺章·吴坚，平措次仁. 西藏通史：上、下册［M］. 陈庆英，格桑益西，何宗英，等，译. 拉萨：西藏古籍出版社，1996.

［60］钱穆. 中国文化史导论［M］. 北京：商务印书馆，1996.

［61］乔根锁. 西藏的文化与宗教哲学［M］. 北京：高等教育出版社，2004.

［62］乔纳森·弗里德曼. 文化认同与全球性过程［M］. 郭健如，译. 北京：商务印书馆，2003.

［63］萨特. 存在与虚无［M］. 陈宣良，等，译. 北京：生活·读书·新知三联书店，2014.

［64］沈卫荣. 寻找香格里拉［M］. 北京：中国人民大学出版社，
2010 年.

［65］石海军. 后殖民：印英文学之间［M］. 北京：北京大学出版社，
2008.

［66］石硕. 西藏文明东向发展史［M］. 成都：四川民族出版社，
1998.

［67］斯图亚特·霍尔. 文化身份与族裔散居［M］//罗钢，刘象愚.
文化研究读本. 北京：中国社会科学出版社，2000.

［68］苏珊·S. 兰瑟. 虚构的权威：女性作家与叙述声音［M］. 黄必
康，译. 北京：北京大学出版社，2002.

［69］孙隆基. 中国文化的深层结构［M］. 桂林：广西师范大学出版
社，2004.

［70］汤立民. 汉藏文学比较与康巴文学研究［M］. 重庆：重庆出版
社，2004.

［71］佟锦华. 藏族传统文化概述［M］. 北京：中国藏学出版社，
1990.

［72］佟锦华. 藏族古典文学［M］. 长春：吉林教育出版社，1989.

［73］佟锦华. 藏族文学研究［M］. 北京：中国藏学出版社，2002.

［74］童庆炳. 文体与文体的创造［M］. 昆明：云南人民出版社，
1994.

［75］汪晖. 东西之间的"西藏问题"［M］. 北京：生活·读书·新知
三联书店，2014.

［76］王安忆. 心灵世界：王安忆小说讲稿［M］. 上海：复旦大学出
版社，1997.

［77］王明珂. 华夏边缘：历史记忆与族群认同［M］. 杭州：浙江人
民出版社，2013.

［78］王泉. 中国当代文学的西藏书写［M］. 长沙：湖南师范大学出
版社，2012.

［79］王森. 西藏佛教发展史略［M］. 北京：中国社会科学出版社，
1987.

［80］王先霈，王又平. 文学理论批评术语汇释［M］. 北京：高等教
育出版社，2006.

[81] 王先霈. 文学批评原理 [M]. 武汉：华中师范大学出版社，1999.

[82] 王先霈. 文学心理学概论 [M]. 武汉：华中师范大学出版社，1988.

[83] 王晓朝. 宗教学基础十五讲 [M]. 北京：北京大学出版社，2003.

[84] 王岳川. 中国镜像：90 年代文化研究 [M]. 北京：中央编译出版社，2001.

[85] 威廉·冯·洪堡特. 论人类语言结构的差异及其对人类精神发展的影响 [M]. 姚小平，译. 北京：商务印书馆，1997.

[86] 夏敏. 喜马拉雅山地歌谣与仪式 [M]. 哈尔滨：黑龙江人民出版社，2005.

[87] 谢热. 传统与变迁：藏族传统文化的历史演进及其现代化变迁模式 [M]. 兰州：甘肃民族出版社，2005.

[88] 谢有顺. 从密室到旷野：中国当代文学的精神转型 [M]. 福州：海峡文艺出版社，2010.

[89] 谢有顺. 文学的常道 [M]. 北京：作家出版社，2009.

[90] 谢有顺. 文学如何立心？[M]. 北京：昆仑出版社，2013.

[91] 星成全. 西藏传统文化及其现代化 [M]. 西宁：青海民族出版社，2002.

[92] 徐其超，罗布江村. 族群记忆与多元创造 [M]. 成都：四川民族出版社，2001.

[93] 杨义. 文学地理学会通 [M]. 北京：中国社会科学出版社，2013.

[94] 杨义. 杨义文存：中国叙事学 [M]. 北京：人民出版社，1997.

[95] 杨义. 重绘中国文学地图通释 [M]. 北京：当代中国出版社，2007.

[96] 于尔根·哈贝马斯. 现代性的哲学话语 [M]. 曹卫东，等，译. 南京：译林出版社，2004.

[97] 於可训. 当代文学建构与阐释 [M]. 武汉：武汉大学出版社，2005.

[98] 于乃昌. 西藏审美文化 [M]. 拉萨：西藏人民出版社，1999.

［99］詹姆斯·施密特. 启蒙运动与现代性：18 世纪与 20 世纪的对话
　　［M］. 徐向东，卢华萍，译. 上海：上海人民出版社，2005.

［100］《藏族简史》编写组. 藏族简史［M］. 拉萨：西藏人民出版社，
　　1985.

［101］郑晓云. 文化认同论［M］. 北京：中国社会科学出版社，1992.

［102］周炜. 西藏文化的个性：关于藏族文学的再思考［M］. 北京：
　　中国藏学出版社，1997.

［103］周锡银，望潮. 藏族原始宗教［M］. 成都：四川人民出版社，
　　1999.

［104］周延良. 汉藏比较文学概论［M］. 北京：中央民族出版社，1995.

［105］朱栋霖，朱晓进，龙泉明. 中国现代文学史［M］. 北京：北京
　　大学出版社，2007.

［106］朱向前. 中国军旅文学五十年：1949—1999［M］. 北京：解放
　　军文艺出版社，2007.